HEYNE BÜCHER

Vom gleichen Autor erschienen außerdem
als Heyne-Taschenbücher

Die Kanonen von Navarone · Band 01/411
Nacht ohne Ende · Band 01/433
Die Überlebenden der Kerry Dancer · Band 01/504
Angst ist der Schlüssel · Band 01/642
Eisstation Zebra · Band 01/685
Die schwarze Hornisse · Band 01/944
Agenten sterben einsam · Band 01/956
Der Satanskäfer · Band 01/5034
Geheimkommando Zencia · Band 01/5120
Souvenirs · Band 01/5148
Tödliche Fiesta · Band 01/5192
Dem Sieger eine Handvoll Erde · Band 01/5245
Die Insel · Band 01/5280
Nevada Pass · Band 01/5330
Golden Gate · Band 01/5454
Circus · Band 01/5535
Meerhexe · Band 01/5657
Goodbye Kalifornien · Band 01/5921
Geiseldrama in Paris · Band 01/6032
Die Hölle von Athabasca · Band 01/6144
Höllenflug der Airforce 1 · Band 01/6332
Der Traum vom Südland · Band 01/7013

ALISTAIR MacLEAN

JENSEITS DER GRENZE

Roman

WILHELM HEYNE VERLAG
MÜNCHEN

HEYNE-BUCH Nr. 01/576
im Wilhelm Heyne Verlag, München

Titel der englischen Originalausgabe
THE LAST FRONTIER
Deutsche Übersetzung von H. E. Gerlach

22. Auflage

Taschenbuchausgabe mit Genehmigung des Kindler-Verlages GmbH, München
Printed in Germany 1984
Umschlagfoto: Bildagentur Mauritius, Mittenwald
Umschlaggestaltung: Atelier Heinrichs, München
Gesamtherstellung: Ebner Ulm

ISBN 3-453-00070-6

1

Gleichmäßig und unablässig blies der Wind aus Norden, und die Nachtluft war bitter kalt. Nichts bewegte sich über die weite Schneefläche. Unter dem hohen Himmel, an dem die Sterne schimmerten, dehnte sich die winterlich starre Ebene, leer und verlassen, endlos nach allen Seiten, bis sie in der Ferne undeutlich verging an einem unbelebten Horizont. Über allem lag das Schweigen des Todes.

Doch diese Leere war eine Täuschung, das wußte Reynolds. Und auch das Schweigen und die Einsamkeit waren trügerisch. Nur der Schnee war real, der Schnee und diese eisige Kälte, die ihm bis ins Mark drang und ihn am ganzen Körper so heftig erzittern ließ, als ob ihn ein Fieber schüttelte. Auch das Gefühl der Schläfrigkeit, das ihn allmählich überkam, war keine Illusion, war real, und er wußte nur allzu genau, was es zu bedeuten hatte. Mit verbissener, ja mit geradezu verzweifelter Energie unterdrückte er jeden Gedanken an Kälte, Schnee und Schlaf und konzentrierte sich ausschließlich auf das Problem, am Leben zu bleiben.

Langsam und mit größter Vorsicht, um jede unnötige Bewegung, jedes Geräusch zu vermeiden, schob er die Hand unter die Aufschläge seines Trenchcoats und holte aus seiner Brusttasche sein Taschentuch, das er zu einem Ball zusammendrückte und sich in den Mund stopfte, um die Wolken, die sein Atem in der kalten Luft bildete, und das Klappern seiner Zähne zu dämpfen. Dann drehte er sich in dem tiefen Schnee des Straßengrabens, in den er gefallen war, vorsichtig um und streckte die Hand — sie war inzwischen durch die Kälte seltsam blau und weiß gefleckt — suchend nach seinem Hut aus, den er verloren hatte, als er vorhin vom Baum gefallen war. Er fand ihn und zog ihn langsam zu sich heran. So gründlich, wie seine erstarrten Finger, in denen kaum noch ein Gefühl war, es ihm gestatteten, bedeckte er Kopfteil und Rand des Hutes mit einer dicken Schneeschicht, stülpte sich den Hut tief über seinen verräterisch dunklen Haarschopf und hob in geradezu groteskem Zeitlupentempo Kopf und Schultern, bis erst der Hutrand und dann seine Augen über den Rand des Grabens sahen.

Obwohl er vor Kälte heftig zitterte, war jeder Muskel seines Körpers so straff gespannt wie die Sehne eines Bogens, während er, mit einem flauen Gefühl in der Magengrube, auf den lauten Ausruf wartete, der bedeutete, daß man ihn entdeckt hatte, oder auf den Schuß und das dumpfe Krachen, mit dem ein Geschoß seinen Kopf als Ziel fand und sein Bewußtsein auslöschte. Doch es kam kein Ruf, kein Schuß, und sein Bewußtsein wurde mit jedem Augenblick, der verging, nur noch wacher und schärfer. Er warf einen raschen, spähenden Blick rings in die Runde, und soviel schien völlig sicher:

Es war niemand da, jedenfalls nicht in der Nähe, niemand, den er oder der ihn hätte sehen können.

Genauso vorsichtig und langsam, jetzt aber nicht mehr mit angehaltenem Atem, sondern in langen Zügen ein- und ausatmend, richtete Reynolds sich auf, bis er in dem Graben kniete. Er zitterte noch immer vor Kälte, doch er spürte es nicht mehr, und die Schläfrigkeit war so völlig von ihm abgefallen, als ob es ein Traum gewesen wäre. Erneut wanderte sein prüfender Blick den ganzen Umkreis des Horizontes ab, diesmal langsam und so eindringlich, daß den scharfen braunen Augen keine Einzelheit entging, und wieder war die Antwort dieselbe: Es war niemand und nichts zu sehen, nichts als das kalte Funkeln der Sterne in dem dunklen Samt des Himmels, die flache, weiße Ebene, einige vereinzelte Baumgruppen und die Biegung der Straße neben ihm, auf der der Schnee von den Reifen schwerer Lastwagen festgefahren war.

Reynolds duckte sich wieder in die tiefe Mulde, die sein fallender Körper in die Schneewehen im Straßengraben gedrückt hatte. Er mußte sich Zeit lassen. Er brauchte Zeit, um wieder zu Atem zu kommen, um den Lufthunger seiner noch immer keuchenden Lungen zu stillen.

Kaum zehn Minuten waren vergangen seit die Straßenkontrolle, die plötzlich aufgetaucht war und den Lastwagen, auf dem er ohne Wissen des Fahrers mitgefahren war, angehalten hatte, seit dem kurzen, heftigen Handgemenge mit den beiden überraschten Polizisten, die den Laderaum des Lasters inspiziert hatten, seit dem schnellen Kurzstreckenlauf um die schützende Straßenbiegung herum und dem anschließenden mühsamen Langstreckenlauf bis zu der Baumgruppe, neben der er jetzt lag, der ihn an den Rand der Erschöpfung gebracht hatte. Er brauchte Zeit, um sich zu überlegen, aus welchem Grunde wohl die Polizei es so rasch aufgegeben haben mochte, ihn weiter zu verfolgen — den Leuten war offenbar klar, daß ihm gar nichts anderes übrigblieb, als auf der Straße zu bleiben. Denn der tiefe, unberührte Schnee rechts und links der Straße hätte nicht nur seine Flucht zum Schneckentempo verlangsamt, sondern ihn auch durch die frischen Spuren, die in dieser sternenklaren Nacht so leicht zu sehen waren, sofort verraten. Vor allem aber brauchte er Zeit, um zu überlegen, was jetzt zu tun war.

Es war typisch für Michael Reynolds, daß er keine Zeit damit verlor, sich Vorwürfe zu machen oder zu überlegen, wie es vielleicht gekommen wäre, wenn er sich anders verhalten hätte. Er war durch eine sehr harte Schule gegangen, in der ein so überflüssiger Luxus wie etwa die Reue über das, was unwiderruflich vorbei und erledigt war, und überhaupt jede Art nutzloser Spekulation und negativer Empfindung, wodurch die Entschlußkraft und die Einsatzbereitschaft möglicherweise beeinträchtigt werden konnte, streng verpönt waren. Er verwendete vielleicht fünf Sekunden darauf, die letzten zwölf Stunden zu überdenken, und zog dann einen endgültigen Schlußstrich darunter. Er hätte ein zweitesmal genauso gehandelt. Er hatte allen Anlaß gehabt, der Mitteilung seines Gewährsmannes in Wien Glauben zu schenken, wonach der Luftweg nach Budapest zur Zeit nicht in Frage kam — für die Dauer der gegenwärtig dort stattfindenden Tagung internationaler Wissenschaftler war die Überwachung des Flughafens durch die ungarische Sicherheitspolizei strenger denn je. Dasselbe galt für die Bahnhöfe und alle Züge, die aus dem Ausland kamen. Blieb also nur die Straße: zunächst schwarz über die Grenze — was keine große Leistung war, wenn man erfahrene Helfer hatte, und Reynolds hatte die besten gehabt, die es überhaupt gab — und dann eine Fahrt als blinder Passagier auf irgendeinem Lastwagen, der in östlicher Richtung unterwegs war. Unmittelbar vor Budapest, auch das hatte sein Wiener Gewährsmann ihm mitgeteilt, war mit ziemlicher Sicherheit mit einer Straßenkontrolle zu rechnen, und Reynolds war darauf auch vorbereitet gewesen: worauf er nicht vorbereitet war, und was auch keiner seiner Gewährsmänner gewußt hatte, das war die Straßenkontrolle östlich von Komarom gewesen, rund siebzig Kilometer vor Budapest. Das war nun einmal eine dieser Pannen, wie sie jedem passieren konnten — und diesmal war halt er derjenige, dem es passierte.

Es war ebenso typisch für ihn — oder vielleicht sollte man genauer sagen: Es war typisch für die strenge geistige Schulung, die er während seiner langen Ausbildungszeit durchgemacht hatte, daß seine Gedanken an die Zukunft völlig eingleisig und ausschließlich auf das Erreichen eines bestimmten Zieles gerichtet waren. Sein Kopf arbeitete fieberhaft, während er da in der eisigen Kälte in seiner Schneemulde lag, die verschiedenen Möglichkeiten durchdachte, sich einen Plan machte und das Für und Wider gegeneinander abwog; doch diese Überlegungen waren völlig frei von der gefühlsmäßigen Färbung, wie sie bei dem Gedanken an die möglichen positiven Auswirkungen einer erfolgreich durchgeführten Mission oder die tragischen Folgen des Mißlingens an sich normal gewesen wäre. »Sie müssen an die Aufgabe denken, immer an die Ihnen gestellte Aufgabe«, hatte der Oberst gesagt, einmal, zweimal, tausendmal. »Ob Sie bei dem, was Sie tun, Erfolg haben oder nicht, mag für andere außerordentlich wichtig sein, doch für Sie selbst muß das vollkommen unwichtig sein. Für Sie, Reynolds, gibt es keine Konsequenzen, darf es Konsequenzen einfach nicht geben, und zwar aus zweierlei Gründen: Der Gedanke daran würde einmal Ihre Entschlußkraft und Ihr Urteilsvermögen beeinträchtigen — und außerdem wäre jede Sekunde, die Sie an derartig negative Überlegungen verschwenden, in jedem Falle eine Sekunde, die Sie dringend dafür benötigen, sich die Durchführung der Ihnen gestellten Aufgabe zu überlegen.«

Die Aufgabe, immer nur die Aufgabe. Reynolds mußte grimmig lächeln, während er da in dem Graben lag und darauf wartete, daß sein Körper wieder zur Ruhe kam. Die Chancen für das Gelingen waren von Anfang an kaum größer gewesen als eins zu hundert, und jetzt hatte sich dieses Mißverhältnis geradezu astronomisch zu seinen Ungunsten gesteigert. Doch die Aufgabe war und blieb dieselbe, es galt, Professor Jennings zu erreichen und ihn und all sein unschätzbares Wissen über die Grenze zu bringen, alles andere war unwichtig. Und wenn ihm das nicht gelang, dann hatte er eben versagt, und weiter war dazu nichts zu bemerken. Möglicherweise ging die Sache bereits heute nacht schief, am ersten Tag seines Einsatzes, nach achtzehn Monaten einer unerhört harten Spezialausbildung, deren Ziel einzig und allein die Durchführung dieser Aufgabe gewesen war; aber auch das war völlig gleichgültig.

Reynolds war körperlich in hervorragender Verfassung — das verlangte der Oberst von jedem, der zu der kleinen Gruppe seiner Spezialisten gehörte —, und sein Atem war inzwischen wieder annähernd normal. Was die Polizisten bei der Straßenkontrolle anging — es mußte ein halbes Dutzend gewesen sein, denn er hatte, als er um die Biegung rannte, eben noch gesehen, wie einige weitere aus dem Wachlokal auftauchten —, so blieb ihm nichts weiter übrig, als es darauf ankommen zu lassen. Und was die unmittelbare Zukunft betraf, so war jedenfalls klar, daß er nicht ewig hier liegenbleiben konnte, bis er erfror oder bis ihn das scharfe Auge des Fahrers eines vorbeikommenden Wagens entdeckte.

Er mußte sich auf den Weg machen nach Budapest, und zumindest die erste Strecke des Weges mußte er zu Fuß zurücklegen. Fünf bis sechs Kilometer mühsam querfeldein durch den hohen Schnee, und dann wieder auf die Straße. So weit mußte er sich wenigstens von der Straßenkontrolle absetzen, ehe er wagen durfte, wieder mit einem Laster mitzufahren. Mit heftig klappernden Zähnen, durchgefroren bis auf die Knochen und mit starren, gefühllosen Händen und Füßen stand Reynolds unsicher schwankend auf und begann, den festgefrorenen Schnee von seinem Mantel zu klopfen, während er gleichzeitig einen Blick in die Richtung der Straßenkontrolle warf. Eine Sekunde später lag er wieder flach auf dem Bauch im Schnee des Grabens, und sein Herz hämmerte dumpf gegen seine Rippen, während er sich verzweifelt bemühte, mit der rechten Hand seine Schußwaffe aus der Manteltasche herauszuholen, in die er sie nach dem Handgemenge mit der Polizei gesteckt hatte.

Er verstand jetzt, wieso die Polizei sich Zeit gelassen hatte, nach ihm Ausschau zu halten. Sie konnten es sich leisten. Unverständlich dagegen war ihm, wie er so dumm hatte sein können, anzunehmen, daß nur eine verräterische Bewegung oder ein unvorsichtiges Geräusch seinerseits zu seiner Entdeckung führen könne. Er hatte nicht daran gedacht, daß es auch noch so etwas wie einen Geruchssinn gab — er hatte überhaupt nicht an Hunde gedacht. Und was die Rasse des ersten Hundes anging, der da aufgeregt schnüffelnd auf der Straße herankam, so war ein Irrtum völlig ausgeschlossen, selbst in dieser halben Dunkelheit: Ein Bluthund war, solange man überhaupt noch irgend etwas sehen konnte, unverkennbar.

Reynolds sprang auf und war mit drei raschen Schritten bei der Baumgruppe neben ihm, während gleichzeitig einer der Herankommenden einen lauten Ausruf ausstieß, dem ein aufgeregtes Durcheinander mehrerer Stimmen folgte; es war auch zuviel verlangt, daß man ihn vor diesem riesigen weißen Hintergrund nicht hätte bemerken sollen. Er seinerseits hatte mit einem letzten kurzen Blick feststellen können, daß es vier Mann waren, jeder mit einem Hund an der Leine, drei davon waren keine Bluthunde, soviel war sicher.

Er trat hinter den Stamm des Baumes, dessen Äste ihm vor knapp zehn Minuten einen so kurzen und trügerischen Schutz gewährt hatten, zog die Schußwaffe aus seiner Manteltasche und sah sie an: eine belgische Pistole Kaliber 6,35, Spezialausführung, eine zuverlässige und tödliche kleine Schußwaffe, mit der er ein Ziel, das kleiner war als eine Hand, auf zwanzig Schritt mit unfehlbarer Sicherheit traf. Im Augenblick aber, darüber war er sich klar, würde er Schwierigkeiten haben, selbst auf eine Entfernung von nur zehn Schritt einen Mann zu treffen, so ungenügend reagierten seine erstarrten, zitternden Hände auf das, was er von ihnen verlangte. Doch dann veranlaßte ihn der Instinkt, seine Hand zu heben und sich die Waffe nahe vor die Augen zu halten — und seine Lippen wurden schmal: Selbst in dem schwachen Licht der Sterne konnte er sehen, daß die Mündung des Laufes durch festgefrorenen Schneematsch blockiert und damit unbrauchbar geworden war.

Er nahm seinen Hut, faßte ihn an der Krempe und hielt ihn so, daß er ungefähr in Schulterhöhe auf der rechten Seite des Baumes hervorstand, wartete einige Sekunden, bückte sich dann, so tief er konnte, und riskierte um die linke Seites des Baumes herum einen raschen Blick nach vorn. Die vier Polizisten, die nebeneinander hergingen, waren mit den Hunden, die noch immer an ihren Leinen zerrten, inzwischen bis auf dreißig Schritt heran, womöglich sogar schon näher. Reynolds schob den vor Frost weißen Zeigefinger durch den Abzugsbügel seiner Pistole, legte die Innenseite des Handgelenks gegen die rauhe Borke des Baums — er mußte die Hand fest gegen den Stamm pressen, um das Zittern einigermaßen zu unterdrücken — und mühte sich ab, mit der linken Hand das Springmesser von seinem Gürtel loszumachen. Die Pistole war für die Männer, das Messer für die Hunde, und die Chancen waren ungefähr fifty-fifty: denn die Polizisten kamen nebeneinander, quer über die Straße verteilt, auf ihn zu, die Gewehre locker unter dem Arm — dilettantische Stümper, die weder vom Krieg noch vom Tod eine Ahnung hatten. Oder vielmehr, die Chancen wären einigermaßen gleich gewesen, wenn nicht dieser Eispfropfen in der Mündung seiner Pistole gewesen wäre; der erste Schuß konnte den Lauf frei machen, er konnte ihm aber genausogut die Hand wegreißen. Dadurch verschlechterten sich seine Aussichten, aber schließlich waren bei einem Einsatz wie diesem die Chancen ohnehin immer nur sehr gering.

Die Klinge des Messers schnappte mit lautem Klick aus der Scheide, eine zwölf Zentimeter lange, zweischneidige Stahlklinge, die bedrohlich im Licht der Sterne funkelte, während Reynolds seine Hand um den Stamm des Baumes herumschob und den Lauf seiner Pistole auf den nächsten der herankommenden Polizisten richtete. Der Finger, der am Abzug lag, krümmte sich, stockte, ließ locker — und im nächsten Augenblick war Reynolds wieder hinter dem Stamm verschwunden. Seine Hand zitterte noch heftiger als vorher, und sein Mund war plötzlich trocken geworden: Er hatte erst jetzt erkannt, zu welcher Rasse die anderen drei Hunde gehörten.

Mangelhaft ausgebildete Landgendarmen waren kein ernsthaftes Problem für ihn, mochten sie auch noch so schwer bewaffnet sein; auch mit Bluthunden konnte er es aufnehmen, und die Aussicht, mit ihnen fertig zu werden, war ziemlich groß; doch nur ein Wahnsinniger konnte auf den Gedanken kommen, es mit drei abgerichteten Dobermännern aufnehmen zu wollen. Der Dobermann, schnell wie ein Wolf, stark wie ein Schäferhund, blutgierig und ohne jede Furcht, war von allen Hunden der gefährlichste, und nur der Tod konnte seinem rasenden Angriff ein Ende machen. Reynolds schwankte nicht einen Augenblick.

Die ungewisse Chance, auf die er sich eben noch hatte einlassen wollen, war keine Chance mehr, sondern glatter Selbstmord. Und nach wie vor war seine Aufgabe das einzige, worauf es ankam. Wenn er am Leben blieb, sei es auch als Gefangener, so bestand immer noch irgendeine Hoffnung. War aber seine Kehle zerfleischt von den Zähnen eines Dobermanns, so würde weder Jennings noch das einmalige Spezialwissen des alten Mannes jemals England erreichen.

Reynolds setzte die Spitze seines Messers gegen die Borke des Baumes, schob die Klinge zurück in die lederne Scheide, legte das Messer oben auf seinen Kopf und stülpte seinen Hut darüber. Dann warf er seine Pistole vor die Füße der verblüfften Polizisten und trat hinter dem Baum hervor auf die Straße und in das Licht der Sterne, beide Hände hoch über seinem Kopf.

Zwanzig Minuten später langten sie bei dem Wachlokal der Polizei an. Sowohl seine Festnahme als auch der lange Weg zurück durch die Kälte waren ohne irgendwelche besonderen Vorkommnisse vor sich gegangen. Das Verhalten der Polizisten war völlig sachlich, fast höflich gewesen. Sie hatten ihn flüchtig nach weiteren

Waffen durchsucht. Sonst aber hatten sie ihn völlig unbehelligt gelassen, hatten ihn weder irgend etwas gefragt noch seine Papiere zu sehen verlangt. Reynolds war diese Zurückhaltung, diese peinliche Korrektheit nicht ganz geheuer; eine derartige Behandlung war nicht unbedingt das, was man in einem Polizeistaat erwartete.

Der Lastwagen, auf dem er als blinder Passagier mitgefahren war, stand noch immer am Kontrollpunkt, und der Fahrer redete aufgeregt und mit beiden Händen gestikulierend auf zwei Polizisten ein, die er von seiner Unschuld zu überzeugen suchte — man hatte ihn ganz offenbar in Verdacht, etwas davon gewußt zu haben, daß Reynolds hinten auf seinem Wagen mitgefahren war. Reynolds blieb stehen und wollte etwas sagen, um den Fahrer zu entlasten, doch er kam nicht dazu: Zwei der Polizisten, die hier in der Nähe der Dienststelle und ihres unmittelbaren Vorgesetzten wieder sehr energisch und diensteifrig waren, ergriffen ihn an den Armen und schoben ihn eilig durch die Tür des Wachlokales.

Die Wache war eine kleine, viereckige Bretterbude, die Ritzen in den Wänden waren mit zusammengeknülltem, feuchtem Zeitungspapier verstopft, und das Mobiliar war spärlich: ein Kanonenofen, dessen Rohr als Esse zum Dach hinausging, ein Telefon, zwei Stühle und ein arg ramponierter, mäßig großer Schreibtisch. Hinter dem Schreibtisch saß der Wachhabende, ein kleiner, dicklicher Mann mittleren Alters, mit einem roten und unbedeutenden Gesicht. Er bemühte sich, seinen kleinen Schweinsäuglein einen kalten, durchdringenden Ausdruck zu geben, doch das gelang ihm nicht so ganz: Der Anschein dienstlicher Autorität, den er vorzutäuschen suchte, hing um ihn wie ein fadenscheiniger Mantel. Eine Null, schätzte Reynolds. Es konnte nichts schaden, ein wenig Krach zu schlagen.

Reynolds entriß sich den Händen der Polizisten, die ihn festhielten, war mit zwei Schritten am Schreibtisch und schlug mit der Faust so kräftig auf die Schreibtischplatte, daß das Telefon einen Satz machte und ein dünnes, klingendes Geräusch von sich gab.

»Sind Sie der Wachhabende hier?« fragte er ungehalten.

Der Mann hinter dem Schreibtisch blinzelte verblüfft und erschreckt, rutschte in seinem Stuhl nach hinten und war schon dabei, in instinktiver Abwehr die Hände zu erheben, als er sich von seinem Schreck erholte und die Bewegung unterdrückte. Doch er wußte, daß seine Leute es bemerkt hatten, und das Rot seines Halses und seiner Backen färbte sich noch um einen Schein dunkler.

»Natürlich bin ich der Wachhabende hier!« Seine Stimme, die zunächst ein hohes Quieken gewesen war, wurde um eine Oktave tiefer, während er seine Fassung wiedergewann. »Was dachten Sie denn?«

Reynolds ließ ihn nicht ausreden. »Was soll dann dieser Unfug?« fuhr er ihn an, holte seinen Paß und seinen Personalausweis aus seiner Brieftasche und warf beides auf den Tisch. »Da, sehen Sie sich das an, untersuchen Sie es genau! Vergleichen Sie die Fotografie und die Fingerabdrücke, aber beeilen Sie sich gefälligst ein bißchen. Ich bin bereits verspätet und habe keine Zeit, mich die ganze Nacht hier mit Ihnen herumzutreiben. Also los, und bitte ein bißchen plötzlich!«

Der kleine Mann hinter dem Schreibtisch hätte kein Mensch sein dürfen, wenn er von soviel Selbstsicherheit und rechtschaffener Entrüstung nicht hätte beeindruckt sein sollen — und er war durchaus ein menschliches Wesen. Langsam und innerlich widerstrebend zog er die Ausweise zu sich heran und betrachtete sie genau.

»John Buhl«, las er laut. »Geboren Linz 1923, gegenwärtiger Wohnort Wien, Beruf Kaufmann, Import und Export von Maschinenteilen.«

»Und hier auf ausdrückliche Einladung Ihres Wirtschaftsministeriums«, setzte Reynolds mit sanfter Stimme hinzu. Der Brief, den er dabei auf den Tisch warf, war auf einem amtlichen Briefbogen des Ministeriums geschrieben und, wie der Stempel auf dem Umschlag erkennen ließ, vor vier Tagen in Budapest zur Post gegangen. Reynolds angelte beiläufig mit dem Fuß nach einem Stuhl, zog ihn zu sich heran, nahm darauf Platz und steckte sich eine Zigarette an. »Was mögen wohl Ihre Vorgesetzten in Budapest denken, wenn sie von Ihrer heutigen Leistung hören?« sagte er leise. »Ihre Aussichten auf Beförderung dürften sich dadurch kaum verbessern, möchte ich annehmen.«

»Diensteifer, selbst wenn er einmal unangebracht sein sollte, ist in unserem Lande kein strafwürdiges Vergehen.« Der Beamte hatte seine Stimme wieder einigermaßen in der Gewalt, doch seine weißen, fleischigen Hände zitterten leicht, während er den Brief in den Umschlag steckte und ihn zusammen mit den Ausweisen Reynolds zurückgab. Er verschränkte die Hände vor sich auf dem Schreibtisch, starrte eine Weile darauf, hob dann den Blick und sah Reynolds mit gerunzelter Stirn an. »Warum sind Sie davongelaufen?«

»Du lieber Gott!« sagte Reynolds und schüttelte verzweifelt den Kopf. Diese Frage mußte ja kommen, und er hatte reichlich Zeit gehabt, sich darauf vorzubereiten. »Was würden Sie denn machen, wenn im Dunkeln zwei Rowdys auf Sie losgehen und Ihnen mit ihren Schießprügeln vor der Nase herumwedeln? Würden Sie stillhalten und sich abmurksen lassen?«

»Es waren aber keine Rowdys, sondern Polizeibeamte. Das hätten Sie . . .«

»Gewiß, es waren Polizeibeamte«, fiel Reynolds ihm ins Wort. »Jetzt kann ich das auch sehen — doch da hinten in dem Lastwagen war es schwarz wie die Nacht.« Er war jetzt völlig gelockert, äußerlich ruhig und entspannt, während sein Kopf fieberhaft arbeitete. »Also gut, reden wir nicht mehr davon. Es ist schließlich nicht Ihre Schuld. Sie haben einfach Ihre Pflicht getan — wenn natürlich auch

Ihr dienstlicher Eifer sehr unangenehme Folgen für Sie hätte haben können. Ich mache Ihnen einen Vorschlag: Sie beschaffen mir eine Fahrgelegenheit nach Budapest, und ich vergesse die ganze Sache. Ihre Vorgesetzten brauchen von dem Vorfall überhaupt nichts zu erfahren.«

»Danke, das ist sehr freundlich von Ihnen.« Der Beamte reagierte auf den Vorschlag nicht so begeistert, wie Reynolds erwartet hatte; man hätte sogar fast meinen können, seine Stimme habe ein klein wenig spöttisch geklungen. »Sagen Sie, Herr Buhl, wie kam es überhaupt, daß Sie auf diesem Lastwagen mitfuhren? Das ist kaum ein normales Verkehrsmittel für Leute, die in so wichtigen Geschäften unterwegs sind wie Sie. Und Sie haben dem Fahrer nicht einmal etwas davon gesagt.«

»Er hätte es vermutlich abgelehnt, mich mitzunehmen — da ihm die Mitnahme unbefugter Passagiere verboten ist.« Ganz hinten in seinem Bewußtsein hörte Reynolds ein leises Warnungssignal ertönen. »Und ich hatte es eilig.«

»Wieso dann aber ...«

»Der Lastwagen?« Reynolds zeigte ein unfrohes Lächeln. »Die Straßen hier sind heimtückisch. Ich kam auf dem Eis ins Schleudern, rutschte in einen tiefen Graben, und da saß ich — mit einer gebrochenen Vorderachse.«

»Sie sind mit dem Wagen gekommen? Aber Geschäftsleute, die es eilig haben ...«

»Ich weiß, ich weiß!« Reynolds sprach jetzt so, daß seiner Stimme eine leichte Gereiztheit, eine gewisse Ungeduld anzuhören war. »Sie kommen mit dem Flugzeug. Aber ich hatte hinten im Wagen zweihundertfünfzig Kilo Maschinenteile: eine so verdammt schwere Musterkollektion können sie nicht im Flugzeug mitnehmen.« Ärgerlich drückte er seine Zigarette aus. »Diese Fragerei ist einfach lächerlich. Ich habe mich hinreichend ausgewiesen, und ich habe es eilig. Wie steht es also mit der Fahrgelegenheit nach Budapest?«

»Nur zwei kurze Fragen, und dann können Sie fahren«, versprach der Beamte. Er saß jetzt bequem nach hinten gelehnt in seinem Stuhl und hatte die Arme auf der Brust verschränkt, während sich Reynolds immer unbehaglicher in seiner Haut fühlte. »Sie sind direkt von Wien gekommen? Auf der Hauptstraße?«

»Selbstverständlich! Wie hätte ich denn sonst kommen sollen?«

»Heute vormittag?«

»Reden Sie doch keinen Unsinn!« Wien war keine zweihundert Kilometer von hier entfernt. »Heute nachmittag.«

»Um vier? Oder um fünf?«

»Später. Genau zehn nach sechs. Ich erinnere mich, daß ich auf meine Armbanduhr sah, als ich bei Ihrer Zollkontrolle vorbeikam.«

»Können Sie das beschwören?«

»Falls das notwendig sein sollte, ja.«

Der rasche Seitenblick und das Nicken des Polizeibeamten kamen für Reynolds völlig überraschend, und ehe er eine Bewegung machen konnte, hatten ihn drei Mann von hinten ergriffen, vom Stuhl hochgerissen, ihm die Arme vorn zusammengedrückt und ein Paar schimmernde stählerne Handschellen zuschnappen lassen.

»Was, zum Teufel, soll das bedeuten?« So heftig der Schock für Reynolds auch war – der Ton wütender Entrüstung in seiner Stimme hätte kaum echter klingen können.

»Weiter nichts, als daß man keine Fehler machen darf, wenn man mit Erfolg lügen will.« Der Beamte versuchte ganz gelassen zu reden, doch der Triumph in seiner Stimme und in seinen Augen war unverkennbar. »Ich habe eine interessante Neuigkeit für Sie, Herr Buhl – falls das Ihr Name sein sollte, was ich allerdings auch nicht einen Augenblick lang glaube. Die österreichische Grenze ist vierundzwanzig Stunden lang für jeglichen Verkehr gesperrt – eine normale Sicherheitskontrolle, wie ich annehme –, und zwar seit heute nachmittag drei Uhr. Nach Ihrer Uhr allerdings erst seit zehn nach sechs!« Er grinste jetzt ganz unverhohlen, während er die Hand nach dem Telefon ausstreckte. »Sie sollen Ihre Fahrgelegenheit nach Budapest haben, Sie unverschämter Schwindler – und zwar in einem bewachten Polizeiauto. Wir haben schon lange keinen westlichen Spion mehr in die Finger bekommen; ich bin überzeugt, daß man mit Freuden den weiten Weg von Budapest hierher einen Wagen für Sie schicken wird, ganz speziell für Sie.«

Er verstummte plötzlich, zog die Stirn in Falten, drückte wiederholt auf die Gabel, lauschte von neuem in den Hörer, brummte irgend etwas vor sich hin und legte dann verärgert auf.

»Funktioniert schon wieder nicht! Dauernd ist mit diesem verdammten Apparat irgend etwas nicht in Ordnung.« Es war ihm nicht möglich, seine Enttäuschung zu verbergen; denn es hätte einen Höhepunkt seines Lebens bedeutet, diese wichtige Meldung persönlich durchzugeben. Er winkte einen seiner Leute heran.

»Wo ist das nächste Telefon?«

»Im Dorf, drei Kilometer von hier.«

»Gehen Sie hin, so schnell wie möglich«, sagte er, während er aufgeregt etwas auf ein Stück Papier kritzelte. »Da haben Sie die Nummer und den Wortlaut der Meldung. Vergessen Sie nicht zu sagen, daß die Meldung von mir kommt. Und beeilen Sie sich.«

Der Mann faltete den Zettel zusammen, steckte ihn in die Tasche, knöpfte sich den Mantel zu und ging hinaus.

»Ich fürchte, das wird Sie teuer zu stehen kommen«, sagte Reynolds mit ruhiger Stimme. »Sie machen da einen sehr schweren Fehler.«

»Beharrlichkeit ist an sich eine lobenswerte Sache, doch der kluge Mann weiß, wann er aufhören muß, das Spiel weiterzutreiben«, sagte der kleine Dicke, der die Situation jetzt ausgesprochen zu genießen schien. »Der einzige Fehler, den ich gemacht habe, war, Ihnen auch nur ein einziges Wort zu glauben.« Er sah auf seine Uhr. »Es wird anderthalb Stunden dauern, oder vielleicht auch zwei, auf diesen verschneiten Straßen, ehe der — hm — Wagen für Sie da ist. Doch wir können diese Zeit sehr nützlich ausfüllen. Ich darf Sie bitten, einige Angaben zu Ihrer Person zu machen. Zunächst einmal Ihren Namen — und zwar diesmal Ihren wirklichen Namen, wenn Sie nichts dagegen haben.«

»Den kennen Sie bereits. Sie haben ja meine Papiere gesehen«, Reynolds nahm unaufgefordert wieder Platz auf dem Stuhl, wobei er seine Handschellen unauffällig einer kurzen Prüfung unterzog; sie waren stark und saßen eng um das Handgelenk, und hier war also keine Hoffnung. Auch so, selbst mit gefesselten Händen, hätte er mit dem kleinen Dicken fertig werden können — er hatte ja noch immer das Springmesser unter seinem Hut —, doch es war sinnlos, daran überhaupt zu denken, denn schließlich standen hinter ihm drei bewaffnete Polizisten. »Die in meinen Papieren angegebenen Personalien entsprechen genau der Wahrheit. Ich kann hier nicht irgendwelche Lügen erzählen, nur um Ihnen gefällig zu sein.«

»Niemand verlangt von Ihnen, daß Sie Lügen erzählen sollen, Sie sollen nur, sagen wir mal, sich etwas genauer erinnern. Nun, vermutlich bedarf Ihr Gedächtnis einer kleinen Auffrischung.« Er schob seinen Stuhl zurück, erhob sich schwerfällig und kam um seinen Schreibtisch herum. »Also, wie ist Ihr Name?«

»Ich sagte Ihnen bereits ...«, begann Reynolds, brach aber mit einem unterdrückten Ächzen ab, als ihm der Beamte einmal mit der offenen Hand und einmal mit dem Handrücken heftig ins Gesicht schlug. Er schüttelte leicht benommen den Kopf, hob seine gefesselten Arme und wischte sich etwas Blut vom Mundwinkel.

»Mir scheint, es zeigen sich bei Ihnen erste Ansätze zur Vernunft«, sagte der kleine Mann strahlend. »Also, lassen Sie jetzt endlich den Unsinn und ersparen Sie uns weitere Unannehmlichkeiten.«

Reynolds rief ihm ein nicht wiederzugebendes Schimpfwort zu. Das schwammige Gesicht des Dicken lief dunkel an, als hätte man ihm einen Schlag mit der Peitsche versetzt. Er kam einen Schritt auf Reynolds zu, hob den Arm zu einem bösartigen Schlag — und sank dann rücklings auf seinen Schreibtisch, ächzend vor Schmerz, getroffen von dem Fuß, den Reynolds ruckartig hatte hochschnellen lassen. Sekundenlang blieb er in der Stellung, wie er gefallen war, halb an und halb auf seinem Schreibtisch liegen, stöhnend und nach Luft schnappend, während seine Leute noch immer bewegungslos dastanden, wie erstarrt durch die Plötzlichkeit, die Ungeheuerlichkeit des Geschehens. Genau in diesem Augenblick wurde die Tür weit aufgerissen, und ein Schwall eisiger Luft drang herein.

Reynolds fuhr auf seinem Sitz herum. In der weit geöffneten Tür stand ein Mann, der mit seinen durchdringenden blauen Augen — sie waren von einem auffallend hellen und intensiven Blau — jede Einzelheit der Szene in sich aufnahm. Er war schlank, breitschultrig und so groß, daß sein unbedecktes, dichtes braunes Haar fast den Türrahmen berührte, und trug einen militärischen Trenchcoat von grünlicher Farbe, mit hohem Kragen, Schulterklappen und ledernem Koppel. Das Gesicht entsprach dem Ausdruck der Augen: die buschigen Brauen, die geschwungenen Nasenflügel über dem kurzen Schnurrbart, die dünnen Lippen — das alles verlieh dem markanten, gutgeschnittenen Gesicht diese undefinierbare Autorität eines Mannes, der an sofortigen und bedingungslosen Gehorsam gewöhnt ist.

Zwei Sekunden genügten ihm, um sich über die Situation zu informieren — und Reynolds vermutete, daß dieser Mann nie länger brauchte als zwei Sekunden. Er durchquerte mit lässigen Schritten den Raum, beugte sich über den gestürzten Polizeibeamten, ergriff ihn mit einer Hand am Kragen und stellte ihn mit einem Ruck auf die Füße, ohne sich um sein aschfahles Gesicht und sein schmerzliches Ächzen und Stöhnen zu kümmern.

»Idiot!« sagte er. Die Stimme entsprach seiner ganzen Erscheinung, sie war kalt, unbeteiligt und fast ohne jede Modulation. »Wenn Sie das nächstemal jemanden — ausfragen, dann kommen Sie seinen Füßen nicht zu nahe.« Er zeigte mit einem kurzen Nicken auf Reynolds. »Wer ist dieser Mann, was haben Sie ihn gefragt und warum?«

Der Polizeibeamte warf Reynolds einen feindseligen Blick zu, schnappte mühsam nach Luft und sagte krächzend und heiser: »Sein Name ist Johann Buhl, ein Geschäftsmann aus Wien — doch das glaube ich nicht. Er ist ein Spion, ein dreckiger faschistischer Spion!«

»Natürlich.« Der Mann im grünen Trenchcoat lächelte ironisch. »Alle Spione sind dreckige Faschisten. Aber ich habe Sie nicht nach Ihrer Meinung gefragt, mich interessieren die Tatsachen. Zunächst: Woher wissen Sie seinen Namen?«

»Er hat sich ausgewiesen. Aber seine Ausweise sind natürlich gefälscht.«

»Ich möchte sie sehen.«

Der Beamte reichte sie dem Mann im Trenchcoat, der sie rasch und fachmännisch prüfte.

»Hervorragend gemacht, wirklich ausgezeichnet. Könnten direkt echt sein — was sie aber nicht sind. Dieser Mann ist in der Tat unser Mann.«

Nur mit Mühe gelang es Reynolds, seine krampfhaft zur Faust geschlossenen Hände zu entspannen. Dieser Mann war ungeheuer gefährlich, gefährlicher als ein ganzes Heer stümperhafter Trottel vom Format des kleinen Polizeibeamten.

»Ihr Mann! Ihr Mann!« fragte der Polizeibeamte, der vollkommen durcheinander war. »Was meinen Sie damit?«

»Ich stelle hier die Fragen, mein Freundchen. Sie sagen, dieser Mann sei ein Spion. Wieso?«

»Er behauptet, die Grenze heute abend überschritten zu haben«, sagte der kleine Dicke, der sehr rasch seine Lektionen zu lernen schien. »Die Grenze war aber gesperrt.«

»Allerdings.« Der Fremde lehnte sich mit dem Rücken gegen die Wand, entnahm einem flachen Zigarettenetui eine russische Zigarette — das Etui war aus Gold, nicht Messing oder Chrom, der Mann mußte also ein hohes Tier sein —, steckte sich die Zigarette an und betrachtete Reynolds nachdenklich. Es war der Polizeibeamte, der das Schweigen schließlich brach. Er hatte mittlerweile Zeit gehabt, seine verlorene Fassung wenigstens zu einem kleinen Teil wiederzugewinnen.

»Wieso soll ich mir eigentlich von Ihnen etwas befehlen lassen?« sagte er aufbegehrend. »Ich habe Sie noch nie im Leben gesehen. Ich bin der Wachhabende hier. Wer sind Sie überhaupt?«

Es vergingen etwa zehn Sekunden — zehn Sekunden, die der Mann im grünen Trenchcoat damit verbrachte, Reynolds von oben bis unten sehr genau in Augenschein zu nehmen —, ehe er sich beiläufig zur Seite wandte und den kleinen Polizeibeamten von oben herab ansah. Die Augen blickten noch kälter, geradezu eisig, doch der Ausdruck seines Gesichts war unverändert. Der Polizist schien unter diesem Blick sonderbar zu schrumpfen, er wich zurück und drückte sich ängstlich gegen die Kante seines Schreibtisches.

»Ich bin mitunter großmütig, wenn auch nicht oft. Wir wollen fürs erste vergessen, was Sie gesagt und wie Sie es gesagt haben.« Er zeigte mit dem Kopf auf Reynolds, und sein Ton wurde um eine Idee schärfer. »Dieser Mann da blutet am Mund. Hat er versucht, bei seiner Festnahme Widerstand zu leisten?«

»Er wollte meine Fragen nicht beantworten, und ...«

»Wer hat Ihnen das Recht gegeben, einen Festgenommenen zu verhören oder zu mißhandeln?« Die Stimme schlug zu wie eine Peitsche. »Sie erbärmlicher, stümperhafter Idiot, Sie hätten unter Umständen einen Schaden anrichten können, der gar nicht wieder gutzumachen ist! Überschreiten Sie Ihre Befugnisse noch ein einzigesmal, und ich werde persönlich dafür sorgen, daß Sie sich von Ihren angemaßten Amtsgeschäften ausruhen und erholen können. Vielleicht ein Urlaub am Meer — wie wäre es mit Konstanta?«

Der Polizist bekam trockene Lippen, und in seinen Augen stand die blanke Angst. Konstanta, das Gebiet der Zwangsarbeitslager für den Bau des Donaukanals, war in ganz Zentraleuropa berüchtigt: Viele waren dorthin geschickt worden, doch keiner von ihnen war jemals zurückgekehrt.

»Ich — ich dachte nur ...«

»Sie dachten? Überlassen Sie das Leuten, die dazu in der Lage sind.« Er zeigte mit dem Daumen auf Reynolds. »Lassen Sie den Mann zu meinem Wagen bringen. Ich nehme an, man hat ihn durchsucht?«

»Aber selbstverständlich!« Der Beamte zitterte geradezu vor Eifer. »Und zwar gründlich.«

»Eine solche Beteuerung aus Ihrem Munde läßt eine weitere Durchsuchung dringend geboten erscheinen«, sagte der Mann im grünen Trenchcoat trocken. Er sah Reynolds an, wobei sich seine eine Braue ein wenig in die Höhe schob. »Müssen wir uns wirklich gegenseitig so weit erniedrigen — ich meine, daß ich Sie eigenhändig durchsuchen muß?«

»Unter meinem Hut befindet sich ein Messer.«

»Danke.« Der Mann hob den Hut hoch, nahm das Messer, setzte Reynolds seinen Hut höflich wieder auf, ließ die Klinge herausschnellen, betrachtete sie nachdenklich, schob sie wieder zurück in den Schaft, ließ das Messer in seiner Tasche verschwinden und sah den Polizisten an, der blaß geworden war.

»Ich muß los. Wie ich sehe, haben Sie da ein Telefon. Verbinden Sie mich mit der Andrassy Ut, und beeilen Sie sich ein bißchen!«

Andrassy Ut! Obwohl es Reynolds mit jedem Augenblick klarer geworden war, wen er hier vor sich hatte, erschrak er jetzt doch, als er seine Befürchtung bestätigt sah. Es gelang ihm nicht, zu verhindern, daß sich die Muskeln seines Gesichts spannten, während ihn der große Mann im Trenchcoat prüfend ansah. Die ungarische Geheimpolizei galt zur Zeit als eine der erbarmungslosesten Institutionen dieser Art hinter dem Eisernen Vorhang, und Andrassy Ut, das Hauptquartier der gefürchteten AVO, war der einzige Ort auf der ganzen Erde, den er unter allen Umständen zu meiden wünschte.

»Es scheint, dieser Name ist Ihnen nicht ganz unbekannt«, sagte der Fremde lächelnd. »Das bedeutet nichts Gutes für Sie und für die Richtigkeit Ihrer Angaben, Herr Buhl: Andrassy Ut dürfte kaum ein Name sein, der westlichen Geschäftsleuten geläufig ist.« Er wandte sich an den Polizeibeamten. »Nun, was haben Sie denn jetzt schon wieder zu stottern?«

»Das — das Telefon.« Die Stimme des kleinen Dicken, dessen Angst jetzt geradezu panisch zu sein schien, war ein hohes, quiekendes Gestammel. »Es ist außer Betrieb.«

»Wie könnte es anders sein. Überall die gleiche Tüchtigkeit. Gott helfe unserem armen Vaterland.« Er holte seine Brieftasche heraus, die er aufschlug und dem Polizeibeamten kurz vor die Nase hielt. »Das dürfte genügen, um Sie zu beruhigen.«

»Selbstverständlich, Herr Oberst, selbstverständlich!« Die Worte überschlugen sich förmlich. »Wie Sie befehlen, Herr Oberst.«

»Gut.« Die Brieftasche klappte zu, der Fremde drehte sich um und machte Reynolds eine ironische Verbeugung. »Gestatten Sie – Oberst Szendro, von der ungarischen Staatspolizei. Ich stehe Ihnen mit meinem Wagen zur Verfügung, Herr Buhl. Wir fahren unverzüglich nach Budapest. Meine Kollegen und ich haben Sie schon seit einigen Wochen erwartet, und wir sind äußerst begierig, bestimmte Dinge mit Ihnen zu besprechen.«

2

Draußen war jetzt pechschwarze Nacht, doch das Licht, das aus der offenen Tür und dem vorhanglosen Fenster des Wachlokals fiel, ergab eine ausreichende Sicht. Oberst Szendros Wagen stand auf der anderen Seite der Straße – ein schwarzer, geschlossener Mercedes, der bereits mit einer dicken Schneeschicht bedeckt war. Reynolds mußte einen Augenblick warten, während der Oberst die Polizisten anwies, den Fahrer des Lastwagens freizulassen und im Laderaum des Lasters nach irgendwelchen Gepäckstücken zu suchen, die Buhl möglicherweise dort hatte zurücklassen müssen – man fand sein Handgepäck sofort und stopfte seine Pistole in die Seitentasche –, dann machte Szendro die vordere Wagentür auf und ließ Reynolds Platz nehmen.

Reynolds war felsenfest davon überzeugt, daß niemand, der einen Wagen fuhr, ihn fünfzig Meilen weit als seinen Gefangenen mitnehmen konnte, doch der Wagen war noch gar nicht abgefahren, als er bereits feststellen mußte, wie sehr er sich geirrt hatte. Während ein Polizist von links her sein Gewehr auf Reynolds gerichtet hielt, beugte sich Szendro durch die rechte Tür, öffnete das Handschuhfach vor Reynolds, holte zwei dünne Ketten heraus und ließ das Handschuhfach offen.

»Ein etwas ungewöhnlicher Wagen, mein lieber Buhl«, sagte der Oberst entschuldigend. »Aber Sie müssen das verstehen. Bei bestimmten Mitfahrern scheint es mir doch mitunter notwendig, ihnen das Gefühl einer gewissen Sicherheit zu geben.« Er schloß rasch eine der beiden Handschellen auf, schob das Endglied einer der beiden Ketten über den stählernen Bügel, ließ die Handschelle wieder zuschnappen, führte die Kette durch einen Ring an der Hinterwand des Handschuhkastens und befestigte das andere Ende der Kette an dem Bügel der anderen Handschelle. Dann legte er die zweite Kette Reynolds um die Beine, kurz oberhalb der Knie, machte die Tür zu, beugte sich durch das geöffnete Fenster herein und schloß die Kette mit einem kleinen Vorhängeschloß an der Armlehne an. Danach trat er zurück und nahm sein Werk in Augenschein.

»Zufriedenstellend, scheint mir. Sie müßten eigentlich völlig bequem sitzen und ausreichend Bewegungsfreiheit haben — allerdings nicht genug, das dürfen Sie mir glauben, um mich zu erreichen. Ebenso werden Sie feststellen, daß es Ihnen kaum möglich ist, sich aus der Tür zu stürzen, die sich ohnehin nur sehr schwer öffnen läßt, denn wie Sie sehen, fehlt an dieser Tür innen der Griff.«

Seine Stimme klang beiläufig, fast liebenswürdig scherzend; doch Reynolds gab sich keinerlei Illusionen hin. »Ebenso darf ich Sie freundlichst bitten, sich nicht etwa selbst zu verletzen, indem Sie heimlich ausprobieren, wie stark diese Ketten und ihre Verankerungen sind: Die Ketten reißen erst bei einer Belastung von etwas mehr als einer Tonne, die Armlehne ist besonders verstärkt, und dieser Ring da in dem Handschuhkasten ist unten am Chassis verankert. — Du lieber Gott, was haben Sie denn jetzt schon wieder?«

»Ich hatte ganz vergessen, es Ihnen zu sagen, Herr Oberst.« Die Stimme des Polizeibeamten war hastig und nervös. »Ich habe bei unserer Budapester Dienststelle anrufen lassen und darum gebeten, einen Wagen für diesen Mann herzuschicken.«

»So?« sagte Szendro schroff. »Und wann?«

»Ungefähr vor zehn bis fünfzehn Minuten.«

»Trottel! Warum haben Sie mir das nicht gleich gesagt. Nun, jetzt ist es zu spät. Aber es macht nichts, vielleicht ist es sogar gut. Wenn die Leute dort ein ebenso dickes Brett vorm Kopf haben wie Sie, was allerdings, das gebe ich zu, schwer vorstellbar ist, so kann ihnen die Fahrt durch die kalte Nachtluft nur guttun.«

Oberst Szendro schlug die Tür zu, schaltete das Deckenlicht über der Windschutzscheibe an, um seinen Gefangenen besser beobachten zu können, und fuhr los, Richtung Budapest. Der Mercedes hatte an allen vier Rädern Winterreifen, und Szendro holte trotz der verschneiten Straße eine gute Zeit heraus. Er fuhr mit der lässigen Sicherheit des geübten Fahrers, und seine kalten blauen Augen gingen immer wieder nach rechts, sehr oft und mit wechselnden Pausen.

Reynolds saß sehr still und starrte unverwandt nach vorn. Er hatte bereits, obwohl der Oberst ihm davon abgeraten hatte, die Stärke der Ketten getestet: Der Oberst hatte nicht übertrieben. Jetzt zwang er sich, einen kalten Kopf zu behalten und so klar und konstruktiv wie irgend möglich zu denken. Seine Situation war so gut wie hoffnungslos — sie würde völlig aussichtslos sein, sobald sie Budapest erreicht hatten. Gewiß, es gab Wunder, doch bestimmte Wunder gab es einfach nicht: Aus dem Hauptquartier der AVO, den Folterkammern in der Stalinstraße, gab es kein Entrinnen. War er erst einmal dort, dann war er verloren; sollte es für ihn überhaupt noch irgendeine Möglichkeit zur Flucht geben, so mußte er aus diesem Wagen entfliehen, innerhalb der nächsten Stunde.

An der Tür auf seiner Seite befand sich kein Griff zum Herunterdrehen des Fensters — der Oberst hatte vorsorglich alle derartigen

Versuchungen entfernt. Doch auch, wenn das Fenster offen gewesen wäre, hätte er den Griff außen nicht erreichen können. Er konnte mit den Händen auch nicht an das Steuerrad heran; er hatte bereits den Radius der Kette berechnet und festgestellt, daß sie seine ausgestreckten Finger wenigstens fünf Zentimeter von dem Steuer entfernt festhalten würde. Er konnte seine Beine in einem bestimmten Umfang bewegen, aber er konnte sie nicht hoch genug heben, um die Windschutzscheibe zu zersplittern und dadurch bei entsprechend hoher Geschwindigkeit vielleicht einen Unfall zu veranlassen. Er hätte seine Füße gegen das Armaturenbrett stemmen können, und es gab Wagen, bei denen es ihm möglich gewesen wäre, den ganzen Vordersitz aus den Schienen herauszudrücken und nach hinten zu schieben. Doch alles an diesem Wagen zeigte solide Festigkeit, und wenn der Versuch mißlang, wie fast mit Sicherheit anzunehmen war, dann würde er sich mit seiner qualvollen Anstrengung vermutlich nichts anderes einhandeln als einen Schlag auf den Kopf, der ihn bewegungslos machte, bis sie am Ziel waren. Und die ganze Zeit zwang er sich, nicht an das zu denken, was ihm bevorstand, wenn er dort angelangt war: Das konnte nur dazu führen, daß er die Nerven endgültig verlor.

Eben war ihm doch noch etwas eingefallen — ein verzweifelter Versuch, immerhin aber mit einer gewissen Aussicht auf Erfolg —, als der Oberst, der die ganzen fünfzehn Minuten seit ihrer Abfahrt geschwiegen hatte, die ersten Worte sprach.

»Sie sind ein gefährlicher Mann, Buhl«, bemerkte er in leichtem Plauderton. »Ihr denkt zuviel, Cassius — Sie kennen natürlich Ihren Shakespeare?«

Reynolds sagte nichts. Jedes Wort, das dieser Mann sagte, war eine mögliche Falle.

»Der gefährlichste Mann, mit dem ich je in diesem Wagen gefahren bin, möchte ich sagen, und ich habe schon gelegentlich dort auf dem Platz, wo Sie jetzt sitzen, ein paar zu allem entschlossene Burschen gehabt«, fuhr Szendro nachdenklich fort. »Sie wissen, wohin die Reise geht, und es scheint Sie kaltzulassen. Aber es läßt Sie natürlich nicht kalt.«

Reynolds sagte auch darauf nichts. Vielleicht glückte sein Plan — und die geringste Aussicht auf Erfolg genügte, das Risiko zu rechtfertigen.

»Dies Schweigen ist, milde ausgedrückt, ungesellig«, meinte Oberst Szendro. Er brannte sich eine Zigarette an und warf das Streichholz durch das kleine Drehfenster hinaus, das einen Spalt breit offenstand. Reynold spürte, wie sich seine Muskeln unwillkürlich ein wenig anspannten — das war genau das, worauf er gewartet hatte. »Ich hoffe, Sie sitzen einigermaßen bequem?« fragte Szendro.

»Danke«, antwortete Reynolds, in genau dem gleichen Ton beiläufiger Unterhaltung, in dem Szendro gesprochen hatte. »Doch ich würde auch gern eine Zigarette rauchen, wenn Sie nichts dagegen haben.«

»Aber bitte, bitte!« Szendro war die Gastlichkeit in Person. »Man muß für das leibliche Wohl seiner Mitfahrer sorgen — da in dem Handschuhfach vor Ihnen liegen einige lose Zigaretten.«

»Besten Dank.« Reynolds zeigte mit dem Kopf auf die kleine Rundung, die vor seinem Sitz oben aus dem Armaturenbrett herausragte. »Ein Zigarettenanzünder, nicht wahr?«

»So ist es. Bitte, bedienen Sie sich.«

Reynolds langte mit seinen durch die Handschellen aneinandergefesselten Händen nach vorn, drückte den Zigarettenanzünder einige Sekunden lang hinein und zog ihn dann heraus. Doch als er den Anzünder mit der rötlich glühenden Spirale am Ende herumdrehen wollte, entglitt er seinen unsicheren Händen und fiel zu Boden. Er wollte ihn aufheben, doch zehn oder fünfzehn Zentimeter vom Fußboden entfernt wurden seine Hände durch die Kette mit einem heftigen Ruck zurückgerissen. Er fluchte leise vor sich hin.

Szendro lachte, und Reynolds richtete sich auf und sah ihn an. Das Gesicht des Obersten zeigte keinerlei boshafte Schadenfreude, sondern einfach einen teils belustigten, teils bewundernden Ausdruck, wobei die Bewunderung überwog.

»Sehr schlau ausgedacht, mein lieber Buhl, wirklich sehr schlau. Ich sagte ja schon, Sie seien ein gefährlicher Mann, und davon bin ich jetzt erst recht überzeugt.« Er nahm einen tiefen Zug aus seiner Zigarette. »Es gäbe jetzt also drei verschiedene Möglichkeiten, nicht wahr? Wobei ich allerdings gestehen muß, daß mir keine dieser verschiedenen Möglichkeiten sonderlich reizvoll erscheint.«

»Ich weiß nicht, wovon Sie eigentlich reden.«

»Abermals großartig!« sagte Szendro mit breitem Lächeln. »Die erstaunte Ahnungslosigkeit, mit der Sie das eben gesagt haben, konnte gar nicht besser sein. Es gibt also, wie ich schon sagte, drei Möglichkeiten. Erstens: ich könnte mich höflich hinüber- und hinunterbeugen, um den Zigarettenanzünder aufzuheben, worauf Sie sich nach besten Kräften bemühen würden, mir den Hinterkopf mit Ihren Handschellen zu zertrümmern. Zumindest würde es Ihnen gelingen, mir durch einen solchen Schlag das Bewußtsein zu rauben — und Sie haben sehr genau, wenn auch durchaus unauffällig, festgestellt, wo ich den Schlüssel zu Ihren Handschellen verwahrt habe.« Reynolds sah ihn an, als begriffe er überhaupt nichts; doch in seinem Mund spürte er bereits den bitteren Geschmack der Niederlage.

»Zweitens: ich könnte Ihnen eine Schachtel Streichhölzer zuwerfen. Dann würden Sie ein Streichholz aufreißen, damit die Köpfe sämtlicher anderer Streichhölzer, die sich in der Schachtel befinden, zur Entzündung bringen, mir die Schachtel ins Gesicht werfen, ich würde die Herrschaft über den Wagen verlieren – und daraus könnte sich natürlich alles mögliche ergeben. Oder drittens konnten Sie einfach hoffen, daß ich Ihnen Feuer geben würde, entweder mit meinem Feuerzeug oder von meiner Zigarette; dann machen Sie den bekannten Judogriff, brechen mir ein paar Finger – und der Schlüssel steht zu Ihrer Verfügung. Mein lieber Herr Buhl, Sie sind ein Mann, auf den man wirklich aufpassen muß.«

»Was Sie da reden, ist völliger Unsinn«, sagte Reynolds.

»Mag sein, mag sein. Ich bin ein mißtrauischer Mensch, aber ich bleibe am Leben.« Der Oberst warf Reynolds irgend etwas auf den Schoß. »Anbei ein einzelnes Streichholz. Sie können es am Deckel des Handschuhkastens anreißen.«

Reynolds rauchte schweigend. Er konnte, er wollte nicht aufgeben, obwohl er fühlte und wußte, daß dieser Mann da am Steuer auf alles vorbereitet war – vermutlich sogar auf vieles, von dem er, Reynolds, überhaupt nichts ahnte. Er machte ein halbes Dutzend verschiedener Pläne, von denen jeder noch phantastischer und aussichtsloser war als der vorhergegangene, als der Oberst vom vierten Gang herunterschaltete in den dritten, suchend den Straßenrand abspähte, plötzlich bremste und von der Straße auf einen schmalen Feldweg abbog. Eine halbe Minute später hielt er auf diesem Feldweg an – parallel zur Straße und knapp zwanzig Meter von ihr entfernt, aber durch dichtes, verschneites Buschwerk fast völlig gegen jede Sicht geschützt – und stellte den Motor ab. Dann schaltete er die Scheinwerfer und das Standlicht aus, drehte auf seiner Seite das Fenster trotz der bitteren Kälte ganz herunter, drehte sich um und richtete den Blick auf Reynolds. Die Deckenlampe über der Windschutzscheibe brannte noch immer in der Dunkelheit.

Jetzt kommt es, dachte Reynolds. Nur noch knapp fünfzig Kilometer bis Budapest, doch Szendro kann einfach nicht mehr länger warten. Reynolds gab sich keinerlei Illusionen hin. Er hatte Zugang gehabt zu geheimen Berichten über die Tätigkeit der ungarischen Staatspolizei im Verlauf der Zeit, die seit dem blutigen Aufstand vom Oktober 1956 vergangen war, und diese Berichte waren eine grausige Lektüre gewesen: Es war schwer, sich die Leute der AVO – oder der AVH, wie die neuere Bezeichnung lautete – als menschliche Wesen vorzustellen. Wo immer sie auftauchten, verbreiteten sie Angst und Schrecken, ließen sie das Leben erstarren und brachten den Tod: den langsamen Tod der Alten in den Konzentrationslagern und den der Jungen in den Zwangsarbeitslagern, den raschen Tod der Massenliquidationen und den langsamen, grausigen Tod derer, die unter den Qualen der teuflischsten Folterungen starben, die je von perversen Sadisten ersonnen wurden, von Sadisten, wie sie überall auf der Welt in den Geheimpolizeien totalitärer Regime zu finden sind. Und keine Geheimpolizei der neuesten Zeit konnte es mit der ungarischen AVO an unmenschlicher

Grausamkeit aufnehmen: Die AVO-Leute hatten im Zweiten Weltkrieg viel von Hitlers Gestapo gelernt, und sie hatten noch mehr dazugelernt durch die russische NKWD. Doch inzwischen hatten die Schüler ihre Lehrmeister überflügelt und Methoden des Terrors entwickelt, von denen diese sich nicht einmal hätten träumen lassen.

Doch Oberst Szendro hielt sich noch immer bei der ›Vorrede‹ auf. Er drehte sich um, nahm Reynolds' Koffer vom Hintersitz, legte ihn auf den Schoß und versuchte, ihn zu öffnen. Er war abgeschlossen.

»Den Schlüssel«, sagte Szendro. »Und erzählen Sie mir bitte nicht, Sie hätten ihn verloren. Dieses kindliche Stadium dürften wir beide wohl längst hinter uns haben.«

Damit hatte er allerdings recht, mußte Reynolds denken. »In der kleinen Innentasche meiner Jacke«, sagte er.

»Geben Sie ihn mir. Und gleichzeitig Ihre Ausweise.«

»An die kann ich nicht heran.«

»Dann gestatten Sie.« Reynolds zuckte zusammen, als Szendro ihm die Mündung seiner Pistole gegen die Zähne drückte, während er gleichzeitig in seine Brusttasche langte und die Papiere mit einer Leichtigkeit herausholte, die einem gelernten Taschendieb Ehre gemacht hätte. Und dann saß Szendro wieder drüben auf seiner Seite, öffnete den Koffer, schnitt im nächsten Augenblick das Leinenfutter des Koffers auf und zog daraus ein schmales Bündel Papiere hervor, die er mit denen verglich, die er aus Reynolds Jackentasche genommen hatte.

»Sieh da, sieh da. Interessant, Herr Buhl, außerordentlich interessant. Im Nu verwandeln Sie sich in einen ganz anderen, wie ein Chamäleon, wechseln Namen, den Geburtsort, den Beruf, sogar die Nationalität. Eine erstaunliche Verwandlung.« Er verglich die Ausweise auf den Namen Buhl, die er in der rechten Hand hielt, mit denen in seiner linken Hand. »Was davon ist denn nun eigentlich echt — falls überhaupt irgend etwas davon echt sein sollte?«

»Die österreichischen Ausweise sind gefälscht«, brummte Reynolds. Er sprach jetzt nicht mehr deutsch, sondern ungarisch, und zwar fließend und mit mundartlichem Einschlag. »Ich hatte Nachricht bekommen, daß meine Mutter, die seit vielen Jahren in Wien lebt, im Sterben lag. Deshalb brauchte ich diese Papiere.«

»Oh, ich verstehe. Und Ihre Mutter?«

»Sie ist nicht mehr«, sagte Reynolds und bekreuzigte sich. »Sie können ihre Todesanzeige in der Zeitung vom Dienstag finden. Maria Rakosi.«

»Ich bin allmählich soweit, daß ich erstaunt wäre, wenn ich sie dort nicht finden würde.« Szendro sprach jetzt gleichfalls ungarisch, doch sein Akzent war nicht der von Budapest, das hörte Reynolds genau — er hatte bei einem ehemaligen Professor für zentraleuropäische Sprachen der Budapester Universität in monatelanger, mühevoller Arbeit jede kleinste Einzelheit der Budapester Sprechweise erlernt. »Zweifellos ein sehr schwerer Schlag für Sie«, fuhr Szendro fort. »Ich darf Ihnen mein tief empfundenes Beileid aussprechen. Sie behaupten also, Ihr wirklicher Name sei Lajos Rakosi? Das ist allerdings ein sehr bekannter Name.«

»Ja, er ist ziemlich häufig, und außerdem ist er echt. Sie können meine Personalien anhand der amtlichen Unterlagen nachprüfen und werden alles bestätigt finden, das Geburtsdatum, die Adresse, das Datum meiner Heirat und auch ...«

»Verschonen Sie mich«, sagte Szendro und hielt protestierend die Hand hoch. »Ich zweifle nicht daran. Ich bin überzeugt, Sie könnten mir sogar die Schulbank zeigen, in deren Holz die Anfangsbuchstaben Ihres Namens eingeschnitten sind, und das einstmals kleine Mädchen, dessen Büchermappe Sie damals aus der Schule nach Hause getragen haben. Doch das alles würde auf mich nicht den geringsten Eindruck machen. Was mich dagegen beeindruckt, sind nicht nur Ihre eigenen Fähigkeiten, sondern ebenso die ungewöhnliche Sorgfalt und Gründlichkeit Ihrer Vorgesetzten, die Sie so hervorragend für die Durchführung Ihrer Aufgabe geschult haben — was immer diese Aufgabe nun sein mag.«

»Sie sprechen in Rätseln, Oberst Szendro. Ich bin ein ganz gewöhnlicher Budapester Bürger, und das kann ich beweisen. Ungarn ist mein Vaterland, und deshalb bin ich zurückgekommen.«

»Ich muß Sie ein wenig korrigieren«, meinte Szendro. »Sie kommen nach Budapest nicht zurück — Sie fahren hin, und vermutlich zum erstenmal in Ihrem Leben.« Er sah Reynolds unverwandt in die Augen, als sich der Ausdruck seines Gesichts plötzlich veränderte. »Hinter Ihnen!«

Reynolds hatte sich bereits hastig umgedreht, ehe ihm im nächsten Augenblick klar wurde, daß Szendro die beiden Worte auf Englisch gerufen hatte. Langsam und mit fast gelangweilter Miene drehte er sich wieder herum.

»Ein geradezu kindischer Trick«, sagte er, nunmehr auf englisch. »Natürlich spreche ich Englisch, warum sollte ich es leugnen? Wenn Sie Budapester wären, Herr Oberst, was Sie aber nicht sind, dann wüßten Sie auch, daß es dort mindestens fünfzigtausend Leute gibt, die Englisch können. Ich weiß wirklich nicht, was an einer so allgemein verbreiteten Fähigkeit verdächtig sein sollte.«

»Bei den Göttern!« rief Szendro und schlug sich mit der Hand auf den Schenkel. »Das ist großartig, das ist geradezu einzigartig. Ich erblasse direkt vor Neid. Ein Engländer oder Amerikaner — vermutlich Engländer, denn es ist kaum möglich, den amerikanischen Tonfall so völlig zu verbergen —, also ein Engländer, der Ungarisch mit einem so einwandfreien Budapester Akzent spricht wie Sie, das ist keine geringe Leistung. Aber einem Engländer beizubringen, Englisch mit Budapester Akzent zu sprechen — das ist wunderbar!«

»Herrgott noch mal, daran ist überhaupt nichts wunderbar«, sagte Reynolds, beinahe schreiend vor Wut. »Ich bin ja Ungar.«

»Ich fürchte, nein.« Szendro schüttelte den Kopf. »Sie sind durch eine gute Schule gegangen, und man hat Sie hervorragend vorbereitet – Sie wären für jeden Geheimdienst der Welt ein Vermögen wert. Doch etwas haben Ihre Lehrmeister Ihnen nicht beigebracht, konnten sie Ihnen nicht beibringen, weil sie es nicht kennen, und das ist die Mentalität der Menschen hier. Ich denke, wir können als intelligente Leute ganz offen miteinander reden und uns die hochtrabenden patriotischen Phrasen sparen. Es handelt sich, kurz gesagt, um die Mentalität des Unterworfenen, der in ständiger Angst lebt und niemals weiß, wann die kalte Hand des Todes nach ihm greift. Ich habe allzu viele unserer Landsleute in der gleichen Situation erlebt, in der Sie sich jetzt befinden, Herr Buhl, denen also ein qualvoller Tod bevorstand. Die meisten sind einfach gelähmt, manche wimmern vor Angst, und einzelne toben vor Wut. Sie, Buhl, passen in keine dieser Kategorien – Sie sind äußerlich kühl und beherrscht, überlegen dabei aber unablässig und fieberhaft, sind in hohem Maße überzeugt von Ihrer Fähigkeit, aus der geringsten sich bietenden Chance den größtmöglichen Vorteil herauszuschlagen, und warten unermüdlich darauf, daß eine solche günstige Gelegenheit eintritt. Wären Sie ein Mann von geringerem Format, Herr Buhl, so hätten Sie sich nicht so rasch und leicht verraten ...«

Er brach plötzlich ab und schaltete die Lampe oben über der Windschutzscheibe aus, während Reynolds gleichzeitig das leise Motorengeräusch eines sich nähernden Wagens vernahm, drehte das Fenster an seiner Seite hoch, nahm Reynolds mit einer raschen Bewegung die brennende Zigarette aus der Hand und trat sie aus. Dann saß er schweigend und unbeweglich, bis der sich nähernde Wagen, der hinter den schwenkenden Lichtkegeln seiner starken Scheinwerfer nur als undeutlicher Umriß zu erkennen war, heran und vorbei war. Kaum war er in westlicher Richtung unsichtbar und unhörbar verschwunden, als Szendro aus dem Feldweg wieder zurücksetzte und in östlicher Richtung weiterfuhr, so rasch die Glätte der Straße und der mählich fallende Schnee es gestatteten.

Es dauerte mehr als anderthalb Stunden, bis sie endlich Budapest erreichten – eine Strecke, die normalerweise in der Hälfte der Zeit zu schaffen gewesen wäre. Der Schnee, ein Vorhang aus großen weichen Flocken, war immer dichter gefallen und hatte ihr Tempo verringert, zeitweilig fast bis zur Schrittgeschwindigkeit. Und dann, ein paar Kilometer vor Budapest, war Szendro erneut von der Autostraße abgebogen und auf allen möglichen schmalen, kurvenreichen Nebenstraßen weitergefahren. Weshalb der Oberst das tat, ahnte Reynolds nicht, und genausowenig vermochte er sich zu erklären, weshalb er vorhin in den Feldweg hineingefahren war und angehalten hatte. Daß es sich vorhin darum gehandelt hatte, dem Polizeiauto nicht zu begegnen, das unterwegs gewesen war nach Komarom, und daß es sich jetzt darum handelte, die polizeiliche Straßenkontrolle am Stadtrand zu vermeiden, vor der man Reynolds in Wien gewarnt hatte, das war deutlich genug; doch aus was für Gründen, das war eine ganz andere Frage. Reynolds hielt sich nicht dabei auf, nutzlos über diese Frage nachzudenken – es gab für ihn genügend andere Probleme, die jetzt zu bedenken waren. Und er hatte vielleicht noch ganze zehn Minuten Zeit.

Sie fuhren jetzt durch die Straßen des Villenviertels von Buda, dem westlichen Teil der Stadt, die in steilen Windungen hinunterführten zur Donau. Der Schneefall hatte wieder nachgelassen, und Reynolds, der sich auf seinem Platz umdrehte, konnte eben noch undeutlich den granitenen Sockel der Gellert-Höhe erkennen, das riesige Gebäude des Gellert-Hotels, als sie sich jetzt der Ferenc-Jozsef-Brücke näherten. Schon waren sie über die Donau hinüber und bogen nach links ein auf den Korso, die Straße am Pester Ufer, in deren Boulevard-Cafés sich einst die elegante Welt getroffen hatte. Doch jetzt lag sie dunkel und verlassen da, so menschenleer wie fast alle anderen Straßen auch, ein Anachronismus, eine wehmütige Erinnerung an eine frühere, glücklichere Zeit. Es war schwer, sich auch nur annähernd das Budapest von damals vorzustellen, diese schönste und lebenslustigste aller Städte, von einem Charme, wie ihn Wien nie besaß, diese Stadt, in die so viele Reisende aus so vielen westlichen Ländern für einen kurzen Aufenthalt von zwei oder drei Tagen kamen und dann bis an ihr Lebensende dort blieben. Doch das alles war nicht mehr, lebte kaum noch in der Erinnerung.

Reynolds war noch nie hier gewesen, doch er kannte die Stadt so gut, wie wohl nur wenige ihrer Bewohner sie jemals kennenlernten. Das Königliche Schloß und die Hofkirche dort drüben auf der anderen Seite der Donau waren in der Dunkelheit und in dem Schneetreiben mehr zu ahnen als zu sehen, doch Reynolds wußte so genau, wo sie lagen und wie sie aussahen, als ob er sein ganzes Leben in Budapest zugebracht hätte. Und das da, rechts von ihm, das war das prächtige Gebäude des Reichstags der Magyaren, mit dem blutgetränkten Platz davor, auf dem bei der Erhebung vom Oktober 1956 tausend Ungarn den Tod gefunden hatten, niedergemäht von Tanks und dem mörderischen Feuer schwerer Maschinengewehre, mit denen die AVO auf dem Dach des Reichstags in Stellung gegangen war.

Alles war durchaus real, alle Gebäude, alle Straßen waren genau dort, wo sie sein sollten, entsprachen in ihrer Lage haargenau dem, was man ihm darüber erzählt hatte, und doch gelang es Reynolds nicht, ein immer stärker werdendes Gefühl der Unwirklichkeit loszuwerden. Er kam sich vor wie im Theater, wo man als Zuschauer etwas miterlebt, was einem ganz anderen geschieht. Reynolds, der von Haus aus nicht zu Einbildungen neigte und durch eine außerordentlich harte Schule dazu erzogen worden war, auf eine extreme und anomale Weise sachlich und nüchtern zu reagieren und jede gefühlsmäßige Regung der Kritik des Verstandes zu unterwerfen, war sich der Sonderbarkeit dieser Empfindungen durchaus bewußt, ohne jedoch irgendeine Erklärung dafür finden zu können.

Und jetzt verließen sie die Straße am Donauufer, bogen um die Ecke und kamen auf einen langen, breiten, mit Baumreihen bestandenen Boulevard: Andrassy Ut. Diese Straße, die an der Königlichen Oper vorbei zum Zoo führte, zum Rummelplatz und zum Stadtpark, war in vergangenen Zeiten für Zehntausende von Menschen untrennbar verbunden gewesen mit der Erinnerung an glückliche Tage und ausgelassene Nächte, an Frohsinn, Freiheit und heiteres Vergessen, und keine Stelle der Erde war den Herzen der Ungarn näher gewesen. Doch jetzt war das alles vorbei und konnte nie wieder so werden, ganz gleich, was geschah, selbst dann nicht, wenn Frieden, Freiheit und Unabhängigkeit wiederkehren sollten. Denn jetzt bedeutete der Name dieser Straße nur noch Unterdrückung und Terror, das Hämmern an die Tür mitten in der Nacht; und die braunen Wagen, in denen man die Leute abholte, bedeuteten Lager und Deportation, grausame Folter und erlösenden Tod. Andrassy Ut, das bedeutete heute nur noch das Hauptquartier der AVO.

Und dann verlangsamte der Mercedes seine Fahrt, die schweren Reifen knirschten auf dem hartgefrorenen Schnee der Straße, und trotz des jahrelangen Trainings, trotz des stoischen Gleichmuts, mit dem er sich wie mit einem schützenden Panzer gewappnet hatte, spürte Reynolds zum erstenmal, wie die Angst nach ihm griff, eine Angst, die seine Kehle trocken werden ließ, die sein Herz anrührte und hämmern ließ, daß er es wie einen scharfen Schmerz in der Brust und im Magen fühlte; doch im Ausdruck seines Gesichts zeigte sich hiervon keine Spur. Er wußte, daß Oberst Szendro ihn aufmerksam beobachtete, und er war sich auch darüber klar, daß er, wenn er der war, der zu sein er behauptete, ein harmloser Budapester Bürger, jetzt Angst haben und erkennen lassen müßte. Doch das brachte er nicht über sich: nicht, weil er dazu unfähig gewesen wäre, sondern weil ihm die Wechselwirkung bekannt war, die zwischen Gesichtsausdruck und Gemütsbewegung bestand. Wenn jemand ein ängstliches Gesicht machte, so brauchte das nicht notwendigerweise zu bedeuten, daß er auch wirklich Angst hatte; doch Angst erkennen zu lassen, wenn man in der Tat Angst hatte und sich verzweifelt bemühte, keine Angst zu haben, das konnte verhängnisvoll werden.

Es war, als habe Oberst Szendro seine Gedanken gelesen. »Ich habe keinerlei Verdacht mehr, Herr Buhl«, sagte er, »es gibt für mich nur noch Gewißheit. Sie wissen, wo wir uns hier befinden.«

»Natürlich«, sagte Reynolds. »Ich bin hier tausendmal langgegangen.«

»Sie sind noch nie im Leben hier entlanggegangen, doch es scheint mir zweifelhaft, ob selbst der Stadtbaurat eine so genaue Karte von Budapest zeichnen könnte wie Sie«, sagte Szendro. Er hielt an und fragte: »Erkennen Sie hier irgend etwas?«

»Ihre Dienststelle«, sagte Reynolds und zeigte auf ein Gebäude, das fünfzig Meter von ihnen entfernt auf der anderen Seite der Straße stand.

»Stimmt. Und hier, Herr Buhl, müßten Sie entweder in Ohnmacht fallen, hysterisch werden oder einfach dasitzen und vor Angst wimmern. Das machen alle anderen, nur Sie nicht. Deshalb sind Sie überführt: Sie sind keiner von uns. Vielleicht nicht, wie unser Freund auf der Polizei meinte, ein dreckiger, faschistischer Spion, zweifellos aber ein Spion.« Er sah auf seine Uhr und richtete dann den Blick mit einer gespannten Aufmerksamkeit besonderer Art auf Reynolds. »Kurz nach Mitternacht — um diese Zeit arbeiten wir immer am besten. Und Sie sollen die beste Behandlung und das beste Quartier haben — einen kleinen, schalldichten Raum tief unter den Straßen von Budapest, von dessen Existenz nur drei Beamten der AVO etwas bekannt ist.«

Er sah Reynolds noch ein paar Sekunden lang prüfend an und fuhr dann wieder los. Doch statt vor dem Gebäude der AVO anzuhalten, bog er von der Andrassy Ut scharf links ab, fuhr hundert Meter weit eine unbeleuchtete Nebenstraße entlang, hielt an, verband Reynolds die Augen mit einem seidenen Taschentuch und fuhr wieder weiter. Zehn Minuten später, nach einer Fahrt um viele Ecken und Kurven, bei der Reynolds, wie zweifellos auch beabsichtigt, jegliche Orientierung verlor, rollte der Wagen eine steile Einfahrt hinunter und fuhr langsam in einen von Mauern umgebenen Raum hinein — Reynolds konnte hören, wie der tiefe Ton des Auspuffs als Echo von den Wänden zurückgeworfen wurde. Und dann, als der Motor verstummte, hörte er, wie hinter ihnen schwere Eisentüren klirrend ins Schloß fielen.

Im nächsten Augenblick ging an der Seite, wo Reynolds saß, die Wagentür auf, und zwei Hände machten sich eifrig daran, ihn von den Ketten zu befreien, die ihn festhielten, um danach die Handschellen wieder zuschnappen zu lassen. Dann zogen dieselben Hände ihn aus dem Wagen und entfernten das Taschentuch, mit dem seine Augen verbunden waren.

Reynolds sah sich blinzelnd um. Sie befanden sich in einer großen, fensterlosen Garage, deren schwere Türen bereits wieder geschlossen waren, und das helle Licht der Deckenbeleuchtung, das von den weißgetünchten Wänden zurückgeworfen wurde, blendete ihn im ersten Augenblick. Am anderen Ende der Garage, nicht weit von ihm, führte eine zweite, halbgeöffnete Tür auf einen hellerleuchteten, gleichfalls weißgekalkten Korridor: weißgetünchte Wände, mußte Renolds denken, schienen ein unentbehrliches Zubehör aller modernen Folterkammern zu sein.

Zwischen Reynolds und der Tür stand der Mann, der ihm die Ketten abgenommen hatte und ihn noch immer am Arm hielt. Reynolds sah ihn sich genau an. Wenn ein solcher Mann zur Verfügung stand, dann konnte die AVO auf Folterinstrumente verzichten – diese gewaltigen Pranken genügten, einen Häftling in seine Bestandteile zu zerlegen, langsam, Stück für Stück. Er war ungefähr so groß wie Reynolds, wirkte dabei aber untersetzt, fast deformiert, und die Schultern, die auf der gewaltigen Tonne dieses Rumpfes saßen, waren die breitesten, die Reynolds jemals gesehen hatte: Der Mann mußte reichlich über zwei Zentner wiegen. Das Gesicht mit dem gebrochenen Nasenbein war häßlich, zeigte allerdings keinerlei Spur irgendeiner üblen Brutalität, sondern war einfach auf eine gemütliche Weise häßlich. Doch das besagte an sich nichts; der übelste Bursche, den Reynolds jemals kennengelernt hatte, hatte ein Gesicht gehabt wie ein Knabe aus dem Kirchenchor.

Oberst Szendro schlug die Wagentür zu und kam heran. Er sah den Mann und zeigte mit dem Kopf auf Reynolds.

»Ich habe einen Gast mitgebracht, Sandor. Einen kleinen Kanarienvogel, der uns etwas vorsingen will, bevor die Nacht zu Ende ist. Ist der Chef schon zu Bett gegangen?«

»Er erwartet Sie in seinem Büro«, sagte der Mann. Seine Stimme war, wie nicht anders zu erwarten, ein dumpfer, dröhnender Baß.

»Ausgezeichnet. Ich bin in ein paar Minuten wieder da. Paß inzwischen auf unseren Freund hier auf, und gib gut auf ihn acht. Ich vermute, er ist ein sehr gefährlicher Mann.«

»Ich werde auf ihn aufpassen«, versprach Sandor zuversichtlich. Er wartete, bis Szendro, der die Papiere und den Koffer von Reynolds in der Hand hielt, gegangen war, lehnte sich dann mit dem Rücken gegen die Wand und verschränkte seine mächtigen Arme vor der Brust. Doch er hatte es kaum getan, als er sich von der Wand abstieß und einen Schritt auf Reynolds zukam. »Sie sehen aus, als ob Ihnen nicht gut ist.«

»Mir fehlt nichts«, sagte Reynolds. Seine Stimme klang heiser, sein Atem ging rasch, und er schien sich nur mühsam auf den Füßen zu halten. Er hob seine aneinandergefesselten Hände über die rechte Schulter und massierte seinen Nacken. »Es ist nur mein Kopf«, sagte er, »mein Hinterkopf.«

Sandor machte noch einen Schritt und kam dann rasch heran, als er sah, wie Reynolds die Augen verdrehte, bis nur noch das Weiße zu sehen war, und langsam zusammenklappte, wobei sich sein Körper leicht nach rechts drehte. Er konnte sich unter Umständen schwer, ja vielleicht sogar tödlich verletzen, wenn er mit dem Kopf auf den Zement aufschlug, und Sandor mußte sich rasch vorbeugen, um mit seinen ausgestreckten Armen den Fall abzufangen.

Reynolds schlug zu, härter als er in seinem ganzen Leben jemals zugeschlagen hatte. Er stieß sich mit den Fußballen ab, warf seinen Körper blitzschnell von links nach rechts und ließ seine aneinandergefesselten Hände heruntersausen in einem mörderischen Schlag, der bis auf die letzte Unze die gesamte Kraft seiner muskulösen Arme und Schultern enthielt. Die flachen Kanten seiner beiden fest aneinander gelegten Hände trafen Sandors ungeschützten Hals unmittelbar unter dem Ohr. Es war wie ein Schlag mit der Axt gegen den Stamm eines Baumes, und Reynolds schnappte vor Schmerz nach Luft: Er hatte das Gefühl, als seien seine beiden kleinen Finger gebrochen.

Es war ein Judoschlag, ein tödlicher Schlag, und viele Männer hätte er in der Tat getötet. Allen anderen hätte er für Stunden das Bewußtsein geraubt – das heißt, allen anderen, soweit Reynolds sie jemals kennengelernt hatte. Sandor aber brummte nur, schüttelte einen Augenblick den Kopf und kam dann weiter auf Reynolds zu, und zwar seitlich, um ihm keine Gelegenheit zu geben, sich etwa seiner Füße oder seiner Knie zu bedienen, und drückte ihn langsam, aber erbarmungslos gegen die Karosserie des Mercedes.

Reynolds biß die Zähne zusammen und preßte die Lippen aufeinander, bis ihm die Kinnladen weh taten, um nicht laut zu schreien vor Schmerz. Es war, als seien seine Unterarme in zwei riesige Schraubstöcke eingespannt, die unerbittlich immer fester angezogen wurden. Er spürte, wie ihm der kalte Schweiß auf die Stirn trat, das Blut hämmerte in seinem Kopf und die Wände der Garage begannen undeutlich vor seinen Augen zu verschwimmen, als Sandor endlich seinen mörderischen Griff lockerte und einen Schritt zurücktrat.

»Das nächstemal, da drücke ich ein Stückchen weiter oben«, brummte er freundlich, während er sich sanft die linke Seite seines Halses massierte. »Ungefähr an der Stelle, wo Sie mich hingeschlagen haben. Also hören Sie lieber auf mit dem Unsinn. Wir haben uns beide weh getan, und für nichts und wieder nichts.«

Es vergingen fünf Minuten, in deren Verlauf sich der brennende Schmerz in Reynolds Armen zu einem dumpfen Klopfen milderte, fünf Minuten, in denen Sandor ihn nicht eine Sekunde lang aus den Augen ließ. Dann ging die Tür auf, und es erschien ein junger Mann, noch ein halber Junge. Er war schmal und blaß, mit einer struppigen Mähne und unruhig flatternden Augen, die fast so dunkel waren wie sein Haar. Er warf einen Blick auf Reynolds, zeigte mit dem Daumen nach hinten und sagte: »Er soll zum Chef kommen, Sandor. Du möchtest ihn 'reinbringen.«

Sandor führte Reynolds den schmalen Gang entlang, an dessen Ende es ein paar Stufen hinunter und in einen zweiten Korridor ging, auf den mehrere Türen mündeten, und beförderte ihn hier mit einem Stoß durch die erste dieser Türen. Reynolds stolperte, gewann das Gleichgewicht wieder und sah sich um.

Es war ein großer Raum, mit holzgetäfelten Wänden, und das abgetretene Linoleum des Fußbodens wurde nur belebt durch einen schmalen, fadenscheinigen Teppich, der vor dem Schreibtisch am anderen Ende des Raumes lag. Er war hell erleuchtet durch eine Deckenlampe von mäßiger Stärke und eine schwenkbare Wandlampe mit einer sehr starken Birne: Im Augenblick fiel der Schein dieser Lampe nach unten auf die Platte des Schreibtisches und beleuchtete grell seine Pistole und einen wirren Haufen aus Kleidungsstücken und anderen Gegenständen, die sich noch vor kurzem sauber verpackt in seinem Handkoffer befunden hatten. Und neben dem Inhalt des Koffers sah er die Reste des Koffers selbst: die Fetzen des Futters, den herausgerissenen Reißverschluß und den aufgeschlitzten ledernen Griff; sogar die Beschläge an den vier Ecken des Koffers hatte man mit der Zange, die daneben lag, abmontiert. Reynolds zollte dieser fachmännischen Arbeit schweigend seine Anerkennung.

Oberst Szendro stand neben dem Schreibtisch und beugte sich zu dem Mann, der dahinter saß. Das Gesicht dieses Mannes lag unsichtbar im Schatten, doch seine beiden Hände, die die Papiere von Reynolds hielten, waren der schonungslosen Helligkeit der Lampe ausgesetzt. Diese Hände waren schrecklich. Reynolds hatte noch nie irgend etwas gesehen, was diesen Händen auch nur entfernt ähnlich war, hatte es nie für möglich gehalten, daß die Hände irgendeines Menschen so mit Narben bedeckt, so grausam verstümmelt sein und doch noch als Hände dienen könnten. Die Daumen waren platt gequetscht und verkrümmt, die Fingerspitzen und Nägel zu einer unförmigen Masse deformiert, der kleine Finger und die Hälfte des Ringfingers der linken Hand fehlten, und beide Hände trugen in der Mitte des Handrückens blaurote, von scheußlichen Narbenwülsten umgebene Wundmale. Reynolds starrte fasziniert diese Wundmale an und erschauerte unwillkürlich. Er hatte sie schon einmal gesehen, bei einem Toten: die Wundmale eines Menschen, den man ans Kreuz geschlagen hatte. Wären das da seine eigenen Hände gewesen, dachte Reynolds, er hätte sie sich amputieren lassen. Was mußte das für ein Mensch sein, der fähig war, mit solchen Händen weiterzuleben, der es nicht nur ertrug, solche Hände zu haben, sondern sie sogar unverhüllt zeigte. Er war plötzlich geradezu besessen von dem Verlangen, das Gesicht zu sehen, das zu diesen Händen gehörte, doch Sandor hatte mehrere Meter von dem Schreibtisch entfernt haltgemacht, und der dunkle Schatten des Lampenschirms machte es Reynolds unmöglich, das Gesicht des Mannes zu erkennen. Die Hände bewegten sich, deuteten auf Reynolds' Papiere, und der Mann hinter dem Schreibtisch sprach. Seine Stimme klang ruhig, beherrscht, fast freundlich. »Diese Papiere da sind an sich recht interessant – wahre Meisterwerke der Fälscherkunst. Aber Sie werden doch die Güte haben müssen, uns Ihren wirklichen Namen zu verraten.« Er brach ab und sah zu Sandor hin, der noch immer sanft seinen Hals massierte. »Was ist los, Sandor?«

»Er hat mir einen Schlag versetzt«, erklärte Sandor. »Er versteht was davon, wie und wohin man schlagen soll – und er hat einen kräftigen Schlag am Leibe.«

»Ja, er ist ein gefährlicher Mann«, sagte Szendro. »Ich hatte dich gewarnt.«

»Wohl, aber das ist ein schlaues Aas«, meinte Sandor. »Er tat, als ob er ohnmächtig würde.«

»Dir weh zu tun, das ist keine geringe Leistung, und überhaupt auf die Idee zu kommen, nach dir zu schlagen, das ist ein Akt der Verzweiflung«, sagte der Mann am Schreibtisch. »Doch das mußt du verstehen, Sandor. Wer so unmittelbar an der Schwelle des Todes steht, der kämpft um jeden Atemzug. Also, Herr Buhl – Ihr Name, bitte?«

»Ich habe ihn Oberst Szendro bereits mitgeteilt«, antwortete Reynolds. »Rakosi, Lajos Rakosi. Ich könnte natürlich ein Dutzend verschiedener Namen erfinden, in der Hoffnung, mir dadurch unnötige Leiden zu ersparen, aber ich könnte nicht beweisen, bei keinem dieser Namen, daß ich ein Recht habe, mich so zu nennen. Ich kann es aber bei meinem eigenen Namen, Rakosi.«

»Sie sind ein mutiger Mann, Herr Buhl.« Der Mann am Schreibtisch schüttelte den Kopf: »Doch Sie werden feststellen, daß hier, in diesem Hause, Mut eine völlig wertlose Sache ist. Hier hilft nur die reine Wahrheit. Ihr Name, bitte?«

Reynolds antwortete nicht gleich. Er war verwirrt, weil sich zu vieles von dem, was ihm geschah, nicht zusammenreimte, weil es nicht zu dem Bild paßte, das er sich von der AVO machte, nach allem, was man ihm über die Angehörigen dieser Organisation mitgeteilt hatte: Man begegnete ihm hier mit einer sonderbaren Zurückhaltung, beinahe mit einer kühlen Höflichkeit. Es war natürlich möglich, daß man nur Katze und Maus mit ihm spielte, daß man einfach versuchte, seine Entschlossenheit, Widerstand zu leisten, langsam zu unterminieren, um dann in einem Augenblick zuzuschlagen, da er am wenigsten darauf vorbereitet war. Wieso allerdings seine Furcht nachließ, das hätte er nicht zu sagen vermocht. Es mußte sich wohl um leise Einflüsterungen seines Unterbewußtseins handeln, denn sein Bewußtsein war außerstande, eine Erklärung dafür zu finden.

»Wir warten auf Ihre Antwort, Herr Buhl.« Reynolds vermochte aus der betont ruhigen Stimme nicht die geringste Spur irgendeiner Schärfe herauszuhören.

»Ich kann Ihnen nichts anderes sagen als die Wahrheit.«

»Also gut. Ziehen Sie sich aus — und zwar ganz.«

»Nein!« Reynolds warf einen raschen Blick nach hinten, doch zwischen ihm und der Tür stand Sandor. Er drehte sich wieder um und sah, daß Oberst Szendro seine Pistole herausgeholt hatte. »Der Teufel soll mich holen, wenn ich das tue!«

»Seien Sie doch nicht so dumm«, sagte Szendro. »Ich habe eine Schußwaffe in meiner Hand, und wenn Sie nicht wollen, dann wird Sandor es besorgen. Sandor hat eine ganz besondere, wenn auch nicht gerade sehr feine Methode, Leute auszuziehen — er reißt ihnen die Jacken und die Hemden auf dem Rücken auseinander. Es ist wesentlich bequemer für Sie, wenn Sie es selber machen.«

Reynolds machte es selber. Die Handschellen wurden aufgeschlossen, und innerhalb einer Minute lagen seine sämtlichen Kleidungsstücke in einem Haufen neben ihm auf dem Fußboden, und Reynolds stand da, zitternd vor Kälte und besah sich seine Unterarme, die sich dort, wo Sandor die Schraubstöcke seiner Hände angesetzt hatte, rot und blau verfärbten.

»Bring die Sachen her, Sandor«, sagte der Mann am Schreibtisch. Dann sah er zu Reynolds hin und sagte: »Da, auf der Bank hinter Ihnen, ist eine Wolldecke.«

Reynolds war fassungslos vor Staunen. Daß man sich nicht für ihn, sondern für seine Sachen interessierte — vermutlich um nach irgendeinem verräterischen Kennzeichen zu suchen —, war an sich schon überraschend genug; doch daß man so höflich und so freundlich war, ihm bei dieser Kälte eine Decke anzubieten, das war wirklich erstaunlich. Und dann stockte ihm der Atem, und er vergaß alles andere; denn der Mann am Schreibtisch war aufgestanden und kam mit auffällig steifem Gang um den Schreibtisch herum, um die Kleidungsstücke in Augenschein zu nehmen.

Reynolds war sehr geübt darin, Gesichter zu beobachten und ihre Träger danach zu beurteilen. Es kam vor, daß er sich irrte, er irrte sich sogar oft, aber nie entscheidend; und er wußte, daß er sich hier in diesem Fall unmöglich entscheidend irren konnte. Das Gesicht, das jetzt voll beleuchtet war, strafte diese grauenhaften Hände Lügen, machte sie geradezu zu einer Blasphemie. Es war das zerfurchte Gesicht eines Mannes, der noch keineswegs so alt war, wie es das dichte, schneeweiße Haar glauben machen wollte, ein Gesicht, gezeichnet und geprägt von so schweren Erfahrungen, wie sie Reynolds sich nicht einmal vorzustellen vermochte, von einer Güte und einem wissenden Verstehen, wie es Reynolds so noch nie bei irgendeinem Menschen gesehen hatte. Es war das Gesicht eines Mannes, dem nichts fremd geblieben war, der alles gesehen, erlebt und erlitten hatte, und der sich dabei das Herz eines Kindes bewahrt hatte.

Reynolds wickelte sich in die abgeschabte Wolldecke und ließ sich langsam auf die Bank sinken, während er sich fast verzweifelt bemühte, klar und nüchtern zu denken, um Ordnung in die Vielfalt der verworrenen und einander widersprechenden Gedanken zu bringen, die ihm kaleidoskopartig durch den Kopf schossen. Doch er war noch immer bei dem ersten unlösbaren Problem, dem Rätsel der Anwesenheit eines derartigen Mannes innerhalb einer diabolischen Organisation, wie es die AVO war, als er den letzten Schock und fast unmittelbar danach die Antwort auf alle seine Fragen erhielt.

Die Tür neben ihm ging auf, und ein Mädchen kam herein. Reynolds wußte, daß es in den Reihen der AVO weibliche Mitglieder gab, und daß sich diese weiblichen AVO-Leute durch ganz besondere Grausamkeit auszeichneten. Doch selbst der wildesten Phantasie war es unmöglich, dieses Mädchen in diese Kategorie einzureihen. Sie war knapp mittelgroß, und ihr junges, frisches Gesicht war unschuldig und völlig unberührt von irgendeiner Verworfenheit. Sie hielt mit der einen Hand ihren Morgenrock fest, den sie eng um ihre schlanke Taille gewickelt hatte, und mit der anderen Hand rieb sie sich den Schlaf aus ihren Augen, die von einem tiefen Blau waren. Als sie zu sprechen begann, klang ihre Stimme noch ein wenig undeutlich und schlaftrunken, dabei aber sanft und melodisch, wenn auch vielleicht ein klein wenig gereizt.

»Weshalb seid ihr eigentlich alle noch auf und redet? Es ist ein Uhr, es ist schon nach eins, und ich möchte gern endlich schlafen.« Plötzlich fiel ihr Blick auf die Sachen, die in einem Haufen auf dem Schreibtisch lagen, sie fuhr herum und sah Reynolds, der, nur mit der alten Decke bekleidet, auf der Bank saß. Sie machte große Augen, wich unwillkürlich einen Schritt zurück, nahm ihren Morgenrock noch fester zusammen und sagte: »Wer — wer ist das da, Jansci?«

3

»Jansci!« rief Michael Reynolds, der aufgesprungen war, ohne es zu wissen und zu wollen. Zum erstenmal, seit er in die Hände der ungarischen Polizei gefallen war, verschwand die Maske der einstudierten Gleichgültigkeit, und in seinen Augen leuchtete eine Hoffnung, von der er schon geglaubt hatte, sie sei endgültig geschwunden. Er machte zwei schnelle Schritte auf das Mädchen zu, während er gleichzeitig nach seiner Wolldecke griff, die herunterzurutschen drohte. »Haben Sie Jansci gesagt?« fragte er.

»Was ist los? Was wollen Sie von mir?« Das Mädchen, das zunächst, als Reynolds auf sie zukam, zurückgewichen war, blieb stehen, als sie gegen Sandor stieß, und ergriff seinen Arm. Die Nähe des Riesen gab ihr ihre Sicherheit wieder, der ängstliche Ausdruck auf ihrem Gesicht verschwand, sie sah Reynolds nachdenklich an und nickte zustimmend. »Ja, das habe ich gesagt — Jansci.«

»Jansci.« Reynolds wiederholte das Wort langsam, jede Silbe einzeln auskostend, wie jemand, der etwas einfach noch nicht zu glauben vermag, obwohl er es doch unbedingt zu glauben wünscht. Er ging, während in seinem Gesicht Hoffnung und Zweifel miteinander im Streit lagen, quer durch den Raum und blieb vor dem Mann mit den narbenbedeckten Händen stehen.

»Ihr Name ist wirklich Jansci?« fragte Reynolds langsam.

»Ja, ich heiße Jansci«, sagte der Mann, dessen Augen Reynolds ruhig und prüfend ansahen.

»Eins vier eins vier eins acht zwei.« Reynolds sah den anderen unverwandt an und suchte in seinem Gesicht nach den geringsten Anzeichen einer Zustimmung, einer Bestätigung. »Stimmt das?«

»Was soll stimmen?«

»Wenn Sie Jansci sind, dann ist die Nummer eins vier eins vier eins acht zwei«, wiederholte Reynolds. Behutsam und ohne auf Widerstand zu stoßen, griff er nach der linken Hand des Mannes, schob die Manschette zurück und starrte auf die bläuliche Tätowierung, die sich auf dem Handgelenk befand: 1414182 – die Zahl war so klar und deutlich, als sei sie erst gestern eintätowiert worden.

Reynolds setzte sich auf die Kante des Schreibtischs, sah auf dem Schreibtisch ein Päckchen mit Zigaretten liegen und schüttelte eine Zigarette heraus. Szendro brannte ein Streichholz an und hielt es ihm hin, und Reynolds nickte dankbar; er wußte nicht, ob er es selbst hätte tun können, so heftig zitterten seine Hände. Im Raum war es plötzlich so still geworden, daß das Zischen, womit das Streichholz sich entzündete, seltsam laut klang. Es war Jansci, der das Schweigen endlich brach.

»Sie scheinen einiges über mich zu wissen?« fragte er freundlich auffordernd.

»Ich weiß eine ganze Menge über Sie«, sagte Reynolds. Er sah sich um und sah Szendro an, Sandor, das Mädchen und den Jungen mit den nervös flackernden Augen, die ihn alle teils erstaunt und teils gespannt beobachteten. »Sind das hier Freunde von Ihnen? Leute, auf die Sie sich absolut verlassen können? Und die alle wissen, wer Sie sind? Ich meine, wer Sie in Wirklichkeit sind?«

»Sie wissen es. Sie können offen reden.«

»Jansci ist ein Pseudonym für Illjurin.« Es klang, als ob Reynolds etwas wiederholte, was er auswendig gelernt hatte; und so war es auch. »Generalmajor Alexis Illjurin. Geboren in Kalinovka, Ukraine, am 18. Oktober 1904, Heirat am 18. Juni 1931. Vorname der Frau Katharina, Name der Tochter Julia.« Reynolds sah zu dem Mädchen hinüber. »Dann müßte das eigentlich Julia sein, das Alter scheint zu stimmen. Oberst Mackintosh läßt Ihnen ausrichten, er möchte gern seine Stiefel wiederhaben. Was er damit meint, entzieht sich meiner Kenntnis.«

»Das ist nur so ein alter Scherz zwischen uns.« Jansci ging um den Schreibtisch herum, setzte sich in seinen Stuhl und lehnte sich lächelnd zurück. »So, so, mein alter Freund Peter Mackintosh lebt also noch. Unverwüstlich, aber das war er schon immer. Und Sie scheinen offenbar für ihn zu arbeiten, Mr. — hm —«

»Reynolds — Michael Reynolds. Ja, ich arbeite für ihn.«

»Beschreiben Sie ihn.« Die Stimme war nur um eine Nuance schärfer geworden, doch diese geringe Veränderung war unüberhörbar. »Gesicht, Statur, Kleidung, Lebenslauf, Familie — alles.«

Reynolds tat es. Er sprach fünf Minuten lang ohne Pause, bis Jansci die Hand hob.

»Das genügt. Sie kennen ihn zweifellos, arbeiten für ihn und sind zweifellos auch wirklich der, für den Sie sich ausgeben. Doch Mackintosh hat ein Risiko in Kauf genommen, ein erhebliches Risiko. Sieht meinem alten Freund gar nicht ähnlich.«

»Sie meinen, falls man mich gefaßt und zum Reden gebracht hätte, daß dann auch Sie mit hochgegangen wären?«

»Sie haben eine sehr rasche Auffassungsgabe, junger Mann.«

»Nein, Oberst Mackintosh hat kein Risiko in Kauf genommen«, sagte Reynolds. »Ihr Name und die Nummer — das war alles, was ich wußte. Wo Sie wohnten, wie Sie aussahen — davon hatte ich keine Ahnung. Er hat mir nicht einmal etwas von den Narben an Ihren Händen erzählt; daran hätte ich Sie sofort erkannt.«

»Auf welche Weise hofften Sie denn dann, sich mit mir in Verbindung setzen zu können?«

»Ich hatte die Adresse eines Cafés.« Reynolds nannte den Namen. »Es sei ein Treffpunkt unzufriedener Elemente, sagte mir Oberst Mackintosh. Dort sollte ich jeden Abend am gleichen Tisch sitzen und warten, bis ich angesprochen würde.«

»Keinerlei Erkennungszeichen?« sagte Szendro.

»Natürlich — mein Schlips.«

Oberst Szendro warf einen Blick auf das knallige Rot der Krawatte, die auf dem Schreibtisch lag, zuckte zusammen, nickte bestätigend und sah wortlos beiseite. Reynolds verspürte die ersten leisen Regungen eines aufsteigenden Unmuts.

»Warum fragen Sie, wenn Sie es doch schon wissen?« Seiner Stimme war anzuhören, daß er gereizt war.

»Es geschah nicht in beleidigender Absicht«, sagte Jansci, der für Szendro antwortete. »Unablässiger Argwohn, Mr. Reynolds, ist unsere einzige Garantie dafür, am Leben zu bleiben. Wir trauen niemandem. Unser Verdacht richtet sich in jedem Augenblick gegen jeden lebenden Menschen. Aber, wie Sie sehen, wir bleiben am Leben. Wir waren gebeten worden, uns in diesem Café mit Ihnen in Verbindung zu setzen. Imre hat die letzten drei Tage praktisch dort gelebt — doch die Aufforderung entstammte einer anonymen Wiener Quelle. Von Mackintosh war dabei nichts erwähnt. Er ist ein alter Fuchs, dieser Bursche.«

Reynolds drückte umständlich seine Zigarette in einem Aschenbecher aus. Dann hob er den Blick, sah Jansci an, ließ seinen Blick hinübergehen zu Szendro und wieder zurück zu Jansci: Sein Gesicht war völlig ausdruckslos.

»Oberst Szendro – genauer gesagt: der Mann, den Sie als Oberst Szendro kennen – ist seit anderthalb Jahren Angehöriger der AVO«, sagte Jansci mit ruhiger Stimme. »Er ist einer ihrer tüchtigsten und angesehensten Beamten, und wenn irgend etwas auf unerklärliche Weise schiefgeht und Leute, die verhaftet werden sollen, im letzten Augenblick entkommen, dann gibt es niemanden, der vor Wut so rasend ist wie Szendro, niemanden, der seine Leute so erbarmungslos antreibt, bis sie buchstäblich vor Erschöpfung zusammenklappen. Seine Ansprachen an Lehrgangsteilnehmer, die neu in die AVO aufgenommen werden, sind bereits in Buchform gesammelt. Man nennt ihn ›Die Peitsche‹. Sein Chef, Furmint, ist außerstande, Szendros pathalogischen Haß auf seine eigenen Landsleute zu begreifen, erklärt aber immer wieder, daß er der einzige wirklich unentbehrliche Mitarbeiter der Geheimen Staatspolizei in Budapest sei.« Jansci machte eine kurze Pause und sagte dann: »An die zweihundert Ungarn, die heute noch leben, hier oder im Westen, verdanken ihr Leben Oberst Szendro.«

Reynolds starrte Szendro an, musterte jede Einzelheit seines Gesichts, als sähe er es zum erstenmal, und fragte sich, was für ein Mensch das wohl sein mochte, der bereit war, ein so unglaublich schwieriges und gefährliches Leben auf sich zu nehmen, bei dem er nie sicher sein konnte, ob er verdächtigt, überwacht oder verraten wurde, ob das nächste Opfer, dem der Henker die Hand auf die Schulter legte, er selber war, und plötzlich wußte Reynolds, ohne irgendeine verstandesmäßige Erklärung dafür zu haben, daß dieser Mann wirklich alles das war, was Jansci von ihm behauptet hatte. Außerdem mußte es einfach stimmen; denn sonst wäre er, Reynolds, jetzt nicht hier, sondern hätte schreiend auf der Folter gelegen, tief unterhalb der Stalinstraße.

»Es scheint offenbar wirklich so zu sein, wie Sie sagen, General Illjurin«, sagte Reynolds mit leiser Stimme. »Das Risiko, das damit verbunden ist, ist allerdings unerhört.«

»Jansci, wenn ich bitten darf – immer nur Jansci. Generalmajor Illjurin ist tot.«

»Ich bitte um Entschuldigung. Und heute abend – wie erklärt sich das?«

»Ach, Sie meinen Ihre – hm – Verhaftung durch unseren Freund hier?«

»Ja.«

»Das ist sehr einfach. Mit Ausnahme einiger weniger ganz geheimer Sachen hat er Zugang zu allen Akten. Ebenso ist er über alle geplanten Maßnahmen in Budapest und im westlichen Ungarn vorher informiert. Er hatte Kenntnis von der Straßenkontrolle und von der Schließung der Grenze — und er wußte, daß Sie auf dem Wege hierher waren.«

»Aber — man war doch zweifellos nicht hinter mir her — wieso . . .«

»Nein, mein lieber Reynolds, so wichtig sind Sie nun auch wieder nicht«, sagte Szendro. »Man hatte es weder auf Sie noch sonst auf irgend jemanden abgesehen. Man hielt nur Lastwagen an, und zwar auf der Suche nach großen Mengen von Wolframmetall, die aus Österreich zu uns hereingeschmuggelt werden.«

»Ich hatte gedacht, man wäre hier daran interessiert, soviel Wolfram zu bekommen wie irgend möglich«, meinte Reynolds.

»So ist es auch, mein Sohn, so ist es auch. Dennoch, es muß alles seine Ordnung haben, muß durch bestimmte Kanäle fließen. Kurz und gut, einige unserer höchsten und angesehensten Parteibonzen sahen sich um ihren üblichen Anteil gebracht. Ein unmöglicher Zustand.«

»Unerhört«, meinte Reynolds. »Dagegen mußte natürlich etwas unternommen werden.«

»Genau!« Szendro lächelte — es war das erstemal, daß Reynolds ihn lächeln sah —, und das plötzliche Aufblitzen der weißen, ebenmäßigen Zähne und die kleinen Fältchen, die sich an den Augenwinkeln bildeten, ließen das Gesicht dieses sonst so kühl und reserviert wirkenden Mannes völlig anders erscheinen. »Dummerweise gehen einem bei solchen Gelegenheiten auch einige Fische ins Netz, auf die man eigentlich gar nicht aus war.«

»Wie beispielsweise ich?«

»Wie beispielsweise Sie. Ich habe es mir daher zur Gewohnheit gemacht, mich bei derlei Aktionen in der Nähe bestimmter polizeilicher Kontrollstellen aufzuhalten. Eine Maßnahme, die sich leider nur in ganz seltenen Fällen auszahlt: Sie sind erst der fünfte, den ich innerhalb eines Jahres auf diese Weise der Polizei abgeluchst habe. Leider werden Sie auch der letzte sein. In den früheren Fällen hatte ich den Dorftrotteln, die auf solchen Kontrollposten Dienst tun, eingeschärft, sie hätten zu niemandem ein Sterbenswörtchen darüber zu sagen, daß sie mich oder den Festgenommenen, den ich ihnen ausspannte, jemals gesehen hätten. Heute aber hatte man, wie Sie wissen, bereits die Budapester Zentrale benachrichtigt, und inzwischen werden sämtliche Polizeistationen und Kontrollstellen Anweisung haben, auf der Hut zu sein vor einem Mann, der sich fälschlich als Beamter der AVO ausgibt.«

Reynolds starrte Szendro entsetzt an. »Ja, aber um Gottes willen, man hat Sie doch gesehen! Mindestens fünf von diesen Polizisten haben Sie genau gesehen. Ihre Personenbeschreibung ist in Budapest, noch ehe . . .«

»Pah!« Szendro schnippte lässig ein wenig Asche von seinem

Ärmel. »Das wird den Idioten wenig nützen. Außerdem, ich bin kein Schwindler — ich bin wirklich Beamter der AVO! Haben Sie etwa daran gezweifelt?«

»Nein, das habe ich nicht«, sagte Reynolds voller Respekt.

»Nun also.« Szendro setzte sich lässig auf den Schreibtisch und schlug die Beine übereinander. »Übrigens, Mr. Reynolds, möchte ich mich noch bei Ihnen entschuldigen für mein einigermaßen furchterregendes Verhalten auf der Fahrt hierher. Zunächst ging es mir dabei nur darum, festzustellen, ob Sie wirklich ein westlicher Agent waren und also der Mann, den wir erwarteten, oder aber ob ich irgendwo anhalten, Sie 'raussetzen und Ihnen den Rat geben sollte, zu verduften. Doch als wir im Zentrum der Stadt angekommen waren, da fiel mir noch eine andere und höchst unangenehme Möglichkeit ein.«

»Als Sie auf der Andrassy Ut hielten?« fragte Reynolds. »Sie sahen mich auf eine sehr besondere Weise an, milde ausgedrückt.«

»Ich weiß. Mir war gerade der Gedanke gekommen, daß Sie möglicherweise ein Spitzel der AVO sein könnten, den man mir absichtlich zugespielt hatte, und daß Sie deshalb keine Angst vor einem Besuch in der Andrassy Ut zu haben brauchten. Ich gestehe, ich hätte eher an diese Möglichkeit denken sollen. Jedenfalls, als ich Ihnen dann sagte, ich wollte mit Ihnen in einen geheimen Kellerraum gehen, da wäre Ihnen sofort klargewesen, welchen Verdacht ich hatte, Sie hätten gewußt, daß ich es mir jetzt nicht mehr leisten konnte, Sie am Leben zu lassen, und hätten geschrien, so laut Sie nur konnten. Doch Sie sagten nichts, und so wußte ich zumindest, daß Sie kein Spitzel waren. Ach, Jansci, würden Sie mich bitte einen Augenblick entschuldigen? Sie wissen, warum.«

»Natürlich, aber beeilen Sie sich. Mr. Reynolds hat uns eine Menge zu erzählen.«

»Was ich zu erzählen habe, ist allein für Ihre Ohren bestimmt«, sagte Reynolds. »Das hat Oberst Mackintosh mir eingeschärft.«

»Oberst Szendro ist meine rechte Hand, Mr. Reynolds.«

»Also gut. Aber nur Sie beide.«

Szendro verbeugte sich und ging hinaus. Jansci wandte sich an seine Tochter.

»Hol doch bitte etwas Wein, Julia. Wir haben hoffentlich noch eine Flasche Villanyi Furmint da?«

»Ich werde nachsehen.« Sie ging zur Tür, doch Jansci rief hinter ihr her.

»Einen Augenblick, liebe Julia. Sagen Sie, Mr. Reynolds, wann haben Sie zuletzt etwas gegessen?«

»Heute früh gegen zehn Uhr.«

»Dann müssen Sie schrecklichen Hunger haben. Julia?«

»Ich will sehen, was ich noch zusammenbekomme, Jansci.«

»Dank dir — doch zuerst bitte den Wein.« Er wandte sich an den

Jungen, der unruhig auf und ab ging. »Imre, du gehst auf das Dach. Mach einen Rundgang und sieh nach, ob die Luft rein ist. Du, Sandor, kümmerst dich um die Nummernschilder des Wagens. Verbrenne sie und mach neue an.«

»Verbrennen?« fragte Reynolds, während Sandor hinausging. »Ist das denn möglich?«

»Wir haben einen großen Vorrat an Nummernschildern«, sagte Jansci lächelnd. »Alle aus Holz, dreifaches Furnier. Brennen hervorragend. Oh, hast du noch eine Flasche Villanyi gefunden?«

»Ja, aber es ist die letzte.« Ihr Haar war inzwischen gekämmt, und sie lächelte Reynolds mit ihren blauen Augen freundlich und neugierig an. »Werden Sie noch zwanzig Minuten warten können, Mr. Reynolds?«

»Wenn es sein muß«, sagte er lächelnd. »Aber es wird schwierig sein.«

»Ich werde so schnell machen wie möglich«, versprach sie.

Während sie wieder hinausging, machte Jansci die Flasche auf und goß von dem kühlen, weißen Wein in zwei Gläser.

»Auf Ihr Wohl, Mr. Reynolds — und auf gutes Gelingen.«

»Danke.« Reynolds trank langsam und dankbar von dem Wein, in tiefen Zügen — er konnte sich nicht daran erinnern, daß seine Kehle jemals so ausgedörrt war —, und zeigte mit dem Kopf auf den einzigen Schmuck in diesem reichlich kahlen und düsteren Raum, eine Fotografie in silbernem Rahmen, die auf Janscis Schreibtisch stand. »Ein außerordentlich gutes und ähnliches Bild Ihrer Tochter. Sie haben gute Fotografen in Ungarn.«

»Ich habe es selber aufgenommen«, sagte Jansci lächelnd. »Und Sie finden also, es ist ein gutes Bild? Bitte, sagen Sie mir Ihre ehrliche Meinung. Es interessiert mich immer, festzustellen, wie genau jemand beobachten kann.«

Reynolds sah ihn ein wenig überrascht an, nahm dann einen Schluck von seinem Wein und betrachtete schweigend das Bild: das blonde, lockige Haar, die breiten Brauen über den Augen mit den langen Wimpern, die auffallend slawischen Backenknochen und die Rundung der Wangen, die hinuntergingen zu dem vollen lächelnden Mund, das runde Kinn über der schlanken Säule des Halses. Ein bemerkenswertes Gesicht, mußte er denken, eigenartig, intensiv, heiter und von einem wunderbaren Hunger auf das Leben. Ein Gesicht, das man nicht so leicht vergaß.

»Nun, Mr. Reynolds?« fragte Jansci.

»Ja, es ist ein gutes Bild«, sagte Reynolds. Er zögerte, ehe er weitersprach, weil er nicht gern anmaßend erscheinen wollte; doch dann sah er Jansci an und wußte instinktiv, wie hoffnungslos es war, diese wissenden, müden Augen täuschen zu wollen, und so fuhr er fort: »Man könnte fast sagen, daß es ein wenig zu gut sei.«

»So?«

»Ja. Die Formen des Gesichts, auch der Ausdruck des Lächelns, das alles stimmt genau. Doch dieses Bild zeigt noch etwas mehr — eine größere Reife, ein tieferes Wissen. In zwei, vielleicht in drei Jahren wird es Ihrer Tochter völlig ähnlich sein; doch hier haben Sie der Entwicklung sozusagen vorausgegriffen. Ich weiß nicht, wie Sie das gemacht haben.«

»Das ist sehr einfach. Es ist gar keine Fotografie meiner Tochter, sondern meiner Frau.«

»Ihrer Frau! Mein Gott, was für eine außerordentliche Ähnlichkeit.« Reynolds brach ab, überlegte eilig, ob einer seiner letzten Sätze eine Ungeschicklichkeit enthalten habe, und stellte fest, daß das nicht der Fall war.»Sie ist hier im Haus?«

»Nein, sie ist nicht hier.« Jansci setzte sein Glas ab und drehte es in seinen Fingern. »Wir wissen leider nicht, wo sie ist.«

»Verzeihen Sie, bitte.«

»Mißverstehen Sie mich nicht«, sagte Jansci freundlich. »Wir wissen leider, was mit ihr geschah. Die braunen Wagen — Sie verstehen, was ich meine?«

»Die Geheimpolizei?«

»Ja.« Jansci nickte schwer. »Die gleichen Wagen, mit denen man eine Million Menschen in Polen abholte, eine Million in Rumänien und eine halbe Million in Bulgarien, um sie in die Sklaverei zu schicken und in den Tod. Mit einem dieser Wagen, mit denen man in den baltischen Staaten den Mittelstand ausradiert und in Ungarn hunderttausend Menschen abgeholt hat — ein solcher brauner Wagen kam auch, um Katharina abzuholen. Doch was bedeutet das Schicksal eines einzelnen gegenüber so vielen Millionen, die leiden und sterben mußten?«

»Das war dann also im Sommer 1951?« war alles, was Reynolds hervorbringen konnte; ihm war bekannt, daß damals in Budapest die Massendeportationen stattgefunden hatten.

»Nein, damals lebten wir noch nicht hier. Es war genau vor zweieinhalb Jahren einen knappen Monat, nachdem wir hierhergekommen waren. Julia war zum Glück gerade bei Freunden auf dem Lande, und ich selbst war in dieser Nacht nicht zu Haus.«

»Sie hatte vorher keinerlei Mitteilung bekommen?«

»Nein, keine. Sie bekam einen blauen Zettel in die Hand gedrückt, durfte einen kleinen Handkoffer mitnehmen, und fort ging es, erst mit dem braunen Wagen und dann mit der Eisenbahn, im geschlossenen Viehwagen.«

»Aber es ist doch möglich, daß sie noch lebt. Sie haben nichts von ihr gehört?«

»Nein, nichts. Wir können nur hoffen, daß sie am Leben ist. Aber es sind so viele auf dem Transport gestorben, erstickt oder erfroren in diesen Waggons, und die Zwangsarbeit auf den Feldern, in den Fabriken oder Bergwerken ist mörderisch, selbst für den, der kräftig und gesund ist. Und meine Frau war gerade erst nach einer schweren Lungenoperation aus dem Krankenhaus entlassen worden.«

Reynolds fluchte leise in sich hinein. Wie oft las oder hörte man derartige Dinge, wie rasch vergaß man sie wieder, wie leicht ging man darüber hinweg — und wie anders war es, wenn man mit der Realität konfrontiert wurde.

»Sie haben aber doch versucht, sie zu finden — haben nach Ihrer Frau gesucht?« fragte Reynolds, und seine Frage klang rauh.

»Ja, ich habe nach ihr gesucht. Vergeblich.«

Reynolds spürte, wie der Ärger in ihm hochstieg. Jansci schien alles so leichtzunehmen, es schien ihn kaum zu berühren.

Der junge Mann mit dem schwarzen Haar steckte den Kopf zur Tür herein, berichtete, daß alles in Ordnung sei, und verschwand. Doch selbst in diesem kurzen Augenblick hatte Reynolds Zeit gehabt, das auffällige, nervöse Zucken auf der linken Wange zu bemerken, kurz unterhalb der unruhig flackernden schwarzen Augen. Jansci schien der bedenkliche Ausdruck auf dem Gesicht von Reynolds nicht entgangen zu sein, denn als er jetzt sprach, klang seine Stimme, als wolle er um Entschuldigung bitten.

»Der arme Imre! Er war nicht immer so wie jetzt, Mr. Reynolds, nicht immer so verstört und ruhelos.«

»Ruhelos! Ich sage es ungern, doch da es sich hier auch um mich und meine Pläne handelt, muß ich es sagen: Dieser Junge ist ein ausgesprochener Neurotiker.« Reynolds sah Jansci scharf an, doch Jansci blieb unverändert sanft und freundlich. »Ein Junge wie der in einer solchen Umgebung! Zu sagen, er sei eine potentielle Gefahr, wäre eine Untertreibung ersten Ranges.«

»Ich weiß, glauben Sie nicht, daß ich es nicht wüßte.« Jansci seufzte. »Sie hätten ihn vor etwas mehr als zwei Jahren sehen sollen, Mr. Reynolds, im Kampf gegen die russischen Panzer auf dem Schloßberg. Damals war er so kaltblütig, als ob er überhaupt keine Nerven hätte. Wenn es darum ging, flüssige Seife auf die Straße zu schütten oder lose Pflastersteine herauszuholen, die Löcher mit Benzin zu füllen und es im Augenblick anzubrennen, wenn ein Tank darüberfuhr, da war Imre unvergleichlich. Doch er wurde allzu unvorsichtig, und eines Nachts wurde er von einem großen Panzer T-54, dessen gesamte Bemannung tot war und der rückwärts den Berg herunterrutschte, erfaßt und, auf allen vieren kauernd, gegen die Wand eines Hauses gedrückt. Es dauerte sechsunddreißig Stunden, ehe ihn jemand dort entdeckte — und inzwischen war der Tank zweimal von russischen Kampffliegern schwer beharkt worden —, die Russen wollten nicht, daß man sie mit ihren eigenen Panzern angriff.«

»Sechsunddreißig Stunden!« sagte Reynolds und starrte Jansci an. »Und er war noch am Leben?«

»Er hatte nicht einmal eine Schramme, hat er bis heute nicht. Sandor hat ihn dann herausgeholt – das war ihre erste Begegnung. Er nahm eine Brechstange und brach die Wand des Hauses von innen her ab – ich war dabei und habe gesehen, wie er mit den Zentnerblöcken um sich warf, als ob es Kieselsteine wären. Wir brachten Imre in ein Haus in der Nähe, ließen ihn dort, und als wir zurückkamen, war das ganze Haus ein einziger Trümmerhaufen; eine Gruppe der Aufständischen hatte sich darin verschanzt, und russische Panzer hatten das unterste Stockwerk so lange zerschossen, bis das ganze Haus darüber zusammenstürzte. Doch wir bekamen ihn auch dort heraus, und noch immer hatte er nicht einen Kratzer. Er war lange Zeit sehr krank, monatelang – aber es geht ihm jetzt schon sehr viel besser.«

»Sandor und Sie, Sie haben beide bei dem Aufstand mitgekämpft?«

»Sandor hat mitgekämpft. Er war Vorarbeiter im Dunapentele-Stahlwerk, Elektromechaniker, und er hat seine Fachkenntnisse sehr wirkungsvoll eingesetzt. Es konnte einem angst und bange werden, wenn man sah, wie er mit Hochspannungsdrähten umging – einfach mit ein paar Holzlatten, die er in seinen bloßen Händen hielt.«

»Im Kampf gegen die Panzer?«

»Ja«, sagte Jansci. »Er hat die Besatzung von drei Panzern durch Starkstrom erledigt. Und man hat mir erzählt, daß er in Zsepel sogar noch mehr Panzer erledigt hat. Er tötete einen Gegner, erbeutete dessen Flammenwerfer, richtete den Strahl auf den Sehschlitz des Fahrers, und wenn die Besatzung die Luke öffnete, um etwas Luft zu bekommen, dann warf er einen Molotow-Cocktail hinein – das sind einfach Flaschen mit ganz gewöhnlichem Benzin, in deren Hals man etwas Schießbaumwolle steckt. Dann machte er die Luke zu, und wenn Sandor eine Luke zumacht und sich daraufsetzt, dann bleibt sie zu. Sie kennen ihn ja.«

»Das kann ich mir vorstellen«, sagte Reynolds und rieb sich sacht seine Arme, die immer noch schmerzten –, als ihm plötzlich etwas einfiel. »Sie sagten, Sandor habe teilgenommen. Und Sie selbst?«

»Ich nicht.« Jansci breitete seine mißhandelten, verstümmelten Hände aus, mit den Handflächen nach oben, und jetzt sah Reynolds, daß die Wundmale der Kreuzigung tatsächlich von außen nach innen durchgingen. »Ich habe mich an dem Aufstand nicht beteiligt. Ich habe mich im Gegenteil nach Möglichkeit bemüht, ihn zu verhindern.«

Reynolds betrachtete ihn schweigend und versuchte, den Ausdruck dieser grauen, von tausend feinen Fältchen umgebenen Augen zu ergründen. Schließlich sagte er: »Tut mir leid, aber das kann ich Ihnen einfach nicht glauben.«

»Sie werden es glauben müssen.« Jansci lächelte, hob die Hand und berührte sein weißes Haar. »Ich bin zwar nicht ganz so alt, mein Sohn, wie der Schnee auf meinem Haupt Sie vielleicht annehmen läßt; aber ich bin viel zu alt für eine Geste, die großartig sein mag, aber ebenso sinnlos wie selbstmörderisch ist. Und ich bin auch zu alt, um zu glauben, es ließe sich irgend etwas durch Gewalt erreichen. Außerdem, Mr. Reynolds, abgesehen von der Zwecklosigkeit der Gewalt — was für ein Recht haben wir, irgendeinen Menschen zu töten? Wir alle sind Kinder eines Vaters, und daraus ergibt sich für mich zwangsläufig, daß jeder, der einen Brudermord begeht, sich gegen Gott versündigt.«

»Sie reden wie ein Pazifist«, sagte Reynolds aufgebracht. »Wie ein Pazifist, der wehrlos zusieht, wie Soldatenstiefel ihn niedertrampeln, ihn und seine Frau und seine Kinder.«

»Nicht ganz so, Mr. Reynolds, nicht ganz«, sagte Jansci mit sanfter Stimme. »Ich bin nicht ganz so, wie ich gern sein möchte. Der Mann, der Hand an meine Tochter Julia legt, stirbt im selben Augenblick.«

Für einen flüchtigen Augenblick, so flüchtig, daß es fast hätte Einbildung sein können, gewährte Reynolds das Feuer, das in der Tiefe dieser erloschenen Augen glühte; er mußte plötzlich wieder an all das denken, was ihm Oberst Mackintosh über diesen phantastischen Mann erzählt hatte, der ihm hier gegenübersaß, und er fühlte sich so verwirrt wie noch nie.

»Aber — Sie haben mir doch gesagt, daß . . .«

»Ich habe Ihnen nur zu erklären versucht, weshalb ich mich an dem Aufstand nicht beteiligt habe«, sagte Jansci. »Ich halte nichts von der Gewalt, solange es noch irgendeine andere Möglichkeit gibt. Außerdem war der Zeitpunkt der denkbar ungünstigste. Und ich hasse die Russen nicht, ich mag sie sogar gern. Vergessen Sie nicht, Mr. Reynolds, daß ich selbst Russe bin. Ich bin zwar Ukrainer, aber deshalb doch Russe, wenn auch manche meiner Landsleute häufig anderer Meinung sein mögen.«

»Sie haben die Russen gern — Sie betrachten selbst den Russen als Ihren Bruder?« Reynolds bemühte sich, höflich zu bleiben, konnte aber seine Fassungslosigkeit nicht ganz verbergen. »Nach allem, was man Ihnen und Ihrer Familie angetan hat?«

»Ich weiß, das ist unverzeihlich. Die Liebe zu unseren Feinden sollte auf die Bibel beschränkt bleiben — und nur ein Wahnsinniger könnte den Mut, die Arroganz oder die Stupidität besitzen, die Seiten der Bibel aufzuschlagen und mit ihren Grundsätzen Ernst zu machen.« Jansci machte eine kurze Pause und fuhr dann in verändertem Ton fort: »Ja, ich liebe das russische Volk, Mr. Reynolds. Die Russen sind liebenswert, fröhlich und heiter, und von einer Freundlichkeit, die auf der ganzen Welt nicht ihresgleichen hat. Doch sie sind jung, noch sehr jung, wie Kinder. Und sie sind, wie Kinder, voller Launen, sie sind einfältig und ein bißchen grausam, wie das alle Kinder sind. Man darf dabei nicht vergessen, daß sie bei all ihrer Jugend eine große Liebe für die Poesie haben, für Musik und Tanz, für das Ballett und die Oper.«

»Außerdem sind sie brutal und barbarisch, und ein Menschenleben bedeutet für sie überhaupt nichts«, warf Reynolds dazwischen.

»Wer könnte das leugnen? Aber vergessen Sie bitte nicht, daß die westliche Welt genauso war, als sie politisch noch ebenso jung war, wie die Völker Rußlands es heute sind. Sie sind rückständig, primitiv, und sie lassen sich leicht beeinflussen. Sie hassen und fürchten den Westen, weil man ihnen gesagt hat, sie müßten den Westen hassen und fürchten. Aber unvernünftige, emotional gesteuerte Verhaltensweisen sind im Westen genauso möglich wie im Osten.«

»Meinen Sie damit unsere Regierungen?«

»Ja, eure Regierungen«, sagte Jansci. »Und natürlich auch die Presse, die stets und überall die öffentliche Meinungsbildung dirigiert. Doch in erster Linie meinte ich die Regierungen.«

»Es gibt bei uns im Westen schlechte Regierungen, oft sogar sehr schlechte Regierungen«, sagte Reynolds langsam. »Sie machen Fehler, sie verrechnen sich, sie fassen törichte Entschlüsse, es gibt unter ihren Mitgliedern sogar einen bestimmten Prozentsatz von Opportunisten, Karrieremachern und Leuten, die ausschließlich nach der Macht streben. Doch das alles ist nur deshalb so, weil es eben menschlich ist. Jedenfalls wollen unsere Regierungen das Beste, sie bemühen sich ernstlich, das Gute zu tun, und nicht einmal ein Kind hat vor ihnen Angst.« Reynolds sah den älteren Mann nachdenklich an. »Sie haben soeben selber gesagt, die russischen Machthaber hätten in den vergangenen Jahren Millionen ins Gefängnis, in die Sklaverei und in den Tod geschickt. Wenn die Menschen wirklich, wie Sie behaupten, hier wie dort die gleichen sind, wieso sind dann die Regierungsformen so völlig verschieden? Die einzige Erklärung hierfür ist der Kommunismus.«

Jansci schüttelte den Kopf. »Der Kommunismus ist passé, und zwar endgültig. Er lebt heute nur noch fort als ein Mythos, und die zynischen Realpolitiker des Kreml bedienen sich seiner Parolen, um jede rigorose Maßnahme zu rechtfertigen, die ihre Politik erfordert. Ein paar von der alten Garde, die noch an der Macht sind, mögen vielleicht von der Eroberung der Welt durch den Kommunismus träumen, doch das sind nur wenige; denn dieses Ziel wäre nur durch einen globalen Krieg zu erreichen, und die hartgesottenen Realisten im Kreml sind sich über die Sinnlosigkeit einer Politik klar, die den Keim der Selbstzerstörung in sich trägt.«

»Und die brutale Unterdrückung, die Massenliquidierungen, das sollte nicht dem Wunsch entspringen, die Welt zu erobern?« sagte Reynolds. »Wollen Sie das im Ernst behaupten?«

»Allerdings.«

»Ja, was in aller Welt sollte denn dann dahinterstecken?«

»Die Angst, Mr. Reynolds«, sagte Jansci. »Eine geradezu panische Angst, für die es bei den Regierungen der Neuzeit keine Parallele gibt.

Sie haben Angst, weil der Geländeverlust der Zentralgewalt kaum wiedergutzumachen ist: Malenkows Konzessionen von 1953, Chruschtschows berühmte Rede vom Jahre 1956, mit der er vom Stalinismus abrückte, und die Dezentralisation der gesamten Industrie, zu der er sich gezwungen sah, das alles widersprach den geheiligten Ideen der Unfehlbarkeit des Kommunismus und der zentralisierten Kontrolle. Doch es war unumgänglich, im Interesse der Produktionssteigerung — und die Menschen bekamen den Geruch der Freiheit in die Nase. Und die russischen Machthaber haben Angst, weil ihre Geheimpolizei längst nicht mehr das ist, was sie war: Berija ist tot, die NKWD ist in Rußland nicht annähernd so gefürchtet wie die AVO hier bei uns, das heißt also, daß auch der Glaube an die Macht der Autorität, an die Unvermeidbarkeit der Strafe erschüttert ist.« Jansci machte eine kleine Pause, nahm einen Schluck und fuhr fort: »Diese Ängste beziehen sich auf die Zustände im Innern. Doch sie sind gering, verglichen mit der Angst vor der Außenwelt. Stalin sagte kurz vor seinem Tode: ›Was wird werden, wenn ich nicht mehr bin? Ihr seid so blind wie neugeborene Katzen, und Rußland wird zerstört werden, weil ihr nicht fähig seid zu erkennen, wer eure Feinde sind.‹ Selbst Stalin konnte nicht wissen, wie recht er mit diesen Worten behalten sollte. Die Russen sind nicht in der Lage, ihre Feinde zu erkennen, und sie sind nur sicher, können sich nur sicher fühlen, wenn sie alle anderen Völker als ihre Feinde betrachten. Und speziell den Westen. Sie fürchten den Westen, und sie haben, von ihrem Standpunkt aus, auch allen Grund dazu.

Sie haben Angst vor einer westlichen Welt, die, wie sie meinen, ihnen feindlich gesinnt ist und nur auf eine günstige Gelegenheit wartet, sie anzugreifen. Sie haben außerdem Angst vor Leuten, die alles in dem beschränkten Licht ihrer eigenen besonderen Kultur zu interpretieren versuchen, die überzeugt sind, alle Menschen, auf der ganzen Welt, seien im Grunde gleich. Eine sehr weit verbreitete Annahme, die aber ebenso töricht wie gefährlich ist. Die Kluft zwischen der westlichen und der slawischen Mentalität und die kulturellen Unterschiede sind enorm, doch leider machen sich das die wenigsten Menschen klar.

Schließlich, und das ist vielleicht noch gravierender als alles andere, haben sie Angst vor dem Eindringen westlicher Ideen in ihr Land. Und das ist der Grund, weshalb die Satellitenländer für sie einen so unschätzbaren Wert haben als *cordon sanitaire*, als Isolierung gegen gefährliche kapitalistische Einflüsse. Deshalb fühlen sich die russischen Machthaber durch eine Revolte in einem ihrer Satellitenländer, wie durch den Aufstand in Ungarn vor zwei Jahren, aufs höchste bedroht und reagieren entsprechend. Ihre Reaktion war deshalb von so unglaublicher Heftigkeit, weil sie in dem Budapester Aufstand den Kulminationspunkt, das gleichzeitige Eintreffen ihrer drei schlimmsten Befürchtungen erblickten: daß ihr gesamtes Satellitenreich hochgehen, und der *cordon sanitaire* für immer verschwinden könnte, daß durch einen auch nur teilweisen Erfolg eine ähnliche Revolte in Rußland ausgelöst werden könnte und, das Schlimmste von allem, daß eine Verschwörung großen Maßstabs vom Baltischen bis zum Schwarzen Meer den Amerikanern jede irgendwie benötigte Ausrede oder Begründung dafür geliefert haben würde, um den strategischen Bombern und den Flugzeugträgern der sechsten Flotte das Signal zum Angriff zu geben. Ich weiß, diese Vorstellung ist phantastisch, und Sie wissen es auch; doch wir reden hier nicht über Fakten, sondern nur über das, was die russischen Machthaber für Fakten halten.«

Jansci leerte sein Glas und sah Reynolds fragend an. »Ich hoffe, Sie beginnen nun zu begreifen, weshalb ich den Aufstand vom Oktober weder befürwortet noch an ihm teilgenommen habe. Vielleicht beginnen Sie auch zu begreifen, weshalb die Revolte niedergeschlagen werden mußte, und zwar um so erbarmungsloser, je größer und bedrohlicher sie war – um den *cordon* zu schützen, als Abschreckungsmaßnahme gegenüber den anderen Satelliten und allen in den eigenen Reihen, die möglicherweise ähnliche Ideen hatten. Vielleicht begreifen Sie auch, daß dieser Aufstand von vornherein zum Scheitern verurteilt war und einer verhängnisvollen Verkennung der Lage entsprang. Die einzige Wirkung, die er hatte, war, daß die Stellung Rußlands gegenüber den anderen Satelliten gestärkt wurde, daß Tausende von Ungarn getötet oder verstümmelt, mehr als zwanzigtausend Häuser zerstört oder beschädigt wurden, daß es zu einer Inflation und zu einer bedrohlichen Verknappung der Lebensmittel kam, und daß die Wirtschaft des Landes einen beinahe tödlichen Schlag erhielt. Es hätte nie dazu kommen dürfen; doch die Wut der Verzweiflung ist immer blind.«

Reynolds sagte nichts; er wußte im Augenblick nicht, was er hätte erwidern können. Es entstand wieder ein langes Schweigen, doch diesmal war es nicht feindlich. Im Raum war nichts zu hören als das Geräusch, das Reynolds machte, der sich die Schuhbänder zuband – er hatte sich angezogen, während Jansci sprach. Schließlich stand Jansci auf, schaltete das Licht aus, zog den Vorhang an dem einzigen Fenster zurück, warf einen Blick nach draußen, zog den Vorhang zu und machte dann das Licht wieder an. Es hatte nichts Besonderes zu bedeuten, das konnte Reynolds sehen, es war reine Routine, die übliche Vorsichtsmaßnahme eines Mannes, der nur dadurch bisher am Leben geblieben war, daß er nie auch nur die geringste Vorsichtsmaßnahme außer acht gelassen hatte. Reynolds verstaute seine Papiere in seiner Brieftasche und die Pistole in dem Achselhalfter.

Es klopfte, und Julia kam herein. Ihr Gesicht war gerötet von der Wärme des Küchenofens, und sie trug ein Tablett mit einer Suppe, einem Gericht aus kleingeschnittenem Fleisch und Gemüse, und eine Flasche Wein.

»So, Mr. Reynolds, bitte sehr«, sagte sie, während sie die Schüsseln auf den Tisch stellte. »Es sind zwei unserer Nationalgerichte — Gulyassuppe und Tokany. Hoffentlich ist für Ihren Geschmack nicht zuviel Paprika an der Suppe und zuviel Knoblauch an dem Tokany, aber wir mögen es so.« Sie sah ihn an und lächelte entschuldigend. »Es sind Reste — etwas anderes konnte ich in der Eile und um diese Zeit nicht zustande bringen.«

»Es riecht wunderbar«, sagte Reynolds. »Es tut mir nur leid, daß ich Ihnen mitten in der Nacht soviel Mühe mache.«

»Daran bin ich gewöhnt«, sagte sie. »Meist muß ich für ein halbes Dutzend Leute etwas zu essen machen, und fast immer so gegen vier Uhr morgens. Vaters Gäste kommen zu ziemlich ungewöhnlichen Zeiten.«

»Da hast du wirklich recht«, sagte Jansci lächelnd. »Jetzt aber zu Bett mit dir, mein Kind — es ist schon sehr spät.«

»Ich würde gern noch ein bißchen bleiben, Jansci.«

»Ich zweifle nicht daran«, sagte Jansci augenzwinkernd. »Verglichen mit unseren sonstigen Gästen ist Mr. Reynolds ein ausgesprochen gutaussehender Mann. Frisch gewaschen, frisch gekämmt und frisch rasiert könnte er direkt repräsentabel sein.«

»Das ist ungerecht, Vater, und das weißt du auch.« Sie schlug sich wacker, fand Reynolds, doch ihre Wangen waren noch um einen Schein röter geworden. »So was mußt du nicht sagen.«

»Ja, es ist ungerecht, und ich sollte es nicht sagen«, gab Jansci zu. Er sah Reynolds an. »Die Welt, von der Julia träumt, liegt westlich der österreichischen Grenze, und sie kann jedem, der davon erzählt, stundenlang zuhören. Aber es gibt gewisse Dinge, bei denen es gefährlich für sie wäre, auch nur etwas davon zu ahnen. Ins Bett mit dir, mein liebes Kind.«

»Nun gut.« Sie erhob sich gehorsam, wenn auch widerstrebend, gab Jansci einen Kuß auf die Wange, lächelte Reynolds zu und ging hinaus. Reynolds sah hinüber zu Jansci, der nach der zweiten Flasche Wein gegriffen hatte und sie öffnete.

»Sind Sie Julias wegen nicht dauernd in einer Todesangst?«

»Ja, weiß Gott«, sagte Jansci einfach. »Das ist kein Leben für sie, für ein Mädchen sowieso nicht, und wenn es mich erwischt, dann ist es um sie auch geschehen, das ist so gut wie sicher.«

»Können Sie denn Ihre Tochter nicht irgendwo in Sicherheit bringen?«

»Ja, versuchen Sie das mal! Ich könnte sie schon morgen ohne die geringste Schwierigkeit oder Gefahr in den Westen bringen — Sie wissen, das ist meine Spezialität —, aber sie will nicht. Sie ist eine gehorsame, respektvolle Tochter, wie Sie ja gesehen haben — doch nur bis zu einer bestimmten Grenze, die sie selbst gezogen hat. Sie weiß, wie gefährlich es hier für sie ist, aber sie bleibt. Sie sagt, sie würde niemals hier weggehen, bevor wir nicht ihre Mutter gefunden haben und sie beide zusammen gehen können. Doch selbst dann . . .«

Er brach plötzlich ab, als die Tür aufging und ein Fremder hereinkam. Reynolds, der sich blitzschnell umgedreht hatte und von seinem Stuhl aufgesprungen war, hatte seine Pistole gezogen und auf den Mann angelegt, noch ehe dieser zwei Schritte gemacht hatte. Er starrte den Mann unverwandt an und nahm jede Einzelheit des Gesichts in sich auf, das schwarze, glatt nach hinten gekämmte Haar, die schmale Nase unter der hohen Stirn: das typische Gesicht des unverkennbaren polnischen Aristokraten. Reynolds erschrak, als Jansci ihm die Hand auf den Arm legte und den Lauf der Pistole sanft, aber energisch nach unten drückte.

»Szendro hat recht gehabt«, murmelte er nachdenklich. »Sie sind ein gefährlicher Mann, sehr gefährlich — schnell wie eine Giftschlange. Doch dieser Mann ist ein Freund, ein guter Freund. Gestatten Sie, Mr. Reynolds, daß ich Ihnen den Grafen vorstelle.«

Reynolds steckte seine Pistole weg, ging zu dem Mann hin und streckte ihm die Hand entgegen. »Freut mich, Ihre Bekanntschaft zu machen«, murmelte er erleichtert. »Und wie ist Ihr Name?«

»Einfach nur: der Graf«, sagte der Mann, der eben hereingekommen war, und Reynolds starrte ihn von neuem an. Die Stimme war unverkenbnbar.

»Oberst Szendro!« rief Reynolds fassungslos.

»Erraten«, sagte der Graf, während sich gleichzeitig seine Stimme ebenso unmerklich und ebenso vollständig veränderte wie sein Äußeres. »Ich darf bei aller Bescheidenheit behaupten, daß es nicht viele gibt, die mir in der Kunst der Tarnung und Verstellung gleichkommen. Was Sie jetzt vor sich sehen, Mr. Reynolds, das bin ich — mehr oder weniger. Dann noch eine Narbe hier und eine Narbe da, und dann haben Sie das Bild, wie die AVO mich sieht. Sie werden vielleicht verstehen, weshalb ich nicht ungebührlich beunruhigt darüber war, daß man mich bei der Polizei gesehen hatte?«

»Ja«, sagte Reynolds, »das verstehe ich in der Tat. Und — und Sie wohnen hier — hier bei Jansci? Ist das nicht reichlich gefährlich?«

»Ich wohne in dem zweitbesten Hotel von Budapest«, sagte der Graf. »Wie das einem Mann von meinem Rang zukommt. Doch da ich Junggeselle bin, brauche ich natürlich gewisse, sagen wir, Zerstreuungen. Die Tatsache, daß ich von Zeit zu Zeit nicht da bin, bedarf keiner besonderen Erklärung.« Er ging zu einem Wandschrank, holte eine schwarze Flasche hervor, schenkte sich ein großes Glas halb voll und richtete den Blick auf Reynolds. »Das ist Barack«, sagte er, »Aprikosenschnaps. Ein teuflisches Zeug. Hüten Sie sich davor wie vor der Pest. Eigenes Fabrikat.« Während Reynolds ihm staunend zusah, trank er den Inhalt des Glases auf einen Zug aus und schenkte sich dann von neuem ein. »Sie haben noch nicht von dem angefangen, weshalb Sie hier sind?«

»Ich wollte gerade damit beginnen.« Reynolds schob seinen Teller beiseite und nahm einen Schluck von dem Wein. »Von Professor Harold Jennings haben Sie, wie ich annehme, wohl schon gehört?«

»Das haben wir allerdings«, sagte Jansci. »Wer hätte nicht von ihm gehört?«

»Eben. Dann wissen Sie auch ungefähr, was für ein Mann das ist – ein alter Sonderling, weit über siebzig, kurzsichtig, liebenswürdig, der typische zerstreute Professor – nur in einer Beziehung nicht: Sein Kopf arbeitet wie ein Elektronengehirn, und er ist die größte wissenschaftliche Autorität der Welt auf dem Gebiet der Ballistik.«

»Was ja auch der Grund war, weshalb er sich den Russen zur Verfügung stellte«, bemerkte der Graf.

»Irrtum«, sagte Reynolds. »Das ist zwar die allgemein verbreitete Ansicht, doch sie ist falsch.«

»Wissen Sie das genau?« fragte Jansci, der sich auf seinem Stuhl weit nach vorn geneigt hatte.

»Ganz genau. Hören Sie zu, bitte. Als damals einige andere englische Wissenschaftler ins russische Lager übergegangen waren, ergriff der alte Jennings in einer öffentlichen Äußerung sehr energisch für diese Leute Partei. Er wandte sich mit scharfen Worten gegen das, was er als überholten Nationalismus bezeichnete, und sagte, jeder Mensch habe das Recht, sich frei zu entscheiden und der Forderung seines Gewissens zu folgen. Unmittelbar danach setzten sich, wie wir nicht anders erwartet hatten, die Russen mit ihm in Verbindung. Er ließ sie aber abblitzen, forderte sie auf, sich schleunigst zurückzuscheren nach Moskau, und erklärte ihnen, daß er für den russischen Nationalismus noch sehr viel weniger übrig habe als für den englischen. Er habe nur ganz allgemein gesprochen, sagte er.«

»Woher wissen Sie das so genau?«

»Wir haben die ganze Unterhaltung auf Band – wir hatten überall im Haus Mikrophone eingebaut. Doch wir hatten seine Äußerungen damals nicht publik gemacht, und als er dann zu den Russen übergegangen war, da wäre es zu spät gewesen – kein Mensch hätte es uns geglaubt.«

»Da haben Sie allerdings recht«, meinte Jansci. »Und nach dieser Unterredung mit den Russen haben Sie dann vermutlich die Überwachung des Professors abgeblasen?«

»Ja, das haben wir«, sagte Reynolds. »Aber es hätte uns ohnehin nichts genützt — wir paßten am falschen Ende auf. Knapp zwei Monate nach dem Interview des Alten mit den russischen Agenten fuhr Mrs. Jennings mit ihrem sechzehnjährigen Sohn Brian — der Professor hat erst spät geheiratet — zur Erholung in die Schweiz. Jennings hatte eigentlich mit ihnen fahren wollen, wurde aber im letzten Augenblick durch irgendeine wichtige Sache aufgehalten. So fuhren die beiden allein voraus, er wollte sie zwei oder drei Tage später in ihrem Züricher Hotel treffen. Als er hinkam, waren sie nicht mehr da.«

»Entführt, natürlich«, sagte Jansci langsam. »Und jetzt wollt ihr ihn vermutlich gern wiederhaben?«

»Ja, wir wollen ihn wiederhaben. Deshalb bin ich hier.«

Jansci lächelte leise. »Ich bin außerordentlich begierig, von Ihnen zu hören, Mr. Reynolds, wie Sie es sich eigentlich gedacht haben, den Professor zu entführen, und natürlich auch seine Frau und seinen Sohn, da er ohne diese beiden ohnehin nicht mitkommt. Das sind drei Leute, Mr. Reynolds, ein alter Mann, eine Frau und ein Junge — Moskau ist sehr weit von hier, und der Schnee auf den Steppen liegt hoch.«

»Nicht drei Leute«, sagte Reynolds. »Es handelt sich nur um einen — den Professor. Und ich brauche seinetwegen nicht erst bis nach Moskau zu gehen. Er ist hier, hier in Budapest.«

»Hier?« fragte Jansci erstaunt. »Wissen Sie das genau, Mr. Reynolds?«

»Ich weiß es von Oberst Mackintosh.«

»Dann muß es stimmen, dann muß Jennings wirklich hier sein.« Jansci drehte sich in seinem Stuhl herum und sah zu dem Grafen hin. »Haben Sie etwas davon gehört?«

»Kein Wort. Und es weiß auch bei uns im Amt niemand etwas davon.«

»Nächste Woche wird die ganze Welt es wissen«, sagte Reynolds ruhig, aber bestimmt. »Wenn am Montag der internationale wissenschaftliche Kongreß hier eröffnet wird, dann wird die erste Rede von Professor Jennings gehalten werden. Er soll als Paradepferd herausgestellt werden. Es wird der größte propagandistische Triumph sein, den die Kommunisten seit Jahren erzielt haben.«

»So, so.« Jansci trommelte nachdenklich mit den Fingern auf der Platte des Schreibtischs und hob dann plötzlich den Blick. »Sagten Sie, daß Sie nur den Professor haben wollen?«

Reynolds nickte bestätigend.

»Nur den Professor!« sagte Jansci und sah Reynolds an. »Ja, mein Gott, begreifen Sie denn gar nicht, welches Schicksal dann seine Frau und seinen Sohn erwarten würde? Ich muß Ihnen sagen, Mr. Reynolds, wenn Sie wollen, daß wir Ihnen helfen sollen . . .«

Reynolds hob die Hände hoch, um weitere Fragen abzuschneiden. »Mrs. Jennings befindet sich bereits in London«, sagte er. »Vor ungefähr zehn Wochen wurde sie sehr krank, und Jennings bestand darauf, daß sie nach London fuhr, um sich dort operieren zu lassen, und er zwang die Russen, auf seine Forderung einzugehen — man kann einen Mann vom Format des Professors nicht einsperren, foltern oder Gehirnwäsche mit ihm machen, ohne gleichzeitig seine Fähigkeit zu wissenschaftlicher Arbeit zu zerstören, und er erklärte kategorisch, er werde seine Arbeit nicht eher fortsetzen, ehe man ihm nicht die Erfüllung seiner Wünsche zugesichert habe.«

»Offenbar ein Mann mit Mut«, sagte der Graf voller Bewunderung.

»Ja«, sagte Reynolds lächelnd, »wenn er sich auf etwas versteift, dann ist nicht gut mit ihm zu reden. Doch es war an sich keine so besonders große Leistung. Die Russen hatten nichts zu verlieren, sondern im Gegenteil alles zu gewinnen — nämlich die weitere Mitarbeit des größten heute lebenden Experten auf dem Gebiet der Ballistik. Sie behielten die beiden Trumpfkarten, den Professor und seinen Sohn, in Rußland, und sie wußten, daß Mrs. Jennings zurückkommen würde. Außerdem verlangten sie, daß das Ganze in größter Heimlichkeit vor sich ginge. Kaum ein halbes Dutzend Leute in England wissen überhaupt, daß sich Mrs. Jennings in London befindet; das weiß nicht einmal der Arzt, der sie operiert hat.«

»Und sie hat die Operation gut überstanden?«

»Es sah äußerst kritisch aus, doch sie hat es überstanden, und ihre Genesung macht gute Fortschritte.«

»Da wird der alte Mann sich freuen«, sagte Jansci. »Wird seine Frau bald nach Rußland zurückfahren?«

»Sie wird nie wieder nach Rußland gehen«, sagte Reynolds. »Und Professor Jennings hat auch keinen Anlaß, sich zu freuen. Er nimmt an, der Zustand seiner Frau sei sehr kritisch und verschlechtere sich rasch. Und zwar glaubt er das, weil wir es ihm gesagt haben.«

»Was!« Jansci sprang auf, seine grauen Augen waren kalt und hart wie Stein. »Was sagen Sie da? Das ist ja geradezu unmenschlich! Ihr habt dem alten Mann tatsächlich erzählt, seine Frau liege im Sterben?«

»Er wird bei uns gebraucht, dringend gebraucht: Unsere Wissenschaftler sind bei ihrem neuesten Projekt auf Schwierigkeiten gestoßen, seit zehn Wochen kommen sie einfach nicht mehr weiter, und sie sind überzeugt, daß Jennings der einzige Mensch ist, der ihnen die Hilfe geben kann, die sie brauchen, um weiterzukommen.«

»Und da wollte man sich also wirklich eines so üblen Tricks bedienen . . .«

»Es geht um Tod oder Leben, Jansci«, unterbrach ihn Reynolds. »Es kann unter Umständen für Millionen Tod oder Leben bedeuten. Wir müssen Jennings nach England bringen, und wir sind bereit, jeden Hebel anzusetzen, um ihn zur Rückkehr zu bewegen.«

»Halten Sie das für ethisch vertretbar, Reynolds? Glauben Sie, es ließe sich durch irgend etwas rechtfertigen ...«

»Ob ich das glaube oder nicht, ist völlig unwichtig«, sagte Reynolds. »Es ist nicht meine Sache, über das Für und Wider zu entscheiden. Für mich handelt es sich einzig und allein darum, daß man mir einen Auftrag erteilt hat; und diesen Auftrag werde ich, wenn es irgend möglich ist, auch ausführen.«

»Ein gefährlicher Mann«, meinte der Graf. »Ich habe es Ihnen ja gleich gesagt. Ein unbedenklicher Killer, der aber zufällig auf der Seite des Rechts steht.«

»So ist es«, sagte Reynolds ungerührt. »Und es kommt noch etwas anderes hinzu. Wie so viele Männer von hervorragender wissenschaftlicher Begabung ist auch Jennings reichlich naiv und kurzsichtig, sobald es sich um Dinge handelt, die außerhalb seines Spezialgebietes liegen. Wir wissen durch Mrs. Jennings, daß die Russen ihm versichert haben, das Projekt, an dem er arbeitet, werde ausschließlich für friedliche Zwecke Verwendung finden. Und Jennings glaubt das. Er ist im Grunde Pazifist, und daher ist er eher bereit, für die Russen zu arbeiten, wenn er glaubt, daß er damit für den Frieden arbeitet, als für sein eigenes Land, wenn er weiß, daß er damit für den Krieg arbeitet. Das macht es natürlich noch sehr viel schwieriger, ihn zur Rückkehr zu bewegen, und das wiederum macht es notwendig, jedes Druckmittel zu verwenden, das sich irgendwie bietet.«

»Was dabei aus dem jungen Mann wird, dem Sohn des Professors, ist natürlich vollkommen unwichtig«, sagte der Graf mit einer wegwerfenden Handbewegung. »Wo so ungeheure Interessen auf dem Spiele stehen ...«

»Brian, der Sohn, war den ganzen gestrigen Tag über in Posen«, unterbrach ihn Reynolds. »Da war irgendeine Ausstellung oder dergleichen, vorwiegend für Jugendorganisationen. Zwei unserer Agenten haben ihn von morgens bis abends beschattet. Morgen gegen Mittag — das heißt also, heute mittag — wird er in Stettin sein. Vierundzwanzig Stunden später befindet er sich in Schweden.«

»Ach so. Aber sind Sie da nicht allzu sicher, Reynolds? Sie unterschätzen die Wachsamkeit der Russen.« Der Graf betrachtete ihn nachdenklich über den Rand seines Schnapsglases. »Man weiß von Fällen, in denen Agenten versagt haben.«

»Diese beiden haben noch nie versagt. Es sind die besten, die es in Europa gibt. Brian Jennings wird morgen in Schweden sein. Die Bestätigung dafür kommt aus London, und zwar im Rahmen einer normalen Nachrichtensendung des Europaprogramms. Erst, wenn wir diese Bestätigung haben, werden wir Kontakt mit Jennings aufnehmen.«

»So, so«, meinte der Graf. »Anscheinend gibt es bei euch doch noch so etwas wie Menschlichkeit.«

»Menschlichkeit!« Janscis Stimme klang kalt, fast verächtlich. »Das ist nichts weiter als ein zusätzliches Druckmittel, dessen man sich gegen den armen alten Mann bedient — und die Auftraggeber unseres Freundes Reynolds sind sich sehr genau darüber klar, daß sich Jennings nie und nimmer bereit finden würde, auch nur einen Finger für England zu rühren, wenn man seinen Sohn in Rußland umkommen läßt.«

Reynolds zuckte die Schultern und sagte nichts. Er spürte nur allzu deutlich, wie sehr sich die Atmosphäre in den letzten fünf Minuten verändert hatte und welche feindliche Ablehnung ihm jetzt entgegenschlug. Doch es war ihm gar nichts anderes übriggeblieben, als Jansci alle Einzelheiten mitzuteilen — darauf hatte Oberst Makkintosh bestanden, und es war auch unvermeidlich, wenn sie Janscis Hilfe haben wollten. Ob er bereit war, ihnen zu helfen, das hing jetzt zumindest in der Schwebe — und ohne seine Hilfe, darüber war sich Reynolds klar, hätte er sich ebensogut die Mühe sparen können, überhaupt herzukommen.

So vergingen zwei Minuten, ohne daß ein Wort gesprochen wurde; dann blickten sich Jansci und der Graf an und nickten sich kaum wahrnehmbar zu.

Jansci sah Reynolds genau in die Augen und sagte: »Wenn Ihre Landsleute alle so wären wie Sie, Mr. Reynolds, dann würde ich keinen Finger rühren, um Ihnen zu helfen. Wer sich so gleichgültig über die Frage von Recht oder Unrecht hinwegsetzt, wen das Leid eines anderen so völlig kaltläßt, der macht sich, durch schweigende Duldung, genauso schuldig wie die, von denen Sie vorhin als von barbarischen Mördern sprachen; doch ich weiß, daß nicht alle Engländer so sind wie Sie. Und ebensowenig würde ich Ihnen helfen, wenn es sich nur darum handelte, euren Wissenschaftlern die Möglichkeit zu geben, Kriegsmaschinen herzustellen. Doch Oberst Makkintosh war und ist mein Freund, und es scheint mir unmenschlich, ganz gleich, worum es sonst noch geht, daß ein alter Mann in der Fremde sterben sollte, zwischen Menschen, denen er gleichgültig ist, fern von seiner Familie und denen, die er liebt. Soweit es irgend in unserer Macht steht, werden wir, mit Gottes Hilfe, dafür sorgen, daß der alte Mann wohlbehalten in seine Heimat zurückkehrt.«

4

Der Graf, der die Zigarettenspitze zwischen den Zähnen hielt, in der die unvermeidliche russische Zigarette brannte, lehnte sich mit dem Ellbogen auf den Knopf des Summers und blieb so stehen, bis aus dem Zimmerchen hinter dem Empfang des Hotels eilig ein kleiner Mann angeschlurft kam, in Hemdsärmeln, unrasiert und verschlafen.

»Ein Nachtportier sollte am Tage schlafen«, sagte der Graf mißbilligend. »Den Geschäftsführer, Freundchen, und zwar etwas plötzlich.«

»Den Geschäftsführer? Jetzt? Mitten in der Nacht?« Der Mann sah indigniert auf die Uhr, die über ihm an der Wand hing, richtete dann seinen Blick auf den Grafen — der sich umgezogen hatte und einen grauen Anzug und einen unauffälligen grauen Regenmantel trug — und sagte in einem Ton, dessen Unverschämtheit nicht zu überhören war: »Der Geschäftsführer schläft. Kommen Sie morgen früh wieder.«

Im nächsten Augenblick ertönte ein erschreckter Ausruf, man hörte ein Geräusch, wie wenn Leinwand zerreißt, und der Graf hatte den Portier, den er mit der rechten Hand am Hemd gepackt hatte, halb über den Tisch des Empfangs zu sich herangezogen. Das Gesicht des Mannes befand sich knapp zehn Zentimeter von dem Dienstausweis entfernt, den plötzlich, wie durch Zauberei, der Graf in der linken Hand hielt, und die verschlafenen, geröteten Augen weiteten sich erst erschreckt und dann voller Furcht. Es blieb einen Augenblick still, dann versetzte der Graf dem Mann einen Stoß, daß er hinten gegen das Regal mit den Postfächern taumelte, an dem er sich krampfhaft festhielt, um das Gleichgewicht nicht zu verlieren.

»Verzeihung, Genosse, bitte tausendmal um Verzeihung!« Der Portier fuhr sich mit der Zunge über die Lippen, die plötzlich trocken geworden waren. »Ich — ich wußte nicht . . .«

»Wer sollte denn sonst um diese Zeit kommen — jetzt, mitten in der Nacht?« fragte der Graf leise und lauernd.

»Niemand, Genosse, natürlich niemand! Es ist nur — na ja, sie waren doch gerade vor zwanzig Minuten hier . . .«

»Ich sollte hier gewesen sein?«

»Nein, nein — Sie natürlich nicht. Nicht Sie — ich meine, Ihre Leute — sie kamen hierher, um . . .«

»Ich weiß, mein Freundchen. Ich habe sie ja hergeschickt.« Der Graf winkte lässig und gelangweilt ab, und der Portier entfernte sich eilends. Reynolds erhob sich von der Bank an der Wand, auf der er gesessen hatte, und kam durch die Halle heran.

»Allerhand«, sagte er leise. »Selbst ich bekam es mit der Angst.«

»Alles nur Übungssache«, meinte der Graf bescheiden. »Ist gut für meinen Ruf und schadet den anderen nicht, jedenfalls nicht auf die Dauer, so widerwärtig es auch ist, von einem solchen Schwachsinnigen als ›Genosse‹ angesprochen zu werden. Sie hörten, was er sagte?«

»Ja — die Leute verlieren keine unnötige Zeit.«

»Sie sind zwar phantasielos, aber doch auf ihre Weise recht tüchtig«, sagte der Graf. »Bis morgen früh wird man die meisten Hotels der Stadt überprüft haben. Natürlich nur eine sehr geringe Chance für die Leute, immerhin eine Chance, bei der man es sich nicht leisten kann, sie zu vernachlässigen. Sie jedenfalls sind hier dadurch doppelt sicher, um das Dreifache sicherer als bei Jansci.«

Reynolds nickte und sagte nichts. Es war erst eine halbe Stunde her, seit Jansci sich bereit erklärt hatte, ihm zu helfen. Jansci und der Graf waren beide der Meinung gewesen, daß er keinen Augenblick länger dort bleiben dürfe. Das Haus lag in einer allzu einsamen und abgelegenen Gegend; ein Fremder, der zu den verschiedensten Tages- und Nachtzeiten kam oder ging, wie das für Reynolds wahrscheinlich notwendig werden würde, mußte hier unbedingt auffallen. Das Haus lag zu weit vom Zentrum der Stadt entfernt, von den großen Hotels von Pest, die als Unterbringung für Professor Jennings in Frage kamen; und der größte aller Nachteile war, daß die Wohnung kein Telefon hatte.

Und es war gefährlich, weil Jansci mehr und mehr davon überzeugt war, daß das Haus beobachtet wurde. Reynolds war überrascht gewesen durch die beiläufige, fast gleichgültige Art, in der Jansci von dieser Gefahr berichtet hatte; doch das hatte der Graf ihm erklärt, als sie im Mercedes durch die verschneiten Straßen hier zu diesem Hotel am Ufer der Donau gefahren waren. Die Notwendigkeit, ihren Unterschlupf zu wechseln, weil irgendwelche Nachbarn Verdacht geschöpft hatten, war so häufig geworden, daß es fast schon Routine war, und außerdem hatte Jansci einen sechsten Sinn, der sie bisher jedenfalls immer noch veranlaßt hatte, rechtzeitig die Stellung zu wechseln. Natürlich lästig, hatte der Graf gemeint, aber kein ernstliches Problem, denn es gäbe ein halbes Dutzend Verstecke, die genauso gut seien, und ihr ständiges Hauptquartier, das nur Jansci, Julia und ihm bekannt sei, liege außerhalb, auf dem Lande.

Reynolds wurde in seinen Gedanken unterbrochen durch das Geräusch der Tür am anderen Ende der Halle. Er hob den Blick und sah einen Mann, der eilig herankam, während er sich seine Jacke über das zerknitterte Hemd zog; in dem schmalen, bebrillten Gesicht spiegelten sich Angst und Gespanntheit.

»Bitte um Entschuldigung, Genosse, bitte tausendmal um Entschuldigung!« Er rang verzweifelt die Hände und warf dann einen bösen Blick auf den Portier, der langsam hinterherkam. »Dieser Trottel da . . .«

»Sie sind der Geschäftsführer?« fiel ihm der Graf ins Wort.

»Ja, gewiß, das bin ich.«

»Dann schicken Sie den Trottel weg. Ich möchte mit Ihnen allein sprechen.« Er wartete, bis der Portier gegangen war, holte sein goldenes Zigarettenetui heraus, wählte sorgfältig und umständlich eine

Zigarette, prüfte sie eingehend, befestigte sie bedächtig in seiner Zigarettenspitze, suchte ohne Eile in seinen Taschen nach der Streichholzschachtel und entnahm ihr ein Streichholz, mit dem er schließlich seine Zigarette anzündete. Großartig gemacht, mußte Reynolds denken: die Angst des Geschäftsführers steigerte sich fast bis zur Hysterie.

»Was ist, Genosse, ist irgend etwas passiert?« Bei dem Versuch, seine Fassung zu bewahren, war die Stimme des Mannes lauter geworden als beabsichtigt, und er senkte sie jetzt fast zu einem Flüstern. »Wenn ich der AVO auf irgendeine Weise behilflich sein kann, selbstverständlich ...«

»Sie haben nur zu reden, wenn Sie gefragt sind.« Der Graf hatte nicht einmal die Stimme erhoben, doch der Geschäftsführer wurde förmlich kleiner und preßte die blassen Lippen ängstlich zusammen. »Sie haben vor kurzem mit meinen Leuten gesprochen?«

»Jawohl, vor ganz kurzer Zeit. Ich war noch gar nicht wieder eingeschlafen, als jetzt ...«

»Sie haben nur meine Fragen zu beantworten«, wiederholte der Graf mit sanfter Stimme. »Ich hoffe, ich brauche das nicht noch einmal zu sagen. Man fragte Sie, ob bei Ihnen irgendwelche neu angekommene Gäste wohnen, ob irgendwelche neuen Zimmerbestellungen vorlägen, man überprüfte die Liste der Gäste und durchsuchte die Zimmer. Und meine Leute haben Ihnen natürlich auch eine maschinegeschriebene Beschreibung des Mannes dagelassen, nach dem sie suchten?«

»Jawohl, Genosse, die Beschreibung habe ich hier«, sagte der Geschäftsführer und klopfte auf seine Brusttasche.

»Und man hat Ihnen die Anweisung erteilt, unverzüglich anzurufen, sobald jemand hier auftaucht, auf den die Beschreibung zutreffen könnte?«

Der Geschäftsführer nickte bestätigend.

»Vergessen Sie das alles«, befahl ihm der Graf. »Die Dinge ändern sich rasch. Wir haben guten Grund zu der Annahme, daß der Mann, den wir suchen, im Lauf der nächsten vierundzwanzig Stunden hier aufkreuzt und daß sein Verbindungsmann entweder bereits hier im Hotel ist oder gleichfalls demnächst hierherkommt.« Der Graf blies langsam den Zigarettenrauch von sich und sah den Geschäftsführer nachdenklich an. »Außerdem ist uns sehr genau bekannt, daß Sie damit innerhalb von drei Monaten bereits zum viertenmal Feinden unseres Staates in Ihrem Hotel Unterkunft gewähren.«

»Hier? In diesem Hotel?« Der Geschäftsführer war blaß geworden. »Ich schwöre bei Gott, Genosse ...«

»Gott?« fragte der Graf mit gerunzelter Stirn. »Was für ein Gott? Wessen Gott?«

Das blasse Gesicht des Geschäftsführers wurde aschfahl; Fehler dieser Art passierten einem guten Kommunisten nicht. Reynolds tat der Mann geradezu leid, doch er begriff, was der Graf bezweckte: Er wollte dem Mann eine solche Angst einjagen, daß er bereit war, blindlings zu gehorchen. Und das hatte er schon erreicht.

»Das — das war mir nur so herausgerutscht, Genosse.« Der Geschäftsführer stotterte vor panischer Angst und zitterte am ganzen Körper. »Sie können mir wirklich glauben, Genosse, wenn ich Ihnen sage . . .«

»Nein — aber was ich Ihnen jetzt sage, das können Sie wirklich glauben, Genosse.« Die Stimme des Grafen klang sanft, fast wie ein behagliches Schnurren. »Wenn Ihnen noch einmal so etwas herausrutscht, dann müssen wir dafür sorgen, daß Sie ein bißchen umerzogen werden, damit Sie endlich Ihre unangebrachten bürgerlichen Gefühle ablegen und nicht mehr so leicht bereit sind, irgendwelchen Leuten bei sich Unterschlupf zu gewähren, die Feinde unseres Staates sind.« Der Geschäftsführer öffnete den Mund, um zu protestieren, doch seine Lippen bewegten sich lautlos, und der Graf fuhr fort, wobei jetzt jedes seiner Worte eine kalte und tödliche Drohung war. »Sie werden meine Anordnungen befolgen, und zwar sehr genau befolgen, und Sie werden für jede Panne persönlich haftbar gemacht werden, ganz gleich, ob diese Panne Ihre Schuld ist oder nicht. Sonst, mein Lieber — Zwangsarbeit am Schwarzen Meer.«

»Ich werde alles tun, alles!« sagte der Geschäftsführer flehend; er war wie von Sinnen vor Angst und mußte sich an der Tischplatte festhalten, um sein Zittern zu unterdrücken. »Wirklich alles, Genosse, ich schwöre es!«

»Wir geben Ihnen eine letzte Chance.« Der Graf zeigte mit dem Kopf auf Reynolds. »Einer meiner Leute. Sieht dem Spion, nach dem wir aus sind, einigermaßen ähnlich, und wir haben ihn ein bißchen zurechtgemacht. Wenn er in einer etwas schummerigen Ecke Ihres Aufenthaltsraums sitzt, könnte man ihn für den Mann halten, den wir suchen. Eine unvorsichtige Annäherung — und wir haben den Verbindungsmann. Der Verbindungsmann wird auspacken, wie alle Leute bei der AVO auspacken, und dann haben wir auch den Spion selbst.«

Reynolds sah den Grafen an — nur das jahrelange Training ermöglichte ihm, sein Gesicht ausdruckslos bleiben zu lassen — und fragte sich, ob die Unverschämtheit dieses Mannes irgendeine Grenze habe. Doch gerade diese unverschämte Frechheit, darüber war sich Reynolds klar, war die beste und sicherste Tarnung.

»Das alles sind jedoch Dinge, die Sie nichts angehen«, fuhr der Graf fort. »Und jetzt die Anweisungen für Sie: ein Zimmer für meinen Freund hier — nennen wir ihn einmal, der Einfachheit halber, Herrn Rakosi —, und zwar das beste, das Sie haben, mit Bad, Zugang zu einer Nottreppe, Radiogerät mit Kurzwelle, Telefon und Wecker — Duplikate aller Hauptschlüssel des Hotels, und absolute Ungestörtheit. Keiner in der Vermittlung, der etwa versucht, Gespräche mitzuhören, die Herr Rakosi von seinem Zimmer aus führt — es dürfte Ihnen ja wohl bekannt sein, lieber Herr, daß wir über technische Vorrichtungen verfügen, die uns jeden derartigen Versuch sofort verraten. Kein Zimmermädchen, kein Etagenkellner, kein Elektriker, Klempner oder sonst jemand hat sich seinem Zimmer zu nähern. Alle Mahlzeiten werden Sie persönlich hinaufbringen. Herr Rakosi existiert überhaupt nicht, es sei denn, daß er sich selber entschließt, in Erscheinung zu treten. Niemand weiß etwas von seiner Existenz, selbst Sie haben ihn nie gesehen, Sie haben auch mich niemals gesehen. Haben Sie das alles genau begriffen?«

»Ja, selbstverständlich, gewiß.« Der Geschäftsführer griff verzweifelt nach diesem Strohhalm einer letzten Chance. »Ich werde alles genauso ausführen, wie Sie gesagt haben, Genosse. Darauf gebe ich Ihnen mein Wort.«

»Nun, vielleicht leben Sie wirklich noch lange genug, um ein paar weitere tausend Gäste zu melken«, sagte der Graf verächtlich. »Sagen Sie dem Trottel von Portier Bescheid, daß er seinen Mund zu halten hat, und zeigen Sie uns jetzt sofort das Zimmer.«

Fünf Minuten später waren beide allein in dem Zimmer von Reynolds. Es war nicht groß, aber behaglich eingerichtet, hatte Radio und Telefon, und die Nottreppe war vom Fenster des anschließenden Badezimmers aus leicht zu erreichen. Der Graf sah sich um und nickte beifällig.

»Hier sind Sie ganz gut untergebracht, jedenfalls für die nächsten zwei bis drei Tage. Länger nicht, das wäre zu gefährlich. Der Geschäftsführer wird zwar die Klappe halten, aber es gibt immer irgendeinen ängstlichen Dummkopf oder einen berufsmäßigen Spitzel, der bereit ist, zu quatschen.«

»Und dann?«

»Dann müssen wir Ihnen eine andere Identität besorgen. Ich lege mich jetzt ein paar Stunden aufs Ohr, und anschließend suche ich einen guten Bekannten auf, der Spezialist für solche Dinge ist.« Der Graf rieb sich nachdenklich sein stoppliges Kinn. »Ich glaube, das Beste für Sie wird sein, wenn Sie Deutscher sind, möglichst aus dem Ruhrgebiet — aus Dortmund oder Essen. Sie könnten beispielsweise Repräsentant eines Unternehmens sein, das Aluminium und Kupfer verarbeitet. Ich werde Ihnen ein Buch darüber beschaffen.«

»Aber das sind doch verbotene Waren?«

»Selbstverständlich, mein Lieber. Es gibt Hunderte verschiedener Warenarten, bei denen es seitens der westlichen Regierungen streng verboten ist, sie nach dem Osten zu exportieren, und trotzdem strömen diese Waren Jahr für Jahr in riesigen Massen durch den Eisernen Vorhang herein, ein Umsatz von vielen Millionen — wie hoch, das weiß niemand genau.«

»Allmächtiger!« sagte Reynolds verblüfft, hatte sich aber rasch wieder gefaßt. »Und ich werde also zu diesem Strom mein Teil beitragen?«

»Nichts leichter als das, mein Freund. Ihre Ware geht nach Hamburg oder irgendeinem anderen Hafen, mit falschen Beschriftungen und falschen Begleitpapieren; diese werden im Freihafen ausgewechselt gegen andere, und die Ware wird auf ein russisches Schiff verladen. Oder, noch einfacher: Man schickt das Zeug einfach über die Grenze nach Frankreich, packt es dort um und läßt es weitergehen in die Tschechoslowakei — nach dem Intransit-Abkommen von 1921 können Waren aus dem Lande A in das Land C durch das Land B verschickt werden, ohne durch irgendwelche zollamtliche Prüfungen behelligt zu werden. Wunderbar einfach, finden Sie nicht auch?«

»Allerdings«, sagte Reynolds. »Die betreffenden Regierungen müssen mit Blindheit geschlagen sein.«

»Die Regierungen!« Der Graf lachte. »Mein lieber Reynolds, wenn die Wirtschaft irgendeines Landes Hochkonjunktur hat, dann wird die Regierung dieses Landes regelmäßig von einer unheilbaren Kurzsichtigkeit befallen. Vor einiger Zeit hatte ein empörter deutscher Bürger, ein führender Mann der Sozialdemokratischen Partei, ich glaube, er hieß Wehner — ja, stimmt, Herbert Wehner —, der Regierung in Bonn eine Liste von sechshundert Firmen vorgelegt — sechshundert, mein Lieber! —, die aktiv an diesem Warenschmuggel beteiligt waren.«

»Und was war das Ergebnis?«

»In sechshundert Firmen wurden die sechshundert Leute, von denen die Informationen stammten, entlassen«, sagte der Graf lakonisch. »Das jedenfalls behauptet Wehner, und er wußte zweifellos Bescheid. Geschäft ist eben Geschäft, und Profit ist überall auf der Welt Profit. Die Kommunisten empfangen jeden mit offenen Armen, der ihnen das liefert, was sie brauchen. Das werde ich schon machen. Wir machen aus Ihnen einen Repräsentanten und Mitinhaber irgendeiner großen metallverarbeitenden Firma im Ruhrgebiet.«

»Einer tatsächlich bestehenden Firma?«

»Aber natürlich. Die Sache muß hieb- und stichfest sein — und dieser Firma wird es nicht wehtun, denn sie erfährt nichts davon. Wie gesagt, ich werde als erstes heute früh die Frage Ihrer Identität in Ordnung bringen. Danach werde ich mich in unser Amt begeben und feststellen, wo die russischen Teilnehmer an dieser wissenschaftlichen Tagung untergebracht sind. Vermutlich im Hotel Dreikronen — dessen gesamtes Personal aus AVO-Leuten besteht —, aber es kann auch irgendein anderes Hotel sein.« Er holte Zettel und Bleistift heraus und schrieb eine Reihe von Namen darauf.

»Hier haben Sie die Namen und Adressen acht verschiedener Hotels — eins von diesen muß es bestimmt sein. Ich habe sie der Reihe nach mit den Buchstaben A bis H bezeichnet. Wenn ich Sie im Laufe des Tages anrufe, werde ich Sie als erstes mit einem falschen Namen anreden. Der erste Buchstabe dieses Namens entspricht dem Buchstaben des Hotels hier auf der Liste. Verstanden?«

Reynolds nickte.

»Ich werde auch versuchen herauszubekommen, welche Nummer das Zimmer von Professor Jennings hat. Das wird allerdings schon etwas schwieriger werden. Ich werde Ihnen die Zimmernummer in umgekehrter Reihenfolge telefonisch durchsagen — in der Form irgendeiner Preisangabe, die mit Ihrem Exportgeschäft zusammenhängt.« Der Graf verstaute seine Schnapsflasche und erhob sich. »Und das ist leider so ziemlich alles, was ich für Sie tun kann, Mr. Reynolds. Alles übrige muß ich Ihnen überlassen. Ich kann mich nicht gut in die Nähe irgendeines Hotels begeben, in dem Jennings wohnt, weil dort unsere eigenen Leute Wache halten, und außerdem werde ich voraussichtlich heute nachmittag und abend bis wenigstens zehn Uhr im Dienst sein.«

»Sie haben bereits mehr als genug für mich getan«, versicherte Reynolds. »Ich lebe noch, ist das nichts? Und ich werde also dieses Zimmer nicht eher verlassen, als bis ich von Ihnen höre?«

»Unter keinen Umständen. Ja, jetzt also ein wenig Schlaf, dann hinein in die Uniform und an mein tägliches Pensum, aller Welt Schrecken einzujagen«, sagte der Graf und lächelte schief. »Sie können sich gar nicht vorstellen, Mr. Reynolds, was für ein stolzes Gefühl es ist, von aller Welt so geliebt zu werden. Au revoir.«

Reynolds verlor keine unnötige Zeit, als der Graf gegangen war. Er war entsetzlich müde. Er schloß die Tür seines Zimmers ab, sorgte dafür, daß man den Schlüssel nicht von außen aus dem Schlüsselloch herausschieben konnte, stellte als zusätzliche Sicherheitsmaßnahme die Lehne eines Stuhles unter die Klinke, machte die Fenster im Zimmer und im Badezimmer zu, stellte mehrere Gläser und andere zerbrechliche Gegenstände auf die Fensterbretter — eine außerordentlich wirkungsvolle Alarmvorrichtung zum Schutz gegen Einbrecher, wie er aus Erfahrung wußte —, schob seine Pistole unter das Kopfkissen, zog sich aus und kroch müde und dankbar ins Bett.

Nur ein oder zwei Minuten lang beschäftigte er sich in Gedanken noch einmal mit den hinter ihm liegenden Stunden. Er dachte an Jansci, diesen so gütigen Menschen, dessen Wesen und dessen ganze Denkungsart in einem so unvereinbaren Gegensatz zu den schrecklichen Dingen seiner Vergangenheit standen, an den genauso rätselhaften Grafen, an Janscis Tochter, die bisher für ihn eigentlich nur aus zwei blauen Augen unter goldblondem Haar bestand, an Sandor, der sanft und freundlich war wie sein Herr und Meister, und an Imre mit den unruhig flackernden Augen.

Er versuchte auch an morgen zu denken, oder vielmehr an heute: welche Möglichkeiten er hatte, sich mit dem alten Professor in Verbindung zu setzen, und was er ihm dann sagen sollte; doch er war viel zu müde, seine Gedanken waren unbestimmt und zusammenhanglos, nur ein kaleidoskopartiges Muster, und auch dieses Muster wurde rasch undeutlich und verging, während er in den tiefen Schlaf der Erschöpfung sank.

Bereits vier Stunden später riß ihn das heftige Klingeln des Weckers aus dem Schlaf. Er erwachte mit der dumpfen Benommenheit dessen, der noch längst nicht ausgeschlafen hat, war aber trotzdem sofort hellwach und stellte den Wecker ab, noch ehe er länger als ein paar Sekunden geklingelt hatte. Er bestellte sich telefonisch einen Kaffee, zog seinen Morgenrock an, schloß die Tür auf und nahm den Kaffee in Empfang, schloß wieder ab, brannte sich eine Zigarette an und klemmte sich die Kopfhörer über die Ohren.

Die Nachricht, daß Brian sicher in Schweden angekommen war, sollte dadurch übermittelt werden, daß sich der Sprecher absichtlich versprach; und zwar sollte er sagen: »... heute abend — Verzeihung, es muß heißen: morgen abend.« Doch die für Europa bestimmte Nachrichtensendung der BBC auf Kurzwelle enthielt an diesem Morgen keinen absichtlichen Fehler dieser Art, und Reynolds nahm die Kopfhörer wieder ab, ohne irgendwie enttäuscht zu sein. Er hatte kaum damit gerechnet, daß die Mitteilung so bald komme, doch es wäre immerhin möglich gewesen, und jedenfalls durfte er es nicht verpassen. Er trank den Rest seines Kaffees und war innerhalb weniger Minuten wieder eingeschlafen.

Das nächstemal erwachte er, ohne geweckt worden zu sein, und zwar völlig ausgeruht und erfrischt. Es war kurz nach ein Uhr mittags. Er wusch und rasierte sich, bestellte telefonisch das Mittagessen, zog sich an und machte dann die Vorhänge auf, als es im gleichen Augenblick an seine Tür klopfte.

Reynolds schloß auf und ließ den Geschäftsführer herein, der ein Tablett mit dem Essen für ihn brachte. Falls der Geschäftsführer etwas dagegen haben sollte, hier den Zimmerkellner spielen zu müssen, so ließ er sich jedenfalls nichts davon anmerken: im Gegenteil, er war die Unterwürfigkeit in Person, und daß sich auf dem Tablett auch eine Flasche Aszu-Imperial befand, ein goldgelber Tokayer, der, wie Reynolds richtig vermutete, den gleichen Seltenheitswert besaß wie reines Gold, bewies zur Genüge, mit welchem Eifer der Geschäftsführer bemüht war, der AVO auf jede nur denkbare Weise gefällig zu sein. Reynolds unterließ es, sich zu bedanken — er nahm an, daß dergleichen Höflichkeit bei der AVO kaum üblich war —, und entließ den Mann mit einer Handbewegung. Doch der Geschäftsführer blieb stehen und holte aus seiner Tasche einen Briefumschlag heraus, der keine Anschrift trug. »Dies hier sollte ich Ihnen aushändigen, Herr Rakosi.«

»Mir?« fragte Reynolds mit Schärfe, aber ohne jede Ängstlichkeit. Nur der Graf und seine Freunde kannten seinen neuen Decknamen. »Wann ist das angekommen?«

»Vor nur fünf Minuten.«

»Vor fünf Minuten!« Reynolds sah den Geschäftsführer strafend an und fragte mit drohender Stimme: »Warum haben Sie es mir dann nicht bereits vor fünf Minuten gebracht?«

»Verzeihung, Genosse.« Die Stimme des Geschäftsführers zitterte schon wieder vor Angst. »Ihr — Ihr Essen war fast fertig, und da dachte ich ...«

»Sie haben nicht zu denken. Wenn das nächstemal eine Nachricht für mich kommt, dann bringen Sie sie sofort. Und wer hat das da gebracht?«

»Ein Mädchen — eine junge Frau.«

»Beschreiben Sie, wie sie aussah.«

»Das ist nicht so einfach — ich kann so etwas nicht so gut.« Er zögerte unsicher. »Ja, also — sie hatte einen Regenmantel an, mit so einer Kapuze dran. Sie war nicht groß, eher klein, aber von guter Figur, und ihre Schuhe ...«

»Ihr Gesicht sollen Sie beschreiben, Sie Idiot! Was für Haar hatte sie?«

»Das konnte ich unter der Kapuze nicht sehen. Aber sie hatte blaue Augen, ja, sehr blaue Augen hatte sie ...« Der Geschäftsführer hielt sich eifrig an dieser Einzelheit fest, doch dann wurde seine Stimme wieder unsicher. »Mehr weiß ich leider auch nicht, Genosse ...«

Reynolds unterbrach ihn kurz und schickte ihn hinaus. Er brauchte nichts weiter zu hören: die Beschreibung paßte ausreichend auf Janscis Tochter. Seine erste Reaktion war, zu seiner eigenen Überraschung, eine fast zornige Verwunderung darüber, daß man das Mädchen einer solchen Gefahr aussetzte; doch im nächsten Augenblick sah er ein, daß sein Vorwurf ungerecht war. Für Jansci, dessen Gesicht Hunderte von Menschen kannten, wäre es außerordentlich gefährlich gewesen, sich auf der Straße sehen zu lassen, und auch an Sandor und Imre, die sich bei dem Oktoberaufstand so hervorgetan hatten, würden sich sicher noch viele erinnern; doch ein junges Mädchen erregte keinen Verdacht, und selbst für den Fall, daß später noch irgendwelche Nachforschungen angestellt werden sollten, so würde die Beschreibung des Geschäftsführers genausogut auf tausend andere Mädchen passen.

Er riß den Umschlag auf. Er enthielt eine kurze Nachricht in Blockschrift: »Kommen Sie heute abend nicht zu uns. Erwarten Sie mich zwischen acht und neun im Café zum Weißen Engel!« Unterschrieben war der Zettel mit ›J‹. Das hieß natürlich Julia, nicht etwa Jansci — wenn Jansci schon nicht riskierte, durch die Straßen zu gehen, so würde er sich erst recht nicht in ein volles Café begeben. Was der Grund für diese Abänderung des ursprünglichen Plans sein mochte – es war verabredet gewesen, daß er nach seiner Zusammenkunft mit Professor Jennings zu Jansci kommen sollte, um zu berichten –, das ahnte er nicht. Es war typisch für Reynolds, daß er sich nicht weiter den Kopf darüber zerbrach; es hätte ohnehin zu nichts geführt, Vermutungen darüber anzustellen, und heute abend würde er es ja von dem Mädchen hören. Er verbrannte den Zettel und den Briefumschlag im Waschbecken des Badezimmers, drehte dann den Hahn auf, um die Asche wegzuspülen, und verzehrte anschließend eine hervorragende Mahlzeit.

Die Stunden kamen und gingen. Es wurde zwei, drei und schließlich vier Uhr, und noch immer kam kein Anruf von dem Grafen. Reynolds wurde allmählich unruhig: Er mußte feststellen, wo der Professor wohnte, sich mit ihm in Verbindung setzen, ihn dazu überreden, mitzukommen und über die Grenze nach Österreich zu fliehen; und wenn er dann noch bis neun Uhr im Café zum Weißen Engel sein wollte – die Adresse hatte er inzwischen im Telefonbuch festgestellt –, dann wurde die Zeit allmählich wirklich sehr knapp.

Es wurde fünf, und es wurde halb sechs. Doch dann, zwanzig vor sechs, ertönte die Klingel des Telefons schrill in der Stille des Raums. Reynolds war mit zwei Schritten am Apparat und nahm den Hörer ab.

»Herr Buhl? Ist dort Herr Johann Buhl?« Die Stimme war leise und eilig, doch es war unverkennbar die Stimme des Grafen.

»Am Apparat.«

»Wunderbar. Ich habe sehr gute Nachrichten für Sie, Herr Buhl. Ich war heute nachmittag im Ministerium, man ist dort außerordentlich an dem Angebot Ihrer Firma interessiert und möchte gern unverzüglich mit Ihnen darüber verhandeln – vorausgesetzt, daß Sie bereit wären, zu dem Preis abzuschließen, über den man nicht hinausgehen kann: neun fünf.«

»Ich glaube, daß meine Firma diesen Preis akzeptabel finden wird.«

»Dann wird man mit Ihnen ins Geschäft kommen. Wir können noch beim Abendessen darüber reden. Ist Ihnen sechs Uhr dreißig zu früh?«

»Durchaus nicht. Ich werde zur Stelle sein. Es war dritte Etage, nicht wahr?«

»Nein, zweite. Also dann bis sechs Uhr dreißig. Auf Wiedersehen.« Es machte klick im Apparat, und Reynolds legte gleichfalls auf.

Die Stimme des Grafen hatte hastig geklungen, als habe er es eilig und befürchte, es könne jemand hereinkommen; dennoch hatte er alles durchgesagt, was Reynolds wissen mußte.

Er hatte ihn zweimal mit Buhl angeredet, womit er deutlich

kundgetan hatte, daß es sich um das Hotel B handelte, also das Hotel ›Zu den drei Kronen‹, das einzige Hotel, dessen Personal ausschließlich aus Angehörigen der AVO bestand. Schade, dadurch wurde alles außerordentlich erschwert, doch jedenfalls wußte er, womit er zu rechnen hatte — jeder Mann in diesem Hotel war ein potentieller Gegner. Der Professor wohnte im Zimmer Nummer 59, er aß gegen sechs Uhr dreißig zu Abend, zu dieser Zeit war sein Zimmer also voraussichtlich leer.

Reynolds sah auf seine Uhr: Es war höchste Zeit. Er zog seinen Trenchcoat an, setzte den Hut tief in die Stirn, schraubte den Schalldämpfer auf seine Pistole, verstaute die Waffe in der rechten Manteltasche, eine mit Gummi überzogene Stablampe in der linken und steckte zwei zusätzliche Ladestreifen mit Patronen für seine Pistole in eine Innentasche seiner Jacke. Dann ließ er sich mit dem Geschäftsführer verbinden und sagte ihm, daß er in den nächsten vier Stunden für niemanden zu sprechen sei, auch nicht telefonisch, befestigte den Schlüssel im Schlüsselloch, ließ das Licht brennen, für den Fall, daß jemand so neugierig sein sollte, einen Blick durch das Schlüsselloch zu werfen, öffnete das Fenster des Badezimmers und entfernte sich über die Nottreppe.

Draußen war es bitter kalt, Reynolds versank bis über die Knöchel im frischgefallenen Schnee, und er war noch keine zweihundert Meter gegangen, als sein Mantel und sein Hut schon fast so weiß waren wie der Boden unter seinen Füßen. Doch er begrüßte es dankbar, daß es kalt war und daß es schneite, denn selbst der pflichtbewußte Polizist würde bei dieser Kälte die Straßen nicht mit der Achtsamkeit abpatrouillieren wie sonst, und der Schnee, der ihn in der Anonymität seiner weißen Umhüllung verbarg, dämpfte außerdem jedes Geräusch und machte auch seine Schritte fast unhörbar. Eine ideale Nacht für einen Jäger, dachte Reynolds grimmig.

Selbst in dem winterlichen Dämmerlicht fand Reynolds seinen Weg so sicher, als habe er sein ganzes Leben in Budapest verbracht. In weniger als zehn Minuten hatte er das Hotel ›Zu den drei Kronen‹ erreicht, das er von der gegenüberliegenden Straßenseite aus einer ersten flüchtigen Musterung unterzog.

Es war ein großes Hotel, das einen ganzen Block einnahm. Der Eingang, eine große, zweiteilige Glastür mit einer dahinterliegenden Drehtür, war in grelles Neonlicht getaucht. Er wurde bewacht von zwei uniformierten Portiers, die von Zeit zu Zeit mit den Füßen stampften und mit den Armen schlugen, um sich gegen die Kälte zu schützen. Beide waren, wie Reynolds feststellen konnte, mit Schußwaffen und Gummiknüppeln ausgerüstet, und vermutlich war bei beiden die Portiersuniform eine Tarnung, hinter der sich ein AVO-Mann verbarg. Das alles stellte Reynolds unauffällig fest, während er rasch auf der anderen Straßenseite vorbeiging, den Kopf zum Schutz gegen den treibenden Schnee zwischen die Schultern gezogen — ganz wie ein Mann auf dem Weg nach Haus, der es eilig hat, in die behagliche Wärme zu kommen. Als er weit genug entfernt war, daß ihn die beiden Türhüter nicht mehr sehen konnten, machte er auf dem Absatz kehrt und unterzog die seitliche Front des Hotels einer raschen Musterung. Doch hier sah die Sache genauso hoffnungslos aus wie bei der Vorderfront: Sämtliche Parterrefenster waren mit schweren Eisengittern versehen, und die Fenster der ersten Etage hätten, was ihre Erreichbarkeit anging, ebensogut auf dem Mond liegen können. Blieb also nur die Rückseite.

Der Eingang für Lieferanten und Personal führte durch eine tunnelartige Einfahrt in der Mitte der Rückfront, breit genug und hoch genug, um einen großen Lieferwagen durchzulassen. Reynolds warf einen raschen Blick durch diese Einfahrt auf den quadratischen, schneebedeckten Hof des Hotels, auf dem ein oder zwei parkende Wagen standen. Im ganzen war der Hof nur mäßig beleuchtet, doch die Beleuchtung reichte immerhin aus, um Reynolds die unteren Plattformen der drei eisernen Nottreppen erkennen zu lassen, die im Zickzack nach oben führten.

Reynolds ging weiter bis zur Ecke, sah sich rasch um, überquerte eilig die Straße und ging, so eng wie möglich an die Mauer des Hotels gedrückt, zu der Einfahrt zurück. Unmittelbar neben der Einfahrt blieb er stehen, zog den Rand seines Hutes noch tiefer in die Augen und spähte dann vorsichtig um die Ecke.

Zunächst konnte er überhaupt nichts sehen, denn seine Augen, die so lange auf die Dunkelheit eingestellt gewesen waren, wurden plötzlich geblendet vom Strahl einer starken Taschenlampe, und Reynolds, der ein flaues Gefühl in der Magengegend bekam, war bereits überzeugt, man habe ihn entdeckt. Er zog eben die Hand, die den Griff seiner Pistole umschloß, aus seiner Manteltasche — als der Lichtstrahl weiterwanderte und die Runde durch das Innere des Hofes machte.

Reynolds, dessen Pupillen sich allmählich wieder weiteten, konnte jetzt erkennen, was eigentlich geschehen war. Ein Mann, ein Soldat mit umgehängtem Gewehr ging seine Runde rings um den Hof, und der Schein seiner Lampe war einen Augenblick lang völlig zufällig auf das Gesicht von Reynolds gefallen; doch der Posten, dessen Augen offenbar nicht mit dem Lichtkegel mitgegangen waren, hatte nichts bemerkt.

Reynolds tat lautlos drei Schritte in die Einfahrt hinein und blieb dann beobachtend stehen. Der Posten, der seine Runde fortsetzte, entfernte sich nach hinten in Richtung auf den Haupttrakt, und Reynolds konnte jetzt auch genau sehen, was der Mann eigentlich machte: Er kontrollierte die Notausgänge, indem er bei jeder der drei eisernen Treppen die schneebedeckten Stufen bis zum ersten Treppenabsatz mit dem Schein seiner Taschenlampe ableuchtete.

Jetzt, sagte sich Reynolds, das ist meine Chance. Der Posten, der im Augenblick gerade unter der elektrischen Windlaterne vorbeiging, die über dem Eingang hinten auf der anderen Seite des Hofes hing, war jetzt am weitesten von ihm entfernt, und es bestand kein Grund, zu warten, bis er eine weitere Runde gemacht hatte. Rasch und lautlos, ein geisterhafter Schatten in dem weißen Dämmerlicht der Winternacht, huschte Reynolds über die Pflasterteine der Einfahrt vorwärts, unterdrückte mit knapper Not einen erschreckten Ausruf, machte abrupt halt und wich zurück an die Wand neben ihm, drückte sich mit dem Rücken so flach wie irgend möglich gegen die kalten, vereisten Steine der Mauer, während sein Herz dumpf in seiner Brust zu schlagen begann.

Idiot, beschimpfte er sich wütend, du verdammter Idiot. Um ein Haar wärst du dem Burschen jetzt tatsächlich auf den Leim gegangen. Ja, um ein Haar — wenn er nicht im letzten Aagenblick die achtlos weggeworfene Zigarette gesehen hätte, die als roter Punkt durch die Luft geflogen war und jetzt zischend im Schnee erlosch, keinen Meter von der Stelle entfernt, an der er unbeweglich stand und nicht einmal zu atmen wagte. Dabei hätte er es wahrhaftig besser wissen müssen, hätte der AVO die primitive Höflichkeit erweisen sollen, ihr soviel Intelligenz zuzutrauen, daß sie es jemandem, der hier herein- oder herauszukommen versuchte, nicht so kindisch einfach machen würde.

Das Schilderhaus auf dem Hof stand unmittelbar neben der Einfahrt, und der Posten, der halb darin stand und halb daraus hervorlehnte, war keinen dreiviertel Meter von Reynolds entfernt. Reynolds konnte seine Atemzüge hören, und das gelegentliche Schnurren seiner Stiefel auf dem hölzernen Fußboden des Schilderhauses drang geradezu unerträglich laut an seine Ohren.

Reynolds wußte, daß ihm nur noch Sekunden blieben, vielleicht fünf oder sechs, höchstens. Der Posten in dem Schilderhaus brauchte nur eine Bewegung zu machen, brauchte nur den Kopf zehn Zentimeter zur Seite zu drehen, und er war verloren. Und selbst wenn er den Kopf nicht zur Seite drehte, so mußte der andere Posten, der seine Runden machte und nur noch wenige Meter entfernt war, ihn im Schein seiner Taschenlampe entdecken, wenn er bei der Einfahrt vorbeikam. Es blieb ihm also nur eine Möglichkeit, bei der einige Aussicht auf Erfolg bestand, und für diese mußte er sich jetzt auch unverzüglich entscheiden.

Er hielt den Griff seiner Pistole mit beiden Händen fest umschlossen und drückte den Rücken des rechten Handgelenks kräftig gegen die Wand der Einfahrt, um eine möglichst große Zielsicherheit zu erreichen. Durch den aufgeschraubten Schalldämpfer war das Zielen ohnehin schwierig, und es wurde noch schwieriger durch den wirbelnden Schnee; doch dieses Risiko mußte er eben eingehen. Der Posten mit der Taschenlampe war inzwischen bis auf etwa drei Meter heran, und der Mann in dem Schilderhaus räusperte sich, um irgend etwas zu seinem Kameraden zu sagen, als Reynolds langsam Druckpunkt nahm und weiter durchkrümmte.

Der gedämpfte Knall des Schusses ging unter in dem lauten Krachen, als das Glas der Laterne über dem Eingang in tausend Stücke sprang und die Scherben klirrend gegen die Wand dahinter schlugen, ehe sie lautlos in den Schnee fielen. Zwar mußte der dumpfe Knall des Abschusses die Ohren des Mannes im Schilderhaus um den Bruchteil einer Sekunde eher erreicht haben als das laute Klirren des Glases, doch da das menschliche Ohr nicht in der Lage war, so geringe zeitliche Unterschiede zu registrieren, hatte der Mann nur das spätere, sehr viel lautere Geräusch wahrgenommen. Er stürmte bereits eilig über den Hof, Seite an Seite mit dem Mann mit der Taschenlampe.

Reynolds folgte nicht weit hinter ihnen. Er lief an dem Schilderhaus vorbei, bog scharf nach rechts, rannte die Spur entlang, die der Posten bei seinem Rundgang in den frischgefallenen Schnee getreten hatte, kam an der ersten Nottreppe vorbei, wandte sich um, warf sich mit einem Sprung zur Seite und nach oben und griff mit ausgestreckten Armen nach der senkrechten Stütze des Geländers auf dem ersten Treppenabsatz. Einen unangenehmen Augenblick lang spürte er, wie seine Finger auf dem kalten, glatten Metall rutschten, umklammerte die Stange mit verzweifelter Kraft und zog sich dann Hand über Hand daran nach oben, bis er das Geländer zu fassen bekam. Im nächsten Augenblick stand er sicher auf dem ersten Treppenabsatz, ohne daß dem Schnee, der auf den dorthin führenden Stufen lag, auch nur das geringste anzusehen gewesen wäre.

Fünf Sekunden später hatte er – auch dies unter Vermeidung jeglicher Spuren, die von unten zu sehen gewesen wären – den zweiten Treppenabsatz erreicht, befand sich also jetzt in der Höhe des ersten Stockwerks. Hier duckte er sich und machte sich so klein wie möglich, denn die beiden Posten kamen zurück und begaben sich wieder zu der Einfahrt; sie hatten es nicht besonders eilig und redeten miteinander. Reynolds hörte, daß sie überzeugt waren, das heiße Glas sei infolge der außerordentlichen Kälte zersprungen. Mehr der Form halber gingen die beiden um die parkenden Wagen herum und leuchteten mit ihren Taschenlampen die untersten Stufen der Nottreppen ab; doch als sie ihre oberflächliche Inspektion beendet hatten, war Reynolds auf dem Treppenabsatz angelangt, der sich in der Höhe des zweiten Stockwerks befand, und zwar stand er hier vor einer zweiteiligen Glastür.

Er versuchte, vorsichtig und energisch zugleich, sie zu öffnen. Die Tür war abgeschlossen. Er hatte es nicht anders erwartet. Langsam und mit der größten Vorsicht – denn seine Hände waren allmählich fast gefühllos vor Kälte, und der geringste Fehler konnte sein Schicksal besiegeln – holte er sein Messer aus der Tasche, ließ die

Klinge geräuschlos herausschnellen, schob sie in den Spalt zwischen den beiden Türflügeln und drückte nach oben. Wenige Sekunden später war er drin und machte die Glastür hinter sich zu.

Hier war es nun völlig dunkel, doch seine ausgestreckten, tastenden Hände belehrten ihn sehr bald darüber, wo er sich befand. Diese harte Glätte ringsum, das konnten nur die gekachelten Wände eines Badezimmers sein. Er zog die Vorhänge achtlos vor die Scheiben der Glastür — denn soweit es sich um die beiden Posten unten auf dem Hof handelte, gab es keinerlei vernünftigen Grund, weshalb aus diesem Raum nicht ebensogut ein Lichtschein nach draußen dringen sollte wie aus irgendeinem der anderen Zimmer —, tastete sich dann zur Tür und machte das Licht an.

Es war ein sehr geräumiges, altmodisches Badezimmer, von dessen Wänden drei gekachelt waren, während die vierte Wand ein großer zweiteiliger Schrank einnahm; doch Reynolds verlor keine Zeit damit, diesen Schrank genauer in Augenschein zu nehmen. Er ging zurück zu dem Waschbecken, ließ es fast bis an den Rand voll heißes Wasser laufen und steckte seine Hände hinein. Eine reichlich drastische Methode, bei erstarrten Händen die gestörte Blutzirkulation wiederherzustellen, und außerdem ein äußerst schmerzhaftes Verfahren; doch dieser Nachteil wurde reichlich wettgemacht durch den Zeitgewinn, und das war das einzige, was Reynolds im Augenblick interessierte. Er trocknete sich seine Finger ab, in denen es heftig kribbelte und stach, holte seine Pistole heraus, schaltete das Licht aus, machte leise die Tür auf und riskierte einen vorsichtigen Blick nach draußen.

Er stellte fest, daß er sich am Ende eines langen Korridors befand, der mit einem dicken, kostbaren Läufer ausgelegt war, wie er das bei einem von der AVO geleiteten Hotel nicht anders erwartet hatte. Zu beiden Seiten dieses Korridors zog sich eine Reihe von Türen entlang, die Tür ihm gegenüber hatte die Nummer 56 und die übernächste die Nummer 57. Das Glück schien sich endlich auf seine Seite zu schlagen: Der Zufall hatte ihn direkt in den Flügel geführt, in welchem Jennings und vermutlich eine Reihe weiterer wissenschaftlicher Koryphäen untergebracht waren. Doch als sein forschender Blick das Ende des Korridors erreichte, wurden seine Lippen schmal; er zog sich rasch und lautlos zurück und machte die Tür vorsichtig wieder zu. Er hatte sich offenbar ein wenig zu früh zu seinem Glück gratuliert, dachte er grimmig. Um was es sich bei diesem Mann in Uniform handelte, der da am Ende des Korridors gestanden und, die Hände auf dem Rücken verschränkt, durch das vereiste Fenster nach draußen gesehen hatte, darüber konnte es keinen Zweifel geben: Einen AVO-Mann, der Wache stand, erkannte man überall sofort.

Reynolds setzte sich auf den Rand der Badewanne, steckte sich eine Zigarette an und überlegte, was jetzt zu tun sei. Die Zeit drängte, doch so eilig hatte er es auch wieder nicht, daß irgendeine Unbesonnenheit gerechtfertigt gewesen wäre; durch Unbesonnenheit konnte alles zunichte gemacht werden.

Der Posten hatte zweifellos die Absicht, dort, wo er stand, auch stehenzubleiben – er mußte also entfernt werden. Die Frage war nur: wie. Der Versuch, den hellerleuchteten, vierzig Meter langen Korridor entlang auf den Mann loszustürmen oder auch sich unbemerkt anschleichen zu wollen, schied von vornherein aus; es gab zwar noch andere, aber kaum törichtere Methoden, Selbstmord zu begehen. Nein, der Mann mußte zu ihm kommen, und er mußte kommen, ohne irgendeinen Verdacht zu hegen. Reynolds lächelte, drückte seine Zigarette aus und stand auf. Der Graf, dachte er, hätte an diesem Einfall seine Freude gehabt.

Er legte Hut und Mantel, Jacke, Schlips und Hemd ab, wobei er die Sachen in die Badewanne warf, ließ warmes Wasser in das Waschbecken laufen, nahm Seife und Rasierpinsel und seifte sich mit solchem Eifer ein, daß sein Gesicht bis an die Augen mit einer dicken Schicht weißen Schaums bedeckt war; denn soviel er wußte, war seine Personenbeschreibung jedem Polizisten und jedem AVO-Mann in Budapest zugegangen. Dann trocknete er sich sorgfältig die Hände, nahm die Pistole in die linke Hand, tarnte sie durch ein darübergelegtes Handtuch und machte die Tür auf. Sein Hilferuf war zwar gedämpft, aber doch intensiv genug, um deutlich hörbar bis an das Ende des langen Korridors zu dringen.

Der Posten fuhr mit einem Ruck herum und wollte schon automatisch nach seiner Schußwaffe greifen, unterließ es dann aber, als er die harmlose Figur sah, die da im Unterhemd am anderen Ende des Korridors erschien und heftig gestikulierte. Er wollte etwas sagen, doch Reynolds legte aufgeregt und beschwörend den Finger an die Lippen. Der Mann zögerte einen Augenblick unschlüssig, doch als er sah, wie Reynolds ihn verzweifelt heranwinkte, kam er eilig den Korridor entlanggelaufen. Seine Gummisohlen machten auf dem dicken Läufer keinerlei Geräusch, und als er bei Reynolds ankam, hielt er seine Pistole in der Hand.

»Da draußen ist ein Mann!« flüsterte Reynolds aufgeregt. »Auf der Nottreppe vor meinem Badezimmer.« Er hantierte nervös mit dem Handtuch und ließ dabei die Pistole unbemerkt aus der linken Hand in die rechte wandern. »Er versucht die Tür zu öffnen.«

»Sind Sie ganz sicher?« Die Stimme des Mannes war nur ein heiseres Brummen. »Haben Sie ihn denn gesehen?«

»Ja, ich habe ihn gesehen«, sagte Reynolds mit leiser, vor Aufregung zitternder Stimme. »Er kann aber nicht hereinsehen – die Vorhänge sind vorgezogen.«

Der Mann kniff die dunklen Augen zusammen, und seine wulstigen Lippen verzogen sich zu einem Lächeln bösartiger Vorfreude. Er schob Reynolds achtlos beiseite und stieß die Tür des Badezimmers auf, und Reynolds, dessen rechte Hand aus dem Handtuch herauskam, folgte ihm auf den Fersen.

Er fing den Mann, als er zusammensackte, in seinen Armen auf und legte ihn vorsichtig auf den Fußboden. Den Wäscheschrank zu öffnen, zwei Bettlaken in Streifen zu reißen, den bewußtlosen Posten zu binden und zu knebeln, ihn in den Kleiderschrank zu heben und die Schranktür abzuschließen, dafür benötigten die geübten Hände von Reynolds nicht mehr als zwei Minuten.

Zwei Minuten später stand Reynolds, den Hut in der Hand und den Mantel über dem Arm, ganz in der Art eines Hotelgastes, der zu seinem Zimmer zurückkehrt, vor der Tür des Zimmers Nummer 59. Er hatte ein halbes Dutzend Nachschlüssel und außerdem vier Hauptschlüssel, die ihm der Geschäftsführer des Hotels gegeben hatte, in dem er selber wohnte — und nicht einer paßte.

Reynolds ging weiter zur nächsten Tür. Von den Türen zu beiden Seiten dieses Korridors trug jeweils nur die zweite eine Nummer, was mit Sicherheit darauf schließen ließ, daß es sich bei den Türen ohne Nummer um den Zugang vom Korridor zu den privaten Baderäumen handelte, die zu jedem der Zimmer gehörten — die Russen räumten ihren wissenschaftlichen Spezialisten einen Komfort ein, wie er in anderen, weniger realistischen Ländern im allgemeinen den Filmstars vorbehalten war, der Aristokratie und den Spitzen der Gesellschaft.

Auch diese Tür, wie hätte es anders sein können, war abgeschlossen. Ein so langer Korridor in einem so betriebsamen Hotel konnte nicht in alle Ewigkeit menschenleer bleiben, und Reynolds schob mit der Geschwindigkeit und Präzision eines gelernten Taschenspielers einen Schlüssel nach dem anderen in das Schlüsselloch und zog ihn wieder heraus. Und diesmal hatte er Glück: Der vierte Schlüssel paßte! Einen Augenblick später machte Reynolds die Tür vorsichtig von innen zu.

Das Badezimmer, in dem er sich befand, glich in allen Einzelheiten dem anderen, aus dem er gerade kam, mit Ausnahme der Anordnung der Türen. Der zweiteilige Wandschrank stand hier, wenn man hereinkam, rechts, zwischen den beiden Türen. Er öffnete den Schrank, stellte fest, daß die eine Seite einzelne Fächer enthielt und die andere, an deren Tür sich ein von oben bis unten durchgehender Spiegel befand, leer war, und machte den Schrank dann wieder zu. Die eine Schrankhälfte war ein sehr geeignetes Versteck, doch er hoffte, daß er keine Veranlassung haben würde, es zu benutzen.

Er ging an die Verbindungstür zwischen Bad und Schlafzimmer und spähte durch das Schlüsselloch. Das Zimmer dahinter war dunkel. Diese Tür gab nach, als er die Hand auf die Klinke legte, er trat ein und ließ den dünnen Strahl seiner Stablampe rasch im Raum herumgehen. Das Zimmer war leer. Er ging zum Fenster, stellte fest, daß durch die heruntergelassenen Jalousien und die zugezogenen schweren Vorhänge unmöglich irgendein Lichtschein nach draußen dringen konnte, ging quer durch das Zimmer zur Tür, schaltete das Licht ein und hängte seinen Hut über den Türgriff, um das Schlüsselloch zu verdecken.

Dann machte er sich daran, das Zimmer zu untersuchen. Das war eine Sache, die er gelernt hatte, und bereits nach einer Minute genauer Prüfung der Wände, der Bilder und der Decke hatte er festgestellt, daß es in diesem Zimmer kein heimliches Guckloch gab. Anschließend brauchte er weniger als zwanzig Sekunden, um das unvermeidliche Mikrophon zu finden, das hinter dem Gitter der Lüftungsklappe über dem Fenster verborgen war. Dann nahm er sich das Badezimmer vor, und dort dauerte die Untersuchung nur einige Sekunden. Die Wanne war eingebaut, dort konnte also nichts sein. Hinter dem Waschbecken und dem WC war auch nichts, und hinter dem Vorhang der Dusche war nur der Metallgriff an der Wand und die altmodische Brause oben an der Decke.

Er war gerade dabei, die Vorhänge vor der Dusche wieder zusammenzuziehen, als er draußen auf dem Korridor Schritte hörte, die sich näherten. Eilig schlüpfte er durch die Verbindungstür zurück in das Zimmer und schaltete das Licht aus. Es mußten zwei Leute sein, die da kamen, er konnte sie miteinander reden hören, und seine einzige Hoffnung war, daß ihre Stimmen das Geräusch des Lichtschalters übertönten. Er schnappte sich seinen Hut, retierierte eiligst in das Bad und hatte eben die Verbindungstür bis auf einen schmalen Spalt zugemacht, durch den er nach drüben spähte, als die Zimmertür aufgeschlossen wurde und Professor Jennings hereinkam. Und unmittelbar hinter ihm kam ein großer, breiter Mann in einem braunen Anzug. Ob es sich um einen Mann handelte, der im Auftrag der AVO den Professor überwachte, oder einfach um einen Kollegen, das ließ sich unmöglich feststellen. Das eine aber war deutlich genug: Er brachte eine Flasche und zwei Gläser mit, und er hatte die Absicht zu bleiben.

5

Die Pistole befand sich in seiner Hand, fast ohne daß es Reynolds bewußt geworden wäre, sie herausgeholt zu haben. Sollte sich der Begleiter des Professors dazu entschließen, das Badezimmer zu inspizieren, dann blieb keine Zeit, sich in dem Wandschrank zu verstecken. Wurde er entdeckt, dann blieb ihm gar keine Wahl, und wenn der AVO-Mann — und sicherheitshalber mußte er von der Annahme ausgehen, daß es sich um einen solchen handelte — bewußtlos war oder tot, dann gab es nur noch die Flucht nach vorn. Dann gab es keinerlei Möglichkeit mehr, sich mit Jennings in Verbindung zu setzen, dann mußte der alte Professor heute abend mitkommen, ob er wollte oder nicht; und was die Möglichkeit betraf, mit einem Mann, der nicht mitkommen wollte und den man mit vorgehaltener Pistole zwingen mußte, unbemerkt das Hotel ›Zu den drei Kronen‹ zu verlassen, so erachtete sie Reynolds praktisch gleich Null.

Doch der Begleiter des Professors zeigte keinerlei Absicht, das Badezimmer zu betreten, und es wurde sehr bald deutlich, daß er kein AVO-Mann war. Jennings schien ihn gut zu kennen, nannte ihn Josef und unterhielt sich mit ihm, in englischer Sprache, über irgendwelche sehr speziellen Dinge, von denen Reynolds nicht das mindeste begriff. Zweifellos war der Mann gleichfalls ein Wissenschaftler, ein Kollege von Professor Jennings.

Reynolds, der durch den Spalt zwischen der Tür und dem Türrahmen spähte, konnte feststellen, daß sich dieser Jennings hier sehr stark verändert hatte gegenüber dem Jennings, dessen Gestalt und Gesicht Reynolds sich anhand von hundert Fotografien eingeprägt hatte. In den letzten zwei Jahren war er äußerlich um mehr als zehn Jahre gealtert. Er schien irgendwie kleiner, sonderbar zusammengeschrumpft, und anstelle der prächtigen weißen Mähne von einst umgaben jetzt nur noch einige spärliche Locken das kahle Haupt; sein Gesicht war von einer ungesunden Blässe, und nur die tiefliegenden, dunklen Augen hatten nichts von ihrem alten Feuer verloren. Reynolds mußte in der Dunkelheit des Badezimmers heimlich in sich hineinlächeln: Was immer die Russen dem alten Mann angetan haben mochten, es war ihnen jedenfalls nicht gelungen, seinen Geist zu brechen; das war auch völlig unvorstellbar.

Reynolds warf einen Blick auf das Leuchtzifferblatt seiner Uhr, und das Lächeln auf seinem Gesicht verschwand. Die Zeit drängte. Er mußte Jennings sprechen, mußte ihn unter vier Augen sprechen, und zwar bald. Ein halbes Dutzend verschiedener Ideen gingen ihm innerhalb einer Minute durch den Kopf, doch sie schieden alle aus, weil sie entweder undurchführbar oder aber allzu gefährlich waren. Er durfte sich auf kein Risiko einlassen.

Schließlich kam er auf eine Idee, die immerhin einige Aussicht auf Erfolg hatte. Er schlich geräuschlos zu dem Waschbecken, nahm ein Stück Seife, ging zu dem großen Schrank, machte die Tür mit dem Spiegel innen auf und begann auf das Glas zu schreiben.

Es ging nicht. Die trockene Seife glitt über die glatte Oberfläche, ohne irgendeine erkennbare Spur zu hinterlassen. Reynolds fluchte stumm in sich hinein, begab sich ebenso leise zurück zum Waschbecken, drehte mit außerordentlicher Vorsicht den Hahn auf, bis ein wenig Wasser herauskam, und machte dann die Seife gründlich naß. Diesmal ging es mit dem Schreiben völlig nach Wunsch, und er schrieb auf das Glas des Spiegels in großer, deutlicher Blockschrift:

ICH KOMME AUS ENGLAND – MUSS SIE SOFORT UND OHNE ZEUGEN SPRECHEN.

Dann öffnete er, sorgfältig darauf bedacht, jegliches Knarren oder Kreischen der Angeln zu vermeiden, die Tür des Badezimmers zum Korridor und sah hinaus. Im Korridor war niemand zu sehen. Mit zwei langen Schritten war er an der Tür des Zimmers 59, klopfte rasch und sehr leise an, war im nächsten Augenblick ebenso geräuschlos, wie er gekommen war, wieder in dem Badezimmer verschwunden, hatte die Tür leise zugemacht und nahm seine Taschenlampe in die Hand.

Der Mann im braunen Anzug war bereits aufgestanden und auf dem Weg zur Tür, als Reynolds den Kopf durch die einen Spalt breit geöffnete Verbindungstür zum Badezimmer hereinsteckte, den Zeigefinger beschwörend an die Lippen legte und gleichzeitig auf den Morseknopf seiner Stablampe drückte, daß der Strahl die Augen von Professor Jennings traf – nur für den Bruchteil einer Sekunde, aber lange genug. Jennings fuhr erschreckt herum, sah das Gesicht an der Tür des Badezimmers, und nicht einmal der Zeigefinger, den Reynolds warnend an die Lippen hielt, konnte den Ausruf der Überraschung verhindern, der dem Professor entfuhr. Der Mann im braunen Anzug, der inzwischen die Zimmertür geöffnet hatte und verwundert den Korridor entlangblickte, drehte sich um.

»Ist Ihnen irgend etwas, Herr Professor?«

Jennings nickte. »Mein verdammter Kopf – Sie wissen ja, wie er mir zuweilen zu schaffen macht. Niemand draußen?«

»Nein – kein Mensch. Und dabei hätte ich schwören können – Ihnen scheint aber wirklich nicht gut zu sein, Herr Professor.«

»Nein, entschuldigen Sie mich bitte«, sagte Jennings und stand auf. »Ich denke, ich werde einen Schluck Wasser trinken und ein paar von meinen Migränetabletten nehmen.«

Reynolds stand in dem großen Kleiderschrank, dessen Tür nur angelehnt war. Sobald er sah, daß Jennings in das Badezimmer hereinkam, stieß er die Tür weit auf. Jennings konnte die für ihn bestimmte Mitteilung, die auf das Glas des Spiegels geschrieben war, unmöglich übersehen: Er nickte kaum wahrnehmbar, warf Reynolds einen warnenden Blick zu und ging weiter zum Waschbecken, ohne den Schritt zu verhalten. Für einen alten Mann, der keinerlei Übung in derartigen Dingen hatte, war das eine beachtliche Leistung.

Reynolds hatte den warnenden Blick richtig interpretiert, und die Schranktür war kaum geschlossen, als der russische Kollege des Professors hereinkam.

»Vielleicht sollte ich doch lieber den Hotelarzt rufen«, sagte er besorgt. »Er würde Ihnen nur zu gern behilflich sein.«

»Nein, nein.« Jennings nahm eine Tablette und spülte sie mit einem Schluck Wasser hinunter. »Mit diesen üblen Migränen, die ich von Zeit zu Zeit habe, weiß ich besser Bescheid als irgendein

Arzt. Drei von diesen Tabletten, und dann drei Stunden liegen, in absoluter Dunkelheit. Es tut mir schrecklich leid, Josef, unsere Unterhaltung fing gerade an, wirklich interessant zu werden, aber wenn Sie mich vielleicht entschuldigen wollen . . .«

»Aber natürlich, selbstverständlich.« Der Mann im braunen Anzug war voller Verständnis. »Wir müssen vor allem dafür sorgen, daß Sie in guter Verfassung sind für Ihre Eröffnungsansprache am Montag.« Der Mann im braunen Anzug wünschte gute Besserung, verabschiedete sich und ging.

Man hörte, wie er die Tür nebenan zumachte und wie das leise Geräusch seiner Schritte in der Ferne verging. Jennings, auf dessen Gesicht Entrüstung, Besorgnis und Neugier seltsam miteinander stritten, setzte zum Sprechen an, doch Reynolds hob die Hand und bedeutete ihm, zu schweigen, ging nach nebenan und sperrte die Zimmertür ab, kam dann zurück, schloß die Tür ab, die vom Badezimmer zum Korridor führte und machte die Verbindungstür zwischen Bad und Schlafzimmer zu. Er holte sein Zigarettenetui heraus und hielt es dem Professor hin, der es jedoch mit einer Handbewegung beiseite schob.

»Wer sind Sie? Und was machen Sie hier in meinem Zimmer?« Der Professor sprach leise, doch in der abweisenden Schroffheit seiner Stimme schwang ein leichter Unterton von Furcht mit.

»Mein Name ist Reynolds, Michael Reynolds«, sagte dieser und setzte hastig eine Zigarette in Brand; er hatte das Gefühl, eine Zigarette nötig zu haben. »Ich komme direkt aus London, wo ich vor knapp zwei Tagen abgereist bin, und ich würde gern etwas mit Ihnen besprechen, Herr Professor.«

»Ja, zum Teufel, warum können wir dann nicht nebenan in meinem Zimmer miteinander reden?« sagte Jennings und setzte sich bereits in Bewegung, machte dann aber unvermittelt halt, als ihn Reynolds an der Schulter faßte.

»Nein, Herr Professor, bitte nicht in Ihrem Zimmer«, sagte Reynolds entschuldigend. »In der Lüftungsklappe über Ihrem Fenster ist ein Mikrophon eingebaut.«

»Was sagen Sie da – ein Mikrophon? Und woher wissen Sie denn das so genau, junger Mann?«

»Entschuldigen Sie – aber ich habe mich ein bißchen bei Ihnen umgesehen«, sagte Reynolds. »Es gehört zu meinem Beruf, zu wissen, wo man nach so etwas zu suchen hat.«

»Natürlich! Was sollten Sie auch anderes sein? Ein Spion, ein Abwehrmann – für mich ist das dasselbe, ob man es nun so oder so nennt. Und worum handelt es sich? Was wünschen Sie, mein Herr?«

»Sie«, sagte Reynolds ruhig. »Genauer gesagt: Die britische Regierung wünscht Sie. Man hat mich beauftragt, Ihnen die sehr herzliche Einladung der Regierung zu übermitteln . . .«

»Ungewöhnlich höflich von der britischen Regierung, das muß

ich schon sagen. Oh, ich hatte es erwartet, ich warte schon seit langem darauf.« Jennings' Stimme wurde lauter: »Empfehlen Sie mich der britischen Regierung, Mr. Reynolds, und sagen Sie den Leuten, sie möchten sich zum Teufel scheren. Vielleicht finden sie dort, in der Hölle, jemanden, der bereit ist, ihnen beim Bau ihrer Höllenmaschinen behilflich zu sein – ich jedenfalls werde ihnen nicht dabei helfen.«

»Das Vaterland braucht Sie, Herr Professor, es ist auf Ihre Hilfe angewiesen.«

»Aha – der letzte Appell, und der erbärmlichste von allen.« Der alte Mann sprach jetzt mit unverhüllter Verachtung. »Nein, Mr. Reynolds: Die abgedroschenen nationalistischen Phrasen, die billigen Schlagworte der Bannerträger eures verlogenen Patriotismus, die verfangen nur bei Kindern und Schwachsinnigen, bei machtgierigen Egoisten und bei Leuten, die ausschließlich für den Krieg leben. Ich bin einzig und allein daran interessiert, für den Frieden der Welt zu arbeiten.«

»Bitte sehr, Herr Professor.« Die Leute daheim in England, mußte Reynolds denken, hatten entweder die Leichtgläubigkeit des Professors oder die Überredungskunst der Russen heftig unterschätzt. Er sah Jennings ruhig an und sagte: »Die Entscheidung liegt natürlich ganz und gar bei Ihnen, Herr Professor.«

»Was!« sagte Jennings, der nicht imstande war, sein Erstaunen zu verbergen. »Sie machen keine Einwendungen? Sie nehmen das so einfach hin – und dafür haben Sie die weite Reise gemacht?«

Reynolds zog die Schultern hoch. »Ich bin nur ein Bote, Herr Professor.«

»Ein Bote? Und wenn ich nun auf Ihren lächerlichen Vorschlag eingegangen wäre?«

»Dann hätte ich Sie natürlich nach England zurückbegleitet.«

»Sie hätten mich – Mr. Reynolds, sind Sie sich eigentlich darüber klar, was Sie da sagen? Sind Sie sich darüber klar, was es bedeutet – Sie hätten mich aus Budapest herausgebracht, quer durch Ungarn und über die Grenze ...« Jennings verstummte, und als er jetzt den Blick hob und Reynolds ansah, stand in seinen Augen Angst.

»Sie sind kein Mann, der einfach nur eine Botschaft zu überbringen hat, Mr. Reynolds«, sagte er mit leiser Stimme. »Leute wie Sie sind nie und nimmer Boten.« Eine ungewisse Befürchtung verdichtete sich plötzlich zur Gewißheit, und die Lippen des alten Mannes wurden blaß. »Sagen Sie, Mr. Reynolds, wie – geht es meiner Frau? Lebt Sie?«

»Ich war zwei Stunden vor meinen Abflug von London bei ihr.« Reynolds sprach mit dem ruhigen Ernst völliger Aufrichtigkeit, und dabei hatte er Mrs. Jennings nie im Leben gesehen. »Ich fand sie unverändert.«

»Meinen Sie, daß ihr Zustand noch immer kritisch ist?«

Reynolds zuckte die Schultern. »Das zu sagen, ist Sache der Ärzte.«

»Um Gottes willen, Mann, spannen Sie mich doch nicht so auf die Folter! Was sagen denn die Ärzte?«

»Der Docht glimmt. Das ist kaum ein medizinischer Fachausdruck, Herr Professor, aber so drückte sich Mr. Bathurst aus, der Chirurg, der sie operiert hat. Sie ist die ganze Zeit bei vollem Bewußtsein und hat kaum Schmerzen, ist aber sehr schwach. Um ganz offen zu sein: Es kann jeden Augenblick mit ihr zu Ende gehen. Mr. Bathurst meint, sie habe einfach keinen Lebenswillen mehr.«

»Mein Gott, mein Gott!« Jennings wandte sich ab und starrte blicklos zum Fenster hinaus. Als er sich nach kurzer Zeit wieder umdrehte, war sein Gesicht schmerzlich verzerrt, und in seinen Augen standen Tränen. »Ich kann es nicht glauben, Mr. Reynolds, ich kann es einfach nicht glauben. Es ist nicht möglich. Meine Frau war immer von einem so zähen Lebenswillen. Sie war immer . . .«

»Sie *wollen* es nicht glauben«, unterbrach ihn Reynolds. Seine Stimme war kalt bis zur Grausamkeit. »Es ist ja auch ganz gleichgültig, was wir uns vormachen, nicht wahr, solange es nur unser Gewissen beruhigt. Sie wissen sehr gut, daß das Leben für Ihre Frau einfach keinen Sinn mehr hat — jedenfalls nicht, solange ihr Mann und ihr Sohn unerreichbar für sie hinter dem Eisernen Vorhang verschwunden sind.«

»Wie können Sie es wagen, so etwas . . .«

»Sie machen mich krank!« Für einen Augenblick verspürte Reynolds einen Widerwillen gegen das, was er diesem wehrlosen alten Mann antat, doch er unterdrückte diese Regung. »Sie stehen hier, führen großartige Reden und berufen sich auf Ihre wunderbaren Grundsätze — und gleichzeitig liegt Ihre Frau in einer Londoner Klinik und stirbt. Ja, Professor Jennings, sie stirbt, und Sie töten sie, genauso unfehlbar, als ob Sie an ihrem Bett ständen und ihr mit Ihren eigenen Händen die Kehle . . .«

»Schweigen Sie! Um Gottes willen, schweigen Sie!« Jennings hielt sich die Ohren zu und drehte verzweifelt den Kopf hin und her. Dann strich er sich mit den Händen über die Stirn. »Sie haben ja recht, Reynolds, Sie haben nur allzu recht. Ich würde morgen zu ihr fahren, aber so einfach ist die Sache nicht.« Er schüttelte bekümmert den Kopf. »Wie können Sie von einem Mann verlangen, zwischen dem Leben seiner Frau, bei der vielleicht gar keine Hoffnung mehr besteht, und dem Leben seines einzigen Sohnes zu wählen. Meine Situation ist unlösbar! Ich habe einen Sohn . . .«

»Wir wissen sehr genau über Ihren Sohn Bescheid, Herr Professor. Wir sind nicht ganz und gar unmenschlich«, sagte Reynolds mit leiser, sanft überredender Stimme. »Ihr Sohn Brian war gestern in Posen. Heute nachmittag wird er in Stettin angekommen sein, und morgen früh ist er in Schweden. Ich erwarte nur noch die Bestätigung per Funk aus London, und dann können wir uns auf den Weg machen. Also mit Sicherheit innerhalb der nächsten vierundzwanzig Stunden.«

»Ich glaube es nicht, ich glaube es nicht«, sagte Jennings, in dessen Gesicht Hoffnung und Mißtrauen mitleiderregend miteinander stritten. »Wie können Sie behaupten . . .«

»Ich kann nichts beweisen, und ich brauche auch nichts zu beweisen«, sagte Reynolds irritiert. »Entschuldigen Sie schon, Herr Professor, aber ich muß Sie wirklich fragen, was ist eigentlich mit Ihrem so großartig arbeitenden Gehirn passiert? Sie müssen sich doch darüber klar sein, daß die Regierung nur den einen Wunsch hat, daß Sie Ihre wissenschaftlichen Fähigkeiten wieder in den Dienst unseres Landes stellen, und Sie müssen doch auch wissen, daß man bei der Regierung sehr genau weiß, mit wem man es bei Ihnen zu tun hat. Man ist sich in England völlig darüber klar, daß Sie, wenn Sie zurückkämen und feststellten, daß sich Ihr Sohn noch als Gefangener in Rußland befindet, nie und nimmer bereit wären, Ihre Kräfte in den Dienst Englands zu stellen. Und an einem solchen Ausgang der Sache hat man bei uns wahrhaftig nicht das mindeste Interesse.«

Jennings hatte lange gezweifelt, doch als er jetzt endlich überzeugt war, da war er es auch gründlich. Reynolds, der sah, wie sich das Gesicht des Professors neu belebte, wie die zweifelnde Sorge allmählich verschwand und der Entschlossenheit Platz machte, hätte am liebsten laut gelacht, so erleichtert fühlte er sich nach der vorangegangenen Spannung. Nach weiteren fünf Minuten, in denen er pausenlos Fragen an Reynolds gerichtet hatte, war der Professor, begeistert von der Aussicht, seine Frau und seinen Sohn im Lauf der nächsten Tage wiederzusehen, wild entschlossen, unverzüglich aufzubrechen, und Reynolds mußte ihn bitten, sich noch etwas zu gedulden. Die Sache müsse vorbereitet werden, erklärte er ihm, vor allem aber müßten sie erst die Bestätigung dafür haben, daß Brian wohlbehalten in Schweden angelangt sei, und diese Erinnerung brachte den Professor sofort auf den Boden der Realität zurück. Er erklärte sich damit einverstanden, weitere Instruktionen abzuwarten, wiederholte mehrmals laut die Adresse von Janscis Wohnung, bis er sie auswendig wußte, versprach aber, sich dieser Adresse nur im Falle äußerster Not zu bedienen — nach allem, was Reynolds wußte, war es durchaus möglich, daß die Polizei inzwischen bereits zugegriffen hatte — und inzwischen seine Arbeit fortzusetzen und sich genauso zu benehmen wie bisher.

Seine Haltung gegenüber Reynolds hatte sich so vollkommen verändert, daß er ihn sogar dazu zu überreden versuchte, mit ihm gemeinsam ein Glas zu trinken, doch das lehnte Reynolds ab. Es war zwar erst halb acht und er hatte noch viel Zeit bis zu seiner Verabredung im ›Weißen Engel‹, doch er hatte sein Glück bereits reichlich strapaziert: Der im Schrank eingesperrte Posten konnte jetzt jeden Augenblick das Bewußtsein wiedererlangen und anfangen, die Tür einzutreten, oder ein Vorgesetzter konnte bei seinem Kontrollgang feststellen, daß der Mann nicht da war. Reynolds entfernte sich daher unverzüglich, und zwar durch das Fenster im Zimmer des Professors und mit Hilfe zweier aneinandergebundener Bettlaken, an denen er so weit hinunterklettern konnte, daß er das Gitter eines der Parterrefenster zu fassen bekam. Jennings hatte noch nicht einmal die Laken wieder hereingeholt und das Fenster zugemacht, als Reynolds mit einem lautlosen Sprung die Straße erreichte und wie ein Geist in die Dunkelheit und in das Schneetreiben entschwand.

Das Café zum ›Weißen Engel‹ lag auf der Pester Seite, ganz in der Nähe des östlichen Donauufers, gegenüber der Margit-Insel, und Reynolds zog soeben die eisenbeschlagene Pendeltür auf, um das Café zu betreten, als es vom Turm einer Kirche in der Nähe acht Uhr schlug.

Der Kontrast zwischen der Welt draußen vor dieser Pendeltür und dem, was dahinter lag, war ebenso abrupt wie komplett. Ein Schritt über die Schwelle – und der Schnee, die Kälte, die dunkle Einsamkeit und die schweigende Verlassenheit der Straßen von Budapest verwandelten sich wie durch ein Wunder in Wärme und Helligkeit, und in den munteren Lärm lachender, schwatzender Stimmen von Männern und Frauen, die hier in der Enge des kleinen, verrauchten Cafés ein Ventil für das ihnen angeborene Bedürfnis nach Geselligkeit fanden und die harte Wirklichkeit der Welt da draußen zu vergessen suchten, und sei es auch nur für kurze Zeit. Reynolds war im ersten Augenblick überrascht, ja fast verblüfft, in der trüben grauen Öde eines Polizeistaates eine solche Oase von Farbe und Licht zu finden, doch diese Reaktion war nur kurz; die Kommunisten waren schließlich keine schlechten Psychologen, und es war unvermeidlich, daß sie solche Orte wie diesen hier nicht nur gestatteten, sondern sogar ausgesprochen befürworteten. Da der Drang zur Geselligkeit sich doch nicht unterbinden ließ, wieviel besser dann, wenn die Menschen an irgendeinem öffentlichen Ort zusammenkamen und ihren Kaffee, ihren Wein oder ihr Bier unter den wachsamen, wohlwollenden Augen irgendwelcher verläßlicher Diener des Staates zu sich nahmen, als wenn sie sich heimlich in einem Versteck trafen und Pläne gegen das Regime schmiedeten.

Er hatte kurz hinter der Tür einen Augenblick den Schritt verhalten, war dann aber sofort und ohne Hast weitergegangen. An zwei Tischen in der Nähe der Tür saßen russische Soldaten, die lachten, sangen und mit ihren Gläsern auf den Tisch schlugen, offensichtlich in bester Laune. Sie machten auf Reynolds einen ziemlich harmlosen Eindruck, und zweifellos war das der Grund gewesen, weshalb man dieses Café als Treffpunkt gewählt hatte: Niemand wäre auf die Idee gekommen, in der Stammkneipe russischer Soldaten nach einem westlichen Spion zu suchen. Immerhin, es waren die ersten Russen, denen Reynolds begegnete, und er zog es vor, nicht unnötig stehenzubleiben.

Er ging weiter durch das Café nach hinten und entdeckte sie sofort. Sie saß allein an einem kleinen Tisch mit zwei Stühlen. Sie hatte den Mantel mit der Kapuze an, den ihm der Geschäftsführer des Hotels heute nachmittag beschrieben hatte, doch die Kapuze war jetzt heruntergeklappt und der Mantel am Hals aufgeknöpft. Sie begegnete seinem Blick ohne das geringste Zeichen des Wiedererkennens, und Reynolds verstand den Wink sofort. In der Nähe waren mehrere Tische, an denen ein oder auch zwei Plätze frei waren, und er stand genügend lange da und überlegte, wohin er sich setzen sollte, so daß mehrere Leute seine Anwesenheit zur Kenntnis nahmen. Dann ging er hinüber zu dem Tisch, an dem Julia saß.

»Gestatten Sie, daß ich hier bei Ihnen Platz nehme?« fragte er.

Sie sah ihn nicht gerade freundlich an, wandte den Kopf und sah unmißverständlich zu einem unbesetzten Tisch in der Ecke, sah ihn nochmals kurz an und drehte ihm dann den Rücken zu. Dabei sagte sie kein Wort, und Reynolds konnte hören, wie die Leute hinter ihm tuschelten, als er sich zu ihr setzte. Er rückte mit seinem Stuhl näher zu ihr heran, und seine Stimme war nur ein leises Murmeln.

»Irgendwas nicht in Ordnung?«

»Jemand ist mir nachgegangen.« Sie hatte sich ihm wieder zugewandt und sah ihn indigniert und abweisend an. Sie ist nicht dumm, dachte Reynolds, und sie ist eine verdammt gute Schauspielerin.

»Ist er hier im Café?«

»Ja.«

»Wo?«

»Auf der Bank neben der Tür. In der Nähe der Soldaten.«

Reynolds machte nicht die geringste Anstalt, sich umzusehen. »Beschreiben Sie ihn«, sagte er.

»Mittelgroß, brauner Regenmantel, ohne Hut, schmales Gesicht und schwarzer Schnurrbart.« Ihre nach wie vor entrüstete Miene stand in geradezu komischem Kontrast zu dem, was sie sagte.

»Wir müssen ihn loswerden. Also hier 'raus. Sie gehen zuerst, ich komme nach.« Er streckte die Hand aus, ergriff ihren Arm, neigte sich zu ihr und sah sie zudringlich lächelnd an. »Ich versuche, mit Ihnen anzubandeln. Ich habe Ihnen eben sogar einen höchst unziemlichen Vorschlag gemacht. Wie reagieren Sie darauf?«

»So.« Sie holte aus und versetzte ihm eine so schallende Ohrfeige, daß für einen Augenblick die gesamte Unterhaltung verstummte und sich aller Augen ihnen zuwandten. Dann stand sie auf, nahm ihre Handtasche und ging, ohne nach rechts und links zu sehen, hocherhobenen Hauptes zur Tür. Wie auf ein Zeichen setzten das Stimmengewirr und das Lachen wieder ein — und das Gelächter ging, wie Reynolds feststellen konnte, größtenteils auf seine Rechnung.

Er hob die Hand und strich sich sacht über die Backe. Er fand, die junge Dame habe den Realismus unnötig weit getrieben. Als er sich mit finsterer Miene umdrehte, sah er gerade noch, wie die Glastür des Windfangs hinter ihr wieder zufiel und wie sich ein Mann in einem braunen Regenmantel, der in der Nähe der Tür saß, unauffällig von seinem Platz erhob, Geld auf den Tisch warf und hinter ihr hinausging, noch ehe die Glastür ausgependelt hatte.

Reynolds stand auf und verließ das Café, ganz wie jemand, der es eilig hat, dem Schauplatz seiner Blamage zu entfliehen.

Es schneite jetzt nur noch ganz wenig und es fiel ihm nicht schwer, sowohl das Mädchen ausfindig zu machen als auch den Mann, der sie beschattete. Sie gingen langsam die Straße entlang nach links, und er folgte ihnen in so weitem Abstand, daß er sie eben noch erkennen konnte. So ging es mehrere hundert Meter weit, um ein paar Ecken herum, und dann blieb Julia in einem Wartehäuschen an der Straßenbahnhaltestelle stehen. Ihr Schatten verdrückte sich lautlos in einen Hauseingang hinter dem Wartehäuschen, und Reynolds ging an ihm vorbei und betrat gleichfalls den kleinen, mit Glaswänden geschützten Warteraum.

»Er ist hinter uns, in einem Hauseingang«, sagte Reynolds leise. »Meinen Sie, daß Sie imstande wären, sich ernstlich zur Wehr zu setzen, um Ihre Ehre zu verteidigen?«

»Ob ich imstande wäre . . .« Sie brach ab und warf einen nervösen Blick über die Schulter. »Wir müssen vorsichtig sein. Das ist bestimmt einer von der AVO, und alle AVO-Leute sind gefährlich.«

»Gefährliche Idioten«, sagte Reynolds. »Wir müssen den Kerl möglichst bald loswerden.« Er sah sie überlegend an, hob dann die Hände und ergriff sie bei den Mantelaufschlägen. »Ich denke, es ist das beste, wenn ich Sie zu erwürgen versuche. Das ist eine einleuchtende Erklärung dafür, daß Sie nicht laut um Hilfe rufen. Wir haben so schon genügend Gesellschaft.«

Der Mann im braunen Regenmantel ging prompt auf den Leim. Er sah, wie der Mann und die Frau taumelnd aus dem Wartehäuschen herauskamen, wie die Frau verzweifelte Anstrengungen machte, sich der Hände zu erwehren, die ihr die Kehle zuschnürten, und wartete nicht länger. Geräuschlos kam er auf dem festgetretenen Schnee des Bürgersteiges herangelaufen, die rechte Hand, die irgendeine Waffe hielt, zum Schlag erhoben — und sackte dann lautlos zusammen, als Reynolds, durch einen Ausruf des Mädchens gewarnt, plötzlich herumfuhr, ihm den Ellbogen in die Magengrube rammte und ihm mit der Kante der flachen Hand seitlich über den Hals schlug. Wenige Sekunden später hatte Reynolds den Totschläger des Mannes — einen mit Schrotkugeln gefüllten Leinwandschlauch — in seine Tasche gesteckt und den Mann selbst in das Wartehäuschen gelegt; dann hakte er das Mädchen unter und ging eilig mit ihr die Straße entlang.

Das Mädchen zitterte heftig, und Reynolds sah in der fast undurchdringlichen Dunkelheit erstaunt zu ihr hin. Hier, in der Enge der Holzbude, die sie gegen den Schnee und den scharfen Wind schützte, war es verhältnismäßig erträglich, ja fast gemütlich, und selbst durch den Stoff ihres Mantels konnte er an der Schulter die Wärme der Schulter des Mädchens spüren.

»Was ist denn?« fragte Reynolds verwundert. »Ist Ihnen immer noch so kalt?«

»Ich weiß nicht, ich — doch, ich weiß. Nein, mir ist nicht kalt.« Sie zitterte erneut. »Es ist — Ihretwegen. Sie sind so unmenschlich. Ich habe Angst vor Leuten, die unmenschlich sind.«

»Angst?« fragte Reynolds fassungslos. »Angst vor mir? Aber, Kind, ich wäre nicht imstande, Ihnen ein Haar zu krümmen.«

»Sagen Sie nicht ›Kind‹ zu mir!« sagte sie mit plötzlicher Heftigkeit, um dann kleinlaut hinzuzusetzen: »Ich weiß, daß Sie mir nichts tun würden.«

»Dann sagen Sie mir gefälligst, was ich eigentlich getan habe?«

»Nichts. Das ist es ja gerade. Es ist nicht das, was Sie tun, sondern das, was Sie nicht tun, was Sie nicht zeigen. Sie zeigen keinerlei Gefühl oder Empfindung, Ihnen ist alles völlig gleichgültig. O ja, ich weiß, Sie sind außerordentlich daran interessiert, den Auftrag auszuführen, den Sie haben, aber das Wie, die Art und Weise, das ist für Sie völlig gleichgültig. Hauptsache, Sie erledigen Ihren Auftrag.«

Reynolds sagte nichts, und das Mädchen fuhr fort: »Der Graf meint, Sie seien einfach eine Maschine, ein seelenloser Mechanismus, sehr zweckmäßig konstruiert zur Ausführung einer bestimmten Arbeit, aber ohne jedes Eigenleben. Er sagt, Sie seien so ziemlich der einzige ihm bekannte Mensch, der nicht imstande sei, Furcht zu empfinden, und er habe Angst vor Leuten, die nicht wüßten, was Furcht ist. Stellen Sie sich vor — der Graf hat Angst!«

»Unglaublich«, murmelte Reynolds höflich.

»Jansci ist der gleichen Meinung. Er sagt, Sie seien weder moralisch noch unmoralisch, sondern einfach amoralisch, mit einer bestimmten probritischen und antikommunistischen Reaktionsweise, die reine Dressur und an sich völlig wertlos sei. Er meint, ob Sie einen Menschen töten oder nicht, das sei für Sie kein ethisches Problem, sondern eine Frage der reinen Zweckmäßigkeit. Wie heute abend! Sie sperren einen Mann, gefesselt und geknebelt, in einen Schrank und lassen ihn darin ersticken — vermutlich ist er wirklich erstickt. Sie schlagen einen anderen Mann bewußtlos und überlassen ihn dann seinem Schicksal — in dieser Kälte wird er nach spätestens zwanzig Minuten erfroren sein. Und das schlimmste von allem ist, was Sie mit diesem armen alten Mann machen. Hauptsache, er kommt mit nach England, alles andere ist Ihnen vollkommen gleichgültig. Sie setzen ihm zu, bis er beinahe von Sinnen ist vor Kummer und Sorge. Er glaubt, seine Frau liege im Sterben, und Sie reden ihm sogar noch ein, daß, wenn sie wirklich stirbt, er sie auf dem Gewissen hat. Warum tun Sie das, Mr. Reynolds, warum?«

»Das wissen Sie doch. Weil ich eine seelenlose Maschine bin, ein amoralischer Gangster, der einfach tut, was man ihm sagt. Das haben Sie mir doch eben erklärt, nicht wahr?«

»Mir scheint, ich hätte mir meine Worte genausogut sparen können — meinen Sie nicht auch, Mr. Reynolds?«

»Aber nein!« Reynolds lächelte in der Dunkelheit. »Ich könnte Ihnen bis morgen früh zuhören, und ich bin überzeugt, daß Sie mir nicht so ernsthaft ins Gewissen reden würden, wenn Sie nicht meinten, es bestünde doch noch Hoffnung, den Sünder zu bekehren.«

»Sie lachen mich aus, nicht wahr?«

»Ja«, meinte Reynolds, »auf meine widerwärtige, überhebliche Art.« Er ergriff plötzlich ihre Hand und sagte leise: »Still! — und keine Bewegung!«

»Was ...« Sie hatte kaum das erste Wort heraus, als ihr Reynolds mit der Hand den Mund zuhielt. Sie wollte sich schon zur Wehr setzen, hielt aber fast im gleichen Augenblick still. Auch sie hatte es jetzt gehört — das knirschende Geräusch von Schrittten im Schnee. Beide saßen unbeweglich und wagten kaum zu atmen, während drei Polizisten langsam bei ihnen vorbeikamen, an den verlassenen Café-Terrassen weiter hinten entlanggingen und auf einem Weg verschwanden, der sich in Windungen unter den kahlen, schneebeladenen Buchen, Platanen und Eichen hinzog, die am Rande einer großen Rasenfläche standen.

Es war Julia gewesen, die, zähneklappernd vor Kälte, vorgeschlagen hatte, hierherzugehen, nachdem sie vergeblich anderswo nach einer Stelle gesucht hatten, an der sie ungestört miteinander reden konnten; der ›Weiße Engel‹ war das einzige Café, das in dieser Gegend geöffnet war. Ein Teil der Insel, so hatte sie erklärt, dürfte nach Eintritt der Dunkelheit nicht mehr betreten werden, doch es würde mit dieser Sperrstunde nicht allzu streng gehandhabt. Die patrouillierenden Posten seien Angehörige der normalen Polizei, nicht etwa der Geheimpolizei, und zwischen diesen Polizisten und den AVO-Leuten sei ein himmelweiter Unterschied. Reynolds, dem fast genauso kalt war, hatte dem Vorschlag mit Freuden zugestimmt, und die von Pflastersteinen und Teerfässern umgebene Holzbude, die unbenutzt stand, seit mit dem Einsetzen der Kälte die Straßenarbeiter verschwunden waren, schien auch ein geradezu idealer Platz.

Hier hatte Julia ihm berichtet, was inzwischen bei ihnen geschehen war. Die beiden Leute, die das Haus so beharrlich bespitzelt hatten, waren unvorsichtig gewesen — zwar nur ein einzigesmal, zugegeben, doch das war zugleich das letztemal gewesen. Sie waren allzu sicher geworden, und, statt sich wie bisher auf der gegenüberliegenden Straßenseite zu halten, hatten sie angefangen, auf der Seite zu gehen, auf der auch die Einfahrt zu der Garage lag. Als sie dabei einmal die Tür der Garage offen vorgefunden hatten, war ihre Neugier mit ihnen durchgegangen, und sie hatten einen Blick in die Garage hinein riskiert — was ein Fehler gewesen war, da Sandor auf der Lauer gestanden hatte. Ob es sich bei den beiden um bezahlte Spitzel oder um Angehörige der AVO handelte, hatte man bisher noch nicht feststellen können, da Sandor sie etwas kräftiger als notwendig mit den Köpfen aneinandergestoßen hatte. Jedenfalls säßen sie jetzt hinter Schloß und Riegel, so daß Reynolds ohne Gefahr hinkommen könne, um die endgültigen Pläne für die ›Entführung‹ des Professors zu besprechen. Aber nicht vor Mitternacht, hatte Julia erklärt, darauf habe Jansci bestanden.

Reynolds seinerseits hatte ihr berichtet, was er inzwischen erlebt hatte, und jetzt sah er, nachdem die drei Polizisten verschwunden waren, in der Dunkelheit des Schuppens zu ihr hin. Er hielt noch immer ihre Hand, was sie gar nicht zu bemerken schien; und ihre Hand war starr und verkrampft.

»Im Grunde vertragen Sie solche Aufregungen gar nicht, Fräulein Illjurin«, sagte er ruhig. »Das können die wenigsten. Wenn Sie hierbleiben und ein solches Leben führen, dann doch sicher nicht, weil es Ihnen Spaß macht, oder?«

»Spaß? Du lieber Gott, wem könnte ein solches Leben schon Spaß machen! Nichts als Angst und Hunger und Druck, und wir, wir müssen dauernd von einem Versteck in das nächste, dauernd müssen wir uns umsehen, ob jemand hinter uns her ist, und haben gleichzeitig Angst davor, uns umzusehen, falls wirklich jemand hinter uns herkommt. Ein Wort am falschen Ort, ein Lächeln zur falschen Zeit ...«

»Sie würden wahrscheinlich lieber heute als morgen nach dem Westen gehen, nicht wahr?«

»Ja, das heißt, nein. Nein, das kann ich nicht. Sehen Sie ...«

»Wegen Ihrer Mutter?«

»Meine Mutter!« Er spürte, wie sie sich abwandte, um in die Dunkelheit zu starren. »Meine Mutter ist tot, Mr. Reynolds.«

»Tot?« fragte er erstaunt. »Ihr Vater ist nicht dieser Meinung.«

»Ich weiß, ich weiß.« Ihre Stimme war weich, als sie weitersprach. »Der arme Jansci, er wird es nie glauben, daß Mutter tot ist. Sie war eine Sterbende, als man sie holte, die eine Lunge war so gut wie hin, sie hatte keine paar Tage mehr zu leben. Doch Jansci wird das niemals glauben. Er wird hoffen, solange er lebt.«

»Und Sie, Sie bestärken ihn darin?«

»Ja. Ich bleibe hier, weil Jansci außer mir nichts mehr auf dieser Welt hat und ich ihn nicht allein lassen kann. Doch wenn ich ihm das sagen würde, dann würde er mich noch morgen über die Grenze nach Österreich bringen – er würde nie zulassen, daß ich um seinetwillen mein Leben aufs Spiel setze. Und deshalb erkläre ich ihm, ich bliebe hier, um auf Mutter zu warten.«

»Sagen Sie, hat sich Ihr Vater eigentlich um Ihre Mutter gekümmert? Ich meine, hat er nach ihr gesucht?«

»Sie glauben, er hätte nicht nach ihr gesucht, nicht wahr? Er tut immer so; warum, das weiß ich auch nicht.« Sie verstummte für einen Augenblick und sagte dann: »Sie werden es nicht glauben, niemand glaubt es, und doch ist es wahr: Es gibt neun Konzentrationslager in Ungarn, und im Verlauf der letzten achtzehn Monate ist Jansci in fünf dieser Lager gewesen, nur um dort nach meiner Mutter zu suchen. Er ist hineingekommen und, wie Sie ja sehen, auch wieder heraus. Das klingt unglaublich, nicht wahr?«

»Ja, das klingt unglaublich«, sagte Reynolds langsam. Irgend etwas in ihrer Stimme ließ Reynolds aufmerksam werden. Er streckte sacht die Hand aus und berührte ihr Gesicht: Es war naß von Tränen, doch sie wandte es nicht beiseite, die Berührung schien ihr nicht unangenehm zu sein.

»Ich habe Ihnen ja schon gesagt, dieses Leben ist nichts für Sie, Fräulein Illjurin.«

»Ich heiße für Sie Julia, immer nur Julia. Sie dürfen diesen Namen nicht aussprechen, ja, Sie dürfen ihn nicht einmal denken. Warum erzähle ich Ihnen eigentlich das alles?«

»Wer weiß? Aber bitte reden Sie weiter, erzählen Sie mir von Jansci. Ein bißchen weiß ich über ihn, aber nur wenig.«

»Was soll ich Ihnen erzählen? Sie sagen, Sie wüßten ein wenig; doch mehr weiß ich auch nicht. Mein Vater spricht nie über das Vergangene, er sagt nicht einmal, weshalb er nicht darüber reden will. Ich glaube, weil er jetzt nur noch dafür lebt, für den Frieden zu arbeiten und all denen zu helfen, die sich nicht selber helfen können. Das habe ich ihn jedenfalls einmal sagen hören. Ich glaube, die Erinnerung an früher quält ihn. Er hat soviel verloren, und er hat soviel Blut vergossen.«

Reynolds sagte nichts, und das Mädchen fuhr nach einiger Zeit fort: »Janscis Vater war einer der führenden Kommunisten in der Ukraine. Er war ein überzeugter Kommunist, und er war auch ein guter Mensch – man kann beides gleichzeitig sein, Mr. Reynolds. Wie fast alle führenden Kommunisten in der Ukraine fand er 1938 den Tod in den Folterkellern der Geheimpolizei von Kiew. Damals hat alles angefangen. Jansci brachte die Männer um, die seinen Vater umgebracht hatten, doch er hatte allzu viele gegen sich. Man schaffte ihn nach Sibirien, und er verbrachte sechs Monate in einer unterirdischen Zelle in einem Durchgangslager in Wladiwostok, darauf wartend, daß das Eis schmolz und der Dampfer kam, um die Sträflinge abzuholen. Sechs Monate lang sah er das Licht des Tages nicht, sah er kein menschliches Gesicht – die Rinden und Abfälle, die man ihm als Nahrung gab, wurden durch eine Luke zu ihm hinuntergelassen. Alle wußten genau, wer er war, und er sollte eines langsamen und qualvollen Todes sterben. Er hatte kein Bett, keine Zudecke, und die Temperatur war weit unter Null. Im letzten Monat gab man ihm auch kein Wasser mehr, aber Jansci blieb dadurch am Leben, daß er den Rauhreif von der eisernen Tür seiner Zelle ableckte. Da begriffen sie allmählich, daß Jansci einfach unzerstörbar war.«

»Weiter, bitte reden Sie weiter.« Reynolds hielt noch immer die Hand des Mädchens fest, doch das bemerkten beide nicht. »Und was geschah dann?«

»Dann kam der Frachtdampfer, der die Sträflinge abholte und zum Kolyma-Gebirge brachte. Von dort kommt keiner jemals zurück – nur Jansci, der ist doch zurückgekommen.« Reynolds konnte den Ton ehrfürchtiger Ergriffenheit in der Stimme des Mädchens hören, obwohl sie doch etwas wiederholte, was sie tausendmal gesagt oder gedacht haben mußte. »Die Monate, die er dort verbracht hat, das war die schlimmste Zeit seines Lebens. Ich weiß nicht, wie es damals dort war, und ich glaube auch nicht, daß noch irgend jemand lebt, der es weiß.« Sie schwieg eine Weile, und als sie danach weitersprach, war ihre Stimme unsicher. »Sie haben gesehen, daß er nicht mehr alle Finger hat. Ich glaube, man könnte sagen, daß er großes Glück gehabt hat. Er hat nur ein paar Finger verloren. Und diese Narben an seinen Händen – wissen Sie, wo er die her hat, Mr. Reynolds?«

Er schüttelte im Dunkeln schweigend den Kopf, und sie schien die Bewegung zu spüren.

»Wölfe, Mr. Reynolds. Die Wachmannschaften fingen sie in Fallen, ließen sie so lange hungern, bis sie halb irrsinnig waren vor Hunger, und warfen dann jeweils einen Mann und einen Wolf zusammen in eine Grube. Der Mann hatte zu seiner Verteidigung nichts als seine Hände; auch Jansci hatte nur seine Hände. Seine Arme, sein ganzer Körper sind bedeckt von diesen Narben.«

»Das ist nicht möglich, das alles ist einfach nicht möglich«, stieß Reynolds leise zwischen den Zähnen hervor. »Und was ist mit diesen Wundmalen der Kreuzigung, die er an seinen Händen trägt?«

»Jansci hatte irgend etwas Furchtbares verbrochen, was, weiß ich nicht, jedenfalls führte man ihn zur Strafe mitten im Winter hinaus in die Taiga, den tiefen Wald, zog ihn nackt aus, nagelte ihn mit den Händen an die Stämme zweier Bäume, die dicht beieinander standen, und überließ ihn seinem Schicksal. Man wußte, es würde nicht lange dauern, bis er entweder der entsetzlichen Kälte oder den

Wölfen zum Opfer fiel. Doch er blieb am Leben, der Himmel mag wissen wie, Jansci selber weiß es nicht. Jedenfalls, er kam irgendwie davon, er fand seine Kleider, die man achtlos hatte liegenlassen, und ging fort aus dem Kolyma-Gebirge. Damals war es, daß er alle seine Fingerkuppen einbüßte, und damals sind ihm auch alle seine Zehen abgefroren. Sie haben bemerkt, wie er geht?«

»Ja.« Reynolds erinnerte sich an den sonderbar steifbeinigen Gang, der ihm aufgefallen war. Er dachte an Janscis Gesicht, dieses so unendlich gütige Gesicht, und versuchte, es sich vorzustellen vor dem Hintergrund dessen, was dieser Mensch erlebt hatte; doch der Kontrast war so groß, daß seine Vorstellungskraft versagte. »Ich hätte es nie für möglich gehalten, Julia, daß ein Mensch so viel zu überleben vermag. Er muß wirklich unzerstörbar sein.«

»Ja, das glaube ich auch. Er brauchte vier Monate, um die Stelle zu erreichen, wo die Transsibirische Eisenbahn die Lena überquert, und als er hier endlich einen Zug anhielt, war er gar nicht mehr richtig bei Verstand. Lange Zeit war er geistig gestört und wußte von nichts, schließlich aber erholte er sich und kehrte in die Ukraine zurück.«

»Wann war das?« fragte Reynolds.

»Das war 1941. Er trat in die Armee ein und wurde innerhalb eines Jahres Major. Jansci wurde aus dem gleichen Grunde Soldat wie die meisten Ukrainer – um eines Tages gegen die Rote Armee losschlagen zu können. Und die Gelegenheit hierzu kam sehr bald, als die Deutschen angriffen.«

Es entstand eine lange Pause. Als sie danach weitersprach, konnte Reynolds hören, wie sich ihre Stimme bei der Erinnerung erwärmte. »Wir empfingen damals die Deutschen mit offenen Armen. Wir bereiteten ihnen den herzlichsten Empfang, den irgendeine Armee jemals erlebt hat. Wir gaben ihnen Brot und Wein, wir schmückten unsere Straßen, und wir bekränzten die Soldaten mit Blumen. Nicht ein Schuß fiel zur Verteidigung von Kiew. Ukrainische Regimenter, ganze Divisionen gingen zu den Deutschen über. Jansci meint, etwas Ähnliches habe es in der ganzen Geschichte noch nie gegeben, und es dauerte nicht lange, da hatten die Deutschen eine russische Armee, eine Million Russen, die für sie kämpften, unter dem Oberbefehl des sowjetischen Generals Andrej Wlassow. Auch Jansci gehörte dieser Armee an, er stieg auf zum Generalmajor und wurde einer der wichtigsten Ratgeber Wlassows, und bei dieser Armee blieb und kämpfte er, bis die Deutschen im Jahre 1943 nach Winniza zurückgingen, seiner Geburtsstadt.« Ihre Stimme verging unhörbar, und es entstand eine lange Pause, ehe sie endlich weitersprach. »Winniza war der entscheidende Wendepunkt für ihn. Jansci tat den Schwur, nie wieder zu kämpfen und nie mehr einen Menschen zu töten. Diesen Schwur hat er gehalten – bis zum heutigen Tag.«

»Winniza?« fragte Reynolds erstaunt. »Was war denn damals in Winniza?«

»Sie — Sie haben nie etwas von Winniza gehört?«

»Nein.«

»Mein Gott«, sagte sie leise. »Ich dachte, die ganze Welt hätte von Winniza gehört.«

»Tut mir leid, aber ich habe wirklich noch nichts davon gehört. Was war denn da?«

»Fragen Sie mich nicht, bitte fragen Sie mich nicht!« sagte das Mädchen mit zitternder Stimme. »Fragen Sie, wen Sie wollen, aber bitte nicht mich.«

»Schon gut, schon gut«, sagte Reynolds rasch. Er spürte, wie ein lautloses Schluchzen ihren ganzen Körper erzittern ließ, und er streichelte tröstend und ein wenig verlegen ihre Schulter. »Reden wir nicht mehr davon. Ist ja nicht so wichtig.«

»Danke«, sagte sie mit erstickter Stimme. »Ja, Mr. Reynolds, und weiter ist eigentlich nicht mehr viel zu erzählen. In Winniza besuchte Jansci das Haus, in dem er früher gewohnt hatte, und dort warteten die Russen auf ihn — sie hatten ihn schon seit langem erwartet. Man machte ihn zum Kommandeur eines Regiments, das aus lauter Ukrainern bestand, die zu den Deutschen übergelaufen und beim Rückzug den Russen wieder in die Hände gefallen waren — man drückte ihnen irgendwelche unbrauchbare Waffen in die Hand, gab ihnen überhaupt keine Uniformen, setzte sie an der Front ein und zwang sie, im Kampf gegen die Deutschen Selbstmord zu begehen. So erging es damals Zehntausenden von Ukrainern. Jansci geriet in deutsche Gefangenschaft — er ging waffenlos auf die feindlichen Stellungen zu, man erkannte ihn, und er verbrachte den Rest des Krieges zusammen mit General Wlassow. Nach dem Ende des Krieges spaltete sich die ukrainische Befreiungsarmee in verschiedene Gruppen auf — von denen einige noch heute bestehen und ihren Privatkrieg führen, ob Sie es glauben oder nicht — und dabei traf er mit dem Grafen zusammen. Seitdem haben sich die beiden nicht mehr getrennt.«

»Er ist doch wirklich Pole — ich meine, der Graf?«

»Ja, dort haben sie sich auch kennengelernt — in Polen.«

»Und wie heißt er eigentlich? Wer ist er denn wirklich? Wissen Sie es?«

»Nein, das weiß niemand außer Jansci. Ich weiß nur, daß er, natürlich mit Ausnahme meines Vaters, der wunderbarste Mensch ist, den ich jemals kennengelernt habe. Und zwischen den beiden besteht irgendeine sonderbare Bindung. Ich glaube, das kommt daher, daß beide soviel Blut an ihren Händen haben, und weil beide aus tiefster Überzeugung seit Jahren keinerlei Blut mehr vergossen haben.«

»Ist er wirklich ein Graf?«

»Doch, soviel ich weiß, ist er das wirklich. Er hat früher einmal riesige Ländereien besessen, da oben in der Nähe der ostpreußischen und litauischen Grenze – oder jedenfalls in der Gegend, wo früher die Grenzen waren. 1939 nahm er am Kampf gegen die Deutschen teil, und später schloß er sich dann der polnischen Widerstandsbewegung an. Nach langer Zeit wurde er gefangengenommen, und die Deutschen meinten, es sei ein besonders guter Witz, einen polnischen Aristokraten sich seinen Lebensunterhalt durch Zwangsarbeiten erwerben zu lassen. Er und eine Gruppe Gleichgesinnter töteten ihre Aufseher und schlossen sich der polnischen Widerstandsarmee des Generals Bor an. Sie wissen ja vielleicht, Mr. Reynolds, was dann geschah: Rossokowsky blieb mit seinen russischen Streitkräften vor Warschau stehen und ließ erst Deutsche und Widerstandskämpfer in den Kloaken von Warschau bis zum bitteren Ende fechten.«

»Ja, ich habe davon gehört. Es heißt, es sei der erbittertste Kampf des ganzen Krieges gewesen. Die Polen wurden niedergemacht.«

»Fast alle. Die Überlebenden, darunter auch der Graf, wurden nach Auschwitz gebracht, zu den Gaskammern. Doch die Deutschen ließen sie fast alle laufen, warum, das weiß niemand.«

»Und danach traf er dann mit Ihrem Vater zusammen?«

»Ja. Sie gehörten beide einer Gruppe von Wlassowleuten an, aber sie blieben nicht lange dabei. Beide konnten dieses endlose und sinnlose Morden einfach nicht mehr mitmachen. Deshalb gingen sie in die Tschechoslowakei und schlossen sich den slowakischen Partisanen an, die in der Hohen Tatra kämpften.«

»Ja, von denen habe ich gehört, sogar in England«, sagte Reynolds. »Das müssen verwegene Burschen gewesen sein, denen die Freiheit über alles ging.«

»Ich glaube, daß Jansci und der Graf dieses Urteil unterschreiben würden«, sagte sie. »Doch auch dort blieben sie nicht lange. Diese Slowaken kämpften im Grunde gar nicht für irgendeine bestimmte Sache, sie kämpften einfach, um zu kämpfen, und wenn einmal nichts los war, dann machte es ihnen genausoviel Spaß, sich untereinander zu bekämpfen. So kamen Jansci und der Graf schließlich nach Ungarn – sie sind jetzt schon seit mehr als sieben Jahren hier, haben allerdings meist nicht in Budapest, sondern auf dem Lande gelebt.«

»Und seit wann sind Sie hier?«

»Genauso lange. Mit das erste, was Jansci und der Graf taten, war, daß sie mich und meine Mutter in die Ukraine abholten und hierherbrachten, und zwar auf dem Weg über die Karpaten und die Hohe Tatra. Ich weiß, das muß sich sonderbar anhören, aber es war eine ganz herrliche Reise. Es war Sommer, und die Sonne schien warm, und die beiden kannten alle Leute, hatten überall gute Freunde. Ich habe meine Mutter nie so glücklich erlebt wie damals.«

»Ja«, sagte Reynolds, der sie von dem Thema abbringen wollte, »das übrige ist mir bekannt. Der Graf warnt die Leute, bei denen der Kopf wackelt, und Jansci schafft sie über die Grenze. Ich habe allein in England mit Dutzenden gesprochen, die von Jansci herausgeschafft worden sind. Das Sonderbare dabei war, daß keiner von diesen Leuten die Russen haßte. Jansci hat sie alle zu Friedensaposteln gemacht. Er hat sogar versucht, mich zu bekehren!«

»Ja«, sagte sie leise, »er ist ein wunderbarer Mensch.« Sie blieb stumm, eine Minute, zwei Minuten lang, und dann fragte sie auf einmal unvermittelt: »Sie sind nicht verheiratet, Mr. Reynolds, nicht wahr?«

»Wie bitte?« fragte Reynolds überrascht.

»Sie haben sicher keine Frau, nicht wahr, und auch keine Freundin — und bitte sagen Sie jetzt nicht etwa: ›Nein, habe ich nicht, aber sparen Sie sich die Mühe, sich um die freie Stelle zu bewerben‹ — denn das wäre unnötig unfreundlich und auch ein bißchen billig, und außerdem würde das im Grunde auch gar nicht zu Ihnen passen.«

»Ich habe ja meinen Mund überhaupt nicht aufgemacht«, sagte Reynolds protestierend. »Was Ihre Frage betrifft, so haben Sie richtig vermutet. Das ist ja auch ganz klar. Ein Leben, wie ich es führe, und Frauen — das schließt sich gegenseitig aus. Das werden Sie sicher begreifen.«

»Ich weiß«, sagte sie leise. »Ich weiß auch, daß Sie mich heute abend im Gespräch zwei- oder dreimal von — von unangenehmen Dingen abgelenkt haben. So rücksichtsvoll sind Unmenschen ohne Herz und Seele eigentlich nicht. Es tut mir leid, daß ich gesagt habe, Sie seien ein Unmensch; ich bin aber eben doch auch sehr froh darüber, denn ich habe erkannt, daß das ein Irrtum war, und ich bin eher dahintergekommen als Jansci und der Graf. Sie können sich gar nicht vorstellen, was das für mich bedeutet — die beiden — immer haben sie recht, und ich habe nie recht. Diesmal aber habe ich recht, und ich bin zeitiger dahintergekommen als Jansci und der Graf.«

»Ich zweifle nicht daran, daß Sie wissen, wovon Sie reden . . .«, begann Reynolds höflich.

»Und stellen Sie sich doch bloß mal vor, was die beiden für Gesichter machen werden, wenn ich ihnen erzähle, daß ich heute abend neben Mr. Reynolds gesessen habe, und daß Mr. Reynolds zehn Minuten lang seinen Arm um mich gelegt hat.« Sie sprach ganz ernsthaft, doch in ihrer Stimme hüpfte ein heimliches Lachen. »Sie legten Ihren Arm um mich, weil Sie dachten, ich weinte — und ich weinte wirklich. Mir scheint, Mr. Reynolds, das Wolfsfell, das Sie sich umgehängt haben, wird ein bißchen fadenscheinig.«

»Großer Gott!« sagte Reynolds, dem erst jetzt richtig zum Bewußtsein kam, daß er den Arm um das Mädchen gelegt hatte. Er murmelte eine halb verlegene Entschuldigung und wollte den Arm gerade fortnehmen, als er unbeweglich erstarrte. Dann ließ er den Arm langsam wieder sinken, legte ihn noch fester um ihre Schultern und näherte seinen Mund ihrem Ohr.

»Wir haben Gesellschaft, Julia«, flüsterte er leise.

Ein unauffälliger Seitenblick ergab die Bestätigung dessen, was ihm sein ungewöhnlich scharfes Gehör bereits mitgeteilt hatte. Es schneite nicht mehr, und er konnte deutlich die drei Leute sehen, die leise auf sie zukamen.

Reynolds überlegte nicht lange. Er zog Julia an sich, beugte sich über sie und küßte sie. Im ersten Augenblick machte sie sich steif, versuchte, ihn zurückzustoßen und das Gesicht beiseite zu drehen. Doch dann ließ ihr Widerstand plötzlich nach, und Reynolds wußte, daß sie begriffen hatte. Sie war ihres Vaters Tochter, und sie begriff schnell. Sie hob den Arm und legte ihn um seinen Hals.

So vergingen an die zehn Sekunden, und er hätte schwören mögen, daß der Druck des Armes, der seinen Hals umschlungen hielt, stärker zu werden begann — als der Strahl einer starken Scheinwerferlampe auf sie fiel und eine sonore, gemütliche Stimme sich vernehmen ließ.

»Also wirklich, Stefan, von mir aus können die Leute reden, was sie wollen: Ich finde, die Jugend von heute ist in Ordnung. Da sitzen sie hier bei zwanzig Grad unter Null, und man könnte meinen, daß sie in der Hundstagshitze am Strand von Balaton liegen. Sachte, sachte, junger Mann, nicht so rasch!« Aus der Dunkelheit hinter dem Lichtkegel der Lampe kam eine große Hand hervor und drückte Reynolds, der aufzustehen versucht hatte, wieder herunter. »Was macht ihr denn hier? Wißt ihr gar nicht, daß diese Gegend nachts verboten ist?«

»Doch, ich weiß«, stammelte Reynolds, dessen Gesicht einen teils ängstlichen, teils verlegenen Ausdruck zeigte. »Entschuldigen Sie bitte, aber — wir wußten nicht, wo wir sonst hätten hingehen sollen.«

»Unsinn!« dröhnte die joviale Stimme. »Als ich in Ihrem Alter war, junger Mann, da gab es im Winter nichts Besseres als die kleinen Nischen im Café zum Weißen Engel, wo man die Vorhänge vorziehen konnte. Ist nur ein paar hundert Meter von hier.«

Reynolds begann aufzuatmen. Von diesem Mann war nicht viel zu befürchten. »Wir waren ja auch im Weißen Engel . . .«, begann er.

»Zeigen Sie mal Ihre Papiere«, verlangte die Stimme eines anderen Mannes, und diese Stimme war kalt und ziemlich widerwärtig. »Sie haben Ihre Papiere doch bei sich, oder?«

»Naürlich habe ich sie bei mir.« Der Mann, der zu dieser Stimme gehörte, war ernst zu nehmen. Reynolds griff mit der Hand in seinen Mantel, und seine Finger schlossen sich schon um den Kolben seiner Pistole, als sich wieder der Mann vernehmen ließ, der zuerst gesprochen hatte.

»Mach dich doch nicht lächerlich, Stefan. Du solltest wirklich nicht soviel von diesen Schauerromanen lesen. Oder vielleicht meinst du, das da sei ein westlicher Spion, den man hierhergeschickt hat, damit er feststellt, wie es mit der Bereitschaft der jungen Damen von Budapest zur Mitarbeit aussieht, wenn die nächste Erhebung kommt?« Er bog sich vor Lachen und schlug sich auf den Schenkel, geradezu hingerissen von seinem eigenen Witz, und richtete sich dann langsam wieder auf. »Außerdem, er ist genausogut in Budapest geboren und aufgewachsen wie ich, das hörst du doch. Im Weißen Engel wart ihr?« sagte er plötzlich mit nachdenklicher Stimme. »Kommt doch mal 'raus da, ihr zwei.«

Sie erhoben sich mühsam, steif vor Kälte, und die Lampe schien Reynolds aus solcher Nähe ins Gesicht, daß er die Augen zusammenkneifen mußte.

»Tatsächlich, das ist er«, verkündete der Polizist mit munterer Stimme. »Der, von dem man uns erzählt hat. Du kannst noch alle vier Finger auf seiner Backe sehen. Kein Wunder, daß er keine Lust hat, dort wieder hinzugehen. Ein Wunder ist nur, daß ihm das Mädchen den Unterkiefer nicht ausgerenkt hat.« Er brach abermals in dröhnendes Gelächter aus und winkte ihnen dann zum Abschied gnädig zu. »Haut ab, Kinder. Aber merkt euch: Das nächstemal werdet ihr eingelocht.«

Fünf Minuten später, als es eben wieder zu schneien begann, trennten sie sich am Ende der Brücke, die von der Insel zur Stadt hinüberführte. Reynolds sah auf das Leuchtzifferblatt seiner Uhr.

»Kurz vor zehn. Ich werde also in zwei Stunden zu Ihnen kommen.«

»Wir erwarten Sie dann. Die Zeit bis dahin dürfte gerade knapp ausreichen, um mit allen Einzelheiten zu schildern, wie ich Ihnen beinahe den Unterkiefer ausgerenkt habe und wie die eiskalte Rechenmaschine ihren Arm um mich gelegt und mich eine ganze Minute lang geküßt hat, ohne auch nur einmal Atem zu holen!«

»Dreißig Sekunden«, sagte Reynolds protestierend.

»Mindestens anderthalb Minuten. Und ich werde den beiden nicht verraten warum. Ich kann es kaum erwarten, ihre Gesichter zu sehen!« Damit hob sie sich auf die Zehenspitzen, küßte ihn flüchtig auf die Wange und entfernte sich eilig in die Dunkelheit. Eine volle Minute lang stand Reynolds da und sah hinter ihr her, auch noch, als sie gar nicht mehr zu sehen war, während er sich nachdenklich mit der Hand über die Wange strich. Dann fluchte er leise vor sich hin und ging in entgegengesetzter Richtung davon.

Als Reynolds sein Zimmer im Hotel erreichte, auf dem Weg über die Nottreppe und von niemandem gesehen, war es zwanzig nach zehn, und er war sehr durchgefroren und sehr hungrig. Er drehte die Zentralheizung auf, stellte befriedigt fest, daß niemand während seiner Abwesenheit in seinem Zimmer gewesen war, und ließ sich dann mit dem Geschäftsführer verbinden.

Nein, es waren keine Besucher für ihn dagewesen und auch keine Anrufe gekommen. Natürlich, es würde ein Vergnügen sein, ihm auch zu dieser späten Stunde eine warme Mahlzeit bereiten zu lassen; der Küchenchef sei zwar gerade dabei, sich zu Bett zu begeben, doch er würde es als eine Ehre betrachten, Herrn Rakosi zu zeigen, was er sozusagen aus dem Stegreif zusammenzaubern könne. Wozu Reynolds einigermaßen barsch bemerkte, daß es in erster Linie auf Schnelligkeit ankäme und daß die kulinarischen Meisterwerke Zeit hätten bis zu einem anderen Tag.

Kurz nach elf Uhr hatte er sich eine hervorragende Mahlzeit und den größten Teil einer Flasche Soproni einverleibt und machte sich zum Aufbruch bereit. Es war zwar fast eine Stunde vor der verabredeten Zeit, doch die Strecke, für die der Mercedes des Grafen nur sechs oder sieben Minuten gebraucht hatte, würde zu Fuß sehr viel länger dauern, um so mehr, da er nicht den direkten Weg wählen, sondern allerhand Umwege machen würde. Er zog ein frisches Hemd und frische Socken an und legte die gebrauchte Wäsche ordentlich in den Schrank; denn er wußte in diesem Augenblick noch nicht, daß er diesen Raum nie wieder betreten sollte. Er zog sich warm an, zum Schutz gegen die Kälte der Winternacht, und entfernte sich dann abermals auf dem Weg über die Nottreppe. Eben, als er die Straße erreichte, hörte er oben ein Telefon klingeln, leise und immer wieder; doch er kümmerte sich nicht darum.

Es war kurz nach zwölf, als er die Straße erreichte, in der Janscis Haus lag. Auf der Straße war kein Mensch zu sehen, und als er an die Tür der Garage kam, fand er sie offen, als habe man ihn erwartet. In der Garage war es dunkel, doch er ging hinein, ohne den Schritt zu verlangsamen, und steuerte zuversichtlich auf die Tür am anderen Ende zu. Er hatte vielleicht vier oder fünf Schritte gemacht, als in der Garage plötzlich helles Licht anging, während gleichzeitig die Eisentüren hinter ihm klirrend ins Schloß fielen.

Reynolds stand völlig unbeweglich und hütete sich wohlweislich, etwa eine Hand einer seiner Taschen zu nähern. Dann sah er sich langsam um: In jeder Ecke der Garage stand, eine Maschinenpistole schußbereit unter dem Arm, in dem typischen langen Trenchcoat und mit der hohen Mütze auf dem Kopf, ein lauernder, lächelnder AVO-Mann.

Diese Leute waren unverkennbar, dachte Reynolds. Man wußte sofort Bescheid, wenn man dies vor sich sah, die brutale Gemeinheit, den geilen Sadismus in den Gesichtern dieser Untermenschen, die auf der ganzen Welt mit geradezu automatischer Sicherheit den Weg in die Geheimpolizei totalitärer Regimes fanden.

Doch dann noch stärker als diese vier fiel ihm ein fünftes Gesicht auf, das schmale, intelligente Gesicht eines kleinen, dunkelhaarigen Mannes, der in der Nähe der Tür stand. Und während Reynolds jetzt zu ihm hinsah, steckte dieser Mann seine Pistole wieder fort, kam zwei Schritte auf Reynolds zu und verbeugte sich ironisch lächelnd.

»Captain Michael Reynolds vom Secret Service, wenn ich nicht irre. Sie sind außerordentlich pünktlich, und wir wissen das durchaus zu schätzen. Wir von der AVO haben es nicht gern, wenn man uns warten läßt.«

6

Stumm und unbeweglich stand Reynolds in der Mitte der Garage. Eine Ewigkeit stand er da, so schien es ihm, während er den Schock zu überwinden suchte, sich der bitteren Realität bewußt wurde und dann fieberhaft nach einer Erklärung suchte, nach einer Erklärung für die Anwesenheit der AVO-Leute und die Abwesenheit seiner Freunde. Doch es war keine Ewigkeit, es waren vermutlich alles in allem nicht mehr als fünfzehn Sekunden, und sie waren noch nicht verstrichen, als Reynolds den Unterkiefer erschreckt heruntersinken ließ, während sich seine Augen vor Angst weiteten. »Reynolds?« sagte er unsicher und mit der Schwierigkeit, die das Aussprechen dieses Namens einem Ungarn verursacht haben würde. »Michael Reynolds? Ich — ich weiß gar nicht, was Sie meinen, Genosse. Was — ist denn? Warum stehen da diese Männer mit den Schußwaffen? Ich habe nichts getan, Genosse, wirklich nicht! Ich schwöre es!« Er rang die Hände, daß die Knöchel weiß hervortraten, und das Zittern in seiner Stimme war das Beben der Angst.

Die beiden Posten, die Reynolds sehen konnten, zogen die Stirn in Falten und sahen sich verwundert an, doch die dunklen, amüsierten Augen des kleinen Mannes an der Tür zeigten nicht den leisesten Schatten eines Zweifels.

»Gedächtnisschwund«, sagte er freundlich. »Eine Folge des Schocks, mein Freund, daß Sie sich an Ihren eigenen Namen nicht mehr erinnern können. Dennoch eine bemerkenswerte Leistung, und wäre ich mir über Ihre Identität nicht so völlig im klaren, so wäre auch ich — genau wie meine Leute hier, die noch nicht wissen, wer Sie sind — nur allzu geneigt, Ihnen Glauben zu schenken. Die britische Abwehr macht uns ein großes Kompliment, sie schickt uns ihre besten Leute. Andererseits hatte ich gar nichts anderes erwartet, da es sich schließlich darum handelte, sich der Person von Professor Harold Jennings — sagen wir: zu vergewissern.«

Reynolds verspürte ein flaues Gefühl in der Magengrube, und in seinem Mund war der bittere Geschmack der Niederlage. Mein

Gott, das war sogar noch schlimmer, als er befürchtet hatte. Wenn die Leute das wußten, dann wußten sie alles, dann war alles verloren. Doch der Ausdruck verständnisloser Angst auf seinem Gesicht blieb völlig unverändert. Dann schüttelte er sich, wie einer, der einen beklemmenden Traum abzuschütteln versucht, und blickte mit wilden Augen um sich.

»Ich habe nichts getan!« rief er laut, fast schreiend. »Lassen Sie mich in Ruhe! Ich habe Ihnen doch gesagt, ich habe nichts getan, gar nichts! Ich bin ein guter Kommunist, Mitglied der Partei.« Sein Gesicht war verzerrt, und seine Lippen zuckten hilflos. »Ich bin ein Bürger von Budapest, Genosse, ich habe meine Papiere bei mir, ich kann mich ausweisen!« Er hob die Hand und wollte in seinen Mantel greifen, als er auf ein einziges Wort des AVO-Beamten bewegungslos erstarrte, ein einziges Wort, das gar nicht besonders laut ertönte, aber durch die Luft schnitt wie ein Peitschenhieb.

»Halt!« Reynolds hielt seine Hand, die eben bei den Aufschlägen seines Mantels angekommen war, still und ließ sie dann langsam wieder herunterfallen. Der kleine, dunkelhaarige Mann lächelte.

»Wirklich schade, Captain Reynolds, daß Sie zum Secret Service gegangen sind – ich bin überzeugt, daß dadurch das Theater um einen bemerkenswerten Schauspieler gekommen ist.« Er sah an Reynolds vorbei zu einem Mann, der neben der Garagentür stand. »Coco, Captain Reynolds war soeben im Begriff, eine Pistole oder irgendeine andere Angriffswaffe hervorzuholen. Befreien Sie ihn von dieser Versuchung.«

Reynolds hörte auf dem Zementfußboden schwere Schritte herkommen und stöhnte im nächsten Augenblick vor Schmerz, als ihm ein Gewehrkolben ins Kreuz fuhr, kurz oberhalb der Niere. Er schwankte unsicher auf den Füßen, während er undeutlich und wie durch einen roten Nebel wahrnahm, daß geübte Hände seine Sachen durchsuchten.

»Sie müssen Coco entschuldigen, Captain Reynolds«, hörte er den AVO-Beamten sagen. »Coco hat nun mal seine ganz bestimmte Art, und er geht in diesen Dingen außerordentlich direkt vor. Doch die Erfahrungen, die er beim Durchsuchen von Häftlingen gesammelt hat, haben ihn gelehrt, daß ein kleiner Vorgeschmack dessen, was irgendeine Widersetzlichkeit unweigerlich einbringt, sehr viel wirkungsvoller ist als selbst die finstersten Drohungen.« Der Ton seiner Stimme veränderte sich. Nur um eine Nuance, aber unangenehm. »Oh, Fundgegenstand Nummer eins, und höchst interessant. Eine belgische Pistole Kaliber 6,35, noch dazu mit einem Schalldämpfer versehen – beides Dinge, die in unserem Land nicht erhältlich sind. Zweifellos haben Sie beides auf der Straße gefunden. Und weiß vielleicht jemand von euch, was das hier ist?«

Reynolds, dem noch immer alles vor den Augen verschwamm, gelang es nur mit Mühe, festzustellen, worum es sich handelte. Der

AVO-Beamte hielt in seiner Hand den Totschläger, den Reynolds vor einigen Stunden dem Mann abgenommen hatte, der ihn damit hatte niederschlagen wollen.

»Ich glaube, ja, Oberst Hidas. Das Ding kommt mir bekannt vor.« Der AVO-Mann, den sein Vorgesetzter Coco genannt hatte, kam in das Blickfeld von Reynolds – ein Kleiderschrank, wie Reynolds jetzt sehen konnte, mindestens einsneunzig groß und entsprechend breit, und das narbige Gesicht mit dem gebrochenen Nasenbein war das eines brutalen Schlägers – und nahm den Totschläger, der in seiner riesigen, schwarzbehaarten Pranke fast verschwand. »Das gehört Herped, Herr Oberst, bestimmt. Sehen Sie, da unten sind seine Anfangsbuchstaben. Es gehört meinem Freund Herped. Woher hast du das?« fauchte er Reynolds an.

»Habe ich zusammen mit der Pistole gefunden«, sagte Reynolds mißmutig. »In einem Paket, an der Ecke der ...«

Er sah den Totschläger durch die Luft sausen, doch zu spät, um auszuweichen. Der Schlag ließ ihn hinten gegen die Wand taumeln und daran zu Boden gehen. Während er schwankend wieder hochkam, spürte er, wie von seinen zerschlagenen Lippen das Blut tropfte. Außerdem stellte er fest, daß von den Zähnen vorn einige wackelten.

»Sachte, Coco, sachte«, sagte Colonel Hidas. »Gib mir das Ding mal wieder her, Coco. So, danke schön. Ja, Captain Reynolds, das haben Sie sich ganz allein zuzuschreiben. Wir wissen im Augenblick nämlich noch nicht, ob Herped Cocos Freund ist oder ob er Cocos Freund war. Es war nicht mehr sehr viel Leben in ihm, als man ihn an der Stelle fand, an der Sie ihn hatten liegen lassen.« Hidas winkte einen seiner Leute heran. »Gehen Sie an das Ende der Straße – da ist ein Telefon. Rufen Sie an und sagen Sie Bescheid, daß man sofort einen geschlossenen Lastwagen herschicken soll.« Er sah Reynolds lächelnd an. »Leider konnten wir den Wagen nicht hier vorm Haus parken lassen. Hätte unter Umständen Ihren Verdacht wachgerufen, nicht wahr, Captain Reynolds?« Er sah auf seine Uhr. »Der Wagen müßte spätestens in zehn Minuten hier sein, länger dauert es bestimmt nicht, doch diese zehn Minuten können wir mit einer sinnvollen Beschäftigung ausfüllen. Ich könnte mir vorstellen, daß Captain Reynolds daran interessiert wäre, einen schriftlichen Bericht über seine Tätigkeit in letzter Zeit zu Papier zu bringen – und zu unterschreiben. Aber es muß selbstverständlich ein Tatsachenbericht sein und keine romanhafte Erfindung, Captain Reynolds. Bringt ihn herein.«

Er wurde hineingebracht und mußte vor dem Schreibtisch Aufstellung nehmen, an dem Hidas Platz nahm und die Lampe so einstellte, daß sie Reynolds aus einer Entfernung von weniger als einem Meter voll ins Gesicht schien.

»Jetzt wollen wir erzählen, Captain Reynolds, und dann wollen wir den Wortlaut der Erzählung für die dankbare Nachwelt festhalten – oder zumindest für den Volksgerichtshof, wo man Ihnen ordnungsgemäß den Prozeß machen wird. Ein Versuch, zu schwindeln oder auch nur Zeit zu gewinnen, würde zu nichts führen. Nur durch ein rasches Geständnis dessen, was uns bereits bekannt ist, können Sie unter Umständen Ihr Leben noch retten – es wäre uns lieber, wenn wir einen internationalen Zwischenfall vermeiden könnten. Wir wissen alles, Captain Reynolds, wirklich alles, und ich schlage vor, Sie erzählen uns zunächst einmal, auf welchem Weg Sie hergekommen sind«, sagte Hidas.

»Hergekommen?« sagte Reynolds, dessen Stimme mühsam und undeutlich durch seine geschwollenen Lippen kam. Er schüttelte langsam den Kopf. »Ich verstehe leider nicht . . .«

Er brach ab, sprang zur Seite und warf sich mit einem plötzlichen Ruck herum, einem Ruck, der ihm wie ein scharfes Messer durch seine schmerzende Seite fuhr: selbst in der ungewissen Dunkelheit hinter der hellen Lampe, in der Hidas saß, war ihm nicht entgangen, wie dieser plötzlich zur Seite sah und Coco leise zunickte, und erst hinterher wurde ihm klar, daß Hidas dies vermutlich auch beabsichtigt hatte. Jedenfalls ging der gefährlich heftige Schlag mit der Faust, den Coco ihm zugedacht hatte, fast ganz daneben, nur die geschliffene Kante eines Siegelrings, den Coco trug, hinterließ eine schmale Schramme, die sich von der Schläfe zum Kinn herunterzog; doch der angreifende Riese war völlig überrascht und ungedeckt, und Reynolds' Fuß traf genau.

Hidas war aufgesprungen, hatte seine Pistole in der Hand und betrachtete die Szene: die beiden Posten, die mit schußbereiten Maschinenpistolen herankamen, Reynolds, der mühsam auf einem Fuß stand – der andere fühlte sich an, als sei er gebrochen –, und Coco, der auf dem Boden lag und sich vor Schmerzen krümmte. Schließlich erschien auf seinem Gesicht ein dünnes Lächeln.

»Sie haben sich selber das Urteil gesprochen, Captain Reynolds«, sagte er. »Ein harmloser Budapester Bürger würde jetzt dort liegen, wo der bedauernswerte Coco liegt – diese Form der Judo-Abwehr, die Sie eben demonstriert haben, wird an unseren Schulen nicht gelehrt.« Reynolds verspürte ein leichtes Frösteln, als er sich klarmachte, daß Hidas den Zwischenfall absichtlich provoziert hatte, ohne Rücksicht auf die Folgen, die sich für seinen Untergebenen daraus ergaben. »Damit weiß ich alles, was ich wissen wollte – und ich bin mir auch völlig darüber klar, daß es Zeitvergeudung wäre, Ihnen die Knochen zu brechen. Wir werden uns jetzt also zur Stalinstraße begeben, Captain Reynolds, und es mit einer sanfteren Form der Überredung versuchen.«

Drei Minuten später saßen sie alle in dem Lastwagen, der soeben draußen vor der Garage angehalten hatte. Coco lag, grau im Gesicht und noch immer ächzend, lang ausgestreckt auf der einen Seitenbank, während Oberst Hidas und zwei seiner Leute auf der Bank gegenüber saßen. Reynolds hockte auf dem Boden zwischen den beiden Bänken, mit dem Rücken zum Fahrerhaus, wo der vierte AVO-Mann neben dem Fahrer saß.

Das Krachen des Zusammenstoßes, bei dem hinten im Wagen alle von ihren Sitzen flogen und einer der Posten auf Reynolds fiel, erfolgte innerhalb von zwanzig Sekunden nach dem Start, als sie gerade um die erste Ecke bogen. Er kam völlig überraschend, man hörte nur plötzlich das Geräusch kreischender Bremsen und das Knirschen von Metall, während die Reifen des Lastwagens quer über den vereisten Schnee der Straße rutschten und gegen den Kantstein auf der gegenüberliegenden Seite stießen.

Alle lagen noch wild durcheinander unten auf dem Boden, als die Tür an der Rückseite des Lastwagens aufgerissen wurde und das Licht ausging. Im nächsten Augenblick wurde die plötzliche Dunkelheit im Innern von zwei starken Lampen in eine blendend weiße Helligkeit getaucht. Im Lichtkegel dieser Lampen erschienen jetzt, bösartig schimmernd, zwei lange, schmale Gewehrläufe, und eine tiefe, heisere Stimme befahl ihnen, die Hände über den Köpfen zu verschränken. Dann, auf ein leises Murmeln von draußen, bewegten sich die beiden Lampen und Gewehrläufe ein Stück weiter auseinander, und ein Mann – es war, wie Reynolds feststellte, der vierte AVO-Mann – kam taumelnd hereingestolpert. Unmittelbar hinterher kam der Körper eines Bewußtlosen, der ohne weitere Umstände auf den Fußboden gepackt wurde. Die beiden bewaffneten Männer sprangen auf. Dann wurden die Türen zugeknallt, der Motor arbeitete wild im Rückwärtsgang, und einen Augenblick später waren sie wieder unterwegs.

Das Ganze hatte keine zwanzig Sekunden gedauert, und Reynolds zollte den Fachleuten, die so rasche und saubere Arbeit geleistet hatten, schweigend seine Anerkennung.

Wer diese Fachleute waren, darüber war er sich nicht einen Augenblick lang im Zweifel; doch erst als sein Blick auf die Hand fiel, welche das eine der beiden Gewehre hielt – eine verstümmelte, narbenbedeckte Hand mit einem sonderbaren rötlichblauen Wundmal in der Mitte des Handrückens –, erst da stieg wie eine Welle der Erleichterung die Gewißheit in ihm auf.

Der Schmerz im Rücken und am Mund meldete sich wieder, war doppelt spürbar, da die unmittelbare Zukunft jetzt keine Drohung mehr darstellte und er wieder an die Gegenwart denken konnte. Die Übelkeit stieg in Wellen in ihm hoch, er fühlte das Blut im Kopf hämmern, er war betäubt und halb benommen, und er wußte sehr genau, daß er sich nur ein ganz klein wenig gehenzulassen brauchte, damit ihn das gnädige Vergessen einer Ohnmacht umfing. Doch dafür war später Zeit, nicht jetzt.

Er biß die Zähne aufeinander, um das Stöhnen zu unterdrücken, schob den Mann, der halb neben und halb auf ihm lag, beiseite, beugte sich zu ihm und nahm ihm seine Maschinenpistole ab. Er legte die Waffe auf die Bank zu seiner Linken und beförderte sie mit einem Stoß nach hinten, wo eine unsichtbare Hand sie ergriff und in der Dunkelheit verschwinden ließ. Auf dem gleichen Weg beförderte er zwei weitere Maschinenpistolen nach hinten, und schließlich die Pistole von Hidas; seine eigene Pistole, die Hidas in eine Tasche seiner Uniform gesteckt hatte, nahm er diesem wieder ab, verwahrte sie unter seinem Mantel und nahm auf der Bank gegenüber Coco Platz.

Einige Minuten später war zu hören, wie der Fahrer herunterschaltete, und zu spüren, wie der Wagen seine Fahrt verlangsamte. Die Mündungen der Gewehrläufe hinten im Wagen schoben sich suggestiv um einige zehn oder zwanzig Zentimeter weiter nach vorn, und eine heisere Stimme erteilte den warnenden Befehl, sich absolut still zu verhalten. Reynolds holte seine Pistole heraus, schraubte den Schalldämpfer fest und setzte die Mündung mit ziemlichem Druck an das Genick von Hidas; das leise, beifällige Gemurmel aus dem hinteren Teil des Wagens erreichte ihn eben in dem Augenblick, als der Lastwagen haltmachte.

Der Aufenthalt war nur kurz. Irgend jemand draußen auf der Straße stellte eine Frage, vorn im Fahrerhaus gab es eine knappe dienstliche Antwort — im Innern des Wagens war nur zu hören, daß gesprochen wurde, doch die einzelnen Worte waren nicht zu verstehen —, und im nächsten Augenblick setzte der Wagen seine Fahrt fort. Reynolds lehnte sich auf seinem Sitz zurück, stieß einen Seufzer der Erleichterung aus und steckte seine Waffe wieder zu sich. Es war ein aufregender Augenblick gewesen, und auf dem Hals von Hidas war dort, wo Reynolds den Schalldämpfer seiner Pistole angesetzt hatte, eine tiefe, heftig rot gefärbte Druckstelle zu sehen.

Von da an gab es keinen Aufenthalt mehr, und aus dem Umstand, daß die Straße kurvenreicher wurde, sacht hinauf- und hinunterging, und auch das Geräusch des Auspuffs nicht mehr zu hören war, das als Echo von den Mauern der Häuser zurückgeworfen wurde, schloß Reynolds, daß sie die Außenbezirke von Budapest hinter sich gelassen hatten und aufs Land hinausfuhren. Er zwang sich, wach und bei Bewußtsein zu bleiben, indem er seinen Blick beständig im Innern des Wagens umherwandern ließ. Seine Augen hatten sich inzwischen an das grelle Licht gewöhnt, und in dem Widerschein der beiden Lampen vermochte er die Umrisse zweier Männer auszumachen, die bewegungslos dasaßen und die Läufe ihrer Schußwaffen und die Lichtkegel ihrer Lampen unverwandt auf ihre Gefangenen gerichtet hielten: Diese Wachsamkeit hatte in ihrer Intensität, in ihrer völlig gleichbleibenden Konzentration fast etwas Unmenschliches, und Reynolds begann zu ahnen, wie es Jansci und seinen Freunden gelungen war, so lange am Leben zu bleiben. Von Zeit zu

Zeit kehrte Reynolds mit seinem Blick zu den Männern zurück, die vor ihm auf dem Boden des Wagens lagen, und er sah den Ausdruck verständnislosen Schreckens auf ihren Gesichtern, sah das Zittern ihrer Arme, da ihnen ihre Schultermuskeln weh taten infolge der langen Anstrengung, die Hände über ihren Köpfen verschränkt zu halten; nur Hidas erschien völlig unbeeindruckt, sein Gesicht war beherrscht und zeigte keinerlei Ausdruck.

Einer der Männer hinten an der Tür richtete den Schein seiner Lampe auf sein Handgelenk — vermutlich, um auf die Uhr zu sehen, obwohl Reynolds das auf diese Entfernung nicht erkennen konnte — und begann dann zu reden, mit einer tiefen, rauhen Stimme, die undeutlich und unkenntlich hinter einem mehrfach zusammengelegten Taschentuch hervorkam.

»Stiefel ausziehen, alle Mann, aber immer nur einer zur Zeit. Und da auf die rechte Bank stellen.« Einen Augenblick lang schien es, als wolle Oberst Hidas sich weigern, und den nötigen Mut dazu hatte dieser Mann ganz zweifellos; doch die Pistole, die Reynolds ihm gegen die Rippen stieß, machte die Sinnlosigkeit irgendeines Widerstandes allzu deutlich. Selbst Coco, der sich inzwischen soweit erholt hatte, daß er sich auf einen Ellenbogen stützen und allein behelfen konnte, hatte seine Stiefel innerhalb von dreißig Sekunden ausgezogen.

»Ausgezeichnet«, kam die trockene Stimme von hinten. »Jetzt noch die Mäntel, meine Herren, und das wäre dann alles.« Der Sprecher machte eine kurze Pause und sagte dann: »Besten Dank. Und jetzt hören Sie bitte sehr genau zu. Wir fahren im Augenblick eine sehr einsame Straße entlang und werden in kurzer Zeit bei einer kleinen Hütte anhalten. Das nächste Haus ist mehr als fünf Kilometer entfernt — und ich verrate Ihnen nicht, in welcher Richtung. Falls Sie den Versuch unternehmen sollten, es heute nacht zu finden, in der Dunkelheit und auf Strümpfen, dann werden Sie vermutlich erfroren sein, ehe Sie es finden — und höchstwahrscheinlich müßten Sie sich beide Füße amputieren lassen. Die Hütte dagegen«, fuhr die Stimme fort, »ist trocken, winddicht und mit einem ausreichenden Vorrat von Brennholz versehen. Dort werden Sie es warm haben, und morgen früh wird bestimmt irgendein Bauer mit seinem Wagen vorbeikommen.«

»Was soll das Ganze?« fragte Hidas gleichmütig, fast gelangweilt.

»Meinen Sie, weshalb wir Sie hier in der Einöde aussetzen oder weshalb wir Sie nicht einfach umlegen?«

»Beides.«

»Das ist leicht erklärt. Niemand weiß, daß wir im Besitz eines Lastwagens der AVO sind, und wenn wir Sie nicht gerade in der Nähe einer Telefonzelle freilassen, dann wird es auch niemand erfahren, bis wir die österreichische Grenze erreicht haben — und allein schon dieses Fahrzeug dürfte eine sichere Garantie dafür bieten, daß wir unbehelligt bis an die Grenze kommen. Was die Frage betrifft, weshalb wir Ihnen das Leben schenken, so ist sie aus Ihrem Munde nur zu verständlich: Wer durch das Schwert lebt, muß darauf gefaßt sein, durch das Schwert zu sterben. Doch wir sind keine Mörder.«

Der Mann hinter der Lampe hatte kaum zu Ende gesprochen, als der Wagen auch schon hielt. Sekundenlang blieb es völlig still, dann hörte man das knirschende Geräusch von Schritten, die sich auf dem Schnee näherten, und gleich darauf wurden die Türen hinten weit geöffnet. Reynolds sah zwei Gestalten auf der Straße stehen, die sich als dunkle Umrisse von den schneebedeckten Wänden einer kleinen Hütte direkt hinter ihnen abhoben, und dann stiegen Hidas und seine Leute, auf ein barsches Kommando von draußen, einer nach dem anderen vom Wagen herunter, wobei einer dem noch immer behinderten Coco behilflich war. Reynolds sah, wie die AVO-Leute in die Hütte verfrachtet und die Tür der Hütte abgeschlossen wurde; im nächsten Augenblick stiegen fast gleichzeitig drei Leute hinten ein, die Türen wurden geschlossen, und der Wagen fuhr weiter.

Das Licht ging an, eifrige Hände waren damit beschäftigt, die vorgebundenen Taschentücher zu entfernen, und dann hörte Reynolds, wie ein Mädchen erschreckt nach Luft schnappte — kein Wunder, dachte er, falls sein Gesicht auch nur annähernd so aussehen sollte, wie es sich anfühlte. Doch es war der Graf, der als erster sprach.

»Man sollte meinen, Sie seien unter einen Autobus geraten, Mr. Reynolds. Oder aber, Sie hätten eine unterhaltsame halbe Stunde mit unserem guten Freund Coco verbracht.«

»Sie kennen ihn?« fragte Reynolds mit heiserer, undeutlicher Stimme.

»Wer kennt ihn nicht! Er ist überall ebenso bekannt wie beliebt. Übrigens, was war eigentlich mit unserem Freund? Er schien nicht so gut aufgelegt zu sein wie sonst.«

»Ich habe ihm einen ziemlich heftigen Tritt versetzt.«

»Sie haben ihm einen Tritt versetzt!« Der Graf zog die eine Augenbraue ein wenig in die Höhe — eine Geste, die bei ihm gleichbedeutend war mit dem Ausdruck höchsten Erstaunens. »Coco auch nur anzurühren, ist schon eine beachtliche Leistung, doch ihn außer Gefecht zu setzen . . .«

»Ach, so hören Sie schon auf!« sagte Julia mit einer Stimme, die ärgerlich und besorgt zugleich klang. »Sehen Sie sich doch nur sein Gesicht an! Wir müssen irgend etwas tun.«

»Ja, hübsch sieht es nicht aus«, meinte der Graf. Er holte die flache Flasche heraus, die er immer bei sich trug. »Da, das Universalmittel.«

»Sag Imre, er soll anhalten«, forderte Jansci leise und bestimmt. Er beobachtete Reynolds sehr genau, der nach dem ersten Schluck von dem scharfen Schnaps zu husten anfing und dabei jedesmal die Augen zusammenkniff. »Sie sind ernstlich verletzt, Mr. Reynolds. Wo?«

Reynolds erklärte es ihm, und der Graf stieß einen leisen Fluch aus. »Bitte tausendmal um Entschuldigung, Mr. Reynolds. Das hätte ich mir selbst sagen müssen. Dieser verdammte Coco! Da, nehmen Sie noch einen Schluck — das Zeug tut weh, aber es hilft.«

Der Wagen hielt an, Jansci stieg aus und kam eine Minute später mit einem der Mäntel der AVO-Leute zurück, den er voll Schnee gepackt hatte.

»Das ist eine Arbeit für weibliche Hände«, sagte er und überreichte Julia den Mantel und ein Taschentuch. »Versuch doch mal, ob es dir gelingt, dafür zu sorgen, daß unser Freund hier ein bißchen manierlicher aussieht.«

Sie nahm das Taschentuch und wandte sich Reynolds zu. Ihre Hand war so behutsam wie ihr Blick ernst, doch auch so brannte der kalte Schnee wie Feuer auf den offenen Wunden, als sie vorsichtig das verkrustete Blut abzuwaschen versuchte, und Reynolds zuckte unwillkürlich zusammen. Der Graf räusperte sich.

»Vielleicht sollten Sie es doch lieber auf die direktere Methode versuchen, Julia«, meinte er. »Wie heute abend auf der Margit-Insel, als die Polizisten kamen. Fast drei Minuten lang, Mr. Reynolds, hat sie uns erzählt . . .«

»Eine freche Lüge.« Reynolds versuchte zu lächeln, doch es tat allzu weh. »Dreißig Sekunden, und nur aus reiner Notwehr. Was ist eigentlich heute nacht geschehen? Was ist schiefgegangen?«

»Eine durchaus berechtigte Frage«, sagte Jansci mit ruhiger Stimme. »Was schiefgegangen ist? Alles, mein Junge, einfach alles. Alle haben Böcke geschossen — Sie, wir und die AVO. Den ersten Fehler haben wir gemacht. Sie wissen, daß das Haus beobachtet wurde und daß wir der Meinung waren, es handele sich bei den Leuten, die sich für unser Haus interessierten, einfach um bezahlte Spitzel und Denunzianten. Ein schwerer Irrtum meinerseits — es waren Leute von der AVO, und als der Graf heute abend nach Beendigung seines Dienstes zu uns kam, erkannte er die beiden Leute, die Sandor sich geschnappt hatte, sofort. Doch da war Julia schon fort, um sich mit Ihnen zu treffen, wir konnten Ihnen durch sie keine Nachricht zukommen lassen, und außerdem meinten wir, das sei auch gar nicht nötig: Der Graf, der über die Arbeitsweise der AVO sehr genau informiert ist, war völlig sicher, daß man, falls überhaupt schon in dieser Nacht, erst gegen Morgen zufassen würde. Das ist das feststehende Schema, nach dem die AVO in allen Fällen vorgeht. Wir beschlossen daher, das Haus kurz nach Mitternacht zu verlassen.«

»Dann ist also der Mann, der Julia beschattet hat, ihr vermutlich schon von zu Haus aus nachgegangen?«

»Ja. Sie haben sich übrigens dieses Mannes sehr geschickt entledigt, doch wie ich Sie inzwischen kennengelernt habe, war das kaum anders zu erwarten. Der schlimmste Fehler von heute nacht hatte sich allerdings schon vorher ereignet, und zwar, als Sie mit Professor Jennings sprachen.«

»Als ich mit — ich verstehe nicht.«

»Es war ebensosehr mein Fehler wie seiner«, sagte der Graf. »Ich wußte es ja — und ich hätte ihn warnen sollen.«

»Wovon reden Sie eigentlich?« fragte Reynolds.

»Das will ich Ihnen erklären.« Jansci sah auf seine Hände, dann hob er langsam den Blick und richtete ihn auf Reynolds. »Haben Sie das Zimmer von Professor Jennings nach eingebauten Mikrophonen abgesucht?«

»Ja, das habe ich. Es war hinter dem Gitter der Entlüftungsklappe.«

»Und im Badezimmer?«

»Da war nichts.«

»Leider doch. Und zwar oben in der Brause. Wie mir der Graf sagt, ist in jedem Badezimmer im Hotel ›Zu den drei Kronen‹ oben in der Brause ein Mikrophon eingebaut. Keine dieser Duschen funktioniert — Sie hätten das ausprobieren sollen.«

»In der Brause!« Reynolds kam mit einem Ruck hoch, ohne sich um den stechenden Schmerz in seinem Rücken zu kümmern, und schob das erschreckte Mädchen beiseite. »Ein Mikrophon? Das ist ja entsetzlich!«

»So ist es«, sagte Jansci

»Dann ist jedes Wort, alles, was ich dem Professor gesagt habe . . .« Reynolds brach ab und lehnte sich hinten gegen die Wand des Lastwagens, so fassungslos war er im ersten Augenblick, als er sich klarmachte, was für ungeheure Folgen sich hieraus ergaben, welchen wahrhaft verhängnisvollen Fehler er da begangen hatte. Kein Wunder, daß Hidas gewußt hatte, wer er war und weshalb er nach Budapest gekommen war. Nun wußte Hidas alles. Und die jetzt etwa noch bestehende Chance, den Professor nach England zurückzubringen, war so verschwindend gering, daß er genausogut gleich hätte in London bleiben können.

»Es ist ein harter Schlag für Sie«, sagte Jansci sanft.

»Sie haben getan, was Sie konnten«, murmelte Julia. Sie zog seinen Oberkörper wieder nach vorn, um sein Gesicht weiter vom Blut zu reinigen, und er leistete keinen Widerstand.

»Jennings wird sich inzwischen in Sicherheitsverwahrung befinden, falls er nicht überhaupt bereits auf dem Weg zurück nach Rußland ist«, sagte er zu Jansci. »Ich habe Jennings erzählt, was mit seinem Sohn Brian geplant ist, also wird man inzwischen Stettin alarmiert haben, damit man dort versucht, ihn festzuhalten.« Er machte eine Pause und untersuchte mit der Zunge zwei seiner Zähne, die nur noch sehr locker in seinem Unterkiefer saßen. »Das Spiel ist verloren, doch im übrigen glaube ich nicht, daß irgendein größerer Schaden angerichtet worden ist. Ich habe zwar dem Professor Ihre Adresse gegeben, aber ich habe weder irgendeinen Namen genannt noch mit einem Wort erwähnt, womit Sie und Ihre Leute sich beschäftigen. Durch die Adresse ist die AVO auch nicht schlauer geworden – die wußte man dort ohnehin. Doch wer die Bewohner dieses Hauses waren, davon hat die AVO nicht die geringste Ahnung. Verschiedene Dinge sind mir allerdings noch nicht ganz klar.«

»So?«

»Ja. Erstens: Wenn man meine Unterhaltung mit Professor Jennings mitgehört hat, warum hat man mich dann nicht gleich im Hotel verhaftet?«

»Sehr einfach. Fast jedes Mikrophon im Hotel ist an ein Bandgerät angeschlossen.« Der Graf grinste. »Ich hätte ein Vermögen darum gegeben, die Gesichter sehen zu können, als sie sich bei der AVO dieses Band vorspielten.«

»Und warum haben Sie mich nicht angerufen, um mich zu warnen? Außerdem: Nachdem Sie Julias Bericht gehört hatten, mußte Ihnen klar sein, daß die AVO sofort zufassen würde.«

»Das hat sie auch getan – jedenfalls beinahe. Und wir hatten versucht, Sie telefonisch zu erreichen – doch es meldete sich niemand.«

»Ich hatte mich ziemlich zeitig auf den Weg gemacht«, sagte Reynolds. Er erinnerte sich, wie er oben das Telefon hatte klingeln hören, als er gerade am Ende der Nottreppe angelangt war. »Dann hätten Sie mich aber immer noch auf der Straße anhalten können.«

»Ja, das hätten wir«, sagte Jansci. »Mir scheint, Graf, Sie müssen es ihm nun wohl erklären.«

»Bitte sehr.« Einen Augenblick lang sah der Graf beinahe verlegen aus – was so wenig zu ihm paßte, daß Reynolds schon dachte, er habe nicht richtig gesehen. Doch er hatte sich nicht geirrt.

»Sie haben heute abend die Bekanntschaft meines Freundes Hidas gemacht«, begann der Graf ausweichend. »Stellvertretender Chef der AVO, ein kluger und gefährlicher Mann – der gefährlichste und klügste Mann von ganz Budapest. Ein Mann, Mr. Reynolds, der zahlreichere – und bemerkenswertere Erfolge erzielt hat als irgendein anderer Beamter der ungarischen Polizei. Er ist nicht nur schlau, er ist geradezu genial, eiskalt, ein Mann, der niemals aufgibt. Ein Mann, vor dem ich verständlicherweise den größten Respekt habe – Sie werden bemerkt haben, daß ich es vorhin sorgfältig vermieden habe, von ihm gesehen zu werden, obwohl ich getarnt war. Und daß es Jansci fast noch mehr darum zu tun war, ihn glauben zu machen, daß wir beabsichtigten, uns an die österreichische Grenze zu begeben, obwohl wir keineswegs diese Absicht haben.«

»Kommen Sie endlich zur Sache«, sagte Reynolds ungeduldig.

»Ich bin bereits dabei angelangt. Seit mehreren Jahren ist die Tätigkeit unserer Gruppe der bei weitem heftigste Stachel in seinem Fleisch gewesen, und in letzter Zeit war es mir fast so vorgekommen, als ob sich Hidas ein ganz klein wenig zu sehr für mich interessierte.« Der Graf machte eine beiläufige Handbewegung. »Selbstverständlich rechnen wir bei der AVO immer damit, daß wir von Zeit zu Zeit kontrolliert und überwacht werden, aber vielleicht bin ich in bezug auf diese Dinge ein bißchen überempfindlich geworden. Ich hielt es für möglich, daß meine Besuche auf Polizeirevieren vielleicht doch nicht ganz so unbemerkt geblieben waren, wie ich gewünscht hätte, und daß Hidas Sie mir absichtlich zugespielt haben könnte, um uns auf die Schliche zu kommen und unsere Gruppe hochgehen zu lassen.« Er lächelte ein wenig, ohne sich um den erstaunten Ausdruck zu kümmern, der sowohl auf dem Gesicht von Reynolds als auch von Julia erschienen war. »Wir bleiben nur dadurch am Leben, Mr. Reynolds, daß wir niemals irgendein Risiko eingehen — und es erschien uns doch ein bißchen verdächtig, daß wie gerufen ein westlicher Agent zur Stelle war. Wie gesagt, wir dachten, Sie seien ein Lockspitzel. Daß Ihnen die Anwesenheit von Professor Jennings in Budapest bekannt war, von der wir keine Kenntnis hatten, sprach gleichfalls gegen Sie. Und alle Fragen in bezug auf uns und die Tätigkeit unserer Organisation, die Sie gestern abend an Julia richteten, konnten natürlich einem freundlichen Interesse entspringen — doch genausogut konnte auch eine ziemlich finstere Absicht dahinterstecken. Und vielleicht hatten die Polizisten Sie laufen lassen, weil sie wußten, wer Sie waren, und nicht auf Grund Ihrer — na ja, der besonderen Art Ihrer Betätigung in dem Wärterhäuschen.«

»Davon haben Sie mir kein Wort gesagt!« sagte Julia, die rot geworden war und deren blaue Augen kalt und böse blickten.

»Wir sind bemüht«, sagte der Graf galant, »Sie vor der rauhen Wirklichkeit dieses Lebens zu beschützen. Und schließlich, Mr. Reynolds, als wir bei Ihnen anriefen und Sie sich nicht meldeten, da befürchteten wir, Sie könnten irgendwo anders sein — in der Andrassy Ut, beispielsweise. Wir waren uns unserer Sache keineswegs sicher, aber immerhin mißtrauisch genug, keinerlei Risiko auf uns zu nehmen. Und deshalb ließen wir Sie in die Falle gehen — ich bedaure, Ihnen gestehen zu müssen, daß wir Sie tatsächlich hineingehen sahen. Wir waren keine hundert Meter entfernt, und zwar versteckt in dem Wagen — es war zum Glück nicht meiner, möchte ich feststellen —, mit dem Imre später den Lastwagen rammte.« Er richtete den Blick voller Bedauern auf das Gesicht von Reynolds.

»Wir hatten nicht damit gerechnet, daß man Sie gleich so ernsthaft vornehmen würde.«

»Hoffentlich sind Sie jetzt wenigstens zufriedengestellt«, sagte Reynolds, zog an einem wackelnden Zahn, zuckte zusammen, als er herauskam, und warf ihn auf den Fußboden. »Noch mal möchte ich das alles nicht so gern durchmachen.«

»Das ist alles, was Sie dazu zu sagen haben?« fragte Julia. Sie sah den Grafen und auch Jansci aus feindlichen Augen an, doch ihr Blick wurde sanft, als sie ihn wieder auf Reynolds' Mund richtete. »Nach alldem, was man Ihnen angetan hat?«

»Was sollte ich denn Ihrer Meinung nach tun?« fragte Reynolds freundlich. »Soll ich vielleicht versuchen, dem Grafen gleichfalls ein paar Zähne auszuschlagen? Ich hätte an seiner Stelle genauso gehandelt.«

»Ja, siehst du, meine Liebe, das ist eben die verständnisvolle Haltung des Mannes vom Fach«, meinte Jansci. »Dennoch, es tut uns außerordentlich leid, daß es so gekommen ist. Ja, und was jetzt, nachdem inzwischen diese Bandaufnahme die größte Treibjagd seit Monaten ausgelöst haben dürfte? Ihnen, Mr. Reynolds, bleibt nur die österreichische Grenze, nehme ich an, und zwar so schnell wie möglich.«

»Die österreichische Grenze, ja. So schnell wie möglich – das weiß ich nicht.« Reynolds sah die beiden Männer an, die ihm gegenübersaßen, dachte an die phantastischen Geschichten, die ihm Julia von ihnen erzählt hatte, und wußte, daß es auf Janscis Frage nur eine mögliche Antwort gab. Er zog vorsichtig an einem zweiten Zahn, seufzte, als auch dieser herauskam, und richtete den Blick auf Jansci. »Das hängt ganz davon ab, wie lange es dauert, bis ich Professor Jennings gefunden habe.«

Es vergingen zehn Sekunden, zwanzig Sekunden, eine halbe Minute, ohne daß irgend etwas zu hören gewesen wäre außer dem gleichmäßigen Dröhnen des Motors, dem Knirschen der Reifen auf dem Schnee und dem Gemurmel von Sandor und Imre, die sich vorn im Fahrerhaus miteinander unterhielten. Dann streckte das Mädchen die Hände nach Reynolds aus, ergriff vorsichtig mit den Fingerspitzen sein zerschundenes Gesicht und drehte es zu sich herum.

»Sind Sie wahnsinnig?« sagte sie und starrte ihn aus fassungslosen Augen an. »Es ist gar nicht anders möglich – Sie müssen wahnsinnig geworden sein.«

»Unzweifelhaft«, meinte der Graf, entkorkte seine Flasche, nahm einen kräftigen Schluck und korkte die Flasche dann wieder zu. »Es war zuviel für ihn.«

»Ja, Wahnsinn«, sagte Jansci. Er sah nach unten auf seine vernarbten Hände, und seine Stimme war sehr sanft. »Es gibt keine Krankheit, die auch nur annähernd so ansteckend wäre wie diese.«

»Und sie bricht so plötzlich aus.« Der Graf betrachtete bekümmert seine Taschenflasche. »Das Universalmittal hilft gegen alles, aber nur, wenn man es rechtzeitig anwendet.«

Völlig verständnislos sah Julia zwischen den drei Männern hin und her; dann begann sie allmählich zu begreifen, und mit dem Begreifen kam die Gewißheit irgendeines nahenden Unheils. Sie wurde blaß, ihre blauen Augen verdunkelten sich und füllten sich mit Tränen. Sie protestierte nicht, machte nicht die geringste Geste der Ablehnung — als sei ihr gleichzeitig klargeworden, wie vergeblich jeder Einwand wäre —, und als die ersten Tränen über ihre Wangen herunterrollten, wandte sie das Gesicht beiseite, damit es niemand sehen konnte.

7

Es war noch dunkel, als Reynolds wach wurde, doch durch das kleine Fenster war im Osten das erste Grau der Morgendämmerung zu sehen. Reynolds hatte gewußt, daß das Zimmer ein Fenster hatte, doch wo dieses Fenster war, das sah er erst jetzt. Als sie heute nacht gegen zwei Uhr in dem unbewohnten Bauernhaus angekommen waren, hatte Jansci verboten, in einem der Zimmer, in denen keine Läden vor den Fenstern waren, Licht zu machen, und dieses Verbot hatte auch für das Zimmer von Reynolds gegolten.

Er konnte vom Bett aus den ganzen Raum übersehen, ohne den Kopf zu bewegen. Das Zimmer war nur zweimal so groß wie das Bett, und das Bett war nur eine schmale Koje aus Segeltuch. Ein Stuhl, ein Waschbecken und ein stockfleckiger Spiegel vervollständigten die Einrichtung des Zimmers, und für mehr wäre auch gar kein Platz gewesen.

Das Licht, das durch das kleine Fenster über dem Waschbecken hereinfiel, wurde allmählich heller, und Reynolds konnte in einiger Entfernung, vielleicht drei- oder vierhundert Meter, die dickverschneiten Zweige von Kiefern erkennen. Die Luft war klar, das Grau des Himmels wandelte sich allmählich zu einem sehr blassen, völlig wolkenlosen Blau: Es war das erstemal, seit er nach Ungarn gekommen war, daß er einen wolkenlosen Himmel, ja daß er überhaupt ein Stückchen Himmelsblau zu sehen bekam. Der Wind hatte sich gelegt, nicht das leiseste Lüftchen strich über die weite Ebene, und über dem ganzen Land lag die tiefe, regungslose Stille, wie man sie nur an einem kalten Wintermorgen und bei hohem Schnee erlebt.

Diese Stille wurde jetzt unterbrochen durch einen dünnen, peitschenähnlichen Knall, anzuhören wie ein entfernter Gewehrschuß, und als Reynolds jetzt überlegte, fiel ihm wieder ein, daß es dieses Geräusch gewesen war, das ihn vorhin hatte wach werden lassen. Er lauschte, und ungefähr nach einer Minute hörte er es wieder, diesmal eher noch etwas näher. Dann, nach einem noch kürzeren Zwischenraum, hörte er es zum drittenmal und beschloß, der Sache auf den Grund zu gehen. Er warf die Bettdecke zurück und schwang die Beine aus dem Bett.

Bereits im nächsten Augenblick mußte er erkennen, daß es nicht zu empfehlen war, irgendwelche plötzlichen, unüberlegten Bewegungen zu machen: Sein Rücken fühlte sich an, als stecke ein riesiger, spitzer Haken darin, an dem jemand mit aller Kraft zog. Langsam und vorsichtig hob er seine Beine wieder auf das Bett und legte sich mit einem Seufzer zurück. So blieb er liegen, sah nach oben an die Decke und dachte, wie es wohl dem Grafen und Imre ergangen sein mochte, die heute nacht, nachdem sie die anderen hier in der Nähe des Bauernhauses abgesetzt hatten, nach Budapest zurückgefahren waren. Es gab gar keine andere Möglichkeit, als den Lastwagen der AVO irgendwo in der Anonymität der großen Stadt stehenzulassen; ihn einfach auf einem Feldweg hier in der Nähe zu parken, hätte verheerende Folgen haben können. Wie Jansci gesagt hatte, würde man heute früh überall im westlichen Teil von Ungarn fieberhaft nach diesem Wagen suchen, und es gab für ihn kein besseres Versteck als irgendeine unbelebte Nebenstraße in einer großen Stadt.

Außerdem war es auch unbedingt erforderlich, daß sich der Graf nach Budapest zurückbegab. Falls es ihnen überhaupt gelingen sollte, festzustellen, wohin man Professor Jennings gebracht hatte, so mußte er zurück in die AVO-Hauptstelle, wo er ohnehin am Nachmittag Dienst hatte. Eine andere Möglichkeit, den Aufenthalt von Professor Jennings ausfindig zu machen, gab es nicht. Es lag natürlich ein Risiko für den Grafen darin, sich in die Höhle des Löwen zu begeben, aber dieses Risiko hatte schließlich schon immer bestanden.

Reynolds gab sich keiner Täuschung hin. Mit der besten Hilfe der Welt — und die hatte er, wenn Jansci und der Graf ihm halfen — waren die Chancen für ein endgültiges Gelingen immer noch außerordentlich gering. Der Gegner war gewarnt — wahrhaft gründlich gewarnt; Reynolds dachte an die Bandaufnahme im Hotel mit einer Bitterkeit —, und wer gewarnt war, der war auch auf der Hut. Die AVO konnte alle Straßen blockieren, konnte den gesamten Verkehr nach Budapest hinein und aus Budapest heraus stoppen. Man konnte den Professor in die uneinnehmbare Festung eines Gefängnisses oder eines Konzentrationslagers irgendwo draußen auf dem flachen Lande bringen, vielleicht transportierte man ihn sogar zurück nach Rußland. Und die entscheidende Unbekannte in dieser Gleichung aus lauter Unbekannten war: Wie war es mit dem Sohn des Professors in Stettin gegangen? Reynolds war sich völlig darüber klar, daß in der Hafenstadt an der Ostsee heute ein solches

Aufgebot von Überwachungspersonal tätig sein würde wie noch nie zuvor, und es bedurfte nur der geringsten Unachtsamkeit, der kleinsten Fehlkalkulation seitens der beiden Agenten, die für die Sicherheit des Jungen verantwortlich waren, daß alles verloren war; und die beiden Agenten konnten nicht wissen, daß Großalarm gegeben war und Hunderte polnischer Geheimpolizisten jeden Winkel der Stadt durchsuchten. Es war zum Wahnsinnigwerden, hier liegen und hilflos warten zu müssen, während sich tausend Meilen entfernt das Netz zuzog.

Das Brennen in seinem Rücken ließ allmählich nach, und der scharfe, stechende Schmerz verging schließlich ganz. Doch das Geknalle da draußen hörte nicht auf, im Gegenteil, es wurde von Minute zu Minute lauter und stärker. Reynolds konnte seine Neugier nicht länger im Zaum halten. Mit äußerster Vorsicht hob er langsam auf und humpelte an das kleine Fenster über dem Waschbecken. zog die Hosen seines grauen Anzugs an, stand mühsam und behutsam auf und humpelte an das kleine Fenster über dem Waschbecken.

Ein erstaunliches Schauspiel bot sich seinen Augen, erstaunlich vor allem durch die Figur des Hauptakteurs. Der Mann da unten, im Grunde noch ein halber Junge, sah aus, als käme er direkt von einer Operettenbühne: mit seiner hohen, pelzverbrämten Kopfbedeckung, dem langen, weiten Umhang aus gelbem Wollstoff und den reichverzierten hohen Schaftstiefeln, an denen silberne Sporen blitzten.

Seine Beschäftigung war ebenso ungewöhnlich wie sein Äußeres. In seiner behandschuhten Hand hielt er den Stiel einer langen, dünnen Peitsche, und eben jetzt, während Reynolds ihm zusah, machte er eine lässige Bewegung aus dem Handgelenk und ein Kork, der gut vier Meter vor ihm auf dem Schnee lag, sprang drei Meter weit zur Seite. Bei dem nächsten Schlag sprang der Kork wieder zurück, genau an die Stelle, an der er vorher gelegen hatte. Dies wurde ein dutzendmal wiederholt, ohne daß Reynolds auch nur ein einzigesmal hätte sehen können, wie die Peitschenschnur den Kork berührte, dazu ging das Ganze viel zu schnell. Der Junge war mit höchster Konzentration bei der Sache, und seine Treffsicherheit erwies sich geradezu als phantastisch.

Reynolds sah dieser Darbietung mit solchem Interesse zu, daß er nicht hörte, wie hinter ihm die Tür leise geöffnet wurde. Doch er hörte das erschreckte »Oh!« und drehte sich so plötzlich herum, daß er die Zähne zusammenbeißen mußte, da ihm der Schmerz scharf wie ein Messer durch den Rücken fuhr.

»Entschuldigen Sie«, sagte Julia verlegen. »Ich wußte nicht . . .«

»Kommen Sie ruhig herein«, sagte Reynolds lächelnd. »Ich bin ganz manierlich bekleidet. Außerdem dürfte Ihnen ja bekannt sein, daß wir vom Geheimdienst gewohnt sind, weibliche Gesellschaft aller Art im Schlafzimmer zu empfangen.« Er sah auf das Tablett, das sie auf sein Bett gestellt hatte. »Bringen Sie dem Invaliden eine Stärkung? Das ist wirklich sehr freundlich von Ihnen.«

»Der Invalide ist viel invalider, als er zugeben will«, sagte Julia. Sie trug ein blaues Wollkleid, hatte ihr goldenes Haar gebürstet, daß es glänzte, und ihre Wangen und Augen sahen aus, als ob sie eben ihr Gesicht in Schnee gewaschen habe. Und genauso frisch und kühl wie ihre ganze Erscheinung waren auch ihre Fingerspitzen, als sie jetzt die geschwollene und verfärbte Stelle auf seinem Rücken berührte. Reynolds hörte, wie sie entsetzt nach Luft schnappte.

»Wir müssen einen Arzt holen, Mr. Reynolds. Rot, Blau, Violett — alle Farben, die man sich nur denken kann. Sie können das nicht einfach so lassen — es sieht ganz schlimm aus.« Sie drehte ihn vorsichtig herum und schaute hinauf in sein unrasiertes Gesicht. »Sie sollten sich wieder ins Bett legen. Sie haben arge Schmerzen, nicht wahr?«

»Nur, wenn ich lache — wie der Mann sagte, dem eine Harpune im Leib steckte.« Er zeigte mit dem Kopf zum Fenster. »Wer ist denn der Zirkusartist da draußen?« fragte er.

»Ich brauche nicht erst hinauszusehen«, sagte sie lachend. »Das kann ich hören — das ist der Kosak, einer von den Leuten meines Vaters.«

»Der Kosak?«

»Ja, so nennt er sich selbst. Sein richtiger Name ist Alexander Moritz — er meint, wir wüßten das nicht, aber mein Vater weiß alles über ihn, genauso, wie er von fast allen Leuten alles weiß. Er nennt sich der Kosak, weil er meint, Alexander sei ein unmännlicher Name. Er ist erst achtzehn Jahre alt.«

»Und wozu diese operettenhafte Aufmachung?«

»Die typische Ahnungslosigkeit des Inselbewohners«, erwiderte sie. »An seinem Anzug ist durchaus nichts Operettenhaftes. Unser Kosak ist ein echter Csikos von der Puszta, oder ein Cowboy, wie man in England sagen würde, und die sind nun einmal so angezogen. Auch die Peitsche gehört dazu. Der Kosak ist auf einem bestimmten Sektor tätig, der gleichfalls zu den Aufgaben gehört, die Jansci sich gestellt hat — hungernde Menschen mit Nahrung zu versorgen.« Ihre Stimme war ernst geworden. »Wenn es Winter wird, Mr. Reynolds, gibt es in Ungarn viele Menschen, die Hunger leiden. Der Staat verlangt den Bauern so viel ab, daß ihnen nur sehr wenig übrigbleibt, und am schlimmsten ist es in den Gegenden, wo Weizen angebaut wird, denn dort nimmt der Staat den Bauern alles ab. Einmal war es so schlimm, daß die Bevölkerung von Budapest tatsächlich Brot auf das Land hinausschickte. Und diese hungernden Menschen versorgt Jansci mit Nahrung. Er entscheidet, von welchem staatlichen Gut das Vieh genommen werden und wo es hingebracht werden soll — und der Kosak ist es, der es hinbringt. Auch heute nacht hat er wieder die Grenze überquert.«

»So ganz einfach?«

»Ja, für den Kosaken ist das ganz einfach. Er hat eine besondere Begabung dafür, mit dem Vieh umzugehen. Meist holt er es aus der Tschechoslowakei – die Grenze ist nur zwanzig Kilometer von hier entfernt. Der Kosak chloroformiert die Kühe einfach oder gibt ihnen Kleie zu fressen, der er irgendeinen billigen Fusel zugesetzt hat. Wenn die Tiere dann halb betrunken sind, geht er mit ihnen einfach über die Grenze, genauso selbstverständlich wie Sie oder ich von einer Straßenseite auf die andere gehen.«

»Schade, daß man es mit den Menschen nicht genauso machen kann«, meinte Reynolds.

Julia sah eine Weile zum Fenster hinaus, ohne etwas zu sehen, richtete dann den Blick ihrer blauen Augen mit ernstem Ausdruck auf Reynolds und begann zögernd: »Mr. Reynolds, ich . . .«

Reynolds wußte, was kommen sollte, und er beeilte sich, vorzubeugen. Es hatte heute nacht keiner besonderen Hellsichtigkeit bedurft, um zu erkennen, daß sie nur zum Schein und nur für den Augenblick den Entschluß der Männer, die Suche nach Professor Jennings nicht aufzugeben, widerspruchslos hingenommen hatte; er hatte darauf gewartet, daß sie versuchen würde, ihn von diesem Entschluß wieder abzubringen, hatte von dem Augenblick an, da sie hereingekommen war, gewußt, daß sie mit dieser Absicht kam.

»Könnten Sie sich nicht daran gewöhnen, mich Michael zu nennen?« meinte er. »Es fällt mir schwer, so förmlich und würdig zu bleiben, wo ich nicht einmal ein Hemd anhabe.«

»Michael«, sagte sie langsam, jede Silbe einzeln betonend. »Oder sollte ich vielleicht lieber sagen: Michel?«

»Ich bringe Sie um«, sagte er drohend.

»Also gut – Michael.«

»Wollten Sie nicht eben etwas sagen?« fragte er und sah lächelnd zu ihr hinunter.

Die dunkelbraunen und die blauen Augen begegneten sich und verharrten sekundenlang in stummem Zwiegespräch. Das Mädchen wußte, wie die Antwort auf ihre Frage lautete, auch ohne sie gestellt zu haben, ließ die schmalen Schultern sinken und wandte sich zum Gehen.

»Nein, nichts«, sagte sie mit tonloser Stimme. »Ich werde dafür sorgen, daß ein Arzt zu Ihnen kommt. Und Jansci läßt sagen, Sie möchten in zwanzig Minuten unten sein.«

»Großer Gott, ja!« rief Reynolds. »Die Nachrichten aus London. Das hatte ich völlig vergessen.«

»Immerhin etwas«, sagt sie, lächelte schwach und machte die Tür hinter sich zu.

Jansci erhob sich langsam, ging zum Radio, stellte es ab und richtete den Blick auf Reynolds.

»Halten Sie das für schlimm?«

»Ziemlich.« Reynolds bewegte sich sacht in seinem Stuhl, um ein wenig Linderung für die Schmerzen in seinem Rücken zu finden; allein schon sich zu waschen, sich anzuziehen und die Treppe herunterzukommen, hatte ihn mehr angestrengt, als er zuzugeben wagte, und die Schmerzen ließen jetzt überhaupt nicht mehr nach. »Das vereinbarte Stichwort sollte spätestens heute kommen.«

»Ja, dann allerdings — doch wenn diese beiden Agenten wirklich so gut sind, wie Sie behaupten, dann haben sie vielleicht Lunte gerochen und sich in Stettin für einen Tag oder auch zwei in eine stille Ecke verzogen, bis die Luft wieder rein ist.«

»Das ist die einzige Hoffnung, die uns noch bleibt. Mein Gott, daß ich aber auch auf dieses Mikrophon in der Dusche hereinfallen mußte«, sagte Reynolds mit bitterer Stimme. »Und was soll man jetzt machen?«

»Nichts, als sich in Geduld fassen«, meinte Jansci. »Das heißt, wir. Was Sie betrifft, Sie gehören ins Bett — und keine Widerrede. Der Arzt wird gleich da sein. Er ist ein langjähriger Freund von mir«, sagte er lächelnd, als er die Frage auf dem Gesicht von Reynolds sah. »Er ist absolut zuverlässig.«

Zwanzig Minuten später erschien Jansci mit dem Arzt im Zimmer von Reynolds. Der Arzt war ein großer, stämmiger Mann, mit rotem Gesicht und einem Menjou-Bärtchen, seine Stimme hatte die tröstende Heiterkeit, die den Patienten unweigerlich das Schlimmste befürchten ließ, und er strahlte ein gewaltiges Selbstvertrauen aus — er war in der Tat, mußte Reynolds denken, kaum anders als die Ärzte überall auf der Welt. Und genau wie viele andere Ärzte auch hatte er sehr entschiedene Ansichten und keine übertriebene Scheu, diesen Ansichten Ausdruck zu verleihen: Er war kaum eine Minute im Zimmer, als er auch schon ein halbes dutzendmal diese verdammten Kommunisten kräftig verflucht hatte.

»Wie haben Sie es gemacht, so lange am Leben zu bleiben?« fragte Reynolds ihn lächelnd. »Ich meine, da Sie Ihre Ansichten mit solcher Deutlichkeit . . .«

»Pah! Alle Welt weiß, was ich von diesen verdammten Kommunisten halte. Aber uns Quacksalbern wagen sie nichts zu tun, mein Junge. Wir sind unentbehrlich.« Der Arzt untersuchte fachmännisch, gründlich und rasch.

»Sterben werden Sie nicht«, verkündete er schließlich. »Vermutlich eine innere Blutung, aber nur sehr gering. Die Entzündung dagegen ist erheblich, und die Quetschung wahrhaft gewaltig. Einen Kopfkissenbezug, Jansci, wenn ich Sie darum bitten darf. Die Wirksamkeit dieses Heilmittels«, fuhr er zu Reynolds gewandt fort, »steht in einem direkten Verhältnis zu dem Schmerz, den es verursacht. Sie werden vermutlich die Wände hinaufgehen, aber morgen wird Ihnen besser sein.« Er tat mit einem Löffel etwa ein

Pfund einer graufarbenen Paste auf den Kopfkissenbezug und verteilte sie gleichmäßig. »Dieses Einreibemittel ist eine Art Pferdekur«, erklärte er dabei. »Ein jahrhundertealtes Rezept. Verwende ich für alles. Die Patienten haben erstens einmal Vertrauen zu Ärzten, die an guten, althergebrachten Heilmitteln festhalten, und außerdem erspart mir das die Mühe, mich über alle diese Neuerungen auf dem laufenden zu halten. Nebenbei, dieses Mittel ist so ungefähr das einzige, was die verdammten Kommunisten uns noch gelassen haben.«

Reynolds spürte, wie ihm der Schweiß auf die Stirn trat, als die Salbe auf seiner Haut zu brennen begann. Der Arzt schien die Wirkung mit Befriedigung zu registrieren.

»Na, was habe ich Ihnen gesagt? Bis morgen sind Sie frisch wie ein Fisch im Wasser! Schlucken Sie jetzt nur ein paar von diesen weißen Tabletten, mein Junge — dann spüren Sie den Schmerz nicht so, und diese blaue — davon schlafen Sie ein. Wenn Sie nämlich nicht schlafen, werden Sie sich spätestens in zehn Minuten den Umschlag herunterreißen. Aber diese Pillen wirken schnell, das können Sie mir glauben.«

Sie wirkten wirklich schnell, und das letzte, an das Reynolds sich mit Bewußtsein erinnern konnte, war die Stimme des Arztes, der sich laut über diese verdammten Kommunisten ereiferte, während er die Treppe hinunterging. Und danach erinnerte er sich an nichts mehr, fast zwölf Stunden lang.

Als er wach wurde, war es wieder Nacht, doch diesmal war sein Fenster verhängt, und im Zimmer brannte eine kleine Petroleumlampe. Er war sofort hellwach, und zwar, wie er sich im Lauf eines langen Trainings angewöhnt hatte, ohne irgendeine Bewegung zu machen oder das Tempo seiner Atmung zu verändern, und seine Augen waren eine volle Sekunde lang auf Julias Gesicht gerichtet — das einen Ausdruck zeigte, wie er ihn auf diesem Gesicht bisher noch nie gesehen hatte —, ehe sie bemerkte, daß er wach war und sie ansah. Er sah, wie sie errötete, während sie die Hand, mit der sie ihn wachgerüttelt hatte, langsam von seiner Schulter nahm; doch er drehte sein Handgelenk herum und sah auf seine Armbanduhr, als habe er überhaupt nichts Ungewöhnliches bemerkt.

»Was, schon acht Uhr!« sagte er und kam mit einem Ruck im Bett hoch, und erst, als er schon saß, fiel ihm der heftige Schmerz wieder ein, den gestern jede körperliche Bewegung ausgelöst hatte. Er machte ein völlig verdutztes Gesicht.

»Nun«, fragte sie lächelnd, »wie fühlen Sie sich? Besser, nicht wahr?«

»Besser? Großartig!« Sein Rücken war heiß wie Feuer, doch der Schmerz war völlig vergangen. »Acht Uhr!« wiederholte er ungläubig. »Dann habe ich also zwölf Stunden geschlafen?«

»Ja, das haben Sie. Ihr Gesicht sieht auch wieder besser aus.«

Julia hatte ihre Fassung wiedergewonnen. »Das Abendbrot ist fertig«, sagte sie. »Soll ich es heraufbringen?«

»Nein, ich bin in ein paar Minuten unten«, versprach Reynolds.

In der kleinen Küche brannte ein gemütliches Feuer, und der Tisch war für fünf Personen gedeckt. Sandor und Jansci begrüßten Reynolds, als er hereinkam, freuten sich, zu hören, daß es ihm schon viel besser ging, und machten ihn mit dem Kosaken bekannt. Der Kosak gab ihm kurz die Hand, machte ein finsteres Gesicht, setzte sich schweigend an seine Suppe und sagte während der ganzen Mahlzeit kein einziges Wort. Erst als er, den letzten Bissen noch im Mund, aufstand, Jansci irgend etwas zumurmelte und hinausging, bekam Reynolds zum erstenmal sein offenes, jungenhaftes Gesicht zu sehen, über dem ein drohender Ausdruck lag. Daß dieser drohende Ausdruck ihm galt, darüber war sich Reynolds durchaus klar. Der junge Mann schlug die Tür mit einem Knall zu, und wenige Sekunden später hörte man ein donnerndes Geräusch, das offenbar von einem schweren Motorrad herrührte, sich entfernte, rasch leiser wurde und bald unhörbar vergangen war. Reynolds sah die Gesichter der anderen an, die mit ihm am Tisch saßen.

»Würde vielleicht jemand von Ihnen so freundlich sein, mir zu erklären, was ich eigentlich verbrochen habe? Wenn Blicke töten könnten, so lebte ich nicht mehr.«

Er sah Jansci an, doch Jansci war gerade eifrig damit beschäftigt, seine Pfeife in Brand zu stecken. Sandor starrte in das Feuer und war offensichtlich tief in Gedanken versunken. Als Reynolds schließlich eine Erklärung erhielt, kam diese Erklärung von Julia, deren Stimme auf eine so ungewöhnliche Weise irritiert und gereizt klang, daß Reynolds überrascht zu ihr hinsah.

»Also gut, wenn die beiden Männer zu feige sind, es Ihnen zu sagen, dann muß ich es Ihnen wohl erklären. Das einzige, was der Kosak an Ihnen auszusetzen hat, ist die Tatsache, daß Sie überhaupt hier sind. Sehen Sie, er — na ja, er bildet sich halt ein, daß er mich liebt —, stellen Sie sich vor, mich, wo ich doch sechs Jahre älter bin als er.«

»Was bedeuten schon sechs Jahre«, meinte Reynolds gleichmütig. »Hauptsache ist doch, daß Sie . . .«

»Ach, seien Sie still und nicht so schwer von Begriff! Er glaubt, Sie seien — na ja, ein Rivale, ein Konkurrent!«

»Nun, so mag der bessere Mann gewinnen«, sagte Reynolds mit ernsthafter Stimme. Jansci zog so heftig an seiner Pfeife, daß er einen Hustenanfall bekam, Sandor verbarg sein Gesicht hinter seiner riesigen Pranke, und das Schweigen vom Kopfende des Tisches war so eisig, daß Reynolds meinte, es sei auch für ihn besser, irgendwo anders hinzusehen. Doch als das Schweigen anhielt, fühlte er sich schließlich genötigt, doch hinzusehen, und als er es tat, nahm er weder zornige Entrüstung noch errötende Verwirrung wahr, die er erwartet hatte, sondern sah eine durchaus beherrschte Julia, die das Kinn in die Hand gestützt hatte und ihn nachdenklich und mit einer ganz schwachen Spur von Spott betrachtete, so daß ihm unter diesem Blick ein wenig unbehaglich wurde. Es war nicht das erstemal, daß er sich klarmachen mußte, was für ein schwerer Fehler es unter Umständen sein konnte, die Tochter eines Mannes wie Jansci zu unterschätzen.

Schließlich stand sie auf, um den Tisch abzuräumen, und Reynolds wandte sich an Jansci.

»Ich nehme an, das war der Kosak, den wir da abbrausen hörten. Wohin ist er gefahren?«

»Nach Budapest. Er trifft sich am Stadtrand mit dem Grafen.«

»Was! Und da fährt er auf einem schweren Motorrad, das man meilenweit hören kann — und in diesem Kostüm, das man fast genauso weit sehen kann?«

»Es ist kein schweres Motorrad — der Kosak hat nur vor einiger Zeit den Schalldämpfer am Auspuff entfernt, damit die Leute besser hören können, wenn er kommt. Das ist nun mal die Eitelkeit sehr junger Leute. Doch der Krach, den sein Motorrad macht, und sein ungewöhnlicher Anzug ist die sicherste Tarnung. Er ist derartig auffällig, daß kein Mensch jemals auf den Gedanken kommen würde, ihn für verdächtig zu halten.«

»Und wie lange braucht er?«

»Normalerweise dauert es hin und zurück nicht viel länger als eine halbe Stunde — wir sind nur etwa fünfzehn Kilometer von der Stadt entfernt. Aber heute abend?« Jansci überlegte. »Vielleicht anderthalb Stunden.«

Es dauerte in der Tat zwei Stunden — zwei der unvergeßlichsten Stunden, die Reynolds jemals erlebt hatte. Jansci sprach fast die ganze Zeit, und Reynolds, der ein sehr deutliches Gefühl für die Einmaligkeit dieser Mitteilung hatte, hörte ihm sehr angespannt zu. Eine solche Mitteilungsfreudigkeit war bestimmt etwas außerordentlich Seltenes bei diesem Mann, der so ungewöhnlich, so faszinierend war, daß im Vergleich zu ihm all die anderen, denen Reynolds im Lauf seines wechselreichen und gefährlichen Lebens begegnet war, zur Bedeutungslosigkeit zu verblassen schienen. Und zwei geschlagene Stunden lang kauerte Julia neben ihm auf einem Kissen, und ihr Antlitz war so ernst und konzentriert, wie es Reynolds bei ihr nie für möglich gehalten hätte. Es war, als habe sie das gleiche irrationale Vorgefühl von der Einmaligkeit und Unwiederbringlichkeit dieser Stunde, wie es auch Reynolds hatte, und als versuche sie, sich das Gesicht und die Hände ihres Vaters in allen Einzelheiten unvergeßlich einzuprägen.

Jansci sprach von sich selbst überhaupt nicht, und von seiner Organisation und ihrer Arbeitsweise nur, soweit das notwendig war; er erzählte statt dessen von Menschen, Hunderten von Menschen, denen er und der Graf und Sandor geholfen hatten, die Sicherheit jenseits der Grenze zu erreichen, und von den Hoffnungen und Ängsten dieser Menschen. Er sprach von dem Frieden, den er hier auf Erden erhoffte, von seiner festen Überzeugung, daß eines Tages Frieden auf Erden einkehren müsse, wenn von tausend Menschen auch nur einer ernstlich und mit gutem Willen dafür arbeite, und von der törichten Vorstellung, daß es irgend etwas anderes auf der Welt geben könne, wofür zu arbeiten sich lohne.

Jansci argumentierte nicht, sondern er ließ seine Gedanken schweifen, er sprach von den Menschen in Rußland und von seiner Jugend unter diesen Menschen. Das Bild, das er von der Ukraine entwarf, war vielleicht ein wenig gefärbt von der Trauer, die man für das unwiederbringlich Verlorene empfindet, dennoch hatte Reynolds das deutliche Gefühl, daß dieses Bild der Wirklichkeit genau entsprach. Jansci leugnete nicht die Härten, die das Leben in der Ukraine damals gehabt hatte, er sprach von der langen, schweren Arbeit auf den Feldern, den gelegentlichen Hungersnöten, von der brennenden Hitze des Sommers und der bitteren Kälte des Winters, wenn der sibirische Wind über die Steppen blies; doch vor allem schilderte er ein glückliches, ein blühendes Land, in dem es keine Furcht und keine Unterdrückung gab, ein Land, in dem sich die wogenden Weizenfelder unendlich bis zum fernen Horizont dehnten und die Menschen lachten, sangen und tanzten. Er erzählte von Fahrten im Schlitten unter dem sternenflimmernden Winterhimmel, in Pelze gehüllt, gezogen von schellenklirrenden Troikagespannen; oder von einem Dampfer, der in der Wärme einer Sommernacht langsam den Dnjepr hinunterfährt, während leise Musik über das Wasser herübertönt.

Reynolds war sich durchaus klar darüber, daß Jansci, so absichtslos und allgemein er allem Anschein nach auch sprach, dennoch ganz unmittelbar ihn anprach: um seine vorgefaßten Meinungen zu erschüttern, um ihn den krassen, tragischen Kontrast sehen zu lassen, der zwischen den heiteren Menschen und den finsteren Aposteln der Weltrevolution bestand, um ihn dazu zu bringen, sich zu fragen, ob ein so völliger Wandel glaubhaft oder überhaupt möglich sei. Jansci hatte damit die Absicht verfolgt, Reynolds einen Spiegel vorzuhalten, in welchem er sich selbst erkennen sollte, und Reynolds stellte mit einigem Unbehagen fest, daß ihm dies nicht ganz mißlungen war. Die leisen Zweifel, die ihn zu beunruhigen begannen, behagten ihm nicht, und er schob sie entschlossen beiseite.

Es war Punkt elf Uhr, als die Tür aufgerissen wurde und der Kosak hereinkam; er brachte einen Schwall kalter Schneeluft mit und ein großes, in Papier eingewickeltes Paket, das er in einer Ecke des Raumes ablegte. Sein Gesicht und seine Hände waren blau vor Kälte, doch er tat, als merke er nichts davon; er begab sich auch nicht etwa in die Nähe des wärmenden Feuers, sondern nahm am Tisch Platz, brannte sich eine Zigarette an, rollte sie mit den Lippen in den Mundwinkel und ließ sie dort.

Sein Bericht war kurz und sachlich. Er hatte den Grafen an der verabredeten Stelle getroffen. Jennings befand sich nicht mehr in seinem Hotel, und man hatte bereits vorsorglich das Gerücht in Umlauf gesetzt, daß er unpäßlich sei. Wo der Professor war, das wußte der Graf nicht — bestimmt hatte man ihn nicht zum AVO-Hauptamt oder irgendeiner der bekannten AVO-Stellen in Budapest gebracht; der Graf nahm an, daß man ihn entweder direkt nach Rußland zurücktransportiert oder an irgendeine sichere Stelle außerhalb der Stadt gebracht habe, er wolle versuchen herauszubekommen wohin. Man warte auf Nachricht aus Stettin, und falls Brian noch dort sein sollte, dann würden die Russen den Professor doch noch an der Konferenz teilnehmen lassen — nachdem sie ihn am Telefon die Stimme seines Sohnes hatten hören lassen. Doch falls der Sohn entwischt sein sollte, dann würde man den Professor bestimmt sofort nach Rußland abtransportieren. Budapest liege allzu nah an der österreichischen Grenze, und die Russen könnten sich den Prestigeverlust nicht leisten, den Professor entkommen zu lassen. Und schließlich brachte der Kosak noch eine außerordentlich beunruhigende Nachricht: Imre war verschwunden, und der Graf konnte ihn nirgends finden.

Am nächsten Morgen hatten sie um sieben Uhr die Nachrichtensendung der BBC abgehört, und auch diesmal war die Durchsage nicht gekommen. Brian Jennings war also nicht in Schweden angelangt, und Reynolds war sich darüber klar, daß nur noch sehr wenig Hoffnung bestand; doch er hatte es schon mehrfach erlebt, daß ein Einsatz mit einem Mißerfolg geendet hatte, und bisher hatte er sich deswegen nie Kopfschmerzen gemacht. Was ihn diesmal beunruhigte, war der Gedanke an Jansci: denn er wußte, daß dieser Mann, nachdem er einmal versprochen hatte zu helfen, auch entschlossen war, dieses Versprechen unter allen Umständen einzulösen — dabei mußte Jansci sehr genau wissen, genauer noch als Reynolds, was es bedeutete, im kommunistischen Ungarn einen Mann entführen zu wollen, der so schwer bewacht war wie der Professor. Doch das war noch nicht alles; Reynolds mußte sich eingestehen, daß seine Sorge nicht ausschließlich, ja nicht einmal in erster Linie Jansci galt, so groß auch seine Bewunderung und Hochachtung für diesen Mann waren: Seine Sorge galt der Tochter dieses Mannes. Julia liebte und verehrte ihren Vater, und der Verlust des letzten lebenden Mitglieds ihrer Familie würde ihr das Herz brechen. Und sie würde nicht nur untröstlich sein, das Schlimmste war, daß sie einzig und allein ihm, Reynolds, die Schuld am Tode ihres Vaters geben würde. Dadurch aber würde sich für alle Zukunft eine trennende Schranke zwischen ihnen erheben, und Reynolds, der zum hundertstenmal den lächelnden Mund und die ernsten, sorgenvollen Augen darüber ansehen mußte, die dieses Lächeln Lügen straften, erkannte staunend und erschüttert, daß er sich hiervor mehr fürchtete als vor allem anderen.

Auch dieser nicht endenwollende Tag neigte sich schließlich seinem Ende zu, die Sonne, die fern hinter den Hügeln im Westen versank, ließ die schneebedeckten Wipfel der Kiefern rötlich erglühen, und die Dunkelheit senkte sich rasch über das Land, während die Sterne hell am winterlichen Himmel erschienen. Das Abendessen kam und verging in fast völligem Schweigen, und anschließend probierten Jansci und Reynolds den Inhalt des Pakets, das der Kosak mitgebracht hatte – zwei AVO-Uniformen, die sie mit Julias Hilfe passend veränderten. Der Graf war zweifellos von einer richtigen Überlegung ausgegangen, als er diese Uniformen mitgeschickt hatte, denn sie würden außerordentlich wertvoll sein, ganz gleich, wo der alte Jennings sich auch befinden mochte: Diese Uniformen bedeuteten das ›Sesam, öffne dich!‹ für jede Tür in ganz Ungarn. Und sie konnten auch nur für Jansci und Reynolds bestimmt gewesen sein; eine Uniform, die geeignet gewesen wäre, Sandors Schultern aufzunehmen, hatte Reynolds in seinem ganzen Leben noch nicht gesehen.

Kurz nach neun Uhr fuhr der Kosak mit seinem Motorrad los. Er fuhr in seinem üblichen farbenprächtigen Gewand, hatte hinter jedem Ohr eine Zigarette stecken und im Mundwinkel eine nicht angebrannte dritte und befand sich bei bester Laune: Es konnte ihm unmöglich entgangen sein, daß Reynolds und Julia im Laufe des Abends nicht ein Wort miteinander gewechselt hatten, und so hatte seine heitere Miene einen guten Grund.

Er hätte gegen elf Uhr wieder da sein sollen, spätestens aber um Mitternacht. Doch es wurde zwölf, ohne daß von dem Kosaken irgend etwas zu sehen oder zu hören gewesen wäre. Die Uhr schlug eins, es wurde halb zwei, die Ungeduld steigerte sich zu gespannter Erwartung und war bange Sorge geworden, als er endlich kurz vor zwei Uhr erschien. Und zwar kam er nicht auf seinem Motorrad, sondern am Steuer eines großen grauen Opel Kapitän, hielt an, stellte den Motor ab und stieg mit der gleichgültigen Lässigkeit aus, wie man sie Dingen gegenüber an den Tag legt, die so selbstverständlich geworden sind, daß sie einem nachgerade langweilig werden. Erst später stellte sich heraus, daß der Kosak bis dahin noch nie einen Wagen gefahren hatte, ein Umstand, der seine verspätete Ankunft hinreichend erklärte.

Er brachte gute und schlechte Nachrichten, Ausweise und Instruktionen mit. Die gute Nachricht bestand darin, daß der Graf mit geradezu lächerlicher Leichtigkeit festgestellt hatte, wo sich Jennings befand – Furmint, der Chef der AVO, hatte es ihm persönlich im

Verlauf einer Unterhaltung mitgeteilt. Die schlechten Nachrichten waren einmal, daß man den Professor in das berüchtigte Szarhaza-Gefängnis gebracht hatte, das rund hundert Kilometer südlich von Budapest lag, als völlig uneinnehmbare Festung galt und im allgemeinen für solche Feinde des Staates bestimmt war, die auf Nimmerwiedersehen verschwinden sollten; und zum anderen, daß der Graf selber leider verhindert war, ihnen zu helfen: Oberst Hidas hatte ihm persönlich die Leitung einer Aktion zur Überprüfung der Zuverlässigkeit der Bevölkerung von Gödöllö übertragen, einer Stadt, in der sich seit einiger Zeit unzufriedene Elemente bemerkbar gemacht hatten. Zu den schlechten Nachrichten gehörte außerdem, daß Imre noch immer spurlos verschwunden war.

Der Graf bedaure, so sagte der Kosak, ihnen keinerlei genauere Einzelheiten über das Szarhaza-Gefängnis mitteilen zu können, da es nicht zu seinem Dienstbezirk gehöre und er selber noch nie dort gewesen sei. Ohnehin sei in diesem Falle eine genaue Kenntnis der Örtlichkeit und des inneren Dienstbetriebes unwichtig: hier sei nur durch einen kompletten und unverschämten Bluff etwas zu erreichen. Daher die Ausweise.

Die Ausweise waren für Jansci und Reynolds bestimmt: wahre Meisterwerke. Komplette AVO-Ausweise für beide, und außerdem, auf einem Originalbriefbogen mit dem Briefkopf der AVO, ein dienstliches Schreiben, von Furmint unterschrieben und von dem zuständigen Minister gegengezeichnet, versehen mit den dazugehörigen echten Dienstsiegeln beider Ämter, worin der Kommandant des Szarhaza-Gefängnisses ermächtigt wurde, Professor Harold Jennings den Überbringern dieses Schreibens zu übergeben.

Der Graf war der Meinung, daß die Aussichten für das Gelingen — falls es überhaupt noch eine Möglichkeit gab, sich der Person des Professors zu vergewissern — ziemlich hoch seien: Von einer höheren Stelle könne die Anweisung, einen Gefangenen herauszugeben, überhaupt nicht ausgehen. Die Idee, es könne sich jemand aus freien Stücken in das gefürchtete Szarhaza-Gefängnis hineinbegeben, sei zu phantastisch, als daß irgendein vernünftiger Mensch mit einer solchen Möglichkeit überhaupt rechnen könne.

Außerdem schlug der Graf vor, der Kosak und Sandor sollten bis zum Gasthaus von Petoli, einem kleinen Dorf, das rund acht Kilometer nördlich von dem Gefängnis lag, mitfahren und dort in der Nähe des Telefons warten: Auf diese Weise könnten alle Mitglieder der Organisation untereinander Verbindung halten. Und zu allem anderen hatte der Graf auch noch das unerläßlich notwendige Transportmittel besorgt, wobei er allerdings nicht verraten hatte, wo er es aufgetrieben hatte.

»Dieser Mann ist ein wahres Wunder!« sagte Reynolds und schüttelte staunend den Kopf. »Weiß der Himmel, wie er es angestellt hat, das alles an einem einzigen Tag zu erreichen — man sollte meinen, man hätte ihm freigegeben, damit er sich ausschließlich mit unserer Angelegenheit beschäftigen kann.« Er wandte sich an Jansci, sorgfältig bemüht, eine indifferente Miene zu zeigen.

»Und was meinen Sie?«

»Wir gehen hin«, sagte Jansci ruhig. Er sah dabei Reynolds an, doch Reynolds wußte, daß seine Worte für Julia bestimmt waren. »Falls noch irgendwelche Hoffnung auf gute Nachrichten aus Schweden besteht, dann müssen wir es versuchen. Der Professor ist ein alter Mann, und es wäre unmenschlich, daß er so weit von seiner Frau und seiner Heimat entfernt sterben sollte.«

». . . erfolgt heute gegen Abend, nach Beendigung der Pariser Besprechung. Der Außenminister wird voraussichtlich heute abend — ich bitte um Entschuldigung, es muß heißen: morgen abend — nach London zurückfliegen, um dem Kabinett Bericht zu erstatten. Es ist bisher noch nichts darüber bekannt . . .«

Die Stimme des Nachrichtensprechers verstummte, als das Radio ausgeschaltet wurde, und eine ganze Weile saßen sie schweigend da, ohne einander anzusehen. Es war Julia, die schließlich das Schweigen brach, und ihre Stimme war unnatürlich ruhig und sachlich.

»Ja, das war es doch, nicht wahr? Das war doch das seit so langer Zeit erwartete Stichwort: nicht heute abend, sondern morgen abend. Der Sohn des Professors ist in Sicherheit, er ist in Schweden. Also, warauf wartet ihr noch?«

»Ja, es ist wohl das beste, wir machen uns gleich auf den Weg«, sagte Reynolds und stand auf. Jetzt, da endlich das Zeichen gekommen war, daß es losgehen konnte, verspürte er nichts von der Erleichterung, nichts von der Erregung, die er erwartet hatte; er war wie betäubt, und das Herz war ihm sonderbar schwer. »Da wir es jetzt wissen, wissen die anderen es bestimmt schon längst, und der Professor kann jeden Augenblick nach Rußland zurücktransportiert werden. Wir haben keine Zeit zu verlieren.«

»Nein, das haben wir wirklich nicht«, sagte Jansci und zog seinen Mantel an; genau wie Reynolds war auch er bereits in AVO-Uniform. »Mach dir bitte um uns keine Sorgen, mein liebes Kind«, sagte er, während er sich seine Militärhandschuhe überstreifte. »Du brauchst weiter gar nichts zu tun, als in vierundzwanzig Stunden in unserem Hauptquartier zu sein — aber geh bitte nicht durch Budapest.« Er küßte sie und ging hinaus in den dunklen, bitterkalten Morgen.

Reynolds zögerte, drehte sich halb zu ihr herum, sah, wie sie den Kopf abwandte und in das Feuer starrte, und ging wortlos hinaus. Während er hinten in dem Opel Platz nahm, sah er das Gesicht des Kosaken, der nach ihm einstieg: Er strahlte von einem Ohr bis zum anderen.

Nach einer Fahrt von drei Stunden, unter einem dunklen, lastenden Wolkenhimmel, setzten sie Sandor und den Kosaken am Straßenrand ab, nicht weit von dem Dorfgasthaus von Petoli entfernt. Die Fahrt war ohne jeden Zwischenfall verlaufen, und es hatte auch keine Straßenkontrollen gegeben, mit denen sie fest gerechnet hatten. Die Kommunisten schienen sich ihrer Sache sehr sicher zu sein, und sie hatten auch allen Anlaß dazu.

Zehn Minuten später tauchte die große, graue Masse des Szarhaza-Gefängnisses vor ihnen auf, ein altes, finsteres Bauwerk mit mächtigen Mauern, umgeben von drei konzentrischen Kreisen aus Stacheldraht, zwischen denen das Erdreich aufgewühlt war: Der Stacheldraht war zweifellos elektrisch geladen, und das Erdreich dazwischen dicht mit Tellerminen bepflastert. Längs der äußeren und der inneren Wand aus Stacheldraht erhoben sich in kurzen Abständen hohe hölzerne Wachttürme, mit Maschinengewehren und Scheinwerfern ausgerüstet, und Reynolds hatte bei dem ersten Blick auf diese Anlage sofort ein leises Gefühl der Furcht, als er sich klarmachte, auf was für ein wahnwitziges Abenteuer sie sich hier einließen.

Jansci schien zu ahnen, wie es in Reynolds aussah, jedenfalls sagte er nichts, gab Gas und brachte kurz danach den Wagen vor dem Hauptportal zum Stehen. Einer der Posten kam, die Waffe schußbereit in der Hand, eilig auf sie zu und verlangte die Ausweise zu sehen, trat aber respektvoll zurück, als Jansci in seiner AVO-Uniform aus dem Wagen stieg, ihn einmal kurz ansah und in befehlendem Ton mitteilte, daß er den Kommandanten zu sprechen wünsche. Der Schrecken, den diese Uniform selbst bei Leuten erzeugte, die keinen vernünftigen Grund hatten, sich davor zu fürchten, war so groß, daß Jansci und Reynolds innerhalb von fünf Minuten im Dienstzimmer des Kommandanten waren.

Der Mann, der sie hier begrüßte, sah allerdings gänzlich anders aus, als sich Reynolds den Kommandanten dieses Gefängnisses vorgestellt hatte. Die hohe Figur in dem gutsitzenden dunklen Anzug war ein wenig gebeugt, und das schmale Gesicht mit der hohen Stirn war das typische Gesicht des Intellektuellen. Er trug einen Klemmer, hatte feingliedrige, durchgebildete Hände und machte auf Reynolds eher den Eindruck eines hervorragenden Chirurgen oder Wissenschaftlers. Er war in der Tat beides und galt als größte Kapazität auf dem Gebiet der psychologischen und physiologischen Zermürbungstaktik außerhalb der Sowjetunion.

Er hatte keinerlei Zweifel, daß es sich bei seinen Besuchern wirklich um Beamte der AVO handelte, das konnte Reynolds deutlich sehen. Er bot ihnen einen Cognac an, lächelte höflich, als sein Angebot abgelehnt wurde, bat sie mit einer Handbewegung, Platz zu nehmen, und studierte dann das Schreiben, das Jansci ihm überreicht hatte.

»Hm! Ja, meine Herren, an der Gültigkeit dieses Dokuments

kann es ja wohl keinen Zweifel geben, oder?« ›Meine Herren‹ hatte er gesagt, registrierte Reynolds erstaunt. Ein Mann mußte seiner selbst schon sehr sicher sein, ehe er an Stelle des obligatorischen ›Genosse‹ dieses Wort verwendete. »Ich hatte es nicht anders erwartet von meinem guten Freund Furmint. Schließlich ist heute die Eröffnung der Tagung, nicht wahr? Wir können es uns nicht leisten, daß Professor Jennings nicht dabeisein sollte. Er ist der leuchtendste Stein in unserer Krone — wenn es erlaubt ist, diesen ein wenig altmodischen Ausdruck zu gebrauchen. Sie haben Ihre Dienstausweise bei sich, meine Herren?«

»Selbstverständlich.« Jansci holte seine Ausweistasche heraus, Reynolds tat das gleiche, und der Kommandant nickte befriedigt. Er sah Jansci an, nahm ein Blatt Papier, schrieb etwas darauf und versah es mit einem Dienstsiegel. Er drückte auf einen Klingelknopf, übergab die schriftliche Anweisung einer Ordonnanz und schickte den Mann mit einer Handbewegung wieder hinaus.

»Ich darf Sie bitten, sich drei Minuten zu gedulden, meine Herren — länger dauert es bestimmt nicht.«

Es dauerte nicht einmal drei Minuten, es dauerte knapp dreißig Sekunden, bis sich die Tür wieder öffnete, und sie öffnete sich nicht, um Jennings hereinzulassen, sondern mehrere Posten, die mit entsicherten Schußwaffen rasch auf Jansci und Reynolds zukamen und die beiden, die sich eben noch in trügerischer Sicherheit gewiegt hatten, überwältigten und hilflos an die Stühle fesselten, auf denen sie saßen, noch ehe sie richtig begriffen hatten, was eigentlich geschah. Der Kommandant schüttelte den Kopf und sah sie mit einem bedauernden Lächeln an.

»Verzeihen Sie dieses Täuschungsmanöver, meine Herren. So etwas ist nie besonders angenehm, doch in diesem Falle war es unerläßlich. Das Schriftstück, das ich eben ausfertigte, war kein Entlassungsschein für den Professor, sondern der Befehl, Sie zu verhaften.« Er nahm seinen Klemmer ab, putzte die Gläser mit einem weißen Taschentuch und sagte seufzend: »Captain Reynolds, Sie sind ein ungewöhnlich hartnäckiger junger Mann.«

8

Reynolds war im ersten Augenblick völlig gelähmt vor Schreck. Er empfand nichts, absolut nichts, als habe ihn die Berührung der metallenen Fesseln, die sich um seine Hand- und Fußgelenke legten, jeglicher Reaktionsfähigkeit beraubt. Doch dann kam langsam ein dumpfes Erstaunen, daß ihm dies hier tatsächlich ein zweitesmal passiert sein sollte, und aus dem Erstaunen wurde schließlich die bittere, die unerträgliche Erkenntnis, daß sie in die

Falle gegangen waren, daß der Kommandant sie mit Leichtigkeit überlistet und völlig überrumpelt hatte, und daß sie sich jetzt als Gefangene in dem gefürchteten Szarhaza-Gefängnis befanden, aus dem sie, wenn überhaupt, nur als wesenlose, unkenntliche Schatten ihres einstigen Selbst wieder herauskommen würden.

Er sah hinüber zu Jansci, um festzustellen, wie der ältere Mann diesen vernichtenden Schlag hinnahm, der alle ihre Pläne endgültig vereitelte und für sie gleichbedeutend war mit einem Todesurteil. Er wollte sehen, wie Jansci darauf reagierte, doch soweit sich das feststellen ließ, reagierte Jansci überhaupt nicht. Sein Gesicht war völlig unbewegt, und er betrachtete den Kommandanten mit einem nachdenklichen, prüfenden Blick — einem Blick, mußte Reynolds denken, der auf eine seltsame Weise dem Blick ähnelte, womit der Kommandant Jansci betrachtete.

Als die letzte Kette um ein Stuhlbein gelegt und eingerastet war, richtete der Kommandoführer den Blick fragend auf den Kommandanten. Dieser machte eine abschließende Handbewegung.

»Fertig? Und die beiden sind zuverlässig gefesselt?«

»Absolut zuverlässig.«

»Gut. Dann können Sie jetzt gehen.«

Er wartete, bis sich die Tür geschlossen hatte, verschränkte seine schmalen Hände und sprach dann weiter in seiner ruhigen Art.

»Ja, meine Herrren, wirklich ein einzigartiger Augenblick: ein britischer Geheimagent, durch seine eigenen Worte überführt, und das gefürchtete Oberhaupt der erfolgreichsten antikommunistischen Gruppe in Ungarn, beide auf einen Schlag. Wir wollen uns jedoch nicht damit aufhalten, über diesen Erfolg zu triumphieren; das ist reine Zeitverschwendung, ein törichtes Vergnügen für Dummköpfe und Schwachsinnige.« Er lächelte ein wenig. »Als erstes werden Sie natürlich wissen wollen — ach, Mr. Reynolds, würden Sie die Güte haben, dem Beispiel Ihres Freundes zu folgen und sich nicht selbst ganz unnötigerweise irgendeinen Schaden zufügen, indem Sie die Festigkeit dieser Ketten ausprobieren —, wie gesagt, Sie werden zunächst einmal wissen wollen, wie es dazu gekommen ist, daß Sie sich in dieser unerfreulichen Situation befinden. Es besteht kein Grund, weshalb Sie es nicht sofort erfahren sollten.« Er richtete den Blick auf Jansci. »Ich muß Ihnen leider mitteilen, daß Ihr so ungewöhnlich befähigter und ganz unglaublich couragierter Freund, der so lange und mit so phantastischem Erfolg die Rolle eines Majors bei der AVO gespielt hat, schließlich doch zum Verräter an Ihnen geworden ist.«

Es entstand ein längeres Schweigen. Reynolds sah mit ausdruckslosem Gesicht zu dem Kommandanten und dann zu Jansci hin. Janscis Gesicht war völlig beherrscht.

»So etwas kann natürlich immer einmal vorkommen«, sagte er. »Doch ich nehme an, es geschah völlig unbeabsichtigt.«

»Das allerdings«, sagte der Kommandant und nickte zustimmend. »Oberst Hidas, dessen Bekanntschaft Captain Reynolds ja bereits gemacht hat, hatte in bezug auf Major Howarth seit einiger Zeit so ein Gefühl – es war nicht mehr als ein Gefühl, noch nicht einmal ein Verdacht.« Reynolds hörte zum erstenmal den Namen, unter dem der Graf bei der AVO bekannt war. »Doch gestern verstärkte sich dieses Gefühl zum Verdacht, und der Verdacht verdichtete sich zur Gewißheit, und daher stellten ihm Hidas und mein Freund Furmint eine Falle, wobei sie sich als Köder der Mitteilung bedienten, daß sich der Professor hier in diesem Gefängnis befinde, und daß das Zimmer von Furmint genügend lange leer sein würde, um sich dort gewisse Dokumente und Dienstsiegel zu beschaffen – dieselben, die jetzt hier vor mir auf meinem Schreibtisch liegen. Ihr Freund, an dessen genialer Begabung nicht zu zweifeln ist, ging prompt in die Falle. Aber irren ist menschlich, und wir sind alle nur Menschen.«

»Ist er tot?«

»Aber nein – er lebt, befindet sich bei bester Gesundheit und hat bisher noch nicht die leiseste Ahnung, daß er entlarvt ist. Man hat ihn unter irgendeinem dienstlichen Vorwand weggeschickt, damit er heute hier nicht im Wege ist; ich vermute, daß Oberst Hidas die Verhaftung persönlich vorzunehmen wünscht. Er wird im Laufe des Vormittags hier erscheinen. Heute um Mitternacht wird man Howarth in der Andrassy Ut den Prozeß machen und ihn anschließend hinrichten – wobei ich allerdings fürchte, daß die Vollstrekkung des Urteils einige Zeit in Anspruch nehmen wird.«

»Zweifellos«, meinte Jansci. »Man wird ihn vor versammelter Mannschaft sehr allmählich sterben lassen, damit niemand auf die Idee kommt, es ihm gleichtun zu wollen. Diese Dummköpfe! Wissen sie denn gar nicht, daß es einen solchen Mann nur einmal geben kann?«

»Damit haben Sie wohl leider recht. Doch das ist nicht meine Sorge. Und wie ist nun Ihr Name, wenn ich bitten darf?«

»Nennen Sie mich bitte Jansci.«

»Ja, für den Augenblick genügt das.« Der Kommandant nahm seinen Klemmer ab und klopfte damit nachdenklich auf den Schreibtisch. »Sagen Sie, Jansci, was wissen Sie eigentlich darüber, aus was für Leuten sich unsere Geheime Staatspolizei zusammensetzt?«

»Ich höre; denn Sie haben doch offensichtlich den Wunsch, es mir zu erklären.«

»Ja, ich werde es Ihnen erklären, obwohl ich meine, daß es Ihnen bereits bekannt sein müßte. Bis auf verschwindend geringe Ausnahmen besteht die AVO fast ausschließlich aus ehrgeizigen Machtstrebern, aus Schwachköpfen, die finden, daß der Dienst bei uns keine geistigen Anforderungen an sie stellt, aus den unvermeidlichen Sadisten, die allein schon durch ihre Veranlagung für irgendeine normale bürgerliche Beschäftigung nicht in Frage kommen, aus Leuten, die vergiftet sind vom Haß auf die menschliche Gesellschaft: Das Beispiel für diese letzte Kategorie ist Oberst Hidas, ein Jude, also Angehöriger eines Volkes, das in Zentraleuropa unvorstellbaren Leiden ausgesetzt war. Außerdem gibt es bei uns natürlich auch Leute, die überzeugte Kommunisten sind — sie stellen zwar nur eine verschwindend geringe Minderheit dar, sind aber gleichwohl gefürchteter und gefährlicher als alle anderen, da sie völlig ausgefüllt sind von der Idee des Staates, Automaten also, deren persönliches moralisches Unterscheidungsvermögen entweder dauernd abgeschaltet oder aber völlig atrophiert ist. Zu dieser Kategorie gehört Furmint. Hidas übrigens auch.«

»Ihre Selbstsicherheit ist wirklich erstaunlich«, sagte Reynolds.

»Er ist der Kommandant des Szarhaza-Gefängnisses«, gab ihm Jansci zur Antwort. »Aber sagen Sie, Herr Kommandant, warum erzählen Sie uns das alles? Sagten Sie nicht vorhin, daß Zeitverschwendung für Sie ein Greuel sei?«

»Dieser Meinung bin ich noch immer, glauben Sie mir. Hören Sie bitte weiter. Wenn es sich um die heikle Frage handelt, wie man das Vertrauen eines anderen gewinnen soll, so zeigt sich, daß die Angehörigen all der verschiedenen Kategorien, die ich Ihnen geschildert habe, eines gemeinsam haben: Sie alle, mit Ausnahme von Hidas, halten fest an der unerschütterlichen Überzeugung, daß der Weg zu dem Herzen eines anderen Menschen ...«

»Verschonen Sie uns mit diesen Phrasen«, sagte Reynolds grimmig. »Sie wollen also sagen, daß diese Leute, wenn sie von jemand die Wahrheit erfahren wollen, sie aus ihm herausprügeln.«

»Das ist zwar kraß, aber mit bemerkenswerter Kürze ausgedrückt«, meinte der Kommandant. »Um mich ähnlich kurz zu fassen: Ich habe den Auftrag, Ihr Vertrauen zu gewinnen, meine Herren — genauer gesagt: von Captain Reynolds ein umfassendes Geständnis zu erhalten und von Jansci über seinen wahren Namen, das Ausmaß und die Arbeitsweise seiner Organisation Aufschluß zu bekommen. Die abstoßenden und mittelalterlichen Methoden, deren sich die — hm — Kollegen, von denen ich soeben sprach, in allen derartigen Fällen zu bedienen pflegen, sind Ihnen bekannt.«

»Abstoßend?« sagte Jansci, leise verwundert.

»Für mich, ja. Mir als ehemaligem Professor für Neurochirurgie an der Budapester Universität ist diese ganze mittelalterliche Idee des hochnotpeinlichen Verhörs einfach ein Greuel. Um ehrlich zu sein, ich finde jede Art von Verhör widerwärtig, doch es bieten sich mir hier in diesem Gefängnis ganz unvergleichliche Möglichkeiten zur Beobachtung von nervösen Störungen, und ich vermochte tiefer, als das bisher je möglich war, in die außerordentlich komplizierte Arbeitsweise des menschlichen Nervensystems einzudringen. Glauben Sie mir, ich bin nicht der einzige Mediziner, der ein Gefängnis oder ein Lager leitet. Wir leisten dem Staat außerordentlich wertvolle Dienste – doch die Dienste, die der Staat uns leistet, sind nicht weniger wertvoll.«

Er brach ab und lächelte, fast ein wenig verlegen. »Durch Oberst Hidas ist mir bereits bekannt, daß bei Captain Reynolds eine verschärfte Vernehmung kaum zum Ziele führen dürfte. Und was Sie betrifft ...« Er richtete den Blick langsam auf Jansci. »Ich glaube nicht, daß ich schon jemals einen Menschen gesehen habe, dessen Gesicht von den Spuren so vieler durchlittener Leiden gezeichnet gewesen wäre. Ich will Ihnen nicht schmeicheln, aber ich muß Ihnen gestehen, daß ich mir keine körperliche Qual vorstellen kann, durch die man Sie auch nur im mindesten mürbe machen könnte.«

Er lehnte sich im Stuhl zurück, steckte sich eine lange, dünne Zigarette an und betrachtete Jansci und Reynolds nachdenklich. Nachdem mehr als zwei Minuten vergangen waren, kam er mit dem Oberkörper wieder nach vorn.

»Nun, meine Herren, soll ich einen Stenografen kommen lassen?«

»Ganz wie Sie wünschen«, sagte Jansci höflich. »Doch wir würden Ihnen ungern noch mehr von Ihrer kostbaren Zeit stehlen, als wir es bereits getan haben.«

»Ich hatte keine andere Antwort erwartet«, sagte der Kommandant. Er drückte auf einen Knopf, sprach sehr rasch in ein eingebautes Mikrophon und legte sich dann wieder in seinen Stuhl zurück. »Von Pawlow, dem russischen Psychologen, werden Sie vermutlich gehört haben, oder?«

»Der Schutzheilige der AVO, wenn ich nicht irre«, murmelte Jansci.

»Heilige gibt es nicht nach unserer marxistischen Lehre – Pawlow war übrigens, das muß ich leider sagen, kein Anhänger dieser Lehre. Aber in gewisser Weise haben Sie natürlich recht. Wenn er auch, von uns aus gesehen, ein blutiger Anfänger war, ein Stümper, so sind doch diejenigen unter uns, die sich fortschrittlicherer Methoden der Vernehmung bedienen, ihm außerordentlich zu Dank verpflichtet, und ...«

»Die Sache mit Pawlow, seinen Hunden und dem bedingten Reflex ist uns durchaus bekannt«, fiel ihm Reynolds ins Wort. »Wir befinden uns hier im Szarhaza-Gefängnis, nicht in der Budapester Universität. Ersparen Sie uns das Kolleg über die Geschichte der Gehirnwäsche.«

Zum erstenmal bekam die Maske der bemühten Gefaßtheit einen Sprung, auf den vorstehenden Backenknochen des Kommandanten erschienen rote Flecken, doch er hatte sich sofort wieder in der Hand. »Sie haben natürlich völlig recht, Captain Reynolds. Es erfordert eine gewisse, sagen wir, philosophische Objektivität, um –

doch ich schweife schon wieder ab. Ich wollte nur sagen, daß es uns durch die physiologischen Methoden Pawlows und durch gewisse — hm — psychologische Prozesse, die Sie im Lauf der Zeit an sich selbst konstatieren werden, möglich geworden ist, ganz unglaubliche Erfolge zu erzielen.« Die schwärmerische und dabei völlig sachliche Begeisterung dieses Mannes hatte etwas Furchterregendes. »Es gibt keinen Menschen, bei dem es uns nicht möglich wäre, seinen Widerstand zu brechen — und zwar so, daß nicht die geringste Narbe zu sehen ist. Die Bemühungen der Amerikaner, die Angehörigen ihrer Geheimdienste widerstandsfähig zu machen gegen das, was die westliche Welt so unschön und kraß als Gehirnwäsche bezeichnet, sind ebenso rührend wie zwecklos. Wir haben Kardinal Mindszenty innerhalb von achtundvierzig Stunden mürbe gemacht; wir können jeden mürbe machen.«

Er brach ab, als drei Männer in weißen Mänteln den Raum betraten, und warteten, bis einer dieser Männer in zwei Tassen etwas hineingegossen hatte, was offensichtlich Kaffee war.

»Das, meine Herren, sind meine Assistenten. Entschuldigen Sie die weißen Kittel — ein ziemlich billiger psychologischer Trick, der sich aber bei den meisten unserer — hm — Patienten als recht wirkungsvoll erweist. Und das da ist Kaffee, meine Herren. Bitte, trinken Sie.«

»Der Teufel soll mich holen«, sagte Reynolds trocken.

»Wenn Sie es nicht freiwillig tun, müßten wir Ihnen die Nase zuklemmen und Ihnen einen Schlauch in den Hals stecken«, meinte der Kommandant. »Also bitte, seien Sie doch nicht kindisch.«

Reynolds trank, und Jansci gleichfalls. Es schmeckte genau wie jeder andere Kaffee, nur besonders stark und vielleicht etwas bitterer.

»Ja, es ist echter Kaffee«, sagte der Kommandant lächelnd. »Doch er enthält außerdem einen chemischen Stoff, der allgemein unter dem Namen Actedron bekannt ist. Lassen Sie sich durch die Wirkung dieses Stoffes nicht täuschen, meine Herren. Er wirkt zunächst anregend, und Sie werden entschlossener sein denn je, Widerstand zu leisten; doch nach kurzer Zeit kommen dann ziemlich heftige Kopfschmerzen, Schwindelgefühl, Übelkeit, krampfhafte Unruhe und ein Zustand einer gewissen geistigen Verwirrung — nach Ablauf einer bestimmten Zeit bekommen Sie natürlich nochmals die gleiche Dosis.« Er zeigte auf die Spritze, die einer der Assistenten in der Hand hielt, und fuhr mit seiner Erklärung fort: »Das ist Mescalin — erzeugt einen geistigen Zustand, der große Ähnlichkeit mit der Schizophrenie hat, und erfreut sich, wie ich höre, bei Malern und Schriftstellern der westlichen Welt zunehmender Beliebtheit — wobei ich allerdings, im eigenen Interesse dieser Leute, hoffen möchte, daß sie sich das Mescalin nicht gleichzeitig mit Actedron zuführen.«

Reynolds starrte ihn an und spürte, wie es ihm kalt über den Rücken lief. Die ruhige, gemütlich-professorale Art, in der der Kommandant sprach, wirkte auf eine vertrackte Art übel und unmenschlich, und das um so mehr, da diese Wirkung gar nicht beabsichtigt war. Dieser Mann war gar kein Sadist, er war nur so völlig besessen von dem Verlangen, seine Forschungsarbeit, sein Lebenswerk weiterzutreiben, daß daneben für irgendeine menschliche Regung einfach kein Platz blieb. Der Kommandant fuhr mit seinen Erklärungen fort:

»Später werde ich Ihnen dann eine neue Substanz injizieren lassen, von mir selbst entwickelt, aber vor so kurzer Zeit, daß ich noch gar keinen Namen dafür habe. Die Kombination dieser drei Drogen erzeugt, nach vielleicht zweimaliger Verabreichung, einen Zustand absoluter geistiger Erschöpfung — Sie werden also zusammenbrechen. Dann erzählen Sie uns alles, was wir von Ihnen wissen wollen, und es wird die Wahrheit sein — und wir sagen Ihnen, was Sie denken sollen, und für Sie wird das dann gleichfalls die Wahrheit sein.«

»Und das erzählen Sie uns vorher alles so genau?« sagte Jansci langsam.

»Warum nicht? Gewarnt zu sein, ist in diesem Falle nicht gleichbedeutend mit gewappnet zu sein: Der Ablauf dieses Prozesses ist unabänderlich.« Er sprach mit einer Sicherheit, die jeglichen Zweifel ausschloß, und gab den weißbekittelten Assistenten einen Wink, die Injektion vorzunehmen. Dann drückte er auf einen Knopf an seinem Schreibtisch. »Kommen Sie, meine Herren, es ist an der Zeit, Ihnen zu zeigen, wo Sie untergebracht werden.«

Im nächsten Augenblick erschienen die Posten erneut, schlossen Janscis und Reynolds' Arme und Beine von den Armlehnen und Beinen der Stühle los und fesselten ihnen die Handgelenke und Fußgelenke sofort wieder aneinander, mit einer so zügigen Präzision, daß die Idee, einen Fluchtversuch zu unternehmen, überhaupt nicht aufkommen konnte. Dann ging der Kommandant voraus, Jansci und Reynolds hinterher, recht und links von je zwei Posten flankiert, während hinter jedem von ihnen ein dritter Posten mit schußbereiter Waffe blieb. Die Vorsichtsmaßnahmen waren lückenlos.

Es ging quer über den verschneiten Hof, durch den bewachten Eingang in einen Gebäudekomplex mit massiven Mauern und vergitterten Fenstern und einen schmalen, schwachbeleuchteten Korridor entlang. Etwa auf halbem Wege blieb der Kommandant am Anfang einer steinernen Treppe stehen, die nach unten in die Dunkelheit führte, winkte einem der Posten, zeigte auf eine Tür und wandte sich dann an die beiden Gefangenen.

»Ein letzter Anblick, meine Herren, ein Bild, das Sie mit hinunternehmen können in die Kerkerzellen dort unten, um daran zu denken, während Sie die letzten Stunden als diejenigen verbringen, die Sie Ihr bisheriges Leben lang gewesen sind.« Der Kommandant öffnete die Tür, die der Posten aufgeschlossen hatte und sagte: »Nach Ihnen, meine Herren.«

Reynolds und Jansic, durch die Fesseln behindert, stolperten hinein und hielten sich, um nicht zu fallen, am Fußende einer altmodischen Bettstelle fest. Auf dem Bett lag ein Mann und schlief, und Reynolds sah ohne jede Überraschung, daß es Professor Jennings war. Er war bleich und hager und schien in den drei Tagen, seit Reynolds ihn nicht gesehen hatte, um Jahre gealtert zu sein; doch er war fast augenblicklich wach, und Reynolds konnte ein leises Gefühl der Befriedigung nicht unterdrücken, als er sah, daß Jennings, was immer der alte Mann sonst eingebüßt haben mochte, seinen Starrsinn jedenfalls behalten hatte: Seine Augen sprühten glühende Funken, während er sich mühsam aufrichtete.

»Was, in drei Teufels Namen, soll nun das schon wieder bedeuten?« sagte er auf englisch. Doch Reynolds konnte feststellen, daß der Kommandant ihn verstand. »Habt ihr verdammten Burschen mich das Wochenende über nicht schon genug belästigt, ohne ...«

Er brach ab, als er jetzt Reynolds erkannte, und starrte ihn an.

»Haben diese Kerle Sie also auch erwischt?«

»Zwangsläufig«, sagte der Kommandant in einwandfreiem Englisch. Er wandte sich an Reynolds. »Sie haben den weiten Weg von England hierher gemacht, um den Professor zu sprechen. Sie haben ihn gesprochen. Jetzt können Sie Abschied von ihm nehmen, er fährt heute nachmittag — genauer gesagt, in drei Stunden — nach Rußland.« Er wandte sich wieder an Jennings und sagte: »Die Straßen sind außerordentlich schlecht. Wir haben dafür gesorgt, daß ein Sonderwagen an den Zug nach Pecs angehängt wird. Sie werden auf diese Weise sehr bequem reisen.«

»Pecs?« sagte Jennings und starrte den Kommandanten wütend an. »Wo, zum Teufel, liegt Pecs?«

»Hundert Kilometer südlich von hier, mein lieber Herr Professor. Der Flughafen von Budapest ist zur Zeit durch den Schnee unbrauchbar, doch den letzten Meldungen zufolge ist der Flugplatz von Pecs noch offen. Dort erwartet Sie ein Sonderflugzeug, das Sie und — hm — einige ander Spezialfälle nach Rußland bringen wird.«

Jennings wandte sich Reynolds zu. »Mein Sohn Brian ist also in England angekommen?« fragte er, und Reynolds nickte stumm. »Und ich bin noch immer hier, wie? Das haben Sie großartig gemacht, junger Mann, einfach großartig. Was jetzt werden soll, das mag der Himmel wissen.«

»Ich kann Ihnen nicht sagen, wie leid mir das alles tut, Herr Professor«, sagte Reynolds. Er zögerte einen Augenblick unentschlossen, doch dann fuhr er fort: »Etwas möchte ich Ihnen gern noch sagen. Ich bin zwar dienstlich nicht dazu befugt, doch dieses einemal soll mir das verdammt gleichgültig sein. Ihre Frau – die Operation Ihrer Frau war ein hundertprozentiger Erfolg, Ihre Frau ist auf dem Wege der Besserung und schon so gut wie völlig wiederhergestellt.«

»Was! Was sagen Sie da?« Jennings packte Reynolds bei den Rockaufschlägen und schüttelte ihn. »Das ist nicht wahr! Ich weiß, daß Sie lügen! Der Chirurg hat gesagt . . .«

»Ja, aber er hat es gesagt, weil wir es von ihm verlangt hatten«, unterbrach ihn Reynolds. »Ich weiß, das war unverzeihlich, doch es war außerordentlich wichtig, Sie zu veranlassen, nach England zurückzukehren, und deshalb mußte mit jedem möglichen Druckmittel gearbeitet werden. Aber da jetzt sowieso alles aus ist, dachte ich, ich könnte es Ihnen genausogut auch sagen.«

»Mein Gott, mein Gott!« stöhnte der Professor und weinte vor Glück. »Das ist ja wunderbar, ich kann Ihnen gar nicht sagen, wie wunderbar das ist. Und noch vor wenigen Stunden war ich fest davon überzeugt, daß ich nie im Leben mehr glücklich sein könnte.«

»Interessant, außerordentlich interessant«, bemerkte der Kommandant. »Und da besitzt der Westen die Frechheit, uns Unmenschlichkeit vorzuwerfen.«

»Sie haben ganz recht«, meinte Jansci leise. »Aber zumindest pumpt man im Westen die Leute nicht gegen ihren Willen voll mit Actedron und Mescalin.«

»Was? Was sagen Sie da?« sagte Jennings. »Wen hat man vollgepumpt mit . . .?«

»Uns«, unterbrach ihn Jansci freundlich. »Man wird uns ordnungsgemäß den Prozeß machen und uns dann im Morgengrauen erschießen, doch vorher werden wir aufs Rad geflochten – natürlich mit modernen wissenschaftlichen Methoden.«

Jennings starrte Jansci und Reynolds an, und aus dem ungläubigen Staunen auf seinem Gesicht wurde allmählich ein Ausdruck des Entsetzens. Er stand auf und sah den Kommandanten an.

»Ist das wahr? Ich meine, stimmt das, was dieser Mann da sagt?«

Der Kommandant zuckte die Schultern. »Er übertreibt natürlich, aber . . .«

»Also ist es wahr«, sagte Jennings, und seine Stimme war völlig ruhig. »Mr. Reynolds, Sie brauchen sich keine Vorwürfe zu machen, daß Sie mir über meine Frau die Unwahrheit gesagt haben. Dieses Druckmittel wäre jetzt gar nicht mehr nötig. Doch nun ist es zu spät. Das ist mir klar, wie mir überhaupt alles mögliche klarzuwerden beginnt. Und ich weiß auch, was ich nie in meinem Leben mehr sehen werde.«

»Ihre Frau?« sagte Jansci.

»Ja, meine Frau. Und meinen Sohn.«

»Sie werden sie wiedersehen«, sagte Jansci. Er sagte es in einem

Ton absoluter Gewißheit, daß die anderen ihn verwundert anstarrten und sich fragten, ob dieser Mann ein Hellseher sei oder ein Wahnsinniger. »Das verspreche ich Ihnen, Herr Professor.«

Der alte Mann starrte ihn an, doch dann erlosch die Hoffnung langsam in seinen Augen.

»Das ist sehr freundlich von Ihnen, mein Herr. Die Religion . . .«

»Nein«, unterbrach ihn Jansci. »Hier in dieser Welt — und sogar bald.«

»Schafft den Mann fort«, befahl der Kommandant. »Er redet bereits irre.«

Michael Reynolds wurde wahnsinnig, langsam, aber unaufhaltsam, und das Schrecklichste dabei war, daß er genau wußte, daß er wahnsinnig wurde. Doch seit man sie hier in diesem unterirdischen Keller auf ihren Stühlen festgeschnallt und ihnen die letzte Spritze in den Körper gejagt hatte, war es ihm nicht möglich gewesen, sich gegen den unaufhaltsam ausbrechenden Wahnsinn zur Wehr zu setzen, und je mehr er versuchte, dagegen anzugehen, je heftiger er sich bemühte, die Symptome nicht zu beachten, desto schärfer und schmerzhafter registrierte er diese grauenhaften Symptome, desto tiefer gruben sich diese teuflichen Krallen in sein Gehirn, chemische Krallen, die ihn um den Verstand brachten.

Übelkeit stieg in Wellen in ihm auf, in seinem Magen war es, als habe dort jemand in ein Wespennest gestochen, das Atmen machte ihm Schwierigkeiten, und immer häufiger schnürte sich ihm die Kehle zusammen, daß er krampfhaft und voller Angst nach Luft schnappte und schon zu ersticken glaubte, bis dann im letzten Augenblick der Krampf nachließ und seine gequälten Lungen sich voll Luft pumpten. Doch das Schlimmste von allem, das war sein Kopf. In seinem Kopf herrschte eine dunkle Verwirrung, sein Bewußtsein schien sich zu zerfransen und mehr und mehr den Kontakt mit der Realität zu verlieren, so verzweifelt er sich auch bemühte, das letzte Restchen von Vernunft zu bewahren, das Actedron und Mescalin ihm noch gelassen hatten. Sein Hinterkopf fühlte sich an, als ob er in einem Schraubstock säße, und die Augen taten ihm unbeschreiblich weh. Er vernahm Stimmen; Stimmen, die aus weiter Ferne zu ihm drangen, während sein letzter Widerstand erlahmte und er endgültig in dem finsteren Nebel des Wahnsinns versank.

Doch die Stimmen kamen noch immer — selbst in der schwarzen Tiefe vernahm er sie noch. Nein, nicht Stimmen, schienen ihm irgend etwas mitzuteilen, es waren nicht Stimmen, sondern eine Stimme. Und diese Stimme war keine Einflüsterung seines Wahnsinns, wie es all die anderen Stimmen gewesen waren, diese Stimme rief laut. Es war eine Stimme, die er genau kannte, wenn er sie auch noch nie so gehört hatte wie jetzt: Es dämmerte ihm dunkel, daß es Janscis Stimme war, und sie rief ihm wieder und wieder zu: »Nehmen Sie den Kopf hoch! Nehmen Sie um Gottes willen den Kopf hoch! Kopf hoch! Kopf hoch!«

Langsam, Zentimeter um Zentimeter, mit einer Anstrengung, als hebe er ein ungeheures Gewicht, hob Reynolds den Kopf, der ihm auf die Brust gesunken war, wieder in die Höhe, bis er fühlte, wie sein Hinterkopf gegen das Holz des Stuhlrückens drückte. In dieser Haltung blieb er eine ganze Weile, keuchend wie ein Langstreckenläufer am Ende eines mörderisch harten Rennens, doch dann begann sein Kopf wieder vornüber zu sinken.

»Behalten Sie den Kopf oben! Ich habe Ihnen gesagt, Sie sollen den Kopf oben behalten!« rief Jansci mit befehlender Stimme, und Reynolds spürte plötzlich, registrierte mit absoluter Klarheit, daß Jansci ihm etwas von der phantastischen Willenskraft übermittelte, die ihn befähigt hatte, das Kolyma-Gebirge zu verlassen und auf der endlosen Wanderung durch das Niemandsland der sibirischen Eiswüsten am Leben zu bleiben. »Ich sage Ihnen, behalten Sie den Kopf oben! So, ja – das ist besser! Und jetzt die Augen – machen Sie die Augen auf und sehen Sie mich an!«

Reynolds machte die Augen auf. Es kostete ihn eine solche Anstrengung, als habe ihm jemand dicke Bleiplatten daraufgelegt, doch er schaffte es schließlich, die Augen zu öffnen. Zunächst vermochte er überhaupt nichts zu erkennen, alles verschwamm ihm vor den Augen, wie ein undeutlicher Nebel, doch dann begriff er plötzlich, daß sein Blick tatsächlich auf einen undeutlichen Nebel fiel, und es fiel ihm auch wieder ein, daß auf dem steinernen Fußboden das Wasser zwanzig Zentimeter hoch stand, und daß überall an den Wänden dieses Kellers Rohre entlangliefen, aus denen Dampf strömte: Die feuchte Hitze, die schlimmer war als in irgendeinem Dampfbad, gehörte zu der Behandlung.

Und jetzt konnte er auch Jansci sehen. Er sah ihn wie durch eine beschlagene Fensterscheibe, doch er konnte ihn sehen, keine drei Meter entfernt und genauso an einem Stuhl festgeschnallt wie er selbst. Er konnte sehen, wie er den Kopf dauernd von einer Seite zur anderen drehte, wie seine Kiefer unablässig mahlten und sich die Hände an seinen gefesselten Armen krampfhaft öffneten und zusammenballten, um die unerträgliche Spannung, das teuflisch schmerzende Kitzeln des überreizten Nervensystems ein wenig zu lindern.

»Behalten Sie den Kopf oben, Michael, lassen Sie ihn nicht wieder sinken«, sagte er warnend und mahnend, und in all seiner Qual berührte es Reynolds sonderbar stark, daß Jansci ihn zum erstenmal bei seinem Vornamen nannte, den er genauso aussprach, wie ihn seine Tochter ausgesprochen hatte. »Und halten Sie um Himmels willen Ihre Augen offen. Geben Sie nicht nach, machen Sie, was Sie wollen, aber lassen Sie sich nicht gehen! Die Wirkung dieser verdammten Chemikalien erreicht irgendeinen kritischen Höhepunkt, und wenn man den übersteht — nicht nachgeben!« rief er plötzlich laut. Von neuem öffnete Reynolds die Augen, und diesmal war die Anstrengung schon ein klein wenig geringer.

»Ja, so ist es richtig!« sagte Jansci, und Reynolds konnte seine Stimme schon deutlicher hören. »Mir war vor einem Augenblick genauso zumute, aber wenn man nachgibt, dann ist man rettungslos verloren. Nur nicht aufgeben, mein Junge, nicht aufgeben. Ich spüre bereits, daß es nachläßt.«

Und auch Reynolds konnte fühlen, wie sich der klammernde Griff der Chemikalien lockerte. Er hatte noch immer das gleiche verzweifelte Verlangen, sich loszureißen, jeden einzelnen Muskel zu verkrampfen, doch in seinem Kopf wurde es allmählich klarer, und der Schmerz hinter seinen Augen begann nachzulassen. Jansci sprach die ganze Zeit zu ihm, machte ihm Mut und lenkte ihn ab, und allmählich begann sich sein ganzer Körper zu beruhigen, ihm wurde kalt, selbst in der mörderischen Hitze, die in diesem Keller herrschte, und Anfälle von heftigem Schüttelfrost ließen ihn am ganzen Leibe erzittern. Dann ließ der Schüttelfrost nach und verging. Reynolds begann zu schwitzen und war einer Ohnmacht nahe, als die feuchte Hitze, die den Dampfrohren entströmte, mit jedem Augenblick zunahm. Er war abermals am Rande des Zusammenbruchs, diesmal allerdings bei klarem Verstand, als die Tür aufging und Wärter in Gummistiefeln platschend durch das Wasser herankamen. Innerhalb weniger Sekunden hatten die Wärter sie losgeschnallt und führten sie eilig durch die offene Tür hinaus in die klare, eisige Luft — und zum erstenmal in seinem Leben wußte Reynolds genau, wie einem, der in der Wüste verdurstete, Wasser schmecken mußte.

Er konnte sehen, wie Jansci, der vor ihm ging, die Hände der Wärter abschüttelte, die ihn rechts und links stützten, und Reynolds folgte seinem Beispiel, obwohl ihm zumute war wie einem, der ein langes, schweres Fieber hinter sich hat. Er schwankte und war nahe daran umzufallen, als die Wärter seine Arme losließen, gewann aber sein Gleichgewicht wieder und zwang sich, aufrecht und mit hocherhobenem Haupt hinter Jansci her in den Schnee und die bittere Kälte des Hofes hinauszugehen.

Der Kommandant, der sie hier erwartete, kniff ungläubig die Augen zusammen, als er sie herauskommen sah. Für einen Augenblick verschlug es ihm die Sprache, doch er hatte sich rasch gefaßt, und sein Gesicht verbarg sich wieder hinter der gewohnten professoralen Maske.

»Wahrhaftig, meine Herren, hätte mir einer meiner Kollegen dies berichtet, so würde ich ihn einen Lügner genannt haben. Ich hätte es ihm einfach nicht geglaubt. Darf ich Sie, aus rein klinischem Interesse, nach Ihrem Befinden fragen?«

»Mir ist kalt«, sagte Reynolds. »Es ist Ihnen vielleicht nicht aufgefallen, aber unsere Füße sind klatschnaß — wir haben die letzten zwei Stunden im Wasser gestanden.« Reynolds lehnte sich lässig gegen die Wand, während er sprach; nicht, daß diese Haltung seiner Gemütslage entsprochen hätte, sondern weil er ohne die stützende Wand zusammengebrochen und in den Schnee gefallen wäre. Doch auch die Wand bedeutete keine so entscheidende Stütze und Hilfe, wie der anerkennende Blick, den Jansci ihm zuwarf.

»Alles zu seiner Zeit«, sagte der Kommandant. »Periodischer Temperaturwechsel gehört gleichfalls zu der — hm — Behandlung. Ich gratuliere, meine Herren. Dies verspricht ein ungewöhnlich interessanter Fall zu werden.« Er wandte sich an einen der Wachtposten. »Stellen Sie den beiden eine Uhr in den Keller, und zwar an eine Stelle, wo beide sie sehen können. Die nächste Injektion mit Actedron erfolgt — Moment, es ist jetzt zwölf Uhr mittags —, erfolgt genau zwei Uhr nachmittags. Wir wollen die Patienten nicht unnötig in Spannung halten.«

Zehn Minuten später sah Reynolds, der nach der Kälte draußen auf dem Hof in der plötzlichen Hitze des Kellers mühsam nach Luft schnappte, zu der tickenden Uhr hin und dann Jansci an.

»Dieser Bursche läßt auch nicht die kleinste Kleinigkeit aus, um die Folter zu vervollkommnen, finden Sie nicht?«

»Er wäre entsetzt, ehrlich entsetzt, wenn er hören würde, daß Sie von Folter sprechen«, sagte Jansci nachdenklich. »In seinen eigenen Augen ist der Kommandant nichts als ein Wissenschaftler, der ein Experiment durchführt und dem es nur darum geht, die wirkungsvollste Methode zur Erreichung eines bestimmten Resultats zu ermitteln. Er ist natürlich ernstlich geistesgestört, genauso verrückt wie alle blinden Fanatiker. Wenn man ihm das sagen wollte, wäre er allerdings genauso schockiert.«

»Verrückt?« sagte Reynolds. »Er ist ein Unmensch, ein Teufel. Sagen Sie, Jansci, nennen Sie einen solchen Mann etwa auch Ihren Bruder? Glauben Sie immer noch an die brüderliche Verbundenheit aller Menschen?«

»Ein Unmensch?« meinte Jansci leise. »Nun gut, Sie sollen recht haben. Nur wollen wir dabei nicht vergessen, daß die Unmenschlichkeit keine Grenzen kennt, weder räumliche noch zeitliche. Sie ist keineswegs eine ausschließlich russische Errungenschaft. Tausende von Ungarn sind hingerichtet oder zu Tode gefoltert worden — wie viele, das weiß niemand genau — von ihren eigenen ungarischen Landsleuten. Die tschechische SSB stand der NKWD in nichts nach, und die polnische UB, die fast ausschließlich aus Polen bestand, war verantwortlich für schlimmere Greuel, als die Russen sie sich jemals hatten träumen lassen.«

»Noch schlimmer als Winniza?«

Jansci sah ihn lange und nachdenklich an, dann hob er die Hand und fuhr sich mit dem Handrücken über die Stirn — vielleicht, um den Schweiß abzuwischen.

»Winniza?« Er ließ die Hand sinken und richtete den Blick in eine unbestimmte Ferne. »Warum fragen Sie nach Winniza, Michael?«

»Ich weiß nicht. Julia sprach davon — vielleicht hätte ich nicht danach fragen sollen. Entschuldigen Sie bitte, Jansci, und denken Sie nicht mehr daran.«

»Sie brauchen sich nicht zu entschuldigen — und ich werde immer an Winniza denken müssen.« Er verstummte und sprach erst nach einer ganzen Weile langsam weiter. »Ich werde es nie vergessen. Es war im Jahre 1943, und ich war damals bei den Deutschen, als wir in der Nähe des Hauptquartiers des NKWD die Erde eines von einem hohen Zaun umgebenen Geländes aufgruben. Es war ein Massengrab, das die Leichen von zehntausend Toten enthielt. Wir fanden meine Mutter, meine Schwester, meine Tochter — Julias ältere Schwester — und meinen einzigen Sohn. Meine Tochter und mein Sohn waren lebendig begraben worden — das war leicht festzustellen.«

Jansci sprach weiter, und das dunkle, kochendheiße Verlies tief unter der gefrorenen Erde von Szarhaza hörte für Reynolds auf zu existieren. Er vergaß die grauenvolle Lage, in der sie sich befanden, dachte nicht mehr an den internationalen Skandal, den der Prozeß gegen ihn hervorrufen würde, er vergaß den Mann, der darauf brannte, sie zu vernichten, er hörte nicht einmal mehr das Ticken der Uhr. Er konnte an nichts anderes denken als an den Mann, der ihm da gegenübersaß und mit solcher Ruhe und Einfachheit von einem so grauenhaften Geschehen berichtete, und an das Wunder, daß es dieser Mann nicht nur fertiggebracht hatte, seinen Verstand nicht zu verlieren, sondern der wissende und gütige Mensch zu werden, der er war, mit einem Herzen, das völlig frei war von jeglichem Haß. Reynolds sah ihn an und wußte, daß er eben erst anfing zu begreifen, was für ein Mensch dieser Mann war.

»Es ist nicht schwer, Ihre Gedanken zu lesen«, sagte Jansci freundlich. »Ich habe so viele meiner nächsten und liebsten Menschen verloren, und eine Zeitlang habe ich darüber auch beinahe meinen Verstand verloren. Der Graf — ich werde Ihnen seine Geschichte eines Tages erzählen — hat sogar noch mehr verloren als ich; ich habe doch wenigstens noch Julia und, davon bin ich im Innersten überzeugt, auch meine Frau. Der Graf hat alles verloren, was er auf dieser Welt besaß. Doch dieses eine wissen wir beide: Wir wissen, daß es Mord war und gewaltsam vergossenes Blut, wodurch wir unsere Liebsten verloren haben, doch wir wissen auch, daß in alle Ewigkeit kein vergossenes Blut sie uns jemals zurückbringen wird. Rache ist sinnlos, ist Verblendung. Durch Rache kann nie und nimmer eine Welt entstehen, in der es unmöglich geworden ist, daß uns die, die wir lieben, durch Mord und Gewalttat entrissen werden.« Er brach ab, als er das Geräusch schwerer Schritte hörte, die sich draußen auf dem Korridor näherten, und richtete den Blick auf die Tür. »Ich fürchte«, sagte er leise, »wir werden schon wieder gestört.«

Die Posten betraten den Raum, schnallten die beiden los und beförderten sie in ihrer üblichen wortkargen Eile nach oben und quer über den Hof, auf dem jetzt eine große SIS-Limousine stand. Als sie bei dem Zimmer des Kommandanten angelangt waren, klopfte der Kommandoführer, wartete, bis von drinnen die Aufforderung zum Eintreten kam, stieß dann die Tür auf und schob die beiden vor sich her hinein. Der Kommandant war nicht allein, und Reynolds erkannte den Mann, der bei ihm war, sofort. Oberst Joseph Hidas, stellvertretender Chef der AVO. Hidas stand auf und ging auf Reynolds zu, der dastand und versuchte, das Klappern seiner Zähne und das Zittern seines Körpers zu unterdrücken: Auch ohne die Drogen begann der dauernde Temperaturwechsel allmählich eine sonderbar zermürbende Wirkung auszuüben.

»Ja, Captain Reynolds«, sagte Hidas und sah ihn lächelnd an, »so sehen wir uns also doch noch wieder. Diesmal allerdings unter Umständen, die für Sie noch unangenehmer sein dürften als das letztemal. Dabei fällt mir ein: Es wird Sie freuen zu hören, daß unser Freund Coco sich recht gut erholt hat und wieder seinen Dienst versieht, allerdings – er humpelt noch ein wenig.«

»Das höre ich mit Bedauern«, antwortete Reynolds. »Ich habe ihn also nicht kräftig genug getroffen.«

Hidas machte ein erstauntes Gesicht und sah den Kommandanten an. »Die beiden sind heute vormittag behandelt worden? Mit allem, was dazugehört?«

»Mit allem, was dazugehört, Oberst Hidas. Ein ungewöhnlich hohes Maß an Widerstandskraft – aber ein klinisches Problem, wie ich es mir nicht besser wünschen könnte. Sie werden noch vor Mitternacht anfangen zu reden.«

»Ich zweifle nicht daran«, sagte Hidas und wandte sich wieder Reynolds zu. »Der Prozeß gegen Sie findet am Donnerstag statt, vor dem Volksgerichtshof. Die offizielle Mitteilung erfolgt morgen, und wir bieten allen westlichen Journalisten, die an dem Prozeß teilzunehmen wünschen, unverzügliche Erteilung der Einreisegenehmigung und Unterbringung in den besten Hotels.«

»Es werden keine Zimmer übrigbleiben für irgendwelche anderen Reisenden«, murmelte Reynolds.

»Dagegen hätten wir nicht das geringste. Trotzdem ist die ganze Sache verhältnismäßig unwichtig im Vergleich zu einem anderen Prozeß, der sogar noch eher stattfinden wird, allerdings unter Ausschluß der Öffentlichkeit.« Hidas ging quer durch den Raum und blieb vor Jansci stehen. »Was ich in diesem Augenblick erlebe, ist, das muß ich offen gestehen, die Erfüllung meines brennendsten Wunsches, meines höchsten Ehrgeizes: dem Mann gegenüberzustehen, und zwar unter den entsprechenden Umständen, der mir mehr Ärger, größere und ernstlichere Schwierigkeiten und zahlreichere schlaflose Nächte verursacht hat als alle anderen — hm — Staatsfeinde zusammengenommen, mit denen ich jemals zu tun gehabt habe. Ja, ich leugne es nicht. Seit sieben Jahren schon sind Sie mir jetzt fast pausenlos in die Quere gekommen, haben Sie Hunderte von Verrätern und Feinden des Kommunismus geschützt und außer Landes gebracht, haben Sie gegen die Gesetze verstoßen und das Recht gebrochen. In den letzten anderthalb Jahren hat Ihre staatsfeindliche Tätigkeit, mit Hilfe des so ungewöhnlich begabten Major Howarth, ein geradezu unerträgliches Maß erreicht. Doch jetzt ist das schlimme Ende, das für jeden von Ihnen irgendwann einmal unweigerlich kommen muß, endlich da. Ich kann es kaum erwarten, Ihr Geständnis zu hören. Wie ist Ihr Name, mein Freund?«

»Jansci — einen anderen Namen habe ich nicht.«

»Natürlich! Ich hatte nichts anderes erwartet von einem Mann, der . . .« Hidas brach mitten im Satz ab, seine Augen weiteten sich, und das Blut wich aus seinem Gesicht. Er trat einen Schritt zurück, und dann noch einen. »Was hatten Sie eben gesagt, wie Ihr Name sei?« fragte Hidas, und seine Stimme war nur ein heiseres Flüstern.

»Jansci — einfach nur Jansci.«

Vielleicht zehn Sekunden vergingen in völligem Schweigen, während alles den Oberst der AVO anstarrte. Dann fuhr sich Hidas mit der Zunge über die Lippen und sagte mit rauher Stimme: »Drehen Sie sich um!«

Jansci machte kehrt, und Hidas starrte auf die Hände, die auf dem Rücken mit Handschellen gefesselt waren, bis sich Jansci schließlich ohne Aufforderung wieder herumdrehte.

»Sie sind tot!« sagte Hidas, dessen Stimme noch immer ein heiseres Flüstern war. »Sie sind vor zwei Jahren gestorben. Als wir Ihre Frau abholten . . .«

»Ich bin nicht gestorben, mein lieber Hidas«, unterbrach Jansci ihn. »Es war ein anderer, der damals starb — in jener Woche, als eure braunen Wagen so eifrig am Werke waren, gab es haufenweise Leute, die Selbstmord begingen. Wir suchten einfach den aus, der mir am ähnlichsten war. Wir holten den Toten in unsere Wohnung, zogen ihm meine Sachen an und präparierten seine Hände so sorgfältig, daß sie jeder Prüfung standhalten konnten. Wie Ihnen inzwischen wohl auch klargeworden sein dürfte, ist Major Howarth geradezu ein Genie, was Tarnung und Maskierung angeht.« Jansci zog die Schultern hoch. »Es war keine angenehme Sache, aber schließlich: Der Mann war ja schon tot. Meine Frau aber lebte — und wir dachten, daß sie vielleicht am Leben bleiben würde, wenn die AVO meinte, ich sei tot.«

»So also ist das. Ja, jetzt wird mir Verschiedenes klar.« Oberst Hidas hatte inzwischen Zeit gehabt, sich von seinem Schreck wieder zu erholen, und seiner Stimme war die Erregung anzuhören, der Triumph.

»Oberst Hidas!« sagte der Kommandant ungeduldig. »Wer ist dieser Mann?«

»Ein Mann, dem man leider nicht in Budapest den Prozeß machen wird. In Kiew, vielleicht in Moskau, aber nie und nimmer in Budapest. Kommandant, darf ich vorstellen: Generalmajor Alexis Illjurin, von der ukrainischen Nationalarmee, die rechte Hand von General Wlassow.«

»Illjurin!« sagte der Kommandant. »Hier, in meinem Dienstzimmer? Nicht möglich!«

»Es scheint unglaubhaft, ich weiß, doch es gibt auf der ganzen Welt nur einen Mann mit solchen Händen! Und Sie haben ihn noch nicht zum Reden gebracht? Nein? Doch er wird reden, wir müssen ein umfassendes Geständnis von ihm haben, wenn wir ihn auf die Reise nach Rußland schicken.« Hidas warf einen Blick auf seine Uhr. »Soviel zu tun, Herr Kommandant, und sowenig Zeit dafür. Ich muß sofort weiter. Geben Sie gut auf unseren Freund hier acht, bis ich wieder da bin. Ich werde in zwei, spätestens in drei Stunden zurück sein. Illjurin? Wahrhaftig, Illjurin!«

Jansci und Reynolds hatten sich nicht viel zu sagen, als sie anschließend wieder in ihrem Keller saßen. Janscis Gesicht war so beherrscht wie immer, doch auch ihn schien sein unerschütterlicher Optimismus verlassen zu haben. Und Reynolds war sich völlig darüber klar, daß alles verloren war, für Jansci sogar noch mehr als für ihn, daß die letzte Karte ausgespielt war.

Und während Reynolds den Mann ansah, der ihm da gegenübersaß, ruhig und völlig gefaßt, war er fast froh bei dem Gedanken, daß er selbst auch sterben würde, wobei er sich der bitteren Ironie durchaus bewußt war, daß diese Regung nicht etwa dem Mut entsprang, sondern im Gegenteil der Feigheit: Wenn Jansci tot war, und durch seine Schuld, so würde er Janscis Tochter nie wieder unter die Augen treten können. Aber fast unerträglich war der Gedanke, wie es Julia zwangsläufig ergehen mußte, wenn der Graf und Jansci und auch er, Reynolds, nicht mehr waren. Doch diese Vorstellung war kaum in ihm aufgestiegen, als er sie auch schon hart und unerbittlich von sich wies: Wenn es jemals einen Augenblick geben würde, da er jeden Gedanken unterdrücken mußte, der geeignet war, ihn weichzustimmen, so war dieser Augenblick jetzt gekommen.

Zischend schoß der Dampf aus den Rohren, der ganze Raum füllte sich mit feuchter Hitze, und die Temperatur stieg unablässig weiter an: fünfzig Grad, sechzig Grad, siebzig Grad. Sie waren am ganzen Körper klatschnaß, der Schweiß lief ihnen in die Augen und machte sie blind. Zweimal, dreimal verlor Reynolds das Bewußtsein, und wäre er nicht angeschnallt gewesen, so wäre er zu Boden gestürzt und in dem zwanzig Zentimeter hohen Wasser ertrunken.

Als er gerade wieder einmal aus einem solchen Zustand der Bewußtlosigkeit auftauchte, spürte er Hände, die damit beschäftigt waren, ihn loszuschnallen, und ehe er richtig begriffen hatte, was eigentlich geschah, hatten die Wachen ihn und Jansci zum drittenmal an diesem Tag aus dem Keller nach oben in die bittere Kälte des Hofes hinausgebracht. Reynolds taumelte, in seinem Kopf drehte es sich, und auch Jansci, das konnte er sehen, war kaum imstande, sich auf den Beinen zu halten; doch bei all seiner Benommenheit, die ihn wie ein Nebel einhüllte, erinnerte sich Reynolds an irgend etwas. Er sah auf seine Uhr: Es war genau zwei Uhr. Er nahm wahr, wie Jansci zu ihm herüberblickte und bestätigend nickte. Es war zwei Uhr, und der Kommandant erwartete sie — und nicht nur er, sondern auch die Spritzen und der Kaffee, das Mescalin und Actedron.

Der Kommandant erwartete sie, doch er war nicht allein. Das erste, was Reynolds sah, war ein AVO-Mann, dann entdeckte er zwei weitere AVO-Leute, und dann den Riesen Coco, der ihn lauernd ansah, ein breites, bösartiges Grinsen auf seinem brutalen Gesicht. Und dann, als letztes, sah er den Rücken eines Mannes, der lässig am Fenster lehnte und eine schwarze russische Zigarette rauchte, die in einer langen, schmalen Zigarettenspitze steckte; und als dieser Mann sich jetzt umdrehte, da sah Reynolds, daß es der Graf war.

9

Reynolds war überzeugt, daß seine Sinne ihn täuschten. Er wußte, daß man den Grafen in eine ganz andere Gegend geschickt hatte, damit er hier nicht stören konnte, und daß seine Vorgesetzten bei der AVO jeden seiner Schritte schärfstens überwachen würden. Doch dann löste sich der Mann, der am Fenster lehnte, lässig von der Wand und kam mit lockeren Schritten heran, in der einen Hand die Zigarettenspitze und in der anderen ein Paar schwere Lederhandschuhe, und plötzlich war gar kein Zweifel mehr möglich: Es war wirklich der Graf, bei bester Gesundheit und völlig unverändert. Reynolds sank der Unterkiefer herunter, seine Augen weiteten sich vor Schreck, doch dann erschien auf seinem bleichen, eingefallenen Gesicht langsam ein Lächeln.

»Wie ist denn das bloß . . .«, begann er, taumelte aber im nächsten Augenblick hinten gegen die Wand, als ihm der Graf mit seinen schweren Lederhandschuhen mitten ins Gesicht schlug. Er fühlte, wie aus einer der eben erst verheilten Schrammen auf seiner Oberlippe das Blut herausfloß, und nach alledem, was er bereits hinter sich hatte, war dieser letzte Schmerz und Schock zuviel für ihn, ihm wurde schwach und schwindlig, und er sah den Grafen nur noch undeutlich, wie durch einen Nebel.

»Lektion Nummer eins, Freundchen«, sagte der Graf beiläufig. »In Zukunft werden Sie den Mund nur aufmachen, wenn man Sie etwas gefragt hat.« Er entdeckte auf einem seiner Handschuhe einen winzigen Blutfleck, den er sichtlich angewidert betrachtete, und richtete dann seinen Blick ebenso angewidert auf die beiden Gefangenen. »Sagen Sie, Kommandant, sind diese Leute da eigentlich in einen Bach gefallen?«

»Keineswegs«, sagte der Kommandant, der sehr aufgeregt schien. »Sie machten nur gerade eine Spezialbehandlung in einem unserer Dampfräume durch. Das trifft sich wirklich sehr unglücklich, Hauptmann Zsolt, wirklich außerordentlich unglücklich. Es zerstört den ganzen Ablauf der Behandlung.«

»Ich würde mir an Ihrer Stelle keine unnötigen Sorgen machen, Kommandant«, sagte der Graf beruhigend. »Dies ist inoffiziell, und bitte sagen Sie nicht, daß ich es Ihnen erzählt habe, aber soviel mir bekannt ist, sind die beiden entweder heute abend spät oder morgen früh zeitig wieder hier. Ich glaube, Genosse Furmint hat die allergrößte Hochachtung vor Ihren Fähigkeiten als — wie soll ich sagen — als Psychologe.«

»Meinen Sie, Hauptmann Zsolt? Sind Sie sich dessen ganz sicher?«

»Völlig sicher.« Der Graf sah auf seine Uhr. »Die Zeit drängt, Herr Kommandant. Sie wissen sicher selbst, wie wichtig es oft ist, sich zu beeilen. Außerdem«, sagte er lächelnd, »je eher wir losfahren, desto früher sind die beiden wieder hier.« Er wandte sich an die vier AVO-Leute. »Los, bringt sie 'raus und in den Wagen. Coco, mein Kleiner, was ist denn mit Ihnen? Denken Sie vielleicht, die beiden wären aus Glas?«

Coco grinste und nahm seine Chance wahr. Er stieß seine flache Hand Reynolds mit solcher Wucht ins Gesicht, daß dieser gegen die Wand flog, und zwei andere AVO-Leute packten Jansci und schleiften ihn rücksichtslos hinaus.

»Hauptmann Zsolt!« sagte der Kommandant und hob entsetzt die Hände in die Höhe. »Ist es wirklich notwendig — ich meine, ich möchte die beiden gern in gutem Zustand zurückhaben, damit ich . . .«

»Seien Sie unbesorgt, Herr Kommandant«, sagte der Graf lächelnd. »Auch wir sind, auf unsere etwas rauhe Art, Spezialisten. Ich darf Sie also bitten, Oberst Hidas die Sache zu erklären, wenn er zurückkommt, und ihm zu sagen, er möchte den Chef anrufen, ja?

Und sagen Sie ihm doch bitte auch, wie leid es mir tut, ihn nicht angetroffen zu haben, aber ich kann nicht länger warten. Nochmals besten Dank, Herr Kommandant, und leben Sie wohl.«

Jansci und Reynolds, die in ihren naßgeschwitzten Sachen vor Kälte zitterten, wurden eilig über den Hof gebracht und in dem wartenden Lastwagen der AVO verfrachtet. Der eine AVO-Mann nahm vorn im Fahrerhaus neben dem Fahrer Platz, der Graf, Coco und ein weiterer AVO-Mann stiegen hinten ein, legten ihre Schußwaffen griffbereit auf den Schoß und behielten die beiden Gefangenen wachsam im Auge. Einen Augenblick später hatte der Fahrer den Motor gestartet, der Lastwagen fuhr los und wenige Sekunden später durchs Tor hinaus, an der salutierenden Wache vorbei.

Der Graf holte eine Karte heraus, schaute sie kurz an und steckte sie wieder ein. Fünf Minuten später ging er an Jansci und Reynolds vorbei, machte die Luke zum Fahrerhaus auf und sprach mit dem Fahrer.

»Fünfhundert Meter von hier zweigt links ein Feldweg ab. Biegen Sie in diesen Feldweg ein und fahren Sie auf ihm entlang, bis ich Ihnen sage, daß Sie anhalten sollen.«

Eine Minute später verlangsamte der Wagen seine Fahrt, bog von der Straße ab und fuhr rumpelnd und schaukelnd einen schmalen Feldweg entlang. Nach zehn Minuten stand der Graf auf und sah hinten zum Wagen hinaus, als suche er nach einer bestimmten Stelle, und bald darauf schien er diese Stelle gefunden zu haben. Er gab einen Befehl, der Wagen hielt an, und der Graf sprang hinaus auf den Schnee, hinter ihm Coco und der andere AVO-Mann. Der unmißverständlichen Aufforderung der wortlos winkenden Laufmündungen folgend, verließen Jansci und Reynolds anschließend gleichfalls den Wagen.

Der Graf hatte den Wagen in der Mitte eines dichten Waldes halten lassen, und zwar neben einer kleinen Lichtung. Er erteilte einen weiteren Befehl, und der Fahrer benutzte den freien Raum, den die Lichtung bot, um mit dem Wagen zu wenden und den Motor im Stand laufen zu lassen: denn bei dieser Hundekälte, so erklärte er, könnte der Motor sonst nachher eventuell nicht anspringen.

Und es war in der Tat grimmig kalt. Jansci und Reynolds, noch immer in ihren nassen Sachen, zitterten am ganzen Leib, als ob sie Schüttelfrost hätten. Die eisige Luft färbte Ohren und Nasenspitzen rot und blau und weiß, der Atem bildete vor dem Mund dichte Wolken und verzog sich in der unbewegten Kälte so langsam wie Rauch.

»Los, Männer, beeilt euch!« befahl der Graf. »Oder wollt ihr alle miteinander hier erfrieren? Coco, Sie bewachen diese beiden Leute. Kann ich mich auf Sie verlassen?«

»Völlig«, sagte Coco und grinste boshaft. »Die kleinste Bewegung, und ich lege die Burschen um.«

»Ich zweifle nicht daran.« Der Graf wandte sich an die anderen. »Ihr anderen nehmt jeder eine Schaufel. Ich habe eine Arbeit für euch, bei der euch warm werden wird.«

»Schaufeln, Genosse?« fragte der eine AVO-Mann verständnislos. »Für — für die Gefangenen?«

»Dachten Sie vielleicht, ich hätte die Absicht, hier einen Schrebergarten anzulegen?« fragte der Graf mit kalter Stimme.

»Nein, natürlich nicht. Ich dachte nur, weil Sie doch zu dem Kommandanten gesagt haben — ich meine, ich hatte gedacht, wir führen nach Budapest . . .« Der Mann stockte und verstummte.

»Sie hatten gedacht«, meinte der Graf. »Dabei ist Denken das letzte, Genosse, was man von Ihnen verlangt. Kommt, Leute, oder wir erfrieren hier alle. Und keine Angst — ihr braucht nicht die Erde aufzugraben, das ist sowieso unmöglich, sie ist steinhart gefroren. Eine kleine Senke im Wald, wo der Schnee hoch liegt, ein schmaler Graben im Schnee genügt auch.«

Er verschwand mit den anderen drei AVO-Leuten in dem Wald jenseits der Lichtung, und selbst in dieser kristallkaren weittragenden Luft wurden ihre Stimmen für die Zurückbleibenden leiser und immer leiser, bis es nur noch ein fernes, schwaches Gemurmel war. Der Graf mußte mit den Leuten sehr tief in den Wald hineingegangen sein. Coco hielt inzwischen seine kleinen, bösartigen Augen unverwandt auf die Gefangenen gerichtet, und Jansci wie Reynolds waren sich nur allzu klar darüber, daß er die geringste Bewegung als Vorwand benutzen würde, den Finger um den Abzug der Maschinenpistole zu krümmen, die er wie ein Spielzeug in seinen mächtigen Pranken hielt. Doch sie boten ihm keinen solchen Vorwand: bis auf das Zittern, das sie nicht zu unterdrücken vermochten, standen sie wie Statuen.

Nach einiger Zeit tauchte der Graf aus dem Wald wieder auf und schlug sich mit den Handschuhen gegen die blankgeputzten Schäfte seiner Stiefel und den Saum seines langen Mantels, um den Schnee zu entfernen.

»Die Arbeit macht rasche Fortschritte«, verkündete er. »Noch zwei Minuten, und dann können wir uns zu unseren Genossen begeben. Haben die beiden sich ordentlich benommen, Coco?«

»Doch, das haben sie«, sagte Coco mit einer Stimme, der die Enttäuschung deutlich anzuhören war.

»Macht nichts, Genosse«, sagte der Graf tröstend. Er marschierte hinter Coco auf und ab und schlug sich die Arme um den Leib, um sich zu wärmen. »Sie brauchen nicht mehr lange zu warten. Passen Sie nur gut auf die beiden auf, lassen Sie sie nicht einen Augenblick aus den Augen. Übrigens — wie geht es denn heute?«

»Es tut immer noch weh«, sagte Coco und warf Reynolds einen bösartigen Blick zu. »Ich bin am ganzen Körper braun und blau!«

»Armer Coco, Sie haben es wirklich nicht leicht in diesen Tagen«, sagte der Graf freundlich, und in der Stille des Waldes klang es laut wie ein Schuß, als er mit seiner Pistole zuschlug und Coco mit ungeheurer Wucht genau über dem Ohr traf. Coco schwankte, die Waffe entfiel seiner Hand, und er verdrehte die Augen und schlug dann krachend wie ein gefällter Baum zum Boden, während der Graf respektvoll zur Seite trat, um dem stürzenden Riesen Platz zu machen. Zwanzig Sekunden später war der Lastwagen wieder unterwegs, und die Lichtung im Wald blieb unsichtbar zurück, als der Weg jetzt eine Kurve machte.

Während der ersten drei oder vier Minuten sprach keiner von ihnen ein Wort, und in dem Fahrerhaus des Lastwagens war nichts zu hören als das leise, gleichmäßige Brummen des Dieselmotors. Hundert Fragen drängten sich Jansci und Reynolds auf die Lippen, doch sie wußten nicht, wo sie anfangen sollten, und der finstere Alptraum, dem sie soeben erst entronnen waren, stand noch allzu deutlich vor ihren Augen. Doch dann verlangsamte der Graf die Fahrt und hielt an, auf seinem schmalen, aristokratischen Gesicht erschien ein bei diesem Mann so seltenes Lächeln, während er in seine Tasche langte und die Metallflasche herausholte.

»Slibowitz, meine Freunde«, sagte er, mit einer Stimme, die nicht ganz so beherrscht war wie sonst. »Slibowitz, und weiß der Himmel, daß niemand ihn nötiger hat als wir drei an diesem heutigen Tage. Ich, weil ich heute tausend Tode gestorben bin — besonders, als unser junger Freund hier um ein Haar alles zunichte gemacht hätte, als er mich im Dienstzimmer des Gefängniskommandanten erblickte — und Sie beide, weil Sie in Ihren nassen Sachen scheußlich frieren müssen und sich wohl mit Sicherheit eine Lungenentzündung holen. Und außerdem, weil man Sie vermutlich nicht besonders gut behandelt hat. Habe ich recht?«

»Sie haben recht«, sagte Jansci, der für beide antworten mußte; denn Reynolds verschlug es den Atem, als ihm die lebensspendende Wärme des starken Schnapses brennend durch die Kehle rann. »Die üblichen chemischen Zermürbungsmittel, kombiniert mit einem ganz neuen Stoff, den er soeben entwickelt hat — und, wie Sie ja wissen, das Dampfbad.«

»Ich konnte es mir denken«, meinte der Graf. »Sie machten keinen besonders glücklichen Eindruck. An sich waren sie gar nicht berechtigt, sich überhaupt noch auf den Füßen halten zu können — zweifellos aber hat Sie die Gewißheit aufrechterhalten, daß es nur eine Frage der Zeit war, bis ich auf der Bildfläche erschien.«

»Selbstverständlich«, bemerkte Jansci trocken. Er nahm einen kräftigen Schluck aus der Flasche, die Tränen schossen ihm in die Augen, und er schnappte nach Luft. »Ein Teufelszeug«, sagte er, »das reine Gift — aber noch nie hat mir irgend etwas auch nur annähernd so gut geschmeckt!«

»Ja«, meinte der Graf, »Es gibt halt Zeiten, wo es besser ist, nicht allzu wählerisch zu sein.« Er setzte die Flasche an die Lippen, trank von dem scharfen Schnaps, als ob es Wasser sei, und verstaute die Flasche wieder hinten in seiner Tasche. »Dieser Aufenthalt war absolut notwendig, doch jetzt müssen wir schleunigst weiter: Die Zeit arbeitet nicht für uns.«

Er schaltete den Gang ein, gab Gas, und der Wagen setzte sich in Bewegung. Reynolds mußte seinen Protest mit lauter Stimme anmelden, um sich bei dem Dröhnen des ersten Ganges verständlich zu machen.

»Aber Sie werden uns doch wohl erzählen . . .«

»Versuchen Sie, mich daran zu hindern!« sagte der Graf. »Doch während wir weiterfahren, wenn Sie nichts dagegen haben. Ich werde Ihnen später erklären, warum. Ja, was also die Ereignisse des heutigen Tages betrifft, so muß ich Ihnen zunächst einmal mitteilen, daß ich meinen Dienst bei der AVO quittiert habe. Natürlich nur ungern.«

»Natürlich«, murmelte Jansci. »Weiß es schon jemand?«

»Furmint weiß es, sollte ich meinen. Ich habe die Sache zwar nicht schriftlich mitgeteilt, doch da ich ihn in seinem Dienstzimmer gefesselt und geknebelt zurückgelassen habe, so dürfte er sich eigentlich über meine weiteren Absichten nicht im unklaren sein.«

Weder Reynolds noch Jansci sagten etwas, es schien nicht möglich, zu dieser Mitteilung irgendeine passende Bemerkung zu finden, und als das Schweigen anhielt, konnten sie sehen, wie sich die schmalen Lippen des Grafen zu einem grinsenden Lächeln verzogen.

»Furmint!« sagte Jansci schließlich. »Wollen Sie damit sagen, daß Sie Ihren Chef . . .«

»Meinen ehemaligen Chef«, verbesserte der Graf. »So ist es in der Tat. Doch lassen Sie mich von Anfang an erzählen. Sie werden sich erinnern, daß ich Ihnen durch den Kosaken eine Nachricht übermittelt hatte — übrigens, ist er mit seinem Opel wohlbehalten angelangt?«

»Beide in bester Ordnung.«

»Ein wahres Wunder — Sie hätten sehen sollen, wie er losfuhr! Nun also, ich hatte ihm gesagt, er möchte Ihnen mitteilen, daß ich nach Gödöllö müßte — zu so einer Überprüfungsaktion, in ziemlich großem Maßstab. Ich hatte eigentlich angenommen, daß Hidas die Sache persönlich würde leiten wollen, doch er sagte mir, er müsse nach Györ, wo er irgendwas ganz Wichtiges zu erledigen habe. Also, wir fuhren los nach Gödöllö — acht Mann, meine Wenigkeit und ein Hauptmann Zsolt — ein Mann, der sehr gut mit einem Gummiknüppel umzugehen versteht, im übrigen aber ungewöhnlich unbegabt. Ich war sehr beunruhigt, während wir hinfuhren — kurz vor der Abfahrt hatte ich zufällig in einem Spiegel gesehen, wie der Chef mir mit einem sehr merkwürdigen Blick nachsah. Nicht, als ob es irgendwie etwas Bemerkenswertes wäre, wenn der Chef jemanden sonderbar ansieht, er traut nicht einmal seiner eigenen Frau über den Weg; jedoch mir kam es merkwürdig vor, da der gleiche Mann mir noch vor einer Woche das Kompliment gemacht hatte, ich sei der fähigste Beamte der ganzen AVO.«

»Sie sind unersetzlich«, brummte Jansci.

»Besten Dank! Ja, und dann, als wir gerade in Gödöllö ankamen, da sagte Zsolt etwas, was bei mir wie eine Bombe einschlug. Er erwähnte beiläufig, er habe heute früh mit dem Chauffeur von Hidas gesprochen und von ihm erfahren, daß der Oberst im Laufe des Vormittags zum Szarhaza-Gefängnis fahren wolle, und er begreife gar nicht, was der Oberst in diesem finsteren Loch zu suchen haben könne. In mir fiel alles zusammen, als ich das hörte, und zwar mit einem so lauten Knall, daß es wirklich ein Wunder ist, daß Zsolt es nicht hörte. Der Umstand, daß man mich abgeschoben hatte nach Gödöllö, der sonderbare Blick, mit dem der Chef mir nachgesehen hatte, die Lüge von Hidas, der mir gesagt hatte, er müsse nach Györ, die Leichtigkeit, mit der ich festgestellt hatte, daß sich der Professor im Szarhaza-Gefängnis befand, und die noch größere Leichtigkeit, mit der ich mir die Papiere und Dienstsiegel in Furmints Büro hatte beschaffen können – mein Gott, ich hätte mich in den Hintern treten können, als ich jetzt daran dachte, daß Furmint völlig gegen seine sonstige Gewohnheit und ohne jeden besonderen Anlaß mir mitgeteilt hatte, er müsse irgendwohin zu einer Besprechung, wodurch ich also wußte, daß sein Dienstzimmer zu einer bestimmten Zeit leer sein würde. Jetzt war mir natürlich alles klar. Wie man mir allerdings auf die Sprünge gekommen ist, das ahnte ich nicht, und das werde ich wohl auch nie erfahren.

Ich mußte also handeln, jetzt oder nie, und ich wußte auch, daß ich nichts mehr zu verlieren hatte. Und zwar mußte ich von der Annahme ausgehen, daß nur Furmint und Hidas Bescheid wußten. Zsolt wußte ganz offensichtlich von nichts, doch darauf gab ich an sich wenig, weil er einfach zu blöd ist, als daß man ihm irgend etwas anvertraut«, sagte der Graf mit einem breiten Lächeln. »Sofort nach unserer Ankunft in Gödöllö begaben wir uns zur dortigen Kreisleitung, warfen den Kreisleiter hinaus und übernahmen die Geschäfte. Ich ließ Zsolt oben in den Arbeitsräumen, ging nach unten, versammelte unsere Leute und erklärte ihnen, daß bis heute nachmittag fünf Uhr ihre dienstliche Aufgabe darin bestehe, durch die verschiedenen Lokale, Cafés und Kneipen von Gödöllö zu gehen und sich als AVO-Leute aufzuspielen, denen das Ganze nicht mehr paßte, um festzustellen, wie die Bevölkerung auf provozierende Bemerkungen reagiere. Das war ein Auftrag, der ihnen außerordentlich zusagte. Ich stattete sie zu diesem Zweck auch reichlich mit Geldmitteln aus – sie werden jetzt stundenlang saufen und sich langsam vollaufen lassen. Dann begab ich mich wieder nach oben, stürzte im Zustand äußerster Erregung in die Kreisleitung und berichtete Zsolt, ich hätte eine Sache von größter Wichtigkeit festgestellt. Er ließ sich nicht einmal Zeit, mich zu fragen, um was es sich eigentlich handele. Er stürmte mit mir nach unten, und in seinen Augen leuchtete die Hoffnung auf Beförderung.« Der Graf machte eine kleine Pause und hustete diskret. »Wir wollen den weniger erfreulichen Teil übergehen. Ich möchte nur soviel sagen, daß er sich jetzt in einem unbenutzten Keller befindet, keine fünfzig Meter von der Kreisleitung entfernt. Er ist nicht gefesselt und auch nicht irgendwie verletzt, doch man wird einen Schweißapparat brauchen, um ihn zu befreien.«

Der Graf unterbrach seinen Bericht, hielt an und stieg aus, um die Windschutzscheibe abzuwischen. Es hatte seit zwei oder drei Minuten ziemlich heftig geschneit, doch Jansci und Reynolds hatten es nicht bemerkt.

»Ich nahm die Papiere meines unglücklichen Kollegen an mich«, sagte der Graf, nachdem er wieder hinter dem Steuer saß und weiterfuhr. »Ich kehrte zurück nach Budapest und machte unterwegs nur einmal kurz halt, um eine Wäscheleine zu kaufen. Fünfundvierzig Minuten später hielt ich vor dem Hauptportal unserer Zentrale in der Andrassy Ut, und eine Minute später stand ich in Furmints Dienstzimmer — schon allein die Tatsache, daß ich so weit gekommen war, war ein deutlicher Beweis dafür, daß Furmint und Hidas in der Tat so verschwiegen gewesen waren, wie ich vermutet hatte.

Die ganze Sache war geradezu lächerlich einfach. Ich hatte nichts zu verlieren, war offiziell noch in Amt und Würde, und nichts ist so erfolgreich wie Frechheit, insbesondere horrende Frechheit. Furmint war so verblüfft, mich zu sehen, daß ihm der Unterkiefer herunterklappte, und ich hatte ihm den Lauf meiner Pistole zwischen die Zähne geschoben, noch ehe er den Mund wieder zumachen konnte. Überall an seinem Schreibtisch und in seinem Zimmer gibt es raffinierte Knöpfe, alle installiert zu dem Zweck, sein kostbares Leben zu beschützen, aber man hatte natürlich bei der Anlage dieser Notsignale nicht mit einem Mann wie mir gerechnet.

Ich zwang ihn, einen handschriftlichen Brief zu schreiben, nach meinem Diktat. Furmint ist ein mutiger Mann, und zunächst wollte er gar nicht, doch durch nichts geraten die besten Vorsätze rascher ins Wanken, als wenn man den Leuten die Mündung einer Pistole in die Ohrmuschel drückt. Der Brief war an den Kommandanten des Szarhaza-Gefängnisses gerichtet, der Furmints Handschrift so genau kennt wie seine eigene, und ermächtigte ihn, Sie beide dem Überbringer, einem Hauptmann Zsolt, auszuhändigen. Er unterschrieb den Brief, drückte so ziemlich jeden Stempel darauf, den wir auf seinem Schreibtisch finden konnten, steckte ihn in einen Umschlag und versiegelte ihn mit seinem privaten Siegel.

Ich hatte zwanzig Meter Wäscheleine, und als ich fertig war, konnte Furmint nur noch die Augen und die Augenbrauen bewegen, und das machte er außerordentlich ausdrucksvoll, als ich den Hörer der direkten Leitung zum Szarhaza-Gefängnis abnahm und mit dem Kommandanten telefonierte – wobei, das darf ich wohl behaupten, meine Stimme von der Stimme Furmints nicht zu unterscheiden war. Ich glaube, daß Furmint dabei eine ganze Reihe von Dingen zu begreifen begann, die ihm im Laufe des letzten Jahres einigermaßen rätselhaft gewesen waren. Jedenfalls, ich teilte dem Kommandanten mit, daß Hauptmann Zsolt zu ihm kommen würde, der den Auftrag erhalten habe, diese beiden Häftlinge abzuholen, daß ich außerdem eine schriftliche Bestätigung mitschickte, in meiner eigenen Handschrift und mit meinem persönlichen Siegel versehen, um jede unnötige Rückfrage oder Verzögerung zu vermeiden.«

»Und was, wenn Hidas nun noch dagewesen wäre?« fragte Reynolds. »Er kann erst ganz kurze Zeit vor Ihrem Anruf weggefahren sein.«

»Nichts leichter als das«, sagte der Graf und machte eine lässige Handbewegung. »Dann hätte ich Hidas ganz einfach den Befehl erteilt, Sie beide unverzüglich zum Andrassy Ut zu bringen, und hätte ihm unterwegs aufgelauert. Nun, er war schon fort. Während ich mit dem Kommandanten telefonierte, hustete und nieste ich von Zeit zu Zeit und sprach mit etwas belegter Stimme. Ich teilte dem Kommandanten mit, daß bei mir eine teuflische Erkältung im Anzug sei. Ich hatte meine Gründe dafür. Danach sprach ich über die Sprechanlage auf seinem Schreibtisch mit seinem Vorzimmer und sagte, daß ich die nächsten drei Stunden unter keinen Umständen gestört zu werden wünsche, nicht einmal, wenn ein Minister mich sprechen wolle. Ich ließ die Leute nicht im unklaren darüber, was sie zu erwarten hätten, falls sie meine Anweisungen nicht strikt befolgten. Furmint, der das alles mitanhören mußte, machte ein Gesicht, als sollte ihn der Schlag treffen. Dann rief ich, immer noch mit Furmints Stimme, die Fahrbereitschaft an, forderte einen Lastwagen für Major Howarth an, der sofort losfahren müsse, und gab Anweisung, daß sich vier Mann bereitzuhalten hätten, um ihn zu begleiten – ich hätte lieber niemanden mitgenommen, doch ich mußte es, damit die Sache das richtige Gesicht hatte. Dann verstaute ich Furmint in seinem Kleiderschrank, schloß diesen ab, verließ sein Dienstzimmer, schloß dieses gleichfalls ab und nahm den Schlüssel mit. Ja, und dann fuhren wir also los nach Szarhaza.«

Der Graf verstummte, und auch die beiden anderen schwiegen. Es schneite immer heftiger, die Sicht wurde immer schlechter, und der Graf mußte seine ganze Aufmerksamkeit dem Fahren zuwenden. Jansci und Reynolds, die neben ihm saßen, konnten spüren, wie ihre erstarrten Glieder sich langsam wieder erwärmten, teils durch den zweiten kräftigen Schluck aus der Flasche des Grafen und teils durch die Wärme, die der Motor in dem Fahrerhaus erzeugte. Das unablässige Zittern ließ mehr und mehr nach und hörte schließlich ganz auf, während die wiedereinsetzende Blutzirkulation in ihren erstarrten Armen und Beinen wie mit tausend Nadeln zu stechen begann. Sie hatten dem Bericht des Grafen in fast völligem Schweigen zugehört, und auch jetzt saßen sie noch immer schweigend da. Reynolds fiel kein passender Kommentar zu dieser phantastischen Geschichte ein, und mit welchen Worten er diesem unglaublichen Mann seinen Dank hätte aussprechen sollen, das wußte er erst recht nicht. Außerdem war ihm ziemlich klar, daß der Graf sich jeden Dank energisch verbitten würde.

»Hat einer von Ihnen den Wagen gesehen, in dem Hidas kam?« fragte der Graf plötzlich.

»Ja«, sagte Reynolds. »Ein schwerer russischer SIS – groß wie ein Haus.«

»Kenne ich – gepanzerte Karosserie und kugelsichere Scheiben.« Der Graf verlangsamte, fuhr an die Seite und hielt im Schutz einer dichten Baumgruppe an. »Ich halte es für wenig wahrscheinlich, daß Hidas einen Lastwagen der AVO etwa nicht erkennen und wortlos daran vorbeifahren könnte. Kommen Sie, wir wollen mal eben die Lage peilen.«

Er stieg aus, und die beiden anderen folgten ihm in den wirbelnden Schnee. Nach knapp zwanzig Metern erreichten sie die Stelle, wo der Feldweg in die Hauptstraße mündete, die von unberührtem Neuschnee bedeckt war.

»Hier ist ganz offensichtlich noch niemand vorbeigekommen, seit es angefangen hat zu schneien«, meinte Jansci.

»So ist es«, sagte der Graf. Er warf einen Blick auf seine Armbanduhr. »Genau drei Stunden, seit Hidas von Szarhaza losgefahren ist – und er hat gesagt, er sei innerhalb von drei Stunden wieder zurück. Dann müßte er jetzt eigentlich bald kommen.« Er brach plötzlich ab und lauschte angestrengt, und Reynolds konnte es jetzt auch hören: das dumpfe Brummen eines schweren Wagens, der sich mit großer Geschwindigkeit näherte.

Sie verschwanden von der Straße und konnten gerade noch rechtzeitig hinter einigen Bäumen Deckung nehmen. Der Wagen, der durch den wirbelnden Schnee herankam – ohne Zweifel der schwarze SIS von Hidas –, brauste vorbei und war im Handumdrehen wieder verschwunden. Für einen flüchtigen Augenblick konnte Reynolds vorn den Fahrer sehen und hinten Hidas, neben dem noch jemand zu sitzen schien, eine kleine, zusammengesunkene Gestalt, doch das war nicht genau festzustellen.

Im Laufschritt begaben sie sich zurück zu dem Lastwagen, der Graf fuhr sofort los und bog auf die Hauptverkehrsstraße ein: denn jetzt dauerte es nur noch Minuten, bis das Treiben begann.

Der Graf hatte gerade erst den vierten Gang eingeschaltet, als er auch schon wieder herunterschaltete und bei einem kleinen Wäldchen anhielt, durch das eine Telefonleitung führte. Er hatte kaum angehalten, als zwei Leute, halb erfroren und so verschneit, daß sie mehr Ähnlichkeit mit Schneemännern als mit Menschen hatten, aus dem Wäldchen kamen und auf den Wagen zuliefen, jeder mit einem Kasten unter dem Arm. Als die beiden vorn neben dem Grafen Jansci und Reynolds sitzen sahen, winkten sie und strahlten, und jetzt war es auch deutlich zu sehen: Es waren Sandor und der Kosak, und ihre Gesichter sahen aus, als ob sie Freunde begrüßten, die sie schon totgeglaubt hatten. So schnell, wie ihre erstarrten Beine es erlaubten, kletterten sie hinten in den Lastwagen, und keine fünfzehn Sekunden, nachdem er angehalten hatte, fuhr der Graf wieder weiter.

Die Luke, durch die man vom Fahrerhaus nach hinten sehen konnte, wurde aufgemacht, und Sandor und der Kosak bestürmten die beiden mit aufgeregten Fragen und Glückwünschen. Nach ein oder zwei Minuten reichte der Graf seine Flasche nach hinten, und Jansci benutzte die plötzliche Pause im Gespräch, um eine Frage an den Grafen zu richten.

»Was sind das für Kästen, die die beiden trugen?«

»Der kleinere enthält das erforderliche Werkzeug zum Anzapfen von Telefonleitungen«, erklärte der Graf. »Jeder Lastwagen der AVO führt einen derartigen Werkzeugkasten mit sich. Auf der Fahrt von Budapest hierher hielt ich bei dem Gasthof von Petoli an, gab Sandor diesen Kasten und sagte ihm, er solle sich in die Nähe von Szarhaza begeben, auf einen Telefonmast klettern und die direkte Leitung vom Gefängnis nach Budapest anzapfen. Wenn der Kommandant noch immer irgendeinen Verdacht gehabt und Furmint angerufen hätte, dann hätte Sandor ihm telefonisch Auskunft gegeben: Ich hatte Sandor gesagt, er solle durch ein Taschentuch sprechen, so als ob Furmints Erkältung, über deren Ausbruch ich den Kommandanten ja bereits informiert hatte, sich wesentlich verschlimmert hätte.«

»Großer Gott!« sagte Reynolds, der nicht imstande war, sein Staunen und seine Bewunderung zu verbergen. »Gibt es eigentlich überhaupt irgend etwas, woran Sie nicht gedacht haben?«

»Kaum«, meinte der Graf bescheiden. »Ohnehin erwies sich diese Vorsichtsmaßnahme als nicht notwendig. Der Kommandant hatte, wie Sie ja selber gesehen haben, nicht den geringsten Verdacht. Das einzige, was mir ernstlich Sorgen machte, war, daß einer dieser Trottel von AVO-Leuten, die ich bei mir hatte, mich im Beisein des Kommandanten Major Howarth nennen könnte und nicht, wie ich ihnen eingeschärft hatte, Hauptmann Zsolt – die Gründe dafür, so hatte ich ihnen erklärt, würde ihnen Furmint auseinandersetzen, falls einer von ihnen Mist machen sollte.«

»Ich verstehe«, sagte Jansci und nickte anerkennend.

»Ja, und der andere Kasten enthält Ihre normale Kleidung, die

Sandor gleichfalls von Petoli in dem Opel mitgebracht hat. Ich werde gleich noch einmal anhalten, und Sie können sich dann hinten im Wagen umziehen. Sagen Sie, Sandor, wo haben Sie eigentlich den Opel stehen lassen?«

»Da hinten, mitten im Wald. Niemand kann ihn sehen.«

»Das ist weiter kein Verlust«, meinte der Graf mit einer lässigen Handbewegung. »Er gehörte ohnehin nicht uns. Ja, meine Herren, die Treibjagd hat begonnen, oder sie beginnt jetzt jeden Augenblick, und zwar gründlich. Jede Fluchtroute nach dem Westen, angefangen von den Hauptverkehrsstraßen bis hinunter zu den schmalsten Fahrradwegen, wird so gründlich abgeriegelt sein wie noch nie bisher. Bei aller schuldigen Hochachtung für Sie, Mr. Reynolds: General Illjurin ist der größte Fisch, der jemals ihren Netzen zu entwischen drohte. Wir können wirklich von Glück sagen, wenn es uns gelingt, unser nacktes Leben zu retten — ich beurteile die Aussichten dafür nicht allzu günstig. Es erhebt sich also die Frage: was jetzt?«

Im ersten Augenblick hatte niemand irgendeinen bestimmten Vorschlag zu machen. Jansci sah schweigend vor sich hin, sein gefurchtes Gesicht unter dem dichten weißen Haar sah ganz ruhig und beherrscht aus, und Reynolds hätte beinahe schwören mögen, daß um seine Mundwinkel ein leises Lächeln spiele. Ihm selbst war noch nie in seinem Leben weniger danach zumute gewesen zu lächeln, und während der Wagen mit gleichmäßig brummendem Motor durch eine gleichbleibende Welt aus weißlich schimmerndem Schnee fuhr, überschlug er im Geist, was alles er richtig und was alles er falsch gemacht hatte, seit er vor vier Tagen die ungarische Grenze überschritten hatte. Es war eine unerfreuliche Liste, kein Grund zum Stolzsein.

Er hatte den Professor ans Messer geliefert, ihn endgültig von seinen Angehörigen getrennt, durch seine Schuld hatte der Graf den Posten bei der AVO eingebüßt, wodurch allein Janscis Organisation in der Lage gewesen war, so erfolgreich zu arbeiten — und noch schlimmer als alles andere: Falls er jemals gehofft haben sollte, Janscis Tochter könne ihm noch einmal freundlich begegnen, so war es mit dieser Hoffnung nun endgültig aus und vorbei. Es geschah zum erstenmal, daß Reynolds sich ehrlich eingestand, etwas Derartiges in der Tat gehofft zu haben, und die Erkenntnis erfüllte ihn mit tiefem Staunen. Er mußte sich gewaltsam zwingen, nicht mehr daran zu denken; denn im Augenblick gab es für ihn nur eins, durfte es für ihn nur diese eine Sache geben.

»Ich möchte etwas ganz Bestimmtes tun, und zwar möchte ich es allein tun«, sagte er langsam. »Ich möchte einen Zug ausfindig machen, den Zug, mit dem . . .«

»Als ob wir das nicht alle wollten!« rief der Graf, und sein schmales Gesicht strahlte förmlich vor Vergnügen. »Das wollen wir doch alle, mein Junge! Sehen Sie sich mal das Gesicht von Jansci an – er hat die letzten zehn Minuten an nichts anderes gedacht.«

Reynolds sah überrascht den Grafen an und dann zögernd zu Jansci hin. Nein, er hatte sich nicht geirrt, es war wirklich der Anfang eines Lächelns gewesen, was er auf Janscis Gesicht gesehen hatte.

»Also, Jansci, was schlagen Sie vor?« meinte der Graf.

»Sie haben alles in Erfahrung gebracht, was wir wissen müssen?«

»Selbstverständlich«, sagte der Graf fast beleidigt. »Ich mußte bei dem Kommandanten vier Minuten warten, während man die – hm – Gefangenen herbeiholte. Ich habe diese vier Minuten nicht ungenutzt verstreichen lassen.« Der Graf brachte den Wagen zum Stehen, holte eine Karte heraus, hielt sie so, daß auch Sandor und der Kosak sie durch die Luke sehen konnten, und zeigte mit dem Finger darauf. »Da ist Cece, die Station, bei der der Professor heute in den Zug gesetzt wird – genauer gesagt: bereits gesetzt worden ist.«

»Der Kommandant erwähnte irgend etwas von einem Sonderwagen«, sagte Jansci, »der hinten an den Zug angehängt werden sollte.«

»Dieser Sonderwagen ist ein Viehwagen, in dem alle möglichen Schwerverbrecher reisen, die nach Sibirien abtransportiert werden. Mir gegenüber hat der Kommandant daraus nicht den geringsten Hehl gemacht«, sagte der Graf. Er zeigte mit dem Finger auf eine Stelle sechzig Kilometer nördlich der jugoslawischen Grenze, wo die Eisenbahnstrecke die Straße erster Ordnung berührt, die von Budapest genau nach Süden führte. »Da liegt Sekszard, und dort hält der Zug. Die Strecke führt von da parallel zur Autostraße in genau südlicher Richtung nach Bataszek – dort hält der Zug nicht –, dann biegt sie in westlicher Richtung ab nach Pecs und entfernt sich immer mehr von der Straße. Es müßte also irgendwo zwischen Sekszard und Bataszek passieren, meine Herren, und das ›Wie‹ ist dabei ein ziemliches Problem. Es gibt viele Züge, bei denen ich bereit wäre, sie entgleisen zu lassen, aber ich kann nicht einen Zug entgleisen lassen, in dem Hunderte von harmlosen Reisenden sitzen. Dieser Zug ist ein ganz normaler, fahrplanmäßiger Personenzug.«

»Darf ich mir die Karte einmal ansehen?« fragte Reynolds. Es war eine Generalstabskarte, auf der auch jede Bodenerhebung genau angegeben war, und Reynolds studierte sie mit wachsender Erregung. Er mußte dabei an die Zeit vor vierzehn Jahren denken, da er als jüngster Leutnant einem Sabotagetrupp angehört hatte. Er zeigte mit dem Finger auf eine bestimmte Stelle, nicht weit nördlich von Pecs, wo die Straße nach fast vierzig Kilometern abermals parallel zu der Eisenbahn verlief, und sah dann fragend den Grafen an.

»Können Sie mit dem Wagen dort sein, ehe der Zug dort ist?«

»Wenn ich nicht in den Graben fahre und die Straßen nicht gesperrt sind — doch, ich denke, das ist zu machen.«

»Wunderbar. Und hier ist mein Vorschlag.« Reynolds erläuterte mit knappen Worten seinen Plan und sah schließlich die beiden anderen fragend an. »Nun?«

Jansci schüttelte langsam den Kopf, sagte jedoch nichts. Der Graf dagegen äußerte seine Meinung mit großer Entschiedenheit.

»Unmöglich«, sagte er. »Das ist nicht zu machen.«

»Es ist schon gemacht worden. In den Vogesen, neunzehnhundertvierundvierzig. Mit dem Resultat, daß ein Munitionslager in die Luft ging. Ich weiß es, denn ich war dabei. Welchen anderen Vorschlag haben Sie zu machen?« Es blieb eine Weile still, bis Reynolds schließlich sagte: »Also bitte. Jede weitere Diskussion wäre Zeitverschwendung.«

»So ist es«, sagte Jansci, und der Graf nickte bestätigend. »Es bleibt uns nichts anderes übrig, als es zu versuchen.«

»Sie beide gehen jetzt nach hinten und ziehen sich um, und ich brause los«, sagte der Graf. »Fahrplanmäßig soll der Zug in zwanzig Minuten in Sekszard eintreffen — ich werde in fünfzehn Minuten dort sein.«

10

Schwankend und schlingernd ratterte der uralte Zug die Schienen der schlecht instand gehaltenen Strecke entlang und drohte jedesmal fast zu entgleisen, wenn eine der Schneeböen aus Südost mit voller Wucht seine Flanke traf. Die Federung der Wagen hatte den ungleichen Kampf gegen die Zeit längst aufgegeben, und die Räder rollten ratternd und stampfend über die Unebenheiten des Schienenstranges, daß einem die Zähne im Mund klapperten. Der Wind pfiff eisig durch hundert Ritzen der schlechtschließenden Türen und Fenster, das Holzwerk ächzte und krachte wie der Rumpf eines Schiffes bei grober See, doch der alte Zug ratterte unentwegt weiter durch die weiße Unkenntlichkeit dieses späten Nachmittags mitten im Winter. Der Lokomotivführer, der fast unablässig die Dampfpfeife betätigte, die in diesem Schneesturm keine fünfzig Meter weit zu hören war, schien sich offenbar mit grenzenloser Zuversicht auf die Leistungsfähigkeit seines Zuges, auf seine eigenen Fähigkeiten und auf die genaue Kenntnis der vor ihm liegenden Strecke zu verlassen.

Reynolds, der schwankend den Seitengang eines der heftig schlingernden Wagen entlangschritt, war keineswegs so zuversichtlich wie der Lokomotivführer. Nicht, daß er sich etwa Gedanken gemacht hätte über die Sicherheit dieses Zuges, das war seine geringste Sorge; aber er hatte ernstliche Zweifel, ob es ihm gelingen würde, die vor ihm liegende Aufgabe zu erfüllen. Als er vorhin den anderen seinen Plan erläutert hatte, hatte er dabei an eine laue Sommernacht gedacht und an einen Zug, der gemächlich zwischen den bewaldeten Bergen der Vogesen entlangdampfte; jetzt aber, knapp zehn Minuten, nachdem er und Jansci sich in Sekszard ihre Fahrkarten gekauft und ohne jede Schwierigkeit den Zug bestiegen hatten, war das, was er vorhatte, was er unbedingt tun mußte, zu einem geradezu ungeheuerlichen Problem geworden.

Sein Plan war leicht beschrieben. Er wollte den Professor befreien, und zu diesem Zweck mußte er den letzten Wagen — den Viehwagen mit dem Sträflingstransport — von dem übrigen Zug trennen, ihn abhängen, und das wiederum war nur in dem Augenblick zu bewerkstelligen, in dem der Zug hielt und sich dadurch die Spannung der Kupplung verringerte, die diesen letzten Wagen mit dem vorletzten, dem Wagen der Wachmannschaft, verband. Er mußte also irgendwie die Lokomotive erreichen — schon das allein stellte sich im Augenblick als ein so gut wie unlösbares Problem dar —, und dann mußte er die Leute da vorn irgendwie dazu bewegen, den Zug an einer bestimmten Stelle, die er ihnen noch mitteilen würde, zum Halten zu bringen. Irgendwie dazu bewegen: Das war genau der richtige Ausdruck, mußte Reynolds denken. Vielleicht waren es ja ganz freundliche Leute, und dann konnte er sie möglicherweise bitten und überreden. Vielleicht konnte er ihnen auch Angst einjagen. Soviel war jedenfalls völlig klar: daß er sie nicht zwingen konnte. Sie brauchten weiter nichts zu tun, als sich zu weigern, dann war er machtlos. Der Führerstand einer Lokomotive war für ihn ein völliges Mysterium, und nicht einmal dem Professor zuliebe konnte er den Lokomotivführer und den Heizer erschießen oder k.o. schlagen und dadurch Hunderte unschuldiger Passagiere in Lebensgefahr bringen. Aber das war ein späteres Problem. Zunächst einmal handelte es sich darum, die Lokomotive überhaupt zu erreichen.

Er bog am Ende des Seitenganges um die Ecke, wobei er sich nur mit der einen Hand an der Stange festhielt, die unter dem Fenster entlanglief — die andere hatte er tief in seiner Manteltasche vergraben, um dadurch die verdächtige Ausbuchtung zu tarnen, die der schwere Vorschlaghammer und die Taschenlampe dort verursachten —, als er gegen Jansci rannte. Jansci murmelte eine Entschuldigung, sah Reynolds kurz und ohne jedes Zeichen des Erkennens an, ging einen Schritt weiter, bis er den Gang, aus dem Reynolds soeben aufgetaucht war, in seiner ganzen Länge übersehen konnte, kam zurück, öffnete die Tür des WC, um festzustellen, daß niemand darin war, und sagte dann leise zu Reynolds: »Nun?«

»Sieht nicht so besonders gut aus. Man hat mich schon auf dem Kieker.«

»Man?«

»Zwei Leute. In Zivil, Trenchcoat, ohne Hut. Sind mir durch den ganzen Zug nachgegangen. Sehr diskret. Wenn ich nicht damit gerechnet und aufgepaßt hätte, wäre es mir gar nicht aufgefallen.«

»Bleiben Sie draußen auf dem Korridor stehen, und sagen Sie mir Bescheid, wenn . . .«

»Sie kommen gerade«, sagte Reynolds leise.

Er sah flüchtig zu den zwei Männern hin, die langsam auf ihn zukamen, während Jansci leise in der Toilette verschwand und die Tür bis auf einen ganz schmalen Spalt zuzog. Der vordere der beiden, ein großer Mann mit einem kalkigweißen Gesicht und schwarzen Augen, warf Reynolds im Vorbeigehen einen gleichgültigen Blick zu, während der zweite ihn völlig ignorierte.

»Sie haben recht, man hat Sie erkannt«, sagte Jansci, als die beiden verschwunden waren. »Und was noch schlimmer ist: Die Burschen wissen, daß Sie es bemerkt haben. Wir hätten daran denken sollen, daß jeder Zug nach und von Budapest während der Dauer dieser Konferenz überwacht wird.«

»Kennen Sie die beiden?«

»Den einen, ja. Der mit dem bleichen Gesicht ist ein AVO-Mann — ein ganz gefährlicher Bursche. Den anderen kenne ich nicht.«

»Aber zweifellos ist der auch von der AVO. Sicherlich hat das Szarhaza-Gefängnis . . .«

»Nein, davon können sie noch nichts wissen. Aber Ihr Steckbrief ist schon seit einigen Tagen jedem AVO-Mann in Ungarn bekannt.«

»Stimmt«, sagte Reynolds und nickte langsam, »natürlich. Und wie sieht es bei Ihnen aus?«

»Drei Posten im Wagen der Wachmannschaft — im letzten Wagen ist bestimmt keiner, die Posten fahren nie im selben Wagen wie die Häftlinge. Die drei Soldaten sitzen zusammen mit dem Transportbegleiter um einen rotglühenden Kanonenofen, und eine Flasche macht die Runde.«

»Werden Sie mit den Leuten fertigwerden?«

»Ich denke, ja. Aber wie . . .«

»Vorsicht!« stieß Reynolds leise zwischen den Zähnen hervor. Er lehnte am Fenster, hatte beide Hände in die Taschen seines Mantels gesteckt und starrte nach unten auf den Fußboden, als dieselben zwei Männer wieder vorbeikamen. Er hob gleichgültig den Blick, machte ein ganz leicht erstauntes Gesicht, als er sah, wer es war, blickte wieder nach unten und dann unauffällig zur Seite, bis die beiden am Ende des Ganges verschwunden waren.

»Nervenkrieg«, murmelte Jansci. »Ein Problem.«

»Und nicht das einzige. Ich kann nicht in die ersten Wagen.«

Jansci sah ihn fragend an, sagte aber nichts.

»Militär«, erklärte Reynolds. »Der dritte Wagen von vorn ist ein Personenwagen, bei dem der Gang in der Mitte ist, und dort sitzen lauter Soldaten. Ein Offizier hat mich 'rausgeschmissen, als ich durchgehen wollte.«

»Sehen Sie überhaupt noch eine Möglichkeit, Michael? Wie steht es mit Notbremsen?«

»Im ganzen Zug nicht eine einzige. Aber ich werde es schon schaffen — ich muß es einfach schaffen, verdammt noch mal. Haben Sie irgendwo einen Platz?«

»Dritter Wagen von hinten.«

»Ich gebe Ihnen zehn Minuten vorher Bescheid. Jetzt mache ich mich wohl besser wieder auf den Weg. Die beiden können jeden Augenblick zurückkommen.«

»In fünf Minuten sind wir in Bataszek. Vergessen Sie bitte nicht: Falls der Zug dort halten sollte, so bedeutet das, daß Hidas Verdacht geschöpft und Bescheid gesagt hat. Dann müssen wir rückwärts aus dem Zug heraus und nichts wie weg!«

»Sie kommen«, murmelte Reynolds. Er verließ das Fenster, an dem er lehnte, und ging an den beiden, die ihm entgegenkamen, vorbei. Diesmal sahen ihn beide mit ausdruckslosen Gesichtern an, und Reynolds fragte sich, wieviel Zeit sie noch verstreichen lassen würden, bis sie zugriffen. Er ging durch die nächsten beiden Wagen und in das WC am Ende des vierten Wagens von vorn, versteckte seinen Hammer und die Taschenlampe in dem kleinen Schränkchen unter dem zerkratzten Waschbecken aus Blech, nahm die Pistole in die Hand und versenkte sie in seiner rechten Manteltasche, ehe er wieder hinausging. Es war nicht seine eigene Pistole, die hatte man ihm ja abgenommen, es war die des Grafen, und sie hatte keinen Schalldämpfer.

Der Zug fuhr jetzt durch die Außenbezirke von Bataszek und bremste auf einmal mit solcher Plötzlichkeit, daß Reynolds sich abstützen mußte, um nicht gegen die Wand zu stürzen. Er spürte, wie es in den Fingerspitzen der Hand, die die Pistole hielt, seltsam kribbelte. Er machte die Tür des WC hinter sich zu, nahm in der Mitte zwischen den beiden gegenüberliegenden Türen Aufstellung — er hatte keine Ahnung, auf welcher Seite der Bahnsteig sein würde —, überzeugte sich, daß seine Waffe entsichert war, und wartete angespannt, mit dumpf hämmerndem Herzen. Er mußte sich festhalten, als der Zug, der sein Tempo noch weiter verlangsamt hatte, heftig rumpelnd über eine Reihe von Unebenheiten fuhr — vermutlich eine Baustelle — im nächsten Augenblick lösten sich die Druckluftbremsen zischend, die Lokomotive ließ einen kurzen Pfiff ertönen, während der Zug sein Tempo wieder beschleunigte und der Bahnhof von Bataszek war nichts als eine undeutlich verschwimmende Reihe flackernder Lampen.

Ungeachtet der bitteren Kälte hier draußen auf dem Gang konnte Reynolds fühlen, daß der Kragen seines Hemdes naß war vor Schweiß. Auch die Hand, mit der er krampfhaft den Griff seiner Pistole umklammert hatte, war naßgeschwitzt, und während er jetzt zu der Tür auf der linken Seite hinüberging, zog er die Hand aus der Tasche und wischte sie außen an seinem Mantel trocken.

Er zog das Fenster der Tür ein Stück herunter, schob es eine Sekunde später mit einem Ruck wieder hoch, schnappte nach Luft, trat vom Fenster zurück und fuhr sich über die Augen: Der eisige Wind war ihm wie ein Peitschenhieb ins Gesicht gefahren, und der kurze Augenblick hatte genügt, ihn fast blind werden zu lassen. Er lehnte sich mit dem Rücken gegen das Holz der Wand, und seine Hände zitterten ein wenig, als er sich eine Zigarette ansteckte.

Es war hoffnungslos, sagte er sich, völlig hoffnungslos. Bei diesem Schneesturm da draußen, der gar kein richtiger Sturm war, sondern einfach eine heulende, fast horizontal heranfegende Wand aus Schnee und Eis, war einfach nichts zu machen. Schon eine knappe Sekunde am offenen Fenster war zuviel für ihn gewesen, und wie es erst da draußen werden würde, wenn sein ganzer Körper diesem Schneesturm ausgesetzt war, endlose Minuten lang, das mochte der Himmel wissen. Doch er schob den Gedanken daran unnachsichtig beiseite.

Eilig schritt er durch die Harmonika hinüber in den nächsten Wagen und warf dort einen Blick den Gang entlang: Noch war nichts von den beiden Männern zu sehen. Er ging rasch wieder zurück und an die Tür auf der anderen, windabgewandten Seite, öffnete sie vorsichtig, um nicht durch den Sog aus dem Zug gerissen zu werden, nahm das Maß der Vertiefung, in die der Türriegel einrastete, machte die Tür wieder zu, überzeugte sich davon, daß sich das Fenster mit Leichtigkeit öffnen ließ, und begab sich wieder in das WC. Hier schnitt er mit dem Messer ein kleines Stück Holz von der Tür des Eckschränkchens unter dem Waschbecken ab, und innerhalb von knapp zwei Minuten hatte er es soweit zurechtgeschnitzt, daß es genau in die Vertiefung für den Türriegel hineinpaßte und ein kleines Stück daraus hervorragte. Sobald er damit fertig war, ging er sofort wieder hinaus auf den Gang. Es war wichtig, daß die beiden Leute, die ihn beschatteten, ihn immer wieder einmal sahen: Sollten sie ihn vermissen, so würden sie Alarm schlagen und den ganzen Zug nach ihm absuchen — da vorn saßen hundert oder vielleicht auch zweihundert Soldaten, die ihnen dabei helfen konnten.

Er sah ungeduldig auf seine Uhr. Er hatte noch zehn Minuten Zeit, höchstens zwölf. Der Zug hatte bereits den Anfang der mählichen Steigung erreicht, denn die Geschwindigkeit verringerte sich spürbar, und er hätte schwören mögen, daß er eben zum erstenmal draußen eine Straße erblickt hatte, die fast parallel zu der Eisenbahnstrecke lief. Er überlegte, wie groß die Möglichkeit war, daß der Graf und die anderen es rechtzeitig geschafft hatten, und fragte sich, ob überhaupt irgendeine Chance bestand, daß sie es schaffen konnten.

Doch er mußte sich einfach darauf verlassen, es blieb ihm gar nichts anderes übrig. Er warf einen letzten Blick auf seine Uhr, begab sich nochmals in das WC, füllte einen großen Tonkrug mit Wasser, stellte ihn in das Schränkchen, nahm das Stück Holz, das er zurechtgeschnitzt hatte, ging damit nach draußen, öffnete abermals die im Windschatten gelegene Tür und schlug das vorbereitete Holzstück mit dem Handgriff seiner Pistole fest in die Vertiefung für den Riegel hinein. Dann machte er die Tür vorsichtig wieder zu: Der Riegel rastete jetzt nicht mehr in die eiserne Vertiefung ein, wurde aber durch die vorstehende Kante des Holzstückes genügend festgehalten.

Rasch und unauffällig ging er durch den Zug nach hinten. Im nächsten Wagen tauchten aus einer dunklen Ecke zwei Männer auf und kamen schweigend hinter ihm her, doch er beachtete sie nicht. Er wußte, daß sie nichts unternehmen würden, solange er an den Abteilen entlangging, in denen Menschen saßen, und wenn er an das Ende eines Wagens kam, lief er, so rasch er konnte, durch die Harmonika in den nächsten Wagen. Und dann war er im dritten Wagen von hinten und ging langsam den Gang entlang, wobei er den Kopf geradeaus hielt, um die Männer zu täuschen, die hinter ihm herkamen, hatte aber den Blick zur Seite gerichtet und suchte die Abteile ab.

Jansci saß im dritten Abteil. Reynolds blieb plötzlich stehen, trat überraschend zur Seite und ließ seine beiden Schatten vorbei, wartete, bis sie drei bis vier Meter entfernt waren, nickte Jansci kurz zu und rannte zurück, dorthin, von wo er gekommen war, wobei er nur beten konnte, daß ihm niemand den Weg versperrte. Er hörte die raschen Schritte seiner Verfolger, die hinter ihm herkamen, und beschleunigte sein Tempo. Der zweite Wagen, der dritte, der vierte, und das war seiner: Er bog scharf um die Ecke, stürzte in das WC, schlug die Tür hinter sich mit einem möglichst lauten Knall zu — seine Verfolger sollten nicht einen Augenblick lang im Zweifel darüber sein, wohin er verschwunden war und riegelte ab.

Er nahm den großen irdenen Wasserkrug, stopfte oben ein schmutziges Handtuch hinein, damit möglichst viel Wasser darinblieb, trat einen Schritt zurück und schleuderte den Krug mit aller Kraft durch das Fenster. Der Krach war so laut, wie er gehofft hatte, ja fast noch lauter, und er hatte noch das Geräusch splitternden Glases im Ohr, als er die Pistole aus der Tasche herausholte, sie am Lauf ergriff, das Licht ausschaltete, leise die Tür aufriegelte und hinaustrat auf den Gang.

Die beiden Verfolger hatten das Fenster heruntergezogen und

lehnten sich so weit wie irgend möglich nach draußen, um festzustellen, was passiert war und wohin Reynolds verschwunden sein mochte. Reynolds zögerte nicht einen Augenblick, machte einen langen Schritt und trat den nächsten der beiden mit voller Kraft in den Hintern: Die Tür sprang auf, und der eine der beiden schoß kopfüber hinaus in den treibenden Schnee, noch ehe er Zeit gehabt hatte, zu schreien. Den anderen, den mit dem bleichen Gesicht, riß es hinterher, er drehte sich um seine eigene Achse, bekam mit der einen Hand die Innenkante der Tür zu fassen und machte verzweifelte Anstrengungen, sich wieder in den Wagen hineinzuziehen. Doch der ganze Kampf dauerte höchstens zwei Sekunden, Reynolds war erbarmungslos, der Knauf seiner Pistole traf die Finger der Hand, die den Rand der Tür umklammert hielt, mit voller Wucht, und dann war in der Türöffnung kein Mann mehr zu sehen, nur noch die zunehmende Dunkelheit der Nacht, und der dünne, hohe Schrei ging unter im Donnern der Räder und im Heulen des Windes.

Innerhalb weniger Sekunden hatte Reynolds das bereits locker gewordene Holzstück aus der Vertiefung für den Riegel herausgeholt und die Tür wieder zuverlässig geschlossen. Er verstaute die Pistole in seiner Manteltasche, holte aus dem WC den Hammer und die Taschenlampe und ging an die gegenüberliegende, dem Wind zugekehrte Tür des Wagens.

Der Zug ratterte jetzt in südwestlicher Richtung, nach Pecs, der Schneesturm aus Südost traf ihn genau breitseits, und Reynolds hatte den Eindruck, daß von draußen jemand gegen die Tür drücke, der stärker war als er. Zweimal, dreimal stemmte er sich mit aller Kraft dagegen, doch die Tür ließ sich nur ein paar Zentimeter weit öffnen.

Er hatte nicht mehr sehr viel Zeit, vielleicht noch sieben Minuten, höchstens acht. Er langte nach dem Griff oben am Fenster, zog die Scheibe mit einem Ruck herunter — und mußte sich im nächsten Augenblick ducken, mit solcher Wucht kam der Wind durch das offene Fenster herein. Der Schneesturm war noch schlimmer, als Reynolds es sich vorgestellt hatte, und es wurde ihm jetzt auch klar, daß der Zug nicht infolge einer Steigung langsamer fuhr, sondern daß der Lokomotivführer das Tempo verlangsamt hatte, um zu vermeiden, daß der Zug entgleiste. Reynolds überlegte schon, ob es nicht besser sei, den ganzen selbstmörderischen Plan aufzugeben, doch diese Anwandlung dauerte nur sehr kurz.

Er drückte mit aller Kraft gegen die Tür, einmal, zweimal, dreimal, und beim vierten Versuch gelang es ihm, seinen Fuß in die Öffnung zu schieben. Er zwängte den Arm durch den Spalt, dann die Schulter, und war schließlich mit dem halben Körper draußen, stemmte die Tür mit aller Kraft auf, langte mit dem rechten Fuß tastend nach unten, bis er das vereiste Trittbrett gefunden hatte, und stellte den linken Fuß in die Öffnung der Tür. Als er gerade soweit war, hakte sich der Hammer in seiner Manteltasche irgendwo innen an der Tür fest, und so stand er, eingeklemmt zwischen der Tür und der Wand des Wagens, fast eine Minute lang, eine Minute, die ihm wie eine Ewigkeit erschien, verzweifelt bemüht, sich aus dieser Lage zu befreien, und dauernd in der Angst, es könnte jemand kommen, um festzustellen, was die Ursache dieses Schneesturmes sei, der den Gang entlangpfiff. Und dann rissen an seinem Mantel ein paar Knöpfe ab und er war frei, so plötzlich und mit einem so heftigen Ruck, daß sein rechter Fuß vom Trittbrett rutschte und Reynolds einen Augenblick lang dahing, nur durch seine linke Hand und seinen linken Fuß gehalten, der noch in der Tür klemmte. Mühsam und langsam zog er sich wieder hoch, stellte den rechten Fuß auf das Trittbrett, zog den linken Arm aus der Tür und faßte mit der Hand um den Rand des offenen Fensters. Schließlich machte er auch seinen linken Fuß frei, der zwischen der Tür steckte, die Tür schlug krachend zu, und Reynolds stand draußen, nur gehalten von den bereits starr und gefühllos werdenden Fingern seiner linken Hand und dem Druck des Windes, der ihn gegen die Wand des Wagens preßte.

Es war noch nicht so dunkel, daß man nichts hätte sehen können, doch der Wind trieb ihm den Schnee in die Augen und machte ihn blind. Er wußte, daß er ganz am Ende des Wagens stand, und obwohl er mit dem rechten Arm fast einen halben Meter um die Ecke herumlangen konnte, fand er nicht den geringsten Vorsprung, an dem er sich hätte festhalten können. Er beugte sich an seinem ausgestreckten linken Arm so weit wie irgend möglich nach hinten und suchte mit seinem rechten Fuß nach dem Puffer, konnte ihn aber nicht finden. Sein linker Arm, der das ganze Gewicht seines Körpers tragen mußte, begann zu schmerzen, und seine Finger waren inzwischen so gefühllos geworden, daß er nicht mehr feststellen konnte, ob sie abrutschten oder nicht. Er überlegte nicht länger, denn er war sich dunkel bewußt, ohne es sich selbst einzugestehen, daß es ihm nie gelingen würde, das zu tun, was er jetzt tun mußte, wenn er sich auch nur einen Augenblick lang die Konsequenzen überlegte, die damit verbunden waren: die an Sicherheit grenzende Wahrscheinlichkeit, danebenzutreten, abzurutschen und den Tod unter den Rädern zu finden. Er stellte seine beiden Füße an das äußerste Ende des Trittbretts, ließ den Rand des Fensterrahmens los, den seine linke Hand umklammert hielt, so daß er jetzt nur noch, vom Druck des Windes gehalten, an der nach außen gebogenen Wand des Wagens stand, hob dann den rechten Fuß und machte einen Schritt ins Ungewisse – und der Wind ergriff ihn und drückte ihn zwischen die beiden Wagen.

Er landete mit dem linken Knie auf der Kante der Zugstange, sein rechtes Schienbein stieß grausam hart gegen den Puffer, während seine ausgestreckte Hand gleichzeitig gegen die seitliche Wand der Harmonika stieß, deren fester, gummierter Stoff kaum nachgab. Er versuchte sich anzuklammern, doch seine Handflächen glitten hoffnungslos an dem glatten, vereisten Stoff nach unten, verzweifelt warf er die linke Hand zur Seite, schlug mit dem Handrücken schmerzhaft gegen die Rückwand des Wagens, schob die Hand nach vorn und spürte, wie sich seine erstarrten Finger in den schmalen Spalt zwischen dem Wagen und der Harmonika schoben. Krampfhaft umklammerte seine Hand die Kante, und drei Sekunden später stand er aufrecht auf der Zugstange, durch den Griff seiner linken Hand zuverlässig verankert und vor Anstrengung am ganzen Leibe zitternd.

Das Zittern war wirklich nur eine Folge der Anstrengung. Reynolds, der eben noch fast gestorben war vor Angst, hatte inzwischen diese seltsame Grenze überschritten, jenseits der die Angst aufhört und alles völlig gleichgültig wird. Mit seinem Messer schnitt er in den Gummi der Harmonika ein Standloch für seinen rechten Fuß und weiter oben ein Griffloch für seine linke Hand, zog sich hinauf und stieß mit der rechten Hand die Klinge seines Messers bis zum Griff in die Decke der Harmonika. Und dann war er oben und hielt sich verzweifelt am Griff seines Messers fest, als ihn der Wind mit voller Wucht traf und seitlich über die heftig hin und her schwankende Harmonika hinwegzublasen drohte.

Der erste Wagen — genauer gesagt: der vierte von vorn — erwies sich als verhältnismäßig einfach. Die metallene Verkleidung der Ventilationsöffnungen, die sich in der Mitte des Daches erhob, zog sich als schmale Kante den ganzen Wagen entlang, und Reynolds, der auf der windabgewandten Seite des Daches auf dem Bauch lag und das Gesicht zum Schutz gegen den schneidenden Wind nach unten nahm, brauchte weniger als eine halbe Minute, um sich Hand über Hand an dieser Kante entlang bis an das andere Ende zu ziehen. Seine Füße hingen dabei die ganze Zeit über den Rand des Daches, doch dagegen war nichts zu machen; die Spitzen seiner Schuhe fanden keinen Halt, denn die Regenrinne war zugeschneit und vereist.

Doch er hatte kaum den sicheren Halt, den die Kante der Ventilation bot, losgelassen, und die Hände nach den Falten der Harmonika ausgestreckt, die zum Dach des nächsten Wagens hinüberführte, als er auch schon erkannte, daß er einen Fehler begangen hatte. Er hätte lieber versuchen sollen, mit einem Sprung das Dach des nächsten Wagens zu erreichen, statt sich diesem heulenden Wind auszusetzen, der auf eine heimtückische Weise böig zu werden begann, ihn jetzt über den Rand der heftig schwankenden Harmonika hinwegzublasen drohte und im nächsten Augenblick so plötzlich nachließ, daß Reynolds sich krampfhaft festhalten mußte, um nicht hinabzustürzen. Doch indem er sich so flach wie möglich machte und sich mit krampfhaftem Klammergriff von Falte zu Falte vorarbeitete, schaffte er es schließlich, das Ende des dritten Wagens zu erreichen.

Auch hier war es wieder verhältnismäßig einfach, das Dach zu überqueren, und als er am Ende angelangt war, richtete er den Oberkörper auf, hob die Beine über den Rand des Daches und stellte sich auf die nächste Harmonika, bückte sich dann und machte einen Sprung nach vorn, stieß sich das eine Knie ziemlich übel am Rand des zweiten Wagens, fand aber gleichzeitig mit den Händen sicheren Halt an der Kante der Ventilation. Innerhalb weniger Sekunden, so schien es ihm, hatte er auch das Dach des zweiten Wagens hinter sich, und als er jetzt die Beine über den Rand hob und die Füße auf die nächste Harmonika setzte, da sah er es: die schwankenden Lichtkegel der Scheinwerfer eines Wagens, auftauchend und wieder verschwindend hinter wirbelnden Wolken von Schnee, auf einer Straße, die keine zwanzig Meter entfernt neben der Eisenbahn herlief. Reynolds verspürte eine solche Erleichterung, daß er im Augenblick seine Erschöpfung, die grausame Kälte und seine klammen, gefühllosen Hände, die ihm nicht mehr sehr lange irgendwelche Dienste leisten konnten, völlig vergaß. Es konnte natürlich irgendein beliebiger Wagen sein, der dort durch den wirbelnden Schnee fuhr, doch Reynolds wußte mit seltsamer Sicherheit, daß es nicht so war. Er bückte sich, stellte sich auf die Zehenspitzen und warf sich mit einem Sprung nach vorn auf das Dach des ersten Wagens – und eine Welle der Erleichterung stieg in ihm hoch, als er schließlich den vorderen Rand des Wagens vor sich sah, der sich deutlich gegen die rote Glut des Feuers abzeichnete, kaum einen Meter von ihm entfernt. Durch den wirbelnden Schnee konnte er im Führerstand der Lokomotive den Lokomotivführer und den Heizer erkennen, und außerdem sah er noch etwas, was dort eigentlich nicht hingehörte, doch womit er immerhin hätte rechnen müssen: einen Soldaten, der zum Schutz gegen die Kälte nahe neben dem Feuerloch hockte, das Gewehr im Arm.

Reynolds griff nach seiner Waffe, doch seine Hände waren völlig erstarrt und ohne jedes Gefühl, es gelang ihm nicht einmal, seinen erstarrten Zeigefinger durch den Abzugsbügel zu schieben. Er steckte die Waffe wieder weg und stand rasch auf, den Oberkörper gegen den Wind weit nach vorn geneigt. Jetzt ging es ums Ganze. Er machte einen raschen Schritt nach vorn, beim zweiten Schritt fand die Sohle seines rechten Schuhs den Rand des Wagendaches, er sprang ab, flog durch die Luft, rutschte den schrägen Hang des Kohlenberges im Tender hinunter und landete am hinteren Ende der Plattform, wo er, momentan außer Gefecht gesetzt, liegenblieb.

Die drei Männer, der Lokomotivführer, der Heizer und der Soldat, drehten sich um und starrten zu ihm hin, mit so verblüfften Gesichtern, daß es fast schon komisch war. Es verstrichen vielleicht fünf Sekunden, fünf kostbare Sekunden, die es Reynolds ermöglichten, wenigstens teilweise wieder zu Atem zu kommen — bevor sich der Soldat endlich von seiner Überraschung erholte, sein Gewehr nahm, den Kolben hoch in die Luft schwang und auf den am Boden liegenden Reynolds zukam. Reynolds ergriff das erste, was ihm in die Hand kam, einen Klumpen Kohle, und warf damit nach dem Mann, doch seine Finger waren zu erstarrt, und als der Soldat sich duckte, flog die Kohle über seinen Kopf hinweg und verfehlte ihr Ziel. Doch der Heizer verfehlte sein Ziel nicht, und der Soldat sank zusammen und stürzte zu Boden, als der Schlag mit der flachen Schaufel seinen Hinterkopf traf.

Reynolds erhob sich hastig und taumelnd. In seinen zerfetzten Kleidern, blutend, halb erfroren und Hände und Gesicht mit Kohlenstaub beschmiert, bot er einen unbeschreiblichen Anblick, doch das war ihm in diesem Augenblick überhaupt nicht bewußt. Er starrte den Heizer an, einen stämmigen jungen Burschen mit einem Kopf voll krauser Locken, und richtete dann seinen Blick auf den Soldaten, der vor ihm lag.

»Das ist die Hitze«, sagte der Heizer grinsend. »Plötzlich ist es über ihn gekommen.«

»Ja, aber wieso . . .«

»Hören Sie mal«, sagte der Heizer, »ich weiß zwar nicht, für wen Sie sind, aber ich weiß jedenfalls, gegen wen ich bin.« Er lehnte sich auf seine Schaufel. »Können wir Ihnen helfen?«

»Und ob ihr mir helfen könnt!« sagte Reynolds. Hastig erklärte er, um was es ging, und die beiden Männer sahen sich an. Der Ältere, der Lokomotivführer, schien unschlüssig.

»Wir müssen auch an uns selbst denken . . .«

»Da, sehen Sie!« Reynolds riß seine Jacke auf. »Ein Seil. Wikkeln Sie es bitte los, ja — in meinen Händen ist überhaupt kein Gefühl mehr. Sie können sich gegenseitig fesseln. Das dürfte eine genügende . . .«

»Na klar!« sagte der Heizer grinsend, während der Lokomotivführer bereits nach dem Griff der Druckluftbremse langte. »Wir sind überfallen worden — mindestens fünf oder sechs Leute.«

Reynolds hatte kaum Zeit, den beiden zu danken, die ihm mit solcher Selbstverständlichkeit halfen und dabei so wenig an die Folgen dachten, die es für sie selbst vielleicht haben könnte. Das Tempo des Zuges verringerte sich rasch, da die Strecke anstieg, und er mußte den letzten Wagen erreicht haben, ehe der Zug ganz zum Stehen gekommen war und die zunehmende Spannung der Kupplung, wenn der Wagen rückwärts den Berg wieder hinunterrollen wollte, es unmöglich machte, die Kupplung auszuklinken und den Wagen abzuhängen. Er sprang von der untersten Stufe des Führerstandes ab, taumelte, gewann das Gleichgewicht wieder und rannte nach hinten. Der Zug hielt schon fast, als jetzt der Wagen der Wachmannschaft langsam an ihm vorbeikam, und es wurde Reynolds warm ums Herz, als er für einen Augenblick Jansci in der offenen Tür am Ende dieses Wagens stehen sah, die Pistole unbeweglich in der Hand.

Und dann stießen die Puffer krachend und klirrend aneinander, als die Lokomotive anhielt. Reynolds hatte seine Taschenlampe eingeschaltet, klinkte die Verriegelung aus und schlug mit seinem Hammer die Kupplung der Druckluftbremse los. Durch alle Wagen lief jetzt ein Ruck nach hinten, als der Druck nachließ, der die Federung der Puffer zusammengedrückt hatte, Jansci, in der einen Hand einen Schlüsselbund schwingend und in der anderen Hand die Pistole haltend, begab sich mit einem Schritt vom Wagen der Wachmannschaft hinüber auf den letzten, den Viehwagen, und Reynolds hatte eben nach dem Geländer gegriffen und war aufgestiegen, als der Wagen der Wachmannschaft dem Viehwagen einen heftigen Stoß versetzte und ihn auf seine Reise schickte, abwärts, die lange, sanfte Steigung wieder hinunter, die der Zug eben nach oben geklettert war.

Sie waren etwa einen halben Kilometer von dem Zug entfernt, als Reynolds anfing, das große Rad der Bremse außen am Wagen zu drehen, und schon etwas über einen Kilometer, als Jansci endlich den richtigen Schlüssel gefunden hatte, die Tür zu dem Viehwagen mit einem Fußtritt aufstieß und mit seiner Taschenlampe hineinleuchtete. Und der Wagen war vielleicht noch sechs- bis siebenhundert Meter weitergerollt, als ihn Reynolds mit einer letzten Umdrehung des Bremsrades endlich zum Stehen brachte, während ihm Jansci lächelnd und Professor Jennings zunächst völlig verblüfft, dann ungläubig staunend und schließlich so aufgeregt wie ein Schuljunge zusahen. Um die anderen Insassen kümmerten sie sich nicht. Jansci, der Professor und Reynolds waren kaum aus dem Wagen ausgestiegen und auf dem Weg nach Westen, wo, wie sie wußten, die Straße lag, als sie einen lauten Schrei hörten und jemanden durch den tiefen Schnee auf sich zustürmen sahen. Es war der Graf, der alle aristokratische Reserviertheit vergessen hatte und schrie und ihnen mit den Armen zuwinkte wie ein Wahnsinniger.

11

Sie erreichten Janscis Hauptquartier — ein Haus auf dem Lande, keine zwanzig Kilometer von der österreichischen Grenze entfernt — am folgenden Morgen gegen halb sieben. Sie erreichten es, nachdem sie vierzehn Stunden lang mit einer Durchschnittsgeschwindigkeit von knapp dreißig Kilometern über die verschneiten Straßen Ungarns gefahren waren, nach der kältesten, mühsamsten, anstrengendsten Fahrt, die Reynolds in seinem ganzen Leben bisher hinter sich gebracht hatte. Doch sie kamen an, und trotz Kälte und Hunger und Schlaflosigkeit sogar in einer ausgesprochenen Hochstimmung, die alle Strapazen und alles Elend vergessen ließ. Nur der Graf war nach dem ersten stürmischen Ausbruch der Freude über das glückliche Gelingen wieder in seine kühle Reserviertheit und ironische Schweigsamkeit versunken.

Sie hatten im Lauf der Nacht genau vierhundert Kilometer zurückgelegt, und der Graf hatte während der ganzen Fahrt am Steuer gesessen und nur zweimal gehalten, um zu tanken, wobei er die widerwilligen, verschlafenen Tankwächter durch die doppelte Drohung seiner Uniform und seiner scharfen Stimme auf die Beine gebracht hatte. Als die Spuren der Anspannung sich immer tiefer in das schmale Gesicht des Grafen eingruben, war Reynolds mehrfach nahe daran gewesen, vorzuschlagen, daß er ihn ablöste; doch wie er bereits bei der ersten Fahrt in dem schwarzen Mercedes festgestellt hatte, war der Graf als Fahrer ein einmaliges Phänomen, und bei diesen heimtückischen vereisten Straßen war es wichtiger, das Ziel ohne Panne zu erreichen, als dem Grafen eine Erleichterung zu verschaffen.

Der direkte Weg von Pecs hierher zu Janscis Landhaus wäre um mehr als die Hälfte kürzer gewesen als die Strecke, die sie gewählt hatten, doch sowohl Jansci als auch der Graf waren überzeugt gewesen, daß der kürzere Weg unvermeidlich ins Verderben geführt hätte. Beide waren sich völlig klar darüber, daß zwischen dem südlichen Ende des Balaton-Sees und der jugoslawischen Grenze nicht nur jede Straße, sondern auch jeder Feldweg als möglicher Fluchtweg nach Österreich scharf kontrolliert werden würde. Die anderen Wege nach dem Westen, zwischen dem nördlichen Ende des Balaton-Sees und Budapest, wurden möglicherweise gleichfalls kontrolliert, möglicherweise auch nicht, jedenfalls hatten die beiden beschlossen, keinerlei Risiko einzugehen. Sie waren deshalb zweihundert Kilometer in genau nördlicher Richtung gefahren, im Bogen um die nördlichen Vororte von Budapest herum, und dann auf der großen, nach Österreich führenden Autostraße weiter bis kurz vor Györ, wo sie dann abgebogen und in südwestlicher Richtung weitergefahren waren.

Deshalb also hatten sie vierhundert Kilometer hinter sich gebracht, hatten vierzehn Stunden dafür gebraucht und waren kalt, hungrig, müde und erschöpft am Ziel angelangt. Doch das alles war vergessen, als sie erst einmal im Haus und in Sicherheit waren, und als dann Jansci und der Kosak ein prasselndes Holzfeuer in Gang setzten, Sandor mit einem Kochtopf hantierte, aus dem es wunderbar zu riechen begann, und der Graf aus einem mehr als ausreichenden Vorrat, den er hier im Haus lagern hatte, eine Flasche Barack heranholte, da entlud sich das Gefühl der Erleichterung, die triumphierende Freude darüber, daß sie die AVO so völlig überlistet hatten, in einer allgemeinen Munterkeit, und alle begannen zu reden und zu lachen und noch mehr zu reden, und als sie erst etwas Warmes im Magen hatten und der Barack des Grafen sie noch herzhafter erwärmte, da war alle Müdigkeit vergessen, und keiner dachte mehr an Schlaf. Zum Schlafen war später noch Zeit genug, sie konnten den ganzen Tag schlafen, denn Jansci hatte beschlossen, den Grenzübergang erst nach Mitternacht zu versuchen.

Es wurde acht Uhr, und im Radio kamen die Frühnachrichten mit dem anschließenden Wetterbericht. Von ihrer eigenen Tätigkeit und der Entführung des Professors wurde dabei allerdings nichts erwähnt, und das hatten sie auch wahrhaftig nicht erwartet. Dagegen enthielt der Wetterbericht, der für ganz Ungarn weiter heftige Schneefälle voraussagte, eine außerordentlich interessante Mitteilung: In ganz Südwestungarn war durch den schwersten Schneesturm der Nachkriegszeit jeglicher Verkehr lahmgelegt, waren alle Autostraßen und Eisenbahnstrecken völlig unbefahrbar, alle Flugplätze völlig unbenutzbar geworden. Jansci und die anderen lauschten dieser Meldung in einem Schweigen, das beredter war als alle Worte: Hätten sie ihren Versuch zwölf Stunden später unternommen, so wäre es ihnen nicht mehr möglich gewesen, den Professor zu befreien und hierher zu entkommen.

Es wurde neun Uhr, durch den inzwischen wieder dichter fallenden Schnee stahl sich das erste Grau der Morgendämmerung, man war bei der zweiten Flasche Barack und bei der Wiederholung der vielen Geschichten angelangt, die es zu berichten gab. Jansci schilderte, was sie im Szarhaza-Gefängnis erlebt hatten, der Graf, der bereits mindestens eine halbe Flasche Schnaps getrunken hatte, gab einen ironischen Bericht seines Interviews mit Furmint, und Reynolds mußte wiederholt von seiner halsbrecherischen Klettertour über die Wagendächer berichten. Das alles hörte sich niemand mit so gespannter Aufmerksamkeit an wie der alte Professor, dessen gefühlsmäßige Einstellung gegenüber seinen russischen Gastgebern, wie Jansci und Reynolds bereits festgestellt hatten, als sie ihn im Szarhaza-Gefängnis gesehen hatten, eine radikale und heftige Wandlung durchgemacht hatte. Angefangen habe seine eigene Sinnesänderung und die veränderte Haltung der Russen ihm gegenüber, so sagte er, als er sich geweigert habe, auf der Konferenz zu reden, solange er nicht wisse, was mit seinem Sohn sei. Als er dann erfuhr, daß sein Sohn nicht mehr in Rußland war, da hatte er sich erst recht geweigert, auf der Konferenz zu reden — denn damit hatten die Russen das letzte Druckmittel verloren. Daß man ihn in das Szarhaza-Gefängnis steckte, hatte ihn maßlos erbittert, und daß man ihn schließlich auch noch zusammen mit einer Bande hartgesottener Krimineller in einem ungeheizten Viehwagen eingesperrt hatte, dadurch war er dann endgültig bekehrt gewesen. Und als er jetzt hörte, wie man Jansci und Reynolds behandelt hatte, da geriet er vor Wut außer sich und fluchte auf eine höchst unwissenschaftliche Weise.

»Aber wartet nur!« sagte er. »Bei Gott, laßt mich nur erst wieder in England sein! Die britische Regierung und ihre so überaus wichtigen Projekte – zum Teufel mit diesen Projekten! Ich habe zunächst einmal Wichtigeres zu tun, als Raketen zu konstruieren.«

»Und das wäre?« fragte Jansci freundlich.

»Die Wahrheit über den Kommunismus!« rief der Professor und trank sein Schnapsglas leer. »Ich will mich nicht wichtig machen, aber fast alle großen Zeitungen bei uns stehen mir zur Verfügung. Sie werden mich zu Worte kommen lassen – zumal, wenn sie sich an das ungereimte Zeug erinnern, das ich früher von mir zu geben pflegte. Ich werde dieses ganze teuflische System entlarven, und dann ... «

»Zu spät«, fiel ihm der Graf ins Wort, und seine Stimme klang ironisch.

»Zu spät?« fragte Jennings. »Was wollen Sie damit sagen?«

»Der Graf wollte nur sagen, daß der Kommunismus längst entlarvt ist«, sagte Jansci besänftigend. »Und zwar ziemlich gründlich und – ohne Ihnen zu nahe treten zu wollen, Herr Professor – von Leuten, die jahrelang unter diesem System gelitten haben, und nicht, wie Sie, nur ein Wochenende.«

»Ja, was, zum Teufel, sollte ich denn Ihrer Meinung nach dann tun?« wollte Jennings wissen. »Einfach nicht mehr daran denken?«

»Nein«, sagte Jansci und schüttelte den Kopf. »Vergessen sollen Sie ganz gewiß nicht, Sie nicht und keiner; es gibt für mich kein größeres Verbrechen, keine schwerere Sünde als Gleichgültigkeit. Nein, Herr Professor Jennings, wenn Sie wissen wollen, was Sie meiner Meinung nach tun sollten, wenn Sie wieder nach England kommen: Erzählen Sie den Menschen dort, daß wir hier in Zentraleuropa auch jeder nur ein kurzes Menschenleben zur Verfügung haben, und daß die Zeit allmählich knapp wird. Erzählen Sie den Leuten bei sich zu Haus, daß wir gern noch einmal den süßen Duft der Freiheit atmen würden, nur einmal noch, ehe wir von dieser Erde scheiden. Sagen Sie den Menschen, daß wir nun schon seit vielen Jahren darauf warten und hoffen, und daß auch die Hoffnung irgendwann einmal stirbt. Sagen Sie ihnen, daß es auf dieser Erde nur eines gäbe, was wirklich wichtig ist, und das ist der Friede. Und machen Sie den Menschen klar, daß unsere Erde sehr klein ist und mit jedem Jahr, das vergeht, noch kleiner wird, daß wir aber alle auf dieser Erde leben müssen, und daß wir gemeinsam darauf leben müssen.«

»Sie meinen also: Koexistenz?« sagte Professor Jennings und zog fragend die Augenbrauen in die Höhe.

»Ja, Koexistenz. Ein schreckliches Wort, ich weiß, vor dem die Menschen sich fürchten wie vor dem schwarzen Mann; aber gibt es für irgendeinen vernünftigen Menschen irgendeine mögliche Alternative? Wir müssen uns selbst kennenlernen, und wir müssen die Menschen der anderen Völker auf dieser Erde ebenso gut kennenlernen wie uns selbst: Diese Aufgabe ist von einer ungeheuren, einmaligen Dringlichkeit, und sie zwingt uns, eine Anstrengung zu unternehmen, für die es in der Geschichte keine Parallele gibt. Wenn wir die anderen richtig kennenlernen, dann werden wir auch erkennen, daß sie genau die gleichen menschlichen Eigenschaften haben wie wir. Und aus der Kenntnis, aus dem Verstehen des anderen erwächst dann das Gefühl für den anderen, das Mitgefühl — und das ist eine Kraft, die stärker ist als jede Macht dieser Erde. Hohe Gebirge, Ströme und Meere sind keine trennenden Schranken mehr, nur das menschliche Denken errichtet solche Schranken noch zwischen Mensch und Mensch. Die Intoleranz aus Unwissenheit, die Unduldsamkeit des einfach Nichtwissenwollens — das ist die letzte trennende Grenze, die es auf dieser Erde noch gibt.«

Es blieb lange Zeit still, nachdem Jansci geendet hatte, und im Raum war nichts zu hören als das Knistern der brennenden Kiefernscheite. Alle saßen schweigend da und starrten in das Feuer, als versuchten sie, darin die hohe Zukunft zu erblicken, von der Jansci gesprochen hatte. Nach einer Weile erhob sich der Graf, machte schweigend die Runde, um die leeren Gläser neu zu füllen, und nahm dann schweigend wieder Platz. Auch von den anderen wollte offenbar keiner dieses Schweigen brechen, ja keiner schien zu wünschen, daß es gebrochen würde. Sie alle waren tief in ihre eigenen Gedanken versunken — als die Stille plötzlich durchschnitten wurde vom schrillen Läuten des Telefons.

Jansci kam mit einem Ruck im Stuhl hoch und nahm das Glas in die rechte Hand, um mit der linken Hand nach dem Telefon zu greifen. Als er den Hörer abhob, hörte das Läuten abrupt auf, und statt dessen ertönte, für jeden der im Raum Anwesenden deutlich hörbar, ein lautes, gellendes Schreien, das, als sich Jansci jetzt den Hörer fest ans Ohr preßte, verging, zu einem leisen, grauenhaften Wimmern. Dann kam eine harte abgehackte Stimme und dann eine leisere, höhere, die schluchzend sprach, doch was sie sagte, war für keinen der anderen zu verstehen, da Jansci den Hörer so krampfhaft ans Ohr gepreßt hielt, daß die Knöchel seiner Hand weißlich hervortraten. Die anderen im Raum, die nichts mehr hören, die nur noch Janscis Gesicht beobachten konnten, sahen, wie dieses Gesicht zu einer steinernen Maske erstarrte und wie aus den geröteten Wangen das Blut mehr und mehr entwich, bis sie schließlich fast so bleich waren wie das schneeweiße Haar darüber. Zwanzig, vielleicht dreißig Sekunden vergingen, ohne daß Jansci ein Wort sagte, dann kam plötzlich ein krachendes, splitterndes Geräusch, als das Glas in Janscis Hand zerbrach, auf den steinernen Fußboden fiel und in lauter Scherben zersplitterte, während aus einer Schnittwunde das Blut zu fließen und von der narbenbedeckten, verstümmelten Hand zwischen die Scherben zu tropfen begann. Jansci hatte es überhaupt nicht bemerkt, so sehr war er in diesem Augenblick mit seinem ganzen Denken, seinem ganzen Sein am anderen Ende dieses Drahtes. Dann sagte er plötzlich: »Ich rufe Sie wieder an«, hörte noch eine Weile in den Apparat, sagte leise und wie erstickt: »Nein, nein«, und legte hastig und heftig wieder auf, doch nicht schnell genug, als daß die anderen nicht den gleichen Laut hätten hören können wie vorhin, als Jansci den Hörer abgenommen hatte, einen heiseren Schmerzensschrei, der wie mit dem Fallbeil abgeschnitten endete, als die Verbindung unterbrochen wurde.

»Um Gottes willen — was war das?« sagte der alte Jennings mit leiser, bebender Stimme, und seine Hände zitterten so heftig, daß er den Schnaps verschüttete, den er in seinem Glas hatte.

»Das war die Erklärung für vieles«, sagte Jansci, wickelte sich das Taschentuch um die Hand, schloß die Hand zur Faust, um den Verband festzuhalten, und sah in die rötliche Glut des Kaminfeuers. »Jetzt wissen wir den Grund für das spurlose Verschwinden von Imre, und jetzt wissen wir auch, wieso der Graf entlarvt wurde. Imre wurde von der AVO geschnappt, man hat ihn in den Keller der Stalinstraße gebracht, und dort hat er kurz vor seinem Tod gesprochen.«

»Vor seinem Tod!« sagte der Graf leise. »Und ich hatte ihn im Verdacht gehabt, er wäre weggelaufen.« Er sah fragend und verständnislos zum Telefon hin. »Sie wollen doch nicht etwa sagen, daß . . .«

»Nein«, sagte Jansci leise, »Imre ist gestern gestorben — einsam und verlassen. Armer Imre. Eben am Telefon, das war Julia, Imre hatte gesagt, wo sie war, und die AVO ist hingefahren und hat sie festgenommen, als sie gerade im Aufbruch war, um hierherzukommen. Und dann hat man sie gezwungen zu sagen, wo unser Hauptquartier ist.«

Reynolds sprang so plötzlich auf, daß sein Stuhl krachend hintenüber fiel.

»Das war Julia, die da geschrien hat«, sagte er mit heiserer, völlig entstellter Stimme. »Man hat sie gefoltert, die Hunde haben sie gefoltert!«

»Ja, das am Telefon war Julia«, sagte Jansci. »Hidas wollte mir zeigen, daß es ihm Ernst ist.« Janscis tonlose Stimme wurde undeutlich und gedämpft, als er jetzt das Gesicht in seinen Händen vergrub. »Aber man hat nicht Julia gefoltert, man folterte Katharina, und Julia mußte es mit ansehen und es mir berichten.«

Reynolds sah Jansci an und begriff nichts, Jennings machte ein entsetztes Gesicht, und der Graf fluchte leise und pausenlos vor sich hin, eine sinnlose Folge unflätiger Flüche, und Reynolds begriff, daß der Graf verstanden haben mußte, was los war; und dann begann Jansci wieder zu sprechen, leise und wie zu sich selbst, und da wurde auch Reynolds plötzlich alles klar, und seine Beine waren auf einmal so sonderbar schwach, daß er sich setzen mußte.

»Ich wußte es, daß sie nicht gestorben war«, murmelte Jansci. »Ich habe es die ganze Zeit gewußt, daß sie noch lebte, ich habe nie die Hoffnung aufgegeben, sie wiederzufinden, nicht wahr, Wladimir? Ich wußte, daß sie nicht gestorben war. Ach, warum hat Gott sie nicht sterben lassen? Warum hat er ihr nicht erlaubt zu sterben?«

Janscis Frau, Reynolds begriff es wie durch einen Nebel, sie lebte also, sie war also doch am Leben geblieben. Julia hatte gemeint, sie müsse innerhalb weniger Tage, nachdem man sie abgeholt hatte, gestorben sein; doch sie war nicht gestorben, die gleiche Hoffnung, die gleiche feste Gewißheit, die Jansci veranlaßt hatte, unermüdlich überall in Ungarn nach ihr zu suchen, hatte offenbar auch in seiner Frau den Willen zum Leben wachgehalten. Doch jetzt hatte die AVO sie in ihren Klauen, Hidas war vom Szarhaza-Gefängnis weggefahren, weil er wußte, wo sie war, diese Teufel hatten sie in der Hand – und was noch tausendmal schlimmer war, sie hatten Janscis Tochter.

Ungerufen und nebelhaft tauchte Julias Bild vor ihm auf, das schalkhafte Lächeln, womit sie ihn angesehen hatte, als sie ihm damals in der Nähe der Margit-Insel zum Abschied einen Kuß auf die Wange gegeben hatte, die tiefe Sorge in ihrem Gesicht, als sie gesehen hatte, wie Coco ihn zugerichtet hatte, und der Ausdruck, mit dem sie ihn angesehen hatte, als er am nächsten Tag aus dem Schlaf erwacht war, und wie ihr Blick erstorben war, wie ihre Augen sich verschleiert hatten, als die Vorahnung kommenden Unheils in ihr aufgestiegen war.

Im nächsten Augenblick war Reynolds aufgestanden.

»Sagen Sie, Jansci, von wo kam dieser Anruf?« sagte er, mit einer Stimme, die wieder ganz normal war und keine Spur von der eiskalten Wut verriet, die in ihm tobte.

»Von der Andrassy Ut. Weshalb fragen Sie, Michael?«

»Wir können sofort hinfahren und sie wieder herausholen – der Graf und ich. Wir schaffen es.«

»Wenn es überhaupt zwei Leute gibt, die etwas Derartiges fertigbringen könnten, dann sehe ich diese beiden hier vor mir. Doch diese Aufgabe ist selbst für Sie zu schwer, denn sie ist noch schlimmer, als Sie denken. Sagten Sie etwas, Herr Professor?«

»Katharina«, murmelte der alte Mann. »Wie sonderbar – so heißt meine Frau auch.«

»Die Übereinstimmung geht leider noch weiter, Herr Professor.« Jansci starrte lange blicklos in die Glut, ehe er schließlich fortfuhr: »Die Engländer bedienten sich Ihrer Frau, um einen Druck auf Sie auszuüben, und jetzt ...«

»Ja, natürlich, ich verstehe«, sagte Jennings leise. Er zitterte jetzt nicht mehr, sondern war ruhig und völlig gefaßt. »Die Sache ist ganz klar, nicht wahr, weshalb hätten sie sonst auch hier anrufen sollen? Ich werde mich sofort auf den Weg machen.«

»Sofort auf den Weg machen?« fragte Reynolds. »Was soll das heißen?«

»Wenn Sie Hidas so genau kennen würden, wie ich ihn kenne«, sagte der Graf, »dann würden Sie das nicht fragen. Ein glatter Handel, nicht wahr, Jansci? Sie bekommen Katharina und Julia lebend zurück, wenn die AVO dafür den Professor bekommt.«

»Ja, das hat man mir vorgeschlagen. Man ist bereit, mir die beiden zurückzugeben, wenn ich Ihnen den Professor ausliefere.« Jansci schüttelte langsam und endgültig den Kopf. »Aber das geht natürlich nicht, das ist unmöglich. Ich kann Sie unmöglich im Stich lassen, Professor, ich kann Sie nicht einfach ausliefern. Der Himmel mag wissen, was man mit Ihnen anfangen würde, wenn man Sie wieder in die Hände bekäme.«

»Aber nein, Sie müssen mich ausliefern, Sie müssen«, sagte Jennings. Er war aufgestanden und sah mit blitzenden Augen auf Jansci herunter. »Man wird mir nichts tun, dazu bin ich viel zu wertvoll für sie. Überlegen Sie doch, Jansci, was bedeutet meine Freiheit, verglichen mit dem Leben Ihrer Frau und Ihrer Tochter? Es bleibt Ihnen gar nichts anderes übrig — ich gehe.«

»Damit würden Sie mir meine Familie wiedergeben, und Sie würden Ihre Familie nie wiedersehen. Ist Ihnen eigentlich klar, was Sie da sagen, Professor Jennings?«

»Ja, ich weiß genau, was ich sage.« Jennings sprach mit ruhiger Entschiedenheit. »Die Trennung ist nicht das Entscheidende. Es handelt sich doch einfach darum, daß, wenn ich jetzt zurückgehe, unsere beiden Familien am Leben bleiben — und wer weiß, vielleicht erlange auch ich eines Tages wieder die Freiheit. Wenn ich jetzt aber nicht zurückgehe, dann sterben Ihre Frau und Ihre Tochter. Das muß Ihnen doch auch klar sein, oder?«

Jansci nickte, schwieg einen Augenblick und räusperte sich dann, und Reynolds wußte, was er sagen würde, noch ehe er angefangen hatte, zu sprechen.

»Es freut mich jetzt um so mehr, Herr Professor, daß es mir möglich war, zu einem kleinen Teil dazu beizutragen, Sie zu befreien. Sie sind nicht nur ein unerschrockener Mann, Sie sind ein guter Mensch. Doch ich werde nicht zulassen, daß Sie sich für mich oder die Meinen opfern. Ich werde Oberst Hidas sagen . . .«

»Nein«, unterbrach ihn der Graf, »ich werde es Oberst Hidas sagen . . .« Er ging zum Telefon, nahm den Hörer ab und bat die Vermittlung, ihn mit einer Nummer zu verbinden. »Nein, Jansci, überlassen Sie das bitte mir. Sie haben bisher noch nie an mir gezweifelt — ich darf Sie bitten, nicht etwa jetzt damit anzufangen.«

Er brach ab, nahm für einen Augenblick stramme Haltung an und entspannte sich dann lächelnd.

»Oberst Hidas? Hier spricht Major a. D. Howarth — bei bester Gesundheit, danke sehr — ja, wir haben uns Ihren Vorschlag überlegt, und ich habe einen Gegenvorschlag zu machen. Es muß doch außerordentlich unangenehm für Sie sein, daß ausgerechnet der tüchtigste Beamte der AVO nicht mehr bei Ihnen ist, und ich möchte vorschlagen, diesem Übelstand abzuhelfen. Falls ich Ihnen garantieren könnte, daß Professor Jennings, wenn er den Westen erreicht, Stillschweigen bewahrt, wären Sie dann bereit, als Kompensation für die Frau und die Tochter von Generalmajor Illjurin mit meiner geringen Person vorliebzunehmen — ja, ich warte.«

Er behielt den Hörer in der Hand, richtete den Blick auf den Professor und Jansci und streckte den Arm aus, um ihrem Protest Einhalt zu gebieten und um den Professor zurückzudrängen, der sich vergeblich bemühte, ihm den Hörer wegzunehmen.

»Sachte, meine Herren, und bitte beruhigen Sie sich. Edle Selbstaufopferung ist nicht unbedingt meine Sache; ehrlich gesagt, so was liegt mir überhaupt nicht. — Ja, Oberst Hidas? — Ach so, ich hatte es fast schon befürchtet — natürlich ein harter Schlag für meinen Stolz, aber ich bin schließlich wohl doch nur ein kleiner Wicht — so, es muß also der Professor sein — doch, ja, er ist durchaus dazu bereit — nein, Oberst Hidas, nach Budapest kommt er nicht. Halten Sie uns eigentlich für vollkommen wahnsinnig? Wenn wir nach Budapest kommen, dann haben und behalten Sie ja alle drei! Nein, wenn Sie darauf bestehen, daß der Austausch in Budapest vorgenommen wird, dann geht Professor Jennings noch heute nacht über die Grenze, und weder Sie noch sonst jemand in Ungarn kann irgend etwas tun, um das zu verhindern. Das sollte gerade Ihnen klarer sein als — aha, ich hatte mir doch gleich gedacht, daß Sie es einsehen würden, Sie waren schon immer ein so verständiger und einsichtiger Mann, nicht wahr? Dann hören Sie bitte gut zu.

Etwa drei Kilometer nördlich von diesem Haus hier — die Tochter des Generals wird Ihnen den Weg zeigen, falls Sie Schwierigkeiten haben sollten, herzufinden — biegt eine Nebenstraße nach links ab. Diese Nebenstraße fahren Sie entlang, sie endet acht Kilometer weiter bei einer kleinen Fähre, die über einen Nebenfluß der Raab führt. Dort halten Sie. Etwa drei Kilometer nördlich führt eine Holzbrücke über denselben Fluß. Wir werden über diese Brücke hinüberfahren, sie anschließend sprengen, damit Sie nicht in Versuchung geraten, uns nachzufahren, und uns dann wieder in südlicher Richtung zu dem Fährhaus begeben, das gegenüber der Stelle, wo Sie ankommen, am anderen Ufer liegt. Über den Fluß führt eine kleine Seilfähre hinüber, und diese Fähre werden wir benutzen, um den Austausch der Gefangenen vorzunehmen. Ist Ihnen das alles klar?«

Der Graf hörte längere Zeit schweigend in den Apparat; im Raum war nichts zu hören als das leise, unverständliche Gemurmel der harten Stimme von Oberst Hidas, dann sagte der Graf: »Warten Sie einen Augenblick«, nahm die Hörer vom Ohr, legte die Hand über die Sprechöffnung und wandte sich an die anderen.

»Er sagt, er braucht eine Stunde Bedenkzeit — man müsse erst bei der Regierung die Genehmigung einholen. Das ist schon möglich. Wahrscheinlicher allerdings ist, daß unser werter Freund versucht, diese Stunde dazu zu benutzen, um die Armee zu alarmieren und uns zu umzingeln, oder die Luftwaffe zu ersuchen, ein paar wohlgezielte Bomben in unseren Schornstein zu setzen.«

»Unmöglich«, sagte Jansci und schüttelte mit Entschiedenheit den Kopf. »Die nächsten Truppen liegen in Kaposvar, südlich vom Balaton-See, und wie wir aus den Wettermeldungen wissen, sind sie völlig unbeweglich.«

»Und die nächstgelegenen Stützpunkte der Luftwaffe befinden sich oben an der tschechischen Grenze«, sagte der Graf und warf einen Blick durch das Fenster nach draußen, in diese graue Welt aus treibendem Schnee. »Selbst wenn man dort in der Lage sein sollte, zu starten, würde uns bei diesem Wetter kein Aas finden. Also, wir riskieren es?«

»Wir riskieren es«, sagte Jansci.

»Gut, Oberst Hidas, Sie sollen Ihre Stunde Bedenkzeit haben«, sagte der Graf, der die Hand wieder von der Sprechöffnung genommen hatte. »Aber wenn Sie auch nur eine Minute später anrufen, dann sind wir nicht mehr da. Und noch etwas: Wenn Sie dort hinkommen, werden Sie die Strecke über Vylok fahren, und keine andere — wir möchten nämlich nicht gern, daß Sie uns den Fluchtweg abschneiden. Die Größe unserer Organisation ist Ihnen ja bekannt — wir werden jede andere Straße nördlich von Szombathely überwachen, und wenn sich auf einer dieser Straßen auch nur irgendein Fahrzeug zeigt, dann werden Sie, wenn Sie dort ankommen, uns nicht mehr antreffen. Alsdann, mein lieber Oberst, bis nachher.«

Zufrieden lächelnd legte er den Hörer hin und wandte sich den anderen zu.

»Da können Sie mal sehen, meine Herren — ich ernte den ganzen Ruhm der Ritterlichkeit und des opferbereiten Edelmuts, und zwar ohne irgendeines der unbehaglichen Risiken, wie sie sonst normalerweise mit diesen Tugenden verbunden sind. Raketen zu bauen ist eben wichtiger, als Rache zu nehmen, und die Leute wollen nun einmal unbedingt den Professor haben. Wir haben drei Stunden Zeit.«

Drei Stunden, und die erste davon war inzwischen fast vergangen. Eine Stunde, die sie alle, so wie der Kosak, dazu benutzt haben sollten, zu schlafen, denn sie waren erschöpft und völlig übermüdet, und doch dachte keiner an Schlaf. Jansci nicht, da er noch halb betäubt war vor Freude bei dem Gedanken, seine Frau wiederzusehen, während ihm gleichzeitig der Kummer das Herz zerdrückte und er innerlich fest entschlossen war, den Professor nicht gehen zu lassen; und ebensowenig dachte der Professor an Schlaf, denn er hatte nicht den Wunsch, seine letzten Stunden der Freiheit schlafend zu verbringen. Auch Sandor hatte keinen Augenblick daran gedacht, zu schlafen; er ging draußen in der bitteren Kälte mit Jansci auf und ab, weil er ihn in dieser Stunde nicht allein lassen mochte. Und der Graf trank gleichmäßig und unaufhörlich, als sollte er nie wieder eine Flasche Schnaps zu sehen bekommen. Reynolds sah ihm dabei zu und staunte heimlich, als er die dritte Flasche Barack aufmachte — und dann hatte er einen Augenblick ungewöhnlicher Hellsichtigkeit. »Ich glaube, Sie wissen, daß Jansci seine Frau und seine Tochter wiedersehen wird — wieso Sie das mit solcher Sicherheit wissen können, das ahne ich allerdings nicht, aber Sie wissen es jedenfalls. Sie wissen, daß sein Kummer ein Ende hat, Ihr Kummer aber bleibt, und da Sie jetzt diesen Kummer allein tragen müssen, fühlen Sie ihn mit doppelter Stärke.«

»Ach, Jansci hat Ihnen also von mir erzählt?«

»Nein, nicht ein Wort.«

»Ich glaube Ihnen«, sagte der Graf und betrachtete Reynolds nachdenklich. »Wissen Sie, mein Freund, Sie sind im Verlauf weniger Tage um zehn Jahre älter geworden. Sie werden nie wieder der sein können, der Sie einmal waren. Ich nehme an, Sie werden Ihren Dienst beim Intelligence Service quittieren?«

»Ja, das war mein letzter Auftrag. Ich scheide aus.«

»Und heiraten die schöne Julia?«

»Du lieber Gott! Ist das wirklich so deutlich zu sehen?«

»Sie haben es natürlich als letzter bemerkt, aber für alle anderen war es völlig offensichtlich.«

»Also, wenn es so ist: Ja, natürlich möchte ich sie heiraten.« Reynolds zog die Stirn in Falten. »Ich habe sie allerdings noch nicht gefragt, ob sie mich will.«

»Nicht nötig«, sagte der Graf und winkte lässig mit der Hand. »Ich kenne die Frauen. Wahrscheinlich hat sie eine schwache Hoffnung, noch einen vernünftigen Menschen aus Ihnen machen zu können.«

»Hoffentlich hat sie diese Hoffnung«, sagte Reynolds.

Der Graf goß sein Glas voll, nahm einen kräftigen Sckluck, entzündete die nächste in der Kette der russischen Zigaretten und sagte dann unvermittelt: »Jansci war auf der Suche nach seiner Frau, und ich war auf der Suche nach meinem Kleinen. Was heißt hier: Kleiner! Nächsten Monat wäre er zwanzig — vielleicht ist er wirklich zwanzig. Ich weiß es nicht, ich weiß es einfach nicht. Aber ich hoffe, daß er am Leben geblieben ist.«

»Hatten Sie nur diesen einen Sohn?«

»Ich hatte fünf Kinder, und die Kinder hatten eine Mutter und einen Großvater und einen Onkel, doch ich mache mir keine Sorgen um sie, sie alle sind in Sicherheit.«

Reynolds sagte nichts, es war nicht nötig, irgend etwas hinzuzufügen. Er wußte von Jansci, daß der Graf alles und alle verloren hatte — mit Ausnahme seines kleinen Sohnes.

»Er war gerade erst drei Jahre alt, als sie mich holten«, sagte der Graf. »Ich sehe ihn noch heute vor mir, wie er da im Schnee stand, große Augen machte und nichts begriff. Immer habe ich seither an ihn denken müssen, in jeder Nacht, an jedem Tag meines Lebens. Ob er am Leben geblieben ist? Wer mag sich seiner angenommen haben? Vielleicht hat ihn keiner haben wollen, aber Gott doch sicherlich — er war noch so klein, so ein kleiner Junge, Mr. Reynolds. Wie er wohl aussehen mag? Ich habe immer nur für ihn gelebt, doch für jeden Menschen kommt einmal der Augenblick, da er mit der Wahrheit konfrontiert wird, und für mich kam dieser Augenblick heute früh. Ich weiß, daß ich ihn nie wieder sehen werde.«

»Entschuldigen Sie bitte, daß ich Sie danach gefragt habe«, sagte Reynolds leise. »Es tut mir wirklich außerordentlich leid.« Er machte eine Pause und sagte dann: »Nein, das stimmt gar nicht, ich weiß nicht, wieso ich das gesagt habe. Ich bin froh, daß ich Sie gefragt habe.«

»Es ist sonderbar, aber auch ich bin froh, daß ich es Ihnen erzählt habe«, sagte der Graf, trank sein Glas leer, schenkte sich wieder ein, warf einen Blick auf seine Uhr, und als er danach weitersprach, war er wieder ganz der alte, und seine Stimme war knapp und entschieden und ironisch. »Der Schnaps macht den Menschen melancholisch, doch er vertreibt die Melancholie auch wieder. Es wird Zeit, daß wir uns auf die Beine machen, mein Freund. Die Stunde ist schon beinahe um. Wir können hier nicht ewig sitzen und warten — nur ein Wahnsinniger könnte auf die Idee kommen, diesem Hidas über den Weg zu trauen.«

»Jennings muß also wirklich zurück?«

»Ja. Wenn sie ihn nicht zurückbekommen, dann . . .«

»Dann bedeutet das das Ende für Janscis Frau und für Julia — meinen Sie das?«

»Tut mir leid, aber so ist es.«

»Hidas scheint außerordentlich viel daran gelegen zu sein, den Professor wieder in die Hand zu bekommen.«

»Er will ihn unbedingt und um jeden Preis haben. Die Kommunisten haben eine tödliche Angst davor, daß er in den Westen entkommt und sich dort äußert — das wäre ein Schlag für sie, von dem sie sich lange nicht erholen würden. Deshalb hatte ich angerufen und mich selbst angeboten. Ich weiß, wieviel ihnen an mir gelegen ist, und ich wollte feststellen, wie sehr ihnen daran gelegen ist, Jennings in ihre Hände zu bekommen. Wie gesagt, sie wollen ihn unbedingt und um jeden Preis haben.«

»Ja, aber warum denn?«

»Er wird nie wieder für sie arbeiten«, sagte der Graf beiläufig, »und das wissen sie auch sehr genau.«

»Wollen Sie damit sagen, daß . . .«

»Ich will damit nur sagen, daß man sicherzugehen wünscht, daß der Professor den Mund hält, und zwar für immer«, sagte der Graf. »Wenn man absolut sichergehen will, gibt es da nur einen Weg.«

»Ja, um Gottes willen!« sagte Reynolds entsetzt. »Wir können doch nicht zulassen, daß er in seinen sicheren Tod geht!«

»Sie vergessen Julia«, sagte der Graf.

Reynolds, der nicht mehr imstande war, irgendeinen klaren Gedanken zu fassen, senkte den Kopf und barg das Gesicht in seinen Händen. So saß er vielleicht eine Minute lang und fuhr dann mit einem Ruck wieder hoch, als die Stille plötzlich von dem schrillen Klingeln des Telefons zerschnitten wurde. Der Graf riß den Hörer ans Ohr. »Hier Howarth – Oberst Hidas?«

Auch diesmal konnten die anderen – Jansci und Sandor waren eben eilig zur Tür hereingekommen – die harte, metallische Stimme hören, die am anderen Ende des Drahtes war, aber nichts von dem verstehen, was Hidas sagte. Sie konnten nur den Grafen beobachten, der lässig an der Wand lehnte, während sein Blick ziellos im Raum umherwanderte. Plötzlich stieß er sich von der Wand ab und zog die Augenbrauen zusammen.

»Unmöglich! Eine Stunde, hatte ich gesagt, Oberst Hidas. Länger können wir nicht warten. Halten Sie uns eigentlich für wahnsinnig, daß Sie denken, wir würden hier sitzenbleiben und ruhig abwarten, bis Sie uns nach Belieben einkassieren können?«

Er brach ab und hörte zu, als jetzt die Stimme am anderen Ende des Drahtes wieder zu reden anfing, eilig und abgehackt, und erstarrte im nächsten Augenblick, als er hörte, wie Hidas einhängte. Nachdenklich besah er sich den Hörer, aus dem nichts mehr zu hören war, und legte ihn dann langsam wieder auf.

»Irgend etwas stimmt da nicht«, sagte er. »Irgend etwas stimmt ganz und gar nicht. Hidas sagt, der zuständige Minister sei auf seinem Landsitz, die Telefonververbindung dorthin sei gestört, sie hätten einen Wagen hinschicken müssen, es könnte vielleicht noch eine weitere halbe Stunde dauern, möglicherweise sogar – oh, du verdammter Idiot!«

»Wie bitte?« fragte Jansci. »Wer ist . . .«

»Ich.« Der Graf, auf dessen Gesicht die zweifelnde Ungewißheit verschwunden war, sprach leise und völlig beherrscht, dabei aber mit einer so verzweifelten Dringlichkeit, wie Reynolds ihn noch nie hatte sprechen hören. »Sandor, den Motor des Lastwagens starten — sofort. Handgranaten mitnehmen, Sprengladungen für diese kleine Brücke da an der Straße und das Feldtelefon. Jetzt müssen wir schnell machen, wir alle. Es ist wirklich höchste Eile geboten!«

Niemand hielt sich damit auf, den Grafen nach einer Erklärung zu fragen. Zehn Sekunden später standen alle draußen vor dem Haus in dem heftigen Schneefall und verluden die Ausrüstung, und innerhalb einer Minute fuhr der Lastwagen schwankend den unebenen Feldweg entlang auf die Straße zu. Erst dann wandte sich Jansci dem Grafen zu und sah ihn fragend an.

»Der letzte Anruf kam aus einer Telefonzelle«, sagte der Graf ruhig. »Völlig unverzeihlich, daß ich nicht sofort darauf gekommen bin. Wieso telefoniert Oberst Hidas aus einer Telefonzelle? Weil er sich nicht mehr in seinem Dienstzimmer in Budapest befindet. Ich wette hundert zu eins, daß auch der vorige Anruf nicht aus Budapest kam, sondern von unserer Dienststelle in Györ. Hidas ist schon die ganze Zeit hierher unterwegs gewesen, und seine Anrufe hatten nur den einen Zweck, uns aufzuhalten, uns zu täuschen. Der Minister, die erforderliche Genehmigung der Regierung, die unterbrochenen Telefonleitungen — lauter Lügen. Mein Gott, wenn ich denke, daß wir darauf hereingefallen sind! Ich möchte wetten, daß Hidas in diesem Augenblick keine zehn Kilometer mehr von hier entfernt ist. Eine Viertelstunde später hätte er uns alle geschnappt, sechs auf einen Schlag, sechs brave kleine Fliegen, die geduldig warten, bis die Spinne kommt.«

12

Sie standen frierend bei dem Telefonmast am Rande des Waldes, spähten durch den Schnee, der im Augenblick weniger dicht fiel. Zuwenig Schlaf, Überanstrengung und die trügerische, rasch sich verflüchtigende Wärme, die der Schnaps erzeugte, waren keine geeignete Vorbereitung, um auch nur kurze Zeit in der bitteren Kälte Wache zu stehen.

Von hier aus konnten sie das soeben fluchtartig verlassene Haus und die Straße übersehen, auf der die AVO-Leute kommen mußten.

Knappe fünfzehn Minuten waren vergangen, seit sie aufgebrochen und losgefahren waren, den Feldweg entlang und über die kleine, gewölbte Steinbrücke zur Hauptstraße, auf der sie zweihundert Meter in westlicher Richtung gefahren waren, bis zu diesem Wäldchen hier, in dem sie den Wagen versteckt hatten. Der Graf und Sandor waren bei der Brücke abgesetzt worden, um die Sprengladungen anzubringen, während Reynolds und der Professor in aller Eile Reisig aus dem Wald herangeholt und dem Grafen und Sandor dabei geholfen hatten, die Spuren der Reifen ihres Wagens zu verwischen und die Leitung zu tarnen, die von der Sprengladung an der Brücke zu der Stelle in dem Wäldchen führte, wo jetzt Sandor im Versteck lag, den Auslöser in der Hand. Als sie danach zu dem Lastwagen zurückgekehrt waren, hatten Jansci und der Kosak das Feldtelefon inzwischen bereits an die Oberleitung angeschlossen, die zum Haus führte.

Es verstrichen weitere zehn Minuten, zwanzig Minuten, und schließlich eine halbe Stunde, es schneite noch immer sacht, und die Kälte drang ihnen immer tiefer ins Gebein. Die AVO, die inzwischen längst überfällig war, war noch immer nicht erschienen, und Jansci und dem Grafen kam die Sache außerordentlich verdächtig vor. Der Graf war inzwischen fest davon überzeugt, daß Hidas irgend etwas Übles im Schild führte.

Und daß es sich in der Tat so verhielt, das war, als Hidas endlich erschien, sofort deutlich zu erkennen. Er kam aus östlicher Richtung, und zwar in einem großen, grünen, geschlossenen Lastwagen, mit Wohnwagenanhänger, der, wie der Graf erklärte, sein fahrbares Hauptquartier enthielt, begleitet von einem zweiten, kleineren, braunen Lastwagen, in dem zweifellos eine Reihe seiner AVO-Killer saßen. Das hatten Jansci und der Chef auch nicht anders erwartet. Was sie dagegen nicht erwartet hatten und wodurch die verspätete Ankunft der AVO eine ausreichende Erklärung fand, das war die Anwesenheit des dritten Fahrzeugs in diesem Geleitzug: ein großer, schwerfälliger, schwer gepanzerter Raupenschlepper, mit einer übel aussehenden Panzerabwehrkanone darauf, deren Rohr fast halb so lang war wie das ganze Fahrzeug. Die Männer am Waldrand, die diese gewaltige Heeresmacht heranrollen sahen, starrten sich verblüfft an und fragten sich vergeblich, was der Grund für dieses Aufgebot sein könne; die Antwort ließ nicht lange auf sich warten.

Hidas schien sehr genau zu wissen, was er wollte — er mußte offenbar durch Julia erfahren haben, daß die beiden seitlichen Giebelwände des Hauses keine Fenster hatten —, denn er zögerte nicht einen Augenblick. Einige hundert Meter vor dem Feldweg, der zum Haus hinführte, beschleunigten die beiden Lastwagen ihr Tempo und ließen den Raupenschlepper zurück, schalteten dann fast genau gleichzeitig herunter, bremsten, bogen von der Straße ab, fuhren über die kleine Brücke und in schnellem Tempo auf das Haus zu, wo der eine nach rechts und der andere nach links bog und beide wenige Meter neben den fensterlosen Giebelwänden anhielten. Im nächsten Augenblick sprangen bewaffnete Männer heraus und gingen hinter den Lastwagen, den kleinen Nebengebäuden und den Bäumen hinter dem Haus in Stellung.

Der letzte Mann war noch nicht schußbereit, als auch schon der gepanzerte Raupenschlepper in den Landweg einbog, zwischen den niedrigen steinernen Brüstungen der gewölbten Brücke hinaufrasselte, daß das lange Rohr seiner Kanone grotesk nach oben in den Himmel zeigte, auf der anderen Seite abwärts rumpelte und rund fünfzig Meter von der Vorderfront des Hauses entfernt haltmachte. Es verging eine Sekunde, eine zweite, und dann kam der flache, harte Knall des Abschusses und das Krachen der Detonation, als die Granate in die Vorderfront des Hauses einschlug, ein kurzes Stück unterhalb der Fenster des Erdgeschosses. Die Wolke aus Rauch und Staub hatte noch nicht Zeit gehabt, sich zu verziehen, als wenige Sekunden später die nächste Granate etwa einen Meter vom ersten Einschlag entfernt in die Wand des Hauses schlug, und nach drei weiteren Schüssen war bereits ein Loch von drei Metern Länge in das Mauerwerk der Hauswand gerissen.

»Dieser Hund, dieser Mörder«, sagte der Graf leise. »Ich wußte, daß ihm nicht zu trauen ist, aber daß er ein so heimtückisches Schwein ist, das weiß ich erst jetzt.« Er brach ab, als die Panzerabwehrkanone erneut feuerte, und wartete, bis das grollende Echo der Detonation vergangen war. »Das da habe ich hundertmal gesehen — das ist ein Methode, die erstmalig von den Deutschen in Warschau zur Perfektion ausgebildet wurde. Wenn man ein Haus zusammenschießen will, ohne daß es die Straße blockiert, dann schießt man einfach so lange unten in das Fundament, bis das Haus darüber in sich zusammenstürzt. Die Methode hat außerdem noch den zusätzlichen Vorteil, daß jeder, sich sich etwa in einem solchen Haus verbirgt, unter den Trümmern begraben wird!«

»Und das versucht man also jetzt — ich meine, man nimmt an, daß wir da im Haus sind?« fragte Professor Jennings.

»Natürlich denkt man, daß wir im Haus sind«, sagte der Graf. »Zum Spaß machen die das schließlich nicht. Und Hidas hat rund um das ganze Haus seine Terrier stationiert, für den Fall, daß die Ratten versuchen sollten, aus irgendeinem Loch zu entweichen.«

»Ich verstehe«, sagte Jennings, der sich inzwischen wieder einigermaßen gefaßt hatte. »Danach scheint es also, als hätte ich den Wert meiner Dienste für die Russen etwas zu hoch eingeschätzt.«

»Nein, das haben Sie nicht«, sagte der Graf. »Den Leuten liegt wirklich sehr viel daran, sich Ihrer Dienste zu versichern — ich fürchte nur, daß ihnen noch mehr daran gelegen ist, Generalmajor Illjurin und auch meine Wenigkeit unschädlich zu machen. Für das kommunistische Ungarn ist Jansci der Staatsfeind Nummer eins, und die AVO ist sich darüber klar, daß sich ihnen diese Chance nicht ein zweitesmal bietet. Sie können es sich einfach nicht leisten, sie ungenutzt vorbeigehen zu lassen, und deshalb war man bereit, notfalls sogar Ihr Leben, Herr Professor, zu opfern, um diese einmalige Gelegenheit möglichst gründlich auszunützen.«

»Das sind keine Menschen«, sagte Jennings staunend, »das sind Teufel.«

»Ja, mitunter fällt es wirklich schwer, anders von ihnen zu denken«, sagte Jansci. »Hat – hat jemand die beiden gesehen?« Alle verstanden sofort, wen er meinte, und schüttelten schweigend den Kopf. »Nein? Dann ist es vielleicht besser, wenn wir unseren Freund Hidas einmal anrufen. Die telefonische Zuleitung liegt oben unter dem Giebel. Sie müßte eigentlich noch intakt sein.«

Sie war intakt. Als Jansci in einer Feuerpause die Kurbel des Feldtelefons betätigte, drang das Läuten des Apparats drüben im Haus deutlich hörbar durch die unbewegte, frostklare Luft herüber, und ebenso deutlich hörten sie einen kurzen Befehl und sahen einen Mann, der um die Ecke des Hauses gelaufen kam und den Kanonieren der Panzerabwehrkanone ein Signal zuwinkte: Im nächsten Augenblick schwenkte das Rohr der Kanone zur Seite. Auf einen zweiten Befehl sprangen die Männer, die rings um das Haus in Stellung gegangen waren, aus ihrer Deckung hervor und rannten teils auf die Vorderfront, teils auf die Rückseite des Hauses zu. Bei den AVO-Männern, die auf die Vorderfront des Hauses zugelaufen waren, konnten die Beobachter sehen, wie sie sich geduckt die zerschossene Mauer entlang bewegten, sich dann ruckartig aufrichteten und ihre Maschinenpistolen durch die zersplitterten Fenster schoben, während zwei weitere Leute die Eingangstür, die nur noch lose in den Angeln hing, mit einem Fußtritt aufstießen und hineingingen. Selbst aus dieser Entfernung war unzweideutig zu erkennen, wer der Mann war, der als erster eintrat: Es war Coco, dessen riesige, gorillahafte Figur auf jede Entfernung zu erkennen war.

Fast im nächsten Augenblick kam er wieder zum Vorschein, während ein anderer sich unverzüglich in das Haus hinein begab, und daß dieser andere nur Oberst Hidas gewesen sein konnte, dafür erhielten sie die Bestätigung, als gleich darauf seine Stimme aus dem Kopfhörer des Feldtelefons kam: Jansci hatte nur den einen der beiden Hörer am Ohr, und die Stimme ertönte deutlich genug aus dem zweiten Hörer, so daß sie es alle verstehen konnten.

»Ich nehme an, ich spreche mit Generalmajor Illjurin?«

»Ja. Sagen Sie, Oberst Hidas, pflegt man so bei der AVO eine Abmachung einzuhalten?«

»Kindische Vorwürfe dieser Art sind zwischen uns beiden völlig unangebracht«, erwiderte Hidas. »Von wo aus sprechen Sie, wenn ich fragen darf?«

»Das ist unwichtig. Haben Sie meine Frau und meine Tochter mitgebracht?«

Es entstand eine lange Pause, und die Leitung war wie tot, bis schließlich die Stimme von Oberst Hidas wiederkam. »Selbstverständlich, das hatte ich ja gesagt.«

»Dürfte ich Sie dann bitten, mich die beiden sehen zu lassen?«

»Sie glauben mir also nicht?«

»Eine überflüssige Frage, Oberst Hidas. Geben Sie mir Gelegenheit, meine Frau und meine Tochter zu sehen.«

»Ich muß einen Augenblick überlegen.« Wieder entstand eine völlig geräuschlose Pause, und der Graf sagte hastig:

»Er überlegt natürlich gar nicht. Dieser Fuchs braucht nie zu überlegen. Er versucht Zeit zu gewinnen. Er weiß, daß wir irgendwo sein müssen, von wo aus wir ihn sehen können, also weiß er, daß auch er uns sehen kann. Deshalb vorhin diese erste Pause — er hat seinen Leuten Anweisung erteilt, daß Sie . . .«

Ein lauter Ruf vom Haus bestätigte die Vermutung des Grafen, noch ehe er sie ausgesprochen hatte, und im nächsten Augenblick kam ein Mann aus der Haustür gestürzt und lief eilig auf den Raupenschlepper zu.

»Er hat uns also gesehen«, sagte der Graf schlicht. »Entweder uns oder den Lastwagen hinter uns. Und was mag nun kommen?«

»Darüber brauchen wir keine Vermutungen anzustellen«, sagte Jansci und legte den Kopfhörer des Feldtelefons aus der Hand. »Alles in Deckung — denn jetzt kommt der Raupenschlepper!« Er hatte noch nicht zu Ende gesprochen, als der schwere Dieselmotor des Raupenschleppers zu brummen begann, und jetzt setzte sich das schwerfällige Fahrzeug in Bewegung, um auf der freien Fläche vor dem Haus zu wenden.

»Er kommt tatsächlich her«, sagte Jansci. »Wenn sie von dort aus hätten schießen wollen, so hätten sie nicht nötig gehabt zu wenden — dieser Geschützturm ist um dreihundertsechzig Grad schwenkbar.« Er kam hinter dem Baum hervor, hinter dem er in Deckung gelegen hatte, sprang über den schneegefüllten Graben auf die Straße und schlug hoch über seinem Kopf für einen kurzen Augenblick die beiden Hände zusammen: das verabredete Zeichen für Sandor, auf die Bewegung des Raupenschleppers genau zu achten.

Niemand war auf das gefaßt, was nun geschah, nicht einmal der Graf, der nicht damit gerechnet hatte, daß Hidas inzwischen in einen Zustand so finsterer und verzweifelter Entschlossenheit geraten war. Sie hörten gedämpft das Kommando, mit dem Hidas seinen Leuten befahl, das Feuer zu eröffnen, und der Graf hatte noch nicht einmal Zeit gehabt, Jansci eine Warnung zuzurufen, als auch schon vom Haus her mehrere Maschinenpistolen zu feuern begannen. Sie mußten mit einem Sprung hinter Baumstümpfen in Deckung gehen, so plötzlich setzte der Hagel der Geschosse ein, die ihnen um die Ohren pfiffen, krachend in die Stämme der Bäume schlugen oder abprallten und mit bösartigem Wimmern als Querschläger durch die Luft flogen. Jansci aber, der keine Zeit, keine Möglichkeit gehabt hatte, in Deckung zu gehen, schwankte, kippte und schlug schwer auf die Straße. Reynolds kam aus seiner Deckung hoch und hatte gerade zum ersten Sprung auf die Stelle angesetzt, wo Jansci lag, als ihn eine Hand von hinten packte und mit einem Ruck zurückriß hinter den Baum, hinter dem er soeben vorgekommen war.

»Wollen Sie sich vielleicht auch umlegen lassen?« fragte der Graf wütend, doch die Wut in seiner Stimme richtete sich nicht gegen Reynolds. »Ich glaube übrigens nicht, daß er tot ist — sein Fuß bewegt sich.«

»Sie können jeden Augenblick das Feuer wieder eröffnen«, sagte Reynolds protestierend; das Knattern des Gewehrfeuers hatte so plötzlich aufgehört, wie es angefangen hatte. »Die können ihn dort, wo er liegt, durchlöchern.«

»Um so mehr Grund für Sie, nicht etwa Selbstmord zu begehen.«

»Aber Sandor wartet! Es ging so schnell, er hat das Zeichen bestimmt nicht gesehen!«

»Sandor ist nicht blöd. Er braucht kein Zeichen.« Der Graf riskierte einen Blick um den Stamm des Baumes, hinter dem er in Deckung lag, und sah, wie der Raupenschlepper den Feldweg entlang auf die Brücke zurumpelte. »Wenn die Brücke jetzt in die Luft geht, dann bleibt dieser verdammte Panzer stehen und macht von der Stelle aus, wo er gerade ist, Kleinholz aus uns; oder, noch schlimmer: Er kann wenden und im Rückwärtsgang durch den Fluß auf die Hauptstraße fahren. Das weiß Sandor. Passen Sie mal auf!«

Reynolds gab Obacht. Der Raupenschlepper war schon fast auf der Brücke. Noch zehn Meter, noch fünf Meter, und jetzt kroch er die Wölbung nach oben. Sandor hat zu lange gewartet, dachte Reynolds, bestimmt hat er zu lange gewartet — doch da blitzte es plötzlich, und dann kam das dumpfe Dröhnen der Detonation — nicht annähernd so laut, wie Reynolds erwartet hatte — und danach zunächst das Rumpeln einstürzenden Mauerwerks, und dann metallisches Knirschen und Kreischen, als der Raupenschlepper kopfüber in das Flußbett stürzte und auf das Widerlager der Brücke aufschlug, wobei das lange Rohr der Panzerabwehrkanone umknickte wie Pappe.

»Großartig«, murmelte der Graf. »Hat unser Sandor wunderbar hingekriegt.« Er sprach in seiner üblichen, kühl-ironischen Art; dabei konnte man ihm ansehen, daß er seine erbitterte Wut nur mühsam im Zaum hielt. Er griff sich das Feldtelefon, drehte heftig die Kurbel und wartete.

»Hidas? Hier Howarth. Sie Idiot, Sie armer Irrer! Wissen Sie auch, wen Sie eben erschossen haben?«

»Woher sollte ich das wissen? Und was geht es mich an?« sagte Hidas, aus dessen Stimme die lässige Überlegenheit verschwunden war; der Verlust der Panzerabwehrkanone war offenbar ein schwerer Schlag für ihn gewesen.

»Das will ich Ihnen sagen, wieso Sie das etwas angeht«, sagte der Graf, der sich wieder ganz in der Hand hatte, mit einer Stimme, die kalt und glatt war wie Seide. »Das war Jansci, der eben getroffen wurde, und wenn er tot ist, dann dürfte es für Sie das Beste sein, mitzukommen, wenn wir heute nacht über die Grenze nach Österreich gehen.«

»Sind Sie wahnsinnig geworden?«

»Hören Sie erst einmal gut zu, und sagen Sie dann, wer von uns seine fünf Sinne beieinander hat. Falls Jansci tot ist, sind wir an seiner Frau und an seiner Tochter überhaupt nicht mehr interessiert. Sie können dann mit den beiden tun und lassen, was Sie wollen. Wenn Jansci tot ist, dann sind wir heute um Mitternacht über die Grenze, und vierundzwanzig Stunden später wird die Story des Professors in der gesamten westlichen Presse mit dicken Schlagzeilen auf der ersten Seite erscheinen. Die hohen Herren in Budapest und in Moskau werden toben — und ich werde es mir ganz besonders angelegen sein lassen, dafür zu sorgen, daß die Presse einen ausführlichen Bericht über unsere Flucht bringt — und über die Rolle, die Sie dabei gespielt haben, Oberst Hidas. Das bedeutet für Sie — Sibirien, wenn Sie Glück haben; mit noch größerer Wahrscheinlichkeit allerdings wird man Sie einfach, sagen wir mal, in der Versenkung verschwinden lassen. Wenn Jansci stirbt, dann sterben Sie auch — und niemand weiß das besser als Sie selber, Oberst Hidas.«

Es entstand eine längere Pause, und als Hidas endlich sprach, war seine Stimme nur noch ein heiseres Flüstern. »Vielleicht ist er ja gar nicht tot, Major Howarth.«

»Das werden wir sehen. Ich werde jetzt hingehen, um es festzustellen. Und wenn Ihnen Ihr Leben noch etwas wert ist, dann pfeifen Sie Ihre Bluthunde zurück!«

»Ich werde sofort Befehl geben.«

Der Graf nahm die Kopfhörer ab und sah zu Reynolds hin, der ihn fassungslos anstarrte.

»War das Ihr Ernst? Wollen Sie tatsächlich Julia und ihre Mutter...?«

»Sagen Sie mal, wofür halten Sie mich eigentlich, wie? Entschuldigen Sie, ich wollte Sie nicht beißen. Ich habe also offenbar sehr überzeugend gewirkt, nicht wahr? Ich habe natürlich geblufft, doch Hidas, der soeben einen Schreck bekommen hat wie noch nie in seinem Leben, hat es nicht bemerkt. Kommen Sie, inzwischen dürfte er seine Hunde zurückgepfiffen haben.«

Beide rannten zur Straße und beugten sich über Jansci. Er lag auf dem Rücken, hatte Arme und Beine von sich gestreckt, doch sein Atem ging ruhig und gleichmäßig. Sie brauchten nicht lange nach der Verletzung zu suchen — das Rot des Blutes, das der langen Wunde entströmte, die sich von der Schläfe über dem Ohr entlang nach hinten zog, stand in grellem Kontrast zu dem schneeigen Weiß des Haares. Der Graf beugte sich nahe über die Wunde, nahm sie kurz in Augenschein und richtete sich dann wieder auf, während auf seinem Gesicht ein breites Lächeln der Erleichterung erschien.

»Nein, so leicht stirbt Jansci nicht. Ein Streifschuß, aber ich glaube nicht einmal, daß der Knochen angesplittert ist. Er wird wahrscheinlich schon in ein paar Stunden wieder in Ordnung sein. Helfen Sie mir, ihn hochzuheben.«

»Ich nehme ihn schon«, sagte Sandor, der eben aus dem Wald aufgetaucht war, und schob sie sanft beiseite. Dann beugte er sich zu Jansci, schob ihm die Arme unter und hob ihn hoch, wie man ein kleines Kind hochhebt. »Ist er schwer verwundet?«

»Nein, Sandor, nur eine Schramme, vermutlich von einem Querschläger. Das mit der Brücke haben Sie übrigens großartig gemacht. Legen Sie ihn hinten in den Wagen, ja?« Dann wandte er sich an den Kosaken und sagte: »Eine Drahtzange, da hinauf auf diesen Telefonmast, und abwarten, bis ich Zeichen gebe. Und Sie, Mr. Reynolds, seien Sie doch so gut, schon den Motor anzulassen. Er dürfte inzwischen kalt geworden sein.«

Der Graf stülpte sich die Kopfhörer des Feldtelefons über die Ohren, und auf seinen schmalen Lippen erschien ein ironisches Lächeln, als er Hidas am anderen Ende unruhig atmen hörte.

»Ihre Stunde hat noch nicht geschlagen, Oberst Hidas. Jansci ist schwer verwundet, aber er wird durchkommen. Und jetzt hören Sie bitte sehr genau zu. Wir haben nicht die Absicht, den Austausch der Geiseln hier vorzunehmen — wir haben keinerlei Garantie, daß Sie Ihr Wort halten, es spricht im Gegenteil alles dafür, daß Sie es nicht tun werden. Fahren Sie etwa einen halben Kilometer weit querfeldein — das wird bei dem tiefen Schnee ein bißchen schwierig sein, aber Sie haben ja genügend Leute zur Verfügung, und wir haben inzwischen Zeit, uns auf den Weg zu machen — nach fünf- bis sechshundert Metern kommen Sie zu einer Holzbrücke, über die Sie wieder die Straße erreichen. Dann fahren Sie unverzüglich zu der Fähre. Ist das klar?«

»Ja, das ist klar. Wir werden sobald wie möglich dort sein.«

»Sie werden in genau einer Stunde dort sein, Oberst Hidas. Wir denken überhaupt nicht daran, Ihnen überflüssige Zeit einzuräumen, damit Sie vielleicht Verstärkung heranholen und uns den Weg nach dem Westen verlegen lassen. Übrigens, verschwenden Sie bitte Ihre kostbare Zeit auch nicht durch einen Versuch, telefonisch Hilfe herbeizurufen. Ich lasse unmittelbar nach Beendigung dieses Gespräches alle Telefonkabel durchschneiden, und ich werde dieses Manöver etwa fünf Kilometer nördlich von hier wiederholen.« Der Graf nahm die Kopfhörer ab, gab dem Kosaken das Zeichen, die Kabel durchzuschneiden, warf einen Blick hinten in den Wagen, um zu sehen, ob Jansci gut lag, und lief dann eilig nach vorn. Reynolds, der den Motor bereits angelassen hatte, rückte beiseite, um dem Grafen Platz zu machen, und wenige Sekunden später waren sie aus dem Wäldchen heraus und fuhren auf der Hauptstraße nach Nordost.

Es dämmerte schon, und der Schnee begann wieder heftiger zu fallen, als der Graf mit dem Wagen von der Straße abbog, die neben dem Fluß entlangführte, einige hundert Meter weit einen schmalen Feldweg entlangholperte und unten in einem kleinen, nicht mehr benutzten Steinbruch anhielt. Reynolds, der tief in Gedanken neben ihm gesessen hatte, hob den Blick und sah den Grafen überrascht an.

»Sie sind vom Fluß abgebogen? Und wo ist das Fährhaus?«

»Knapp dreihundert Meter von hier. Aber ich wollte den Wagen nicht so stehen lassen, daß Hidas ihn sofort sehen kann, wenn er am anderen Ufer ankommt — man soll niemanden in Versuchung führen.«

Reynolds nickte, sagte aber nichts. Er hatte kaum ein Dutzend Worte gesprochen, seit sie von Janscis Haus losgefahren waren, hatte während der ganzen Fahrt schweigend neben dem Grafen gesessen, hatte auch mit Sandor kaum ein Wort gewechselt, als er ihm dabei geholfen hatte, die Brücke zu sprengen, über die sie eben erst hinübergefahren waren. Er war völlig verwirrt, zerrissen von widerstrebenden Empfindungen, verzehrt von einem so quälenden Kummer, daß alle früheren Sorgen dagegen verblaßten. Und noch unerträglicher als alles andere war, daß der alte Jennings jetzt redselig und von einer so munteren Heiterkeit geworden war, wie Reynolds sie bei ihm noch nie erlebt hatte. Er bemühte sich aus allen Kräften, die anderen bei guter Laune zu halten — und das, so vermutete Reynolds, obwohl er sich durchaus darüber im klaren war, daß er seinem sicheren Tod entgegenging. Der Gedanke war unerträglich, ja es war einfach nicht auszudenken, daß man diesen alten Mann, der so großartig und so mutig war, auf diese Weise umkommen lassen sollte. Doch wenn sich der Professor seinen Henkern nicht stellte, dann starb Julia — darüber gab es nicht den geringsten Zweifel. Reynolds wehrte sich dagegen, es sich klar einzugestehen.

»Wie geht es Jansci?« fragte der Graf, der die Luke nach hinten aufgemacht hatte.

»Er bewegt sich«, antwortete Sandor mit seiner tiefen, sanften Stimme. »Und er murmelt vor sich hin.«

»Wunderbar. Es braucht halt mehr als einen Kopfschuß, um mit Jansci fertigzuwerden.« Der Graf machte eine kurze Pause und fuhr dann fort: »Wir können ihn nicht im Wagen lassen — es ist zu kalt; ich möchte auch nicht, daß er zu sich kommt, ohne zu wissen, wo er ist und wo wir sind. Ich denke . . .«

»Ich werde ihn zum Haus tragen«, sagte Sandor.

Fünf Minuten später kamen sie bei dem Haus des Fährmanns an, einem kleinen steinernen Gebäude, das zwischen der Straße und dem kieselbedeckten Uferstreifen stand, der schräg zum Fluß hinunterführt. Der Fluß hatte hier eine Breite von etwa zwölf Metern und floß sehr langsam. Obwohl es inzwischen schon ziemlich dunkel geworden war, hatte man den Eindruck, als sei er gerade hier an dieser Stelle sehr tief. Während die anderen am Eingang des Fährhauses stehenblieben — der Eingang lag auf der dem Fluß zugewandten Seite —, sprangen der Graf und Reynolds von der steilen Uferböschung hinunter auf das Kieselgeröll und gingen nach unten an das Wasser.

Die Fähre war ein kleiner Prahm von etwa vier Metern Länge, ohne Motor oder Ruder, und die einzige Fortbewegungsmöglichkeit bestand aus einem Seil, das zwischen zwei einbetonierten eisernen Pfosten straff über den Fluß gespannt war. Dieses Seil lief durch drei Rollen, die vorn, hinten und in der Mitte des Bootes angebracht waren, und wer über den Fluß hinüber wollte, der zog das Boot einfach an diesem Seil entlang von einem Ufer zum anderen. Eine Fähre dieser Art hatte Reynolds bisher noch nie gesehen, doch er mußte zugeben, daß für zwei Frauen, die vermutlich keine Ahnung hatten, wie man mit einem Boot umzugehen hatte, diese primitive Methode genau richtig war. Der Graf schien seine Gedanken zu erraten.

»Zweckmäßig, Mr. Reynolds, außerordentlich zweckmäßig«, sagte er. »Und genauso zweckmäßig ist die Beschaffenheit des anderen Ufers.« Er zeigte hinüber, wo der Wald beiderseits der Anlegestelle im Halbkreis zurückwich und eine weite, unberührte Schneefläche offenließ, in deren Mitte die Straße hinunter zum Wasser führte. »Kommen Sie, wir wollen den Fährmann begrüßen, dem ein unerwarteter und zweifellos auch unerwünschter Spaziergang bevorsteht.«

Der Graf hob gerade die Hand, um anzuklopfen, als der Fährmann die Tür öffnete. Er starrte erst die hohe Mütze des Grafen und dann den Dienstausweis an, den der Graf in der Hand hielt, und seine Lippen schienen plötzlich trocken geworden zu sein. Man muß kein schlechtes Gewissen haben, um beim Anblick eines AVO-Beamten zu zittern.

»Sie sind allein in diesem Haus?« fragte der Graf.

»Jaja, ich bin allein. Was — was ist denn, Genosse?« sagte der Fährmann, der sich bemühte, seine Angst zu überwinden. »Ich habe nichts getan, Genosse. Wirklich nichts!«

»Das behaupten sie alle«, sagte der Graf. »Ziehen Sie sich Hut und Mantel an, und kommen Sie sofort heraus.«

Der Mann war im nächsten Augenblick wieder da und zog sich eine Pelzmütze über die Ohren. Er wollte etwas sagen, doch der Graf hob abwehrend die Hand.

»Wir brauchen für kurze Zeit Ihre Wohnung. Wozu, das geht Sie nichts an. Sie selbst brauchen wir nicht.« Der Graf zeigte auf die Straße nach Süden. »Machen Sie sich ein bißchen Bewegung, Genosse, und kommen Sie nicht vor einer Stunde wieder. Wir werden dann nicht mehr da sein.«

Der Mann sah den Grafen ungläubig an, blickte sich angstvoll um und verschwand eilig und wortlos um die Hausecke. Innerhalb einer halben Minute war er um eine Biegung der Straße verschwunden.

»Seine Mitmenschen auf den Tod zu erschrecken, ist eine Beschäftigung, die mir allmählich immer unerträglicher wird«, murmelte der Graf. »Ich muß ein Ende damit machen. Tragen Sie Jansci ins Haus, Sandor, ja?« Der Graf ging voraus durch den kleinen Vorraum und in das Wohnzimmer des Fährmanns, an dessen Tür er stehenblieb und sich umdrehte.

»Ich habe es mir überlegt, wir lassen ihn doch besser hier draußen. Drin im Zimmer ist eine derartige Hitze, da würde er nur von neuem ohnmächtig werden.« Er beobachtete Jansci aufmerksam, den Sandor mit Hilfe einiger Mäntel und einiger Kissen aus dem Wohnzimmer in eine Ecke des Vorraums bettete. »Sehen Sie, er hat die Augen schon wieder offen, ist aber noch benommen. Bleiben Sie bei ihm, Sandor und lassen Sie ihn von allein wieder zu sich kommen. Nun, mein Junge?« fragte der Graf, als in diesem Augenblick der Kosak hereingestürzt kam. »So aufgeregt? Was ist los?

»Oberst Hidas und seine Leute«, stieß der Kosak, nach Luft schnappend, hervor. »Sie sind da. Die beiden Wagen haben eben unten am Wasser angehalten.«

13

Der Graf ging durch den Vorraum zur Tür, blieb plötzlich stehen und versperrte den Ausgang mit seinem Arm.

»Sie bleiben im Haus, Herr Professor, wenn ich bitten darf.«

»Ich?« fragte Jennings und sah den Grafen erstaunt an. »Ich soll im Haus bleiben? Mein lieber Mann, ich bin der einzige, der nicht hier bleibt.«

»Gewiß. Ich darf Sie dennoch bitten, im Augenblick das Haus nicht zu verlassen. Sandor, Sie passen auf, daß er es nicht tut.« Der Graf drehte sich um und ging rasch nach draußen, ohne dem Professor Gelegenheit zu geben, etwas zu erwidern. Reynolds folgte ihm auf den Fersen, und seine Stimme war, als er jetzt sprach, leise und bitter.

»Sie meinen vermutlich, daß ein einziger gutgezielter Schuß in das Herz des Professors genügt, damit sich Oberst Hidas befriedigt mit seinen beiden Geiseln wieder zurückziehen kann.«

»Ein Gedanke dieser Art war mir auch gekommen«, sagte der Graf.

Sie gingen über das Ufergeröll hinunter zu dem Fährprahm und sahen über das dunkle, kalte Wasser des träge fließenden Flusses hinüber zum anderen Ufer. Ein einzelner Mann aber stand ein Stück vor den anderen ganz unten am Wasser, und an diesen wandte sich jetzt der Graf.

»Oberst Hidas?«

»Ja, ich bin es, Major Howarth.«

»Gut, dann wollen wir jetzt keine weitere Zeit verlieren. Ich schlage vor, den Austausch der Geiseln möglichst rasch durchzuführen. Es ist schon fast Nacht, Oberst Hidas — Sie sind bei Tage heimtückisch genug, und ich habe nicht die Absicht festzustellen, wessen Sie bei Nacht fähig wären.«

»Ich werde mein Versprechen einhalten.«

»Sie sollten keine Redewendungen benutzen, deren Bedeutung Ihnen unverständlich ist. Sagen Sie Ihren Fahrern, sie sollen zurücksetzen bis zum Waldrand. Sie selber und Ihre Leute gehen gleichfalls bis dorthin zurück. Auf diese Entfernung — rund zweihundert Meter — dürfte es ziemlich unmöglich sein, einen von uns zu erkennen. Es kommt gelegentlich vor, daß sich versehentlich ein Schuß löst, aber nicht heute abend.«

»Es soll genau geschehen, wie Sie es wünschen«, sagte Hidas, drehte sich um, erteilte einige Befehle, wartete, bis die beiden Lastwagen und seine Leute angefangen hatten, sich vom Ufer zum Waldrand zurückzuziehen, und wandte sich dann wieder dem Grafen zu. »Und was jetzt, Major Howarth?«

»Folgendes: Wenn ich rufe, werden Sie die Frau und die Tochter des Generals freilassen, und die beiden werden auf die Fähre zugehen. Im gleichen Augenblick wird sich Professor Jennings hier in das Fährboot begeben und damit zum anderen Ufer hinüberfahren. Dort angekommen, wird er das Ufer hinaufsteigen und warten, bis die beiden Frauen bei ihm angelangt sind, wird an ihnen vorbeigehen, während die Frauen sich dem Ufer nähern, und dann langsam auf den Waldrand zugehen, wo Sie, Oberst Hidas, stehen. Bis er bei Ihnen angelangt ist, dürften die beiden Frauen sicher über den Fluß sein, und es dürfte bis dahin auch so dunkel sein, daß weder von Ihrer noch von unserer Seite aus durch wahlloses Schießen irgend etwas zu erreichen ist. Ich glaube, irgendeine Panne ist auf diese Weise ausgeschlossen.«

»Es soll alles genauso geschehen, wie Sie es wünschen«, wiederholte Hidas. Er machte kehrt, kletterte das Ufer hinauf und schritt über die helle Schneefläche auf den dunklen Waldrand zu, während der Graf ihm nachsah und zum Haus hin rief: »Sandor! Kosak!«

Er wartete, bis die beiden aus dem Fährhaus erschienen waren, und fragte dann Sandor: »Wie geht es Jansci?«

»Er sitzt aufrecht, ist aber noch ein wenig benommen. Sein Kopf tut ihm sehr weh.«

»Kein Wunder«, sagte der Graf und wandte sich dann an Reynolds. »Ich möchte noch ein paar Worte mit dem Professor sprechen, allein, nur Jansci und ich. Ich hoffe, Sie verstehen das. Es wird nicht länger dauern als eine Minute, das verspreche ich Ihnen.«

»Bitte, so lange Sie wollen«, sagte Reynolds dumpf. »Ich habe keine sonderliche Eile.«

»Ich weiß«, sagte der Graf, »ich weiß.« Er zögerte, als ob er etwas sagen wollte, schien es sich dann aber anders zu überlegen. »Vielleicht könnten Sie inzwischen den Fährprahm schon zu Wasser bringen, ja?«

Reynolds nickte wortlos, sah dem Grafen nach, bis er im Haus verschwand, und ging dann zu den beiden anderen, um ihnen zu helfen, das Boot über das Kieselgeröll des Ufers ins Wasser zu schieben. Das Seil straffte sich, als die sachte Strömung die Fähre erfaßte. Sandor und der Kosak gingen wieder nach oben zu der Uferböschung hinauf, während Reynolds unten am Wasser blieb. Nach einer Weile holte er seine Pistole heraus, überzeugte sich, daß sie gesichert war, und schob sie dann mitsamt der Hand, die sie hielt, in seine Manteltasche.

Es schien noch keine Minute vergangen zu sein, als auch schon der Professor an der Tür des Fährhauses erschien. Er sagte irgend etwas, was Reynolds nicht verstehen konnte, dann kam Janscis tiefe Stimme.

»Sie — Sie sind mir hoffentlich nicht böse, Professor, wenn ich nicht mitkomme, sondern im Hause bleibe.« Zum erstenmal, seit Reynolds ihn kannte, klang die Stimme Janscis zögernd und unsicher. »Es ist nur, weil ich — wissen Sie, ich möchte doch lieber . . .«

»Ich verstehe durchaus«, sagte der Professor mit ruhiger und gefaßter Stimme. »Sie brauchen sich keine Vorwürfe zu machen, mein Freund — und Dank für alles, was Sie für mich getan haben.«

Jennings wandte sich abrupt ab, nahm Sandors Arm, der ihm half, die steile Böschung hinunterzusteigen, und ging dann mühsam, mit unsicheren Schritten, über das Kieselgeröll nach unten zum Fluß.

»Ja, lieber junger Freund, hier trennen sich nun also unsere Wege«, sagte er, als er bei Reynolds angelangt war. Er schien noch immer durchaus gefaßt, wenn auch seine Stimme ein wenig heiser klang. »Ich bedaure wirklich außerordentlich, daß ich Ihnen so viel Kummer bereitet habe, und ganz umsonst. Einen so weiten Weg haben Sie gemacht — und dies ist nun das Ende. Es muß ein harter Schlag für Sie sein.«

Reynolds sagte nichts, er wagte nicht, irgend etwas zu sagen; doch die Hand mit der Pistole kam aus der Tasche heraus.

»Ach, etwas habe ich vergessen, was ich Jansci noch sagen wollte«, murmelte Jennings. »Dowidzenia — bitten richten Sie ihm das von mir aus. Einfach nur: Dowidzenia! Er wird es verstehen.«

»Ich verstehe es nicht, und das ist auch gleichgültig.« Jennings, der in das Boot steigen wollte, blieb erschrocken stehen, als er gegen den Lauf der Pistole stieß, die Reynolds unbeweglich in der Hand hielt. »Sie gehen keinen Schritt weiter, Professor Jennings. Was Sie Jansci auszurichten haben, können Sie ihm selber sagen.«

»Wie meinen Sie das, junger Freund? Ich verstehe Sie nicht recht.«

»Dabei ist auch gar nichts zu verstehen. Jedenfalls gehen Sie jetzt wieder zurück ins Haus.«

»Ja, aber — aber dann wird Julia . . .«

»Ich weiß.«

»Aber — der Graf hat mir doch erzählt, Sie wollen sie heiraten!«

Reynolds nickte schweigend in der Dunkelheit.

»Und Sie wollten also — ich meine, Sie wären tatsächlich bereit, auf sie zu verzichten?«

»Es gibt Dinge, die wichtiger sind«, sagte Reynolds mit so leiser Stimme, daß Jennings sich vorbeugen mußte, um ihn zu verstehen.

»Ist das Ihr letztes Wort?«

»Mein letztes Wort.«

»Ja, dann allerdings«, murmelte Jennings. »Dann ist hierzu wohl nichts mehr zu sagen.« Er schickte sich an, das Ufer wieder hinaufzugehen, drehte sich plötzlich um und versetzte Reynolds, der gerade dabei war, seine Pistole zu verstauen, mit aller Kraft einen Stoß. Reynolds rutschte auf dem lockeren Geröll aus, fiel hintenüber und schlug mit dem Kopf so heftig gegen einen Stein, daß er einen Augenblick lang betäubt liegen blieb. Als er nach einer Weile schwankend wieder auf die Füße kam, hatte Jennings inzwischen mit lauter Stimme irgend etwas gerufen — erst sehr viel später begriff Reynolds, daß dieser Ruf das mit Hidas verabredete Zeichen gewesen war, Julia und ihre Mutter loszuschicken —, war eilig in das Fährboot gestiegen und schon auf halbem Weg zum anderen Ufer.

»Zurück! Kommen Sie sofort zurück!« brüllte Reynolds, während er gleichzeitig verzweifelt an dem Seil zerrte, das sich über den Fluß spannte, bis ihm allmählich klar wurde, daß er das Boot damit nicht zurückholen konnte. Da kletterte er das Ufer hinauf, und seine Beine fühlten sich an, als wären sie aus Blei. Er richtete den Blick auf Jansci, sah das weiße Haar, das blasse Gesicht und das geronnene Blut, das auf der einen Seite von der Schläfe bis zum Kinn gelaufen war. »Sie sollten sich vielleicht doch lieber das Blut abwaschen. Ihre Frau und Julia werden bald hier sein — wie ich sehe, sind sie eben vom Waldrand losgegangen.«

»Ich verstehe leider nicht recht, was Sie meinen«, sagte Jansci und griff sich mit der Hand an den Kopf.

»Macht nichts«, sagte Reynolds, holte mit unsicheren Fingern eine Zigarette heraus und zündete sie an. »Jedenfalls haben wir unsererseits die Abmachung eingehalten, und Jennings ist fort.« Er starrte nach unten auf die Glut der Zigarette, die er in der Hand hielt, und hob nach einer Weile den Blick. »Das hätte ich beinahe ganz vergessen. Ich sollte Ihnen noch etwas von ihm ausrichten. Ich glaube, es hieß: Dowidzenia.«

»Dowidzenia?« Jansci, der verständnislos das Blut an den Fingern der Hand betrachtete, mit der er sich an den Kopf gefaßt hatte, richtete jetzt den Blick auf Reynolds und sah ihn sonderbar an. »Hat er das wirklich gesagt?«

»Ja. Sie würden es schon verstehen. Was heißt es denn?«

»Das ist Polnisch und es heißt: Auf Wiedersehen.«

»Mein Gott«, sagte Reynolds leise, »Mein Gott!« Er warf seine Zigarette in den Schnee und ging sehr langsam durch den Vorraum in das Wohnzimmer. Das Sofa stand hinten in der Ecke, neben dem Ofen, und auf dem Sofa lag der alte Jennings, ohne Hut und ohne Mantel, schüttelte den Kopf wie benommen hin und her und versuchte, sich wieder aufzurichten. Reynolds ging, während gleichzeitig auch Jansci hereinkam, zu Jennings hin, legte dem alten Mann den Arm um die Schulter und richtete ihn auf.

»Was haben Sie?« fragte Reynolds behutsam. »War der Graf hier?«

»Ja, er war hier.« Jennings rieb sich das Kinn, das ihm offenbar weh tat. »Er kam herein, holte aus einem Beutel zwei Handgranaten, legte sie auf den Tisch, und als ich ihn fragte, was er damit vorhabe, da sagte er: Wenn die Leute von der AVO mit ihren Lastwagen nach Budapest zurückwollen, dann werden sie verdammt lange schieben müssen. Danach kam er zu mir und gab mir die Hand — und von da an kann ich mich an nichts mehr erinnern.«

»Weiter war auch gar nichts, Herr Professor«, sagte Reynolds beruhigend. »Bleiben Sie jetzt hier sitzen. Wir sind gleich wieder da — und innerhalb der nächsten achtundvierzig Stunden werden Sie Ihre Frau und Ihren Sohn wiedersehen.«

Sie standen jetzt vorn an der Tür, und Reynolds strengte seine Augen an, um auf der offenen Schneefläche drüben am anderen Ufer etwas zu erkennen. Julia und ihre Mutter konnte er deutlich sehen, wie sie langsam auf das Ufer zukamen, doch von dem Grafen konnte er zunächst nichts entdecken. Dann aber, als sich seine Augen nach der Helligkeit drin im Wohnzimmer allmählich wieder an die Dunkelheit draußen gewöhnt hatten, entdeckte er ihn schließlich, nur undeutlich als dunkleren Umriß vor dem fahlen

Strich des Waldrands — und, wie ihm mit plötzlichem Schreck klarwurde, dem Waldrand schon viel zu nahe. Julia und ihre Mutter hatten bisher kaum mehr als die Hälfte der freien Fläche hinter sich gebracht.

»Da sehen Sie doch!« sagte Reynolds und packte Jansci am Arm. »Der Graf ist schon fast angelangt — und Julia und Ihre Frau kommen kaum vorwärts. Um Himmels willen, was ist denn los mit den beiden? Die AVO wird sie schnappen — man wird sie erschießen! Was, zum Teufel, war das?«

Vom Wasser kam ein lautes, klatschendes Geräusch, es zerriß die Stille der Nacht so plötzlich und so heftig, daß Reynolds erschreckt zusammenfuhr. Er lief das Ufer hinunter und sah, wie das dunkle Wasser des Flusses weißlich aufschäumte, aufgewühlt von unsichtbaren Armen. Es war Sandor, er hatte die Gefahr erkannt, hatte sich den Mantel und die Jacke heruntergerissen und ruderte jetzt mit seinen mächtigen Armen durch das Wasser.

»Die beiden haben Schwierigkeiten, Michael«, sagte Jansci, der inzwischen gleichfalls unten ans Wasser gekommen war, und seine Stimme bebte vor Angst. »Die eine, es muß Katharina sein, kann kaum laufen — sehen Sie nur, wie sie sich schleppt. Das ist zuviel für Julia.«

Sandor, der inzwischen das andere Ufer erreicht hatte, kam aus dem Wasser heraus, lief das Ufer hinauf und sprang über die Steilkante der Böschung, als ob sie nicht existierte. Und in diesem Augenblick, als Sandor gerade anfing, über die freie Schneefläche zu laufen, da hörten sie es: das unverkennbare Geräusch einer detonierenden Handgranate aus dem Waldrand am Ende der Schneefläche, und das Echo der ersten Explosion war noch nicht vergangen, als es ein zweitesmal krachte, und unmittelbar darauf kam das harte Rattern eines Maschinengewehrs — und dann Stille.

Sandor war inzwischen bei den beiden Frauen angelangt, hatte die Arme um sie gelegt und kam, sie mehr tragend als führend, eilig mit ihnen durch den verharschten Schnee auf den Fluß zugelaufen. Reynolds fuhr herum, als er einen Schritt hinter sich hörte, und sah, daß es der Kosak war.

»Es gibt dicke Luft«, sagte Reynolds rasch zu ihm. »Gehen Sie hinauf zum Haus und bringen Sie das Maschinengewehr am Fenster in Stellung. Und sobald Sandor unterhalt der Kante der Uferböschung ist . . .« Doch der Kosak hörte nicht mehr zu, sondern rannte bereits zum Haus hinauf.

Reynolds wandte sich wieder um, sah zum anderen Ufer hinüber und ballte die Hände krampfhaft zur Faust vor ohnmächtiger Angst. Noch dreißig Meter, fünfundzwanzig Meter, hinten aus dem Wald kam noch immer niemand, war seltsamerweise noch immer nichts zu hören, und Reynolds begann schon gegen alles bessere Wissen dennoch zu hoffen, als vom Waldrand ein scharfes Kommando kam, unmittelbar darauf eine automatische Schnellfeuerwaffe zu rattern anfing und die ersten Schüsse Reynolds bedrohlich dicht um die Ohren pfiffen. Er ließ sich, Jansci im Fall mit sich reißend, wie ein Stein zu Boden fallen und lag dort, während die Geschosse harmlos und hoch über ihren Köpfen durch die Luft fuhren. Er war verzweifelt ob seiner Unfähigkeit, irgend etwas zu unternehmen. Gleichzeitig aber stellte er verwundert fest, daß da nur ein Mann schoß — man hätte erwarten sollen, daß Hidas seine gesamte Feuerkraft einsetzen würde.

Dann hörte er auf einmal, wenn auch gedämpft durch den hohen Schnee, das eilige Stampfen schwerer Schritte, und im nächsten Augenblick sah er Sandor in einer stäubenden Schneewolke wie einen angreifenden Stier über die Kante der Uferböschung stürmen, mit einem Sprung, bei dem er Julia und ihre Mutter glatt durch die Luft trug; er landete wenigstens drei Meter unterhalb der Kante, rutschend und knirschend, auf dem Kies — und noch während er, unsicher schwankend auf den kollernden Steinen, das Gleichgewicht wiederzugewinnen suchte, begann ein Maschinengewehr zu schießen, das einen anderen Rhythmus hatte: Der Kosak hatte genau im richtigen Augenblick das Feuer eröffnet, ohne auch nur eine einzige Sekunde zu verlieren. Es schien fraglich, ob er vor dem dunklen Hintergrund des Waldrandes irgend etwas erkennen konnte, doch das Maschinengewehr der AVO war genau hierher gerichtet und das rötliche Mündungsfeuer mußte seine Position verraten haben. Jedenfalls verstummte es fast augenblicklich.

Sandor hatte jetzt das Boot erreicht und hob eine der beiden Frauen hinein. Er half der anderen, einzusteigen, schob das beladene Boot mit einem Stoß vom Ufer los und zog es mit solcher Kraft an dem Seil über den Fluß hinüber, daß das Wasser vorn am Boot aufrauschte und eine Bugwelle bildete, deren weißes Leuchten selbst in der Dunkelheit der Nacht zu sehen war.

Jansci und Reynolds, die wieder aufgesprungen waren, standen am Rande des Wassers und streckten die Arme aus, bereit, das Boot zu ergreifen und an Land zu ziehen, als plötzlich irgend etwas fauchend und zischend durch die Luft fuhr; dann ein leiser Knall, und keine dreißig Meter über ihren Köpfen stand ein weißes, blendend helles Licht am Himmel, während fast im gleichen Augenblick ein Maschinengewehr und mehrere Gewehre das Feuer eröffneten, auch diesmal vom Waldrand her, aber sehr viel weiter südlich, wo der Wald nahe ans Ufer herankam.

»Schießen Sie das Ding da ab!« brüllte Reynolds dem Kosaken zu. »Kümmern Sie sich nicht um die AVO— schießen Sie um Gottes willen die verdammte Leuchtkugel ab!« Er stieg geblendet von dem grellen Licht planschend ins Wasser, hörte, wie Jansci gleichfalls in Wasser ging, fluchte leise, als ihm die Kante des Bootes schmerzhaft gegen die Kniescheibe stieß, griff mit beiden Händen nach der Ducht, zog das Boot mit einem Ruck auf den ansteigenden Strand herauf. Er taumelte, als eine der beiden Frauen, die unvorsichtigerweise im Boot aufgestanden war, vornüber und gegen ihn fiel, gewann sein Gleichgewicht wieder und fing sie in seinen Armen auf, während gleichzeitig das grelle Licht, das über dem Fluß am Himmel hing, so plötzlich erlosch, wie es erschienen war. Der Kosak bewährte sich in dieser Nacht. Das Feuer drüben vom Waldrand ging weiter, die Schützen schossen nach der Erinnerung, und noch immer pfiffen rings um sie her die Geschosse und wimmerten die Querschläger.

Es gab für Reynolds keinen Zweifel, wen er da in seinen Armen hielt, es mußte Janscis Frau sein, sie war viel zu zart und zu leicht, als daß es hätte Julia sein können. Nach der blendenden Helligkeit der Leuchtrakete konnte er in der Dunkelheit überhaupt nichts sehen, die einzige Orientierungsmöglichkeit war die Uferschräge, die er hinauf mußte. Reynolds machte einen ersten Schritt und wäre um ein Haar zu Boden gesunken, so grausam war der Schmerz in seinem Knie, das im Augenblick wie gelähmt war. Er ergriff mit einer Hand das straffgespannte Seil, um einen Halt zu finden, hörte ein dumpfes Geräusch, als ob jemand gestürzt sei, fühlte, wie irgendwer an ihm vorbeilief, und hörte Schritte, die eilig das Ufer hinaufliefen. Mit zusammengebissenen Zähnen humpelte er, so rasch er konnte, über das Geröll nach oben. Die Steilkante der Uferböschung, die einen Meter hoch war und die er mit seinem schmerzenden, gelähmten Knie und der Frau in seinen Armen hinauf mußte, stand wie ein unüberwindliches Hindernis vor ihm, dann ergriffen ihn von hinten zwei mächtige Pranken, und er stand oben auf dem Ufer, noch immer die Frau in seinen Armen haltend, noch ehe er überhaupt richtig begriff, was eigentlich geschah.

Vor ihm, keine drei Meter entfernt, war ein hellerleuchtetes Rechteck, die Tür zum Haus des Fährmanns, und als er jetzt den Blick darauf richtete, während noch immer die Kugeln krachend gegen die Steine der Mauern schlugen, sah er, wie Jansci, der als erster das Haus erreicht hatte, wieder in der offenen Tür erschien, ein dunkler Umriß vor der Helligkeit hinter ihm, geradezu selbstmörderisch deutlich sichtbar. Reynolds wollte ihm schon eine Warnung zurufen, besann sich dann aber anders — es war ohnehin zu spät, falls irgendein Scharfschütze ihn aufs Korn genommen haben sollte —, ging auf ihn zu, hörte, wie die Frau in seinen Armen irgend etwas sagte, begriff, ohne die Worte zu verstehen, instinktiv, was sie wollte, und stellte sie behutsam auf die Füße. Sie machte unsicher und schwankend zwei oder drei Schritte und warf sich dann in die ausgebreiteten Arme des Mannes, der sie erwartete, während sie leise und mit schwacher Stimme rief: »Alexej! Alexej!« Dann schien sie zusammenzuzucken und lehnte sich schwer gegen ihn, als ob sie ein Schlag von hinten getroffen habe, doch mehr konnte

Reynolds nicht sehen. Im nächsten Augenblick hatte Sandor sie alle in den Vorraum geschoben und die Tür zugeschlagen.

Dann sah Reynolds hinten im Vorraum Julia, halb sitzend und halb am Boden liegend, gestützt von dem Professor, der ein besorgtes Gesicht machte. Er war mit zwei Schritten bei ihr und kniete neben sie. Sie hatte die Augen geschlossen, ihr Gesicht war sehr blaß, oben auf ihrer Stirn war eine Schramme zu sehen, die sich zu röten und zu schwellen begann, doch sie atmete, ihr Atem ging schwach, aber gleichmäßig.

»Was ist mir ihr?« fragte Reynolds mit heiserer Stimme. »Ist sie — sie ist doch nicht ...«

»Nichts Schlimmes«, sagte Sandors tiefe Stimme hinter ihm beruhigend. Sandor nahm sie in die Arme, hob sie hoch und schickte sich an, sie in das Wohnzimmer zu tragen. »Sie ist hingefallen, als sie aus dem Boot ausstieg, und muß mit dem Kopf auf die Steine gechlagen sein. Ich werde sie drin auf das Sofa legen.«

Reynolds sah zu, wie der riesige Sandor, aus dessen durchnäßten Kleidern das Wasser tropfte, sie hineintrug, als ob sie ein Kind sei, erhob sich langsam und wäre um ein Haar gegen den Kosaken gerannt, der über das ganze Gesicht strahlte.

Jansci kniete auf dem Holzfußboden und hielt seine Frau in seinen Armen. Er hielt sie so, daß ihr Rücken Reynolds zugewandt war, und das erste, was er sah, war das kreisrunde, an den Rändern rötlich gefärbte Loch in ihrem Mantel, dicht unterhalb der linken Schulter. Es war ein sehr kleines Loch, und auf dem Mantel war auch nur sehr wenig Blut zu sehen. Reynolds ging langsam durch den Vorraum und ließ sich neben Jansci auf die Knie nieder. Jansci hob den Kopf und sah ihn aus blicklosen Augen an.

»Ist sie tot?« fragte Reynolds mit leiser Stimme.

Jansci nickte wortlos.

»Mein Gott!« sagte Reynolds entsetzt. »Jetzt — daß sie jetzt noch sterben mußte!«

»Nein, Michael, Gott ist gütig, und dies ist eine große Gnade. Noch heute früh habe ich mit Gott gehadert und ihn gefragt, warum er Katharina nicht habe sterben lassen. Doch er hat mir vergeben, und seine Weisheit war größer, als ich ahnte. Er hatte schon beschlossen, sie zu sich zu nehmen. Michael, Katharina war schon tot, ehe diese Kugel sie überhaupt erreichte.« Jansci schüttelte in ehrfürchtigem Staunen das Haupt. »Kann es etwas Wunderbareres geben, Michael, als von dieser Erde zu scheiden, ohne jeden Schmerz, im Augenblick des größten Glücks? Sehen Sie ihr Gesicht an — wie sie lächelt!« Er wandte sich ab und neigte sich über die Tote, und Reynolds merkte, daß er mit ihr allein zu sein wünschte. Er erhob sich unsicher, entfernte sich langsam und wandte sich mit ruhiger Stimme an Sandor.

»Dürfte ich Sie wohl bitten, den Lastwagen herzuholen?«

»Sofort«, versprach Sandor. Er zeigte auf Julia, die auf dem Sofa lag. »Sie kommt gerade wieder zu sich. Doch wir müssen uns beeilen.«

»Danke. Ja, wir werden uns beeilen.« Reynolds richtete den Blick auf den Kosaken. »Paß gut auf inzwischen, Kosak. Ich bin gleich wieder da.« Er ging durch den Vorraum, an Jansci und Katharina vorbei, ohne einen von beiden anzusehen, nahm die Maschinenpistole, die an der Wand lehnte, ging zur Tür hinaus und machte sie leise hinter sich zu.

14

Das dunkle Wasser des Flusses war eiskalt, kalt wie das Grab, doch Reynolds spürte es überhaupt nicht; zwar zitterte er unwillkürlich am ganzen Körper, als er leise in den Fluß stieg, doch sein Bewußtsein hatte den Schock nicht einmal registriert. In seinem Bewußtsein war kein Platz für irgendeine körperliche Empfindung, für irgendein anderes Gefühl, irgendeinen anderen Gedanken, so völlig erfüllte und beherrschte ihn dieser eine Trieb, diese nackte, atavistische Begierde, die den dünnen Firnis der Zivilisation heruntergewaschen hatte, falls er jemals dagewesen sein sollte: die Begierde nach Rache. Imre, Janscis Frau, der Graf — sie alle waren tot. Sie waren in erster Linie tot, weil er, Reynolds, nach Ungarn gekommen war, doch die Verantwortung hierfür trug einzig und allein Hidas, und Hidas hatte schon zu lange gelebt.

Reynolds hielt die Maschinenpistole hoch über seinem Kopf, während er durch das kalte Wasser schwamm und seine Brust sich durch die dünne, splitternde Eisschicht schob, die sich vom anderen Ufer aus ein Stück weit auf den Fluß hinaus erstreckte, fühlte Grund unter den Füßen und watete an Land. Hier bückte er sich, füllte sein Taschentusch mit Kieselsteinen und Sand, knotete die Enden zusammen und lief im nächsten Augenblick weiter, ohne sich einen Augenblick Zeit zu lassen, seine klatschnassen Sachen auszuwringen oder auch nur einen Teil des eiskalten Wassers abzuschütteln.

Er war, bevor er über den Fluß hinüberschwamm, zweihundert Meter weit stromabwärts gerannt und befand sich jetzt an dem einen Ende des Waldrands, der im Bogen nach hinten führte zu der Straße, wo die beiden Lastwagen standen. Hier, im Schutz der Bäume, konnte er nicht gesehen werden, und die Schneedecke machte seine Schritte unhörbar. Er hatte sich die Maschinenpistole umgehängt, und das Taschentuch mit den Steinen darin, das er in der Hand hielt, pendelte sacht hin und her, während er vorsichtig von Baum zu Baum schlich.

Doch so vorsichtig er sich auch bewegte, um jedes Geräusch zu vermeiden, er bewegte sich doch sehr rasch, war in weniger als drei Minuten bei den parkenden Lastwagen angelangt und spähte hinter einem Baumstamm hervor. Beide Wagen schienen still und ohne jedes Leben, die hinteren Türen waren geschlossen, nichts war zu sehen oder zu hören. Reynolds richtete sich auf und machte sich bereit, über den Schnee leise auf den Wagen von Hidas zuzuschleichen, erstarrte aber im nächsten Augenblick und verharrte unbeweglich, eng gegen die Rinde des Baumes gedrückt, an dem er stand: hinter dem Wagen von Hidas war ein Mann hervorgekommen, und dieser Mann kam direkt auf ihn zu, ging dann knapp zwei Meter an dem Baum vorbei, hinter dem Reynolds stand, und als er weiterging, wartete Reynolds nicht länger. Er trat hinter dem Baum hervor, machte einen langen Schritt und hob den rechten Arm, und als der Posten herumfuhr und den Mund öffnete zum Schrei, da traf ihn das mit Kieselsteinen gefüllte Taschentuch genau hinter dem Ohr. Reynolds hatte eben noch Zeit, den Mann und sein Gewehr aufzufangen und beide geräuschlos zu Boden sinken zu lassen.

Er nahm die Maschinenpistole von der Schulter, stand im nächsten Augenblick vorn vor dem braunen Lastwagen — dessen Motorhaube, wie Reynolds feststellen konnte, weggerissen und dessen Motor unbrauchbar geworden war durch die Explosion der Handgranate des Grafen — und näherte sich dann leise dem Wohnwagen von Oberst Hidas, wobei seine Augen mit so intensiver Wachsamkeit auf die hintere Tür dieses Wagens gerichtet waren, daß er um ein Haar über das zusammengesunkene Bündel gestolpert wäre, das vor seinen Füßen auf der Erde lag. Reynolds beugte sich darüber, und obwohl ihm sofort klar war, was da lag, traf ihn die Bestätigung dennoch mit einem solchen Schock, daß er den Lauf der Maschinenpistole mit seinen Händen umklammerte, als ob er ihn zerdrücken wollte.

Der Graf lag mit dem Gesicht nach oben im Schnee, und der Ausdruck seines scharfgeschnittenen, aristokratischen Gesichts schien im Tod noch kühler und abweisender, als er es im Leben gewesen war. Es war nicht schwer, zu sehen, wie er gestorben war: Der Feuerstoß des Maschinengewehrs mußte ihm den halben Brustkorb weggerissen haben. Man hatte ihn niedergeschossen wie einen Hund, und wie einen Hund hatte man ihn liegenlassen in der Dunkelheit dieser kalten Nacht, und der sacht fallende Schnee begann langsam das kalte, tote Gesicht zu bedecken. Reynolds zog aus der Brusttasche des Toten ein Taschentuch und bedeckte ihm behutsam das Gesicht damit. Darauf stand er auf und schlich an die Tür des Wohnwagens von Hidas.

Zu dieser Tür führten vier hölzerne Stufen, und Reynolds ging sie so leise und unhörbar hinauf wie eine Katze, kniete sich auf die oberste Stufe und spähte durch das Schlüsselloch. Er brauchte nur eine Sekunde, um alles zu sehen, was er zu sehen wünschte: auf der linken Seite ein Stuhl, ein aufgeschlagenes Bett auf der rechten Seite, und hinten ein Tisch, auf dem etwas angebracht war, was aussah wie ein Funkgerät. Hidas, mit dem Rücken zur Tür, war gerade dabei, sich an diesen Tisch zu setzen, und als er jetzt mit der rechten Hand eine Kurbel betätigte und mit der linken Hand einen Hörer ans Ohr führte, da erkannte Reynolds, daß es sich um ein Funksprechgerät handelte. Das war etwas, womit man eigentlich hätte rechnen müssen. Hidas war nicht der Mann danach, sich durch die Gegend zu bewegen, ohne eine Möglichkeit zur Verfügung zu haben, sich sofort mit irgendwelchen anderen Stellen in Verbindung zu setzen, und jetzt, da der Schneesturm nachließ und der Himmel klar wurde, war es so gut wie sicher, daß er in einem letzten, verzweifelten Versuch, seinen Gegnern den Weg zu verlegen, die Hilfe der Luftwaffe herbeirufen würde. Doch was sollte das jetzt noch, fand Reynolds. Dazu war es jetzt zu spät, es änderte nichts an dem Schicksal, das Hidas erwartete.

Reynolds suchte tastend nach dem Türgriff, fand ihn, öffnete die Tür einen Spalt breit und glitt schnell und unhörbar wie ein Schatten durch die Öffnung, während er die Tür hinter sich zuzog, aber nicht ganz schloß. Hidas, der soeben die Kurbel des Rufzeichens betätigte, deren Rastergeräusch sein Ohr füllte, hörte nichts. Reynolds machte drei rasche, lautlose Schritte, hob die Maschinenpistole, deren Lauf er mit beiden Händen gefaßt hatte, hoch und ließ sie, als Hidas eben zu sprechen anfangen wollte, heruntersausen mit einem Schlag, der den kunstvollen Mechanismus des Funksprechgeräts zertrümmerte.

Hidas saß einen Augenblick wie erstarrt da und fuhr dann mit einem Ruck herum; doch er hatte den einzigen Augenblick verpaßt, den er um keinen Preis hätte verpassen dürfen. Reynolds war zwei Schritte von ihm entfernt, hatte die Maschinenpistole wieder herumgedreht, und die Mündung des Laufes war genau auf die Brust von Hidas gerichtet. Das Gesicht von Hidas erstarrte zu Stein, nur seine Lippen bewegten sich lautlos, während Reynolds langsam rückwärts ging, den Schlüssel ergriff, den er auf dem Bett hatte liegen sehen, nach dem Schlüsselloch tastete und die Tür abschloß, ohne Hidas auch nur für einen Augenblick aus den Augen zu lassen. Dann näherte er sich ihm wieder und blieb vor ihm stehen, und die Mündung seiner Maschinenpistole war, knapp einen Meter von dem Mann im Stuhl entfernt, unbeweglich auf die Brust des Sitzenden gerichtet.

»Sie scheinen überrascht, mich hier zu sehen, Oberst Hidas«, sagte Reynolds leise. »Dabei sollten Sie der letzte sein, den das überrascht. Wer Wind sät, der wird Sturm ernten, das sollte Ihnen eigentlich bekannt sein, und gerade deshalb sollte für Sie klarer sein als für irgendeinen anderen, daß für jeden von uns einmal die Stunde schlägt. Und für Sie ist diese Stunde jetzt gekommen.«

»Sie sind gekommen, um mich zu ermorden«, sagte Hidas, und was er sagte, war weniger eine Frage, als vielmehr eine Feststellung.

»Um Sie zu ermorden?« sagte Reynolds. »Nein, ich bin gekommen, Ihr Todesurteil zu vollstrecken. Mord? Was Sie Major Howarth getan haben, das ist Mord! Was für einen Grund gibt es, daß ich Sie nicht ebenso kalten Blutes niederschießen sollte, wie Sie ihn niedergeschossen haben? Er hatte nicht einmal eine Schußwaffe bei sich.«

»Er war ein Feind des Staates, ein Volksfeind.«

»Herrgott noch mal, wollen Sie etwa versuchen, Ihre Handlungen zu rechtfertigen?«

»Meine Handlungen bedürfen keiner Rechtfertigung, Captain Reynolds. Die Pflicht bedarf niemals irgendeiner Rechtfertigung.«

»Soll das etwa Ihre Handlungsweise entschuldigen?« sagte Reynolds, während er Hidas wütend anstarrte. »Oder betteln Sie einfach um Ihr Leben?«

»Ich bitte nie um irgend etwas.« Hidas sagte es ohne jeden Stolz, ohne jegliche Arroganz.

»Wenn Sie nicht wären, dann würden drei Menschen, die Frau des Generals, der Graf und Imre, noch am Leben sein. Gibt es also — ich frage Sie zum letztenmal — irgendeinen Grund, weshalb ich Sie nicht töten sollte, jetzt und auf der Stelle?«

»Dafür gäbe es viele Gründe, Captain Reynolds — aber keinen, der einen feindlichen Agenten aus dem Westen überzeugen könnte.«

»Stehen Sie auf, Oberst Hidas!«

Hidas stand auf, seine Arme hingen an den Seiten herunter, und sein Blick war auf die Mündung der Maschinenpistole gerichtet.

»Rasch und sauber, Oberst Hidas, oder?«

»Ganz wie Sie meinen«, sagte Hidas, hob den Blick von dem Finger, der sich um den Abzug krümmte, und richtete ihn auf das Gesicht von Reynolds. »Ich habe nicht die Absicht, etwas für mich zu erbitten, was ich so vielen Menschen versagt habe, die meine Opfer waren.«

Für den Bruchteil einer Sekunde zog Reynolds den Abzug weiter durch, dann aber, fast als ob sich etwas in ihm gelöst hätte, lockerte er den Finger und trat einen Schritt zurück. Die Stichflamme des Zorns brannte noch immer in ihm, glühte unverändert, doch bei den letzten Worten seines Gegners, den Worten eines Mannes, der keinerlei Furcht davor empfand, zu sterben, fühlte er das bittere Gefühl der Ohnmacht so deutlich in sich hochsteigen, daß er es im Mund schmecken konnte. Und als er jetzt sprach, war seine Stimme rauh und heiser und klang so fremd, daß er selber sie kaum als seine eigene erkannte.

»Drehen Sie sich um!«

»Besten Dank, aber lieber nicht. Ich ziehe es vor, so zu sterben.«

»Drehen Sie sich um«, sagte Reynolds, wild vor Wut, »oder ich zerschmettere Ihnen beide Kniescheiben und drehe Sie meinerseits herum.«

Hidas richtete den Blick auf das Gesicht von Reynolds, sah die Unerbittlichkeit dieses Antlitzes, ergab sich achselzuckend in das Unvermeidliche, drehte sich um und sank lautlos über seinem Tisch zusammen, als der Kolben der Maschinenpistole ihn über dem Ohr traf. Reynolds starrte einen Augenblick lang auf den Rücken des zusammengesunkenen Mannes, fluchte erbittert vor sich hin, in einer Erbitterung, die sich nicht gegen Hidas richtete, sondern gegen sich selbst, wandte sich um und ging aus dem Wohnwagen hinaus.

Er verspürte ein Gefühl der Leere, fast der Verzweiflung in sich, während er die Stufen hinunterstieg. Er war nicht mehr darauf bedacht, seine Anwesenheit zu verheimlichen. Doch im nächsten Augenblick verhielt er den Schritt und blieb stehen, blieb völlig bewegungslos stehen; denn soeben war etwas in sein Bewußtsein gedrungen, was ihm schon vor mehreren Minuten hätte auffallen müssen, wenn er nicht so erpicht darauf gewesen wäre, mit Hidas abzurechnen: Ihm wurde klar, daß die Stille um den braunen Lastwagen etwas zu Unnatürliches an sich hatte, um wahr zu sein.

Mit drei Schritten hatte er den braunen Lastwagen erreicht und preßte das Ohr dagegen. Es war nichts zu hören, überhaupt nichts. Er rannte nach hinten, riß die Tür auf und spähte hinein. Es war völlig dunkel im Innern des Wagens, er konnte nichts erkennen, doch er brauchte auch gar nichts zu sehen: Der Wagen war leer, niemand bewegte sich, niemand atmete auch nur darin.

Die Erkenntnis traf ihn so plötzlich, mit einem so heftigen Schlag, daß er im Augenblick wie betäubt war, unfähig zu irgendeiner Handlung. Der Graf, dachte Reynolds, wäre niemals darauf hereingefallen, nie und nimmer. Die Leute von Hidas mußten schon auf dem Weg gewesen sein, weiter südlich den Fluß zu überqueren, als die Leuchtkugel abgeschossen wurde, und sowohl er, Reynolds, wie auch der Kosak hatten das vorgetäuschte Geräusch des Rückzugs durch den Wald blindlings als echt akzeptiert. Die AVO-Leute, die Hidas losgeschickt hatte, waren vermutlich inzwischen am Ziel angelangt, sie mußten ganz zweifellos inzwischen ihr Ziel erreicht haben, und er, Reynolds, war nicht da in diesem Augenblick, da seine Anwesenheit für seine Freunde so notwendig war wie noch nie, und was sein Versagen noch schlimmer machte: Er hatte Sandor, den einzigen Mann, der vielleicht imstande gewesen wäre, sie zu retten, weggeschickt, um den Lastwagen heranzuholen. Jansci war noch immer halb betäubt, der Kosak war nicht mehr als ein Junge, und außerdem war da auch noch Julia. Als er an Julia dachte und an das hämische Grinsen auf dem Gesicht des Riesen Coco, da regte sich im Bewußtsein von Reynolds irgend etwas, was ihn aus seiner bewegungslosen Erstarrung löste.

Zweihundert Meter trennten ihn vom Ufer des Flusses, zweihundert Meter tiefen, verharschten Schnees, er war erschöpft und behindert durch das Gewicht seiner durchnäßten Kleider, doch er legte die Strecke in einer kürzeren Zeit zurück als zuvor. Und er war halbwegs über den Fluß hinüber, mit starken Stößen schwimmend und die Maschinenpistole hoch über seinen Kopf haltend, als er aus dem Haus des Fährmanns den ersten Schuß hörte, und wenn es auch bisher geraten gewesen war, leise zu sein, so war diese Zeit jetzt jedenfalls vorbei. Reynolds schlug mit dem freien Arm durch das Wasser, daß es schäumte, hatte in wenigen Sekunden das andere Ufer erreicht, spürte Grund unter den Füßen, eilte hastig das Ufer hinauf, schwang sich über den Rand der Böschung, stellte den Hebel seiner Maschinenpistole von Dauerfeuer um auf Einzelfeuer — eine automatische Feuerwaffe war nicht nur wertlos, sie war sogar ausgesprochen gefährlich, wenn Freund und Feind auf engem Raum gegeneinander kämpften — und lief geduckt durch das mattschimmernde hochstehende Rechteck, den Eingang zum Haus des Fährmanns. Es waren höchstens zehn Minuten verstrichen, seit er aus dieser Tür hinausgegangen war.

Katharina, Janscis Frau, lag nicht mehr in dem Vorraum, doch dieser Vorraum war deshalb nicht leer. Ein AVO-Mann, das Gewehr im Arm, war soeben aus dem Wohnzimmer herausgekommen und machte die Tür hinter sich zu, und im selben Augenblick begriff Reynolds, daß dies nur eines bedeuten konnte: Der Kampf drinnen im Wohnzimmer, falls es überhaupt so etwas wie einen Kampf dort gegeben haben sollte, war vorbei. Der AVO-Mann, der Reynolds plötzlich vor sich sah, versuchte, seine Waffe in Anschlag zu bringen, begriff, daß es hierzu zu spät war und wollte einen Warnungsschrei ausstoßen, der aber in seiner Kehle erstarb, als ihn der Kolben der Maschinenpistole von Reynolds mit entsetzlicher Wucht seitlich am Kopf traf.

Reynolds, der die Maschinenpistole im nächsten Augenblick wieder herumgedreht hatte, stieß vorsichtig mit der Fußspitze die Tür auf und sah hinein. Ein Blick auf das Bild, das sich ihm bot, genügte, ihm zu zeigen, daß der Kampf in der Tat zu Ende war. Reynolds konnte sehen, daß sich im Zimmer sechs AVO-Leute befanden, von denen vier noch am Leben waren: einer lag, in dieser sonderbaren, völlig entspannten Haltung, wie sie nur Tote haben können, fast unmittelbar vor seinen Füßen, und ein zweiter lag an der Wand rechts, nicht weit von Professor Jennings, der am Boden hockte und den Kopf, der ihm fast bis auf die Knie heruntergesunken war, langsam hin und her bewegte. Hinten in der einen Ecke hielt ein Mann seine Schußwaffe auf den blutenden Jansci gerichtet, während ein zweiter ihm die Hände an den Stuhl fesselte, auf dem er saß, und in der anderen Ecke lag der Kosak auf dem Rücken und wehrte sich verzweifelt gegen den Mann, der auf ihm lag und seinen Kopf mit kurzen Schwingern bearbeitete; doch der Kosak gab nicht auf, und Reynolds sah auch, wie er kämpfte: Er zog mit aller Kraft an dem Stock seiner Peitsche, deren Schnur sich in vielen Windungen um den Hals seines Gegners wickelte und ihm unerbittlich die Luft abschnitt, daß sein Gesicht sich bläulich verfärbte. In der Mitte aber stand der Riese Coco, kümmerte sich überhaupt nicht um die vergeblichen Befreiungsversuche des Mädchens, das er mit einem seiner mächtigen Arme umklammert hielt, und verzog die Lippen zu einem lüsternen Grinsen, als er sah, wie der AVO-Mann, der mit dem Kosaken kämpfte, aufhörte, ihn mit Faustschlägen zu bearbeiten, mit der rechten Hand nach hinten griff, sich an seinem Gürtel zu schaffen machte und ein Messer herauszog.

Reynolds hatte eine sehr harte Ausbildung hinter sich, er war ausgebildet worden von Leuten mit Kriegserfahrung, die ähnliche Situationen ein dutzendmal und öfter erlebt hatten, und dadurch überlebt hatten, daß sie den Gegner weder aufgefordert hatten, sich zu ergeben, noch den Bruchteil einer Sekunde darauf verwendet hatten, höchst überflüssigerweise ihre Anwesenheit kundzutun. Die Tür drehte sich noch sacht in ihren Angeln, als Reynolds den ersten von drei wohlüberlegten und sorgfältig gezielten Schüssen abgab: Der erste schleuderte den Mann, der dem Kosaken nach dem Leben trachtete, in die Ecke des Zimmers, während das Messer, das er schon erhoben hatte, aus seiner Hand klirrend zu Boden fiel; der zweite traf den Mann, der die Schußwaffe auf Jansci gerichtet hielt, und der dritte erledigte den, der Jansci die Hände gefesselt hatte. Reynolds wollte eben den vierten Schuß abgeben und zielte sorgfältig und so ohne jede Hast, daß es fast schon unmenschlich war, nach Cocos Kopf, als ein Kobenschlag seinen linken Unterarm und die Maschinenpistole traf, die er in den Händen hielt, daß die Waffe polternd zu Boden fiel. Ein weiterer AVO-Mann hatte hinter der Tür gestanden, als diese aufging, und war dadurch für Reynolds völlig unsichtbar geblieben — und offenbar hatte er angenommen, der Hereinkommende sei derselbe, der eben hinausgegangen war, er hatte seinen Irrtum erst entdeckt, als Reynolds den ersten Schuß abgab.

»Nicht erschießen! Erschieß ihn nicht!« rief Coco heiser und befehlend. Er versetzte Julia achtlos einen Stoß, so daß sie quer durch den Raum und auf das Sofa fiel, und stand da, die Hände in die Hüften gestemmt, während die Erbitterung über das, was soeben geschehen war, und die Freude darüber, Reynolds wehrlos vor sich zu sehen, auf seinem brutalen Gesicht um den Vorrang stritten. Doch dieser Streit dauerte nicht lange. Das Leben eines Menschen bedeutete für Coco wenig, nicht einmal, wenn es das Leben seiner eigenen Kameraden war, und auf seinem Gesicht erschien ein ekelerregendes Grinsen sadistischer Vorfreude.

»Sieh mal nach, ob unser Freund bewaffnet ist«, befahl er.

Der andere durchsuchte Reynolds kurz, indem er mit den Händen seine Sachen abtastete, und schüttelte dann den Kopf.

»Großartig«, sagte Coco. »Da, nimm das solange.« Er warf dem anderen seine Maschinenpistole zu und strich mit den flachen Händen langsam über seinen Uniformrock. »Ich habe noch eine Rechnung mit Ihnen zu begleichen, Captain Reynolds. Oder sollten Sie das vielleicht vergessen haben?«

Coco wollte ihn umbringen, das war Reynolds klar, und er wollte den Genuß haben, ihn mit seinen bloßen Händen umzubringen. Reynolds linker Arm war unbrauchbar, er fühlte sich an, als sei er gebrochen, und er würde auch die nächste Zeit unbrauchbar bleiben. In seinem Innersten wußte Reynolds, daß er keinerlei Aussichten hatte und daß er sich Coco höchstens einige Sekunden lang vom Leibe halten konnte; doch er sagte sich, falls es überhaupt noch irgendeine Chance für ihn gab, dann jetzt, bevor der Kampf begonnen hatte und solange noch die Möglichkeit bestand, den Gegner zu überrumpeln – und er hatte den Gedanken noch nicht zu Ende gedacht, als er sich auch schon mit einem Sprung durch die Luft warf, während seine Beine sich wie eine Schere weit öffneten und nach dem Brustkorb des Riesen langten. Fast wäre es ihm gelungen, Coco zu überrumpeln – fast, aber nicht ganz. Noch während die Füße ihn trafen und ihn vor Schmerz aufstöhnen ließen, wich Coco beiseite, und einer seiner Arme traf Reynolds wie ein Dreschflegel mit solcher Wucht hinter dem Kopf, daß ihm die Luft wegblieb und er gegen die Wand neben dem Sofa schlug, ehe er zu Boden ging.

Einen Augenblick lang blieb er bewegungsunfähig liegen, dann aber, obwohl ihm noch immer alles weh tat und er kaum Luft bekam, zwang er sich, wieder hochzukommen, ging auf den angreifenden Riesen los und schlug mit aller Kraft, die ihm geblieben war, in das hämisch grinsende Gesicht, spürte, wie seine Faust knirschend auf harte Knochen und festes Fleisch traf, und schnappte vor Schmerz ächzend nach Luft, als Coco, der seinen Schlag überhaupt nicht beachtete, ihn mit ungeheurer Wucht unterhalb der Gürtellinie traf.

Reynolds hatte noch nie einen so harten Schlag eingesteckt, er hatte sich überhaupt nicht vorstellen können, daß irgendein Mensch in der Lage sein sollte, so hart zuzuschlagen. Dieser Kerl hatte die Kräfte eines Ochsen. Reynolds war völlig benommen, sein ganzer Leib war ein einziger Schmerz, Wogen von Übelkeit stiegen würgend in ihm hoch, er war noch auf den Füßen, doch nur, weil er sich mit den flachen Händen hinten an der Wand festhielt, gegen die Coco ihn geschleudert hatte. Er meinte zu hören, wie Julia seinen

Namen rief, doch genau wußte er das nicht, er schien plötzlich taub geworden zu sein. Auch sehen konnte er nur noch undeutlich und verschwommen, wie durch einen Nebel sah er Jansci, der verzweifelte Anstrengungen machte, sich von seinen Fesseln zu befreien — und dann sah er, wie Coco von neuem auf ihn zukam. Völlig verzweifelt und ohne jede Hoffnung warf sich Reynolds auf ihn, in einem letzten vergeblichen Versuch, seinem Peiniger einen Schlag zu versetzen, doch Coco machte nur einen Schritt zur Seite, lachte und versetzte Reynolds mit der flachen Hand einen Stoß, daß er quer durch den Raum gegen den Rahmen der offenen Tür flog, an dem er langsam zu Boden ging.

Für einen Augenblick verlor er das Bewußtsein, kam dann langsam wieder zu sich und schüttelte betäubt den Kopf hin und her. Coco stand noch immer in der Mitte des Raumes, die Arme in die Hüften gestemmt, Triumph in jeder Falte seines brutalen Gesichts und die Zähne fletschend in bösartiger Vorfreude. Coco wollte ihn langsam umbringen, um seinen Triumph besser auskosten zu können. Nun, wenn er so weitermachte, dann konnte es nicht mehr sehr lange dauern. Reynolds hatte überhaupt keine Kraft mehr, und jeder keuchende Atemzug kostete ihn eine ungeheure Anstrengung.

Irgendwie gelang es ihm, doch noch einmal auf die Füße zu kommen, unsicher schwankend stand er an der Tür, als er sah, wie sich der Ausdruck auf Cocos Gesicht plötzlich veränderte — und im nächsten Augenblick kam Sandor langsam zur Tür herein.

Solange er lebte, würde Reynolds nie den Anblick vergessen, den Sandor in diesem Augenblick bot. Fünfzehn oder vielleicht auch zwanzig Minuten waren vergangen, seit sich Sandor in das eiskalte Wasser des Flusses gestürzt hatte, und den größten Teil dieser Zeit hatte er draußen in der bitteren Kälte zugebracht. Er war von oben bis unten von einer Eisschicht bedeckt, und auch der Schnee, der auf ihn gefallen war, hatte sich in Eis verwandelt: In seinem starren Eiskostüm, das im Schein der Petroleumlampe des Fährmanns funkelte und glitzerte, sah er aus wie ein unheimlicher Besucher aus einer fremdartigen Welt.

Dem AVO-Mann, der bei der Tür stand, blieb vor Schreck der Mund offen stehen, doch er faßte sich, wenn auch mit sichtlicher Anstrengung, schleuderte die eine der beiden Maschinenpistolen, die ihn behinderten, zur Seite — Coco hatte ihm ja seine Maschinenpistole zugeworfen — und versuchte, den Lauf der anderen auf Sandor zu richten, doch zu spät. Sandor ergriff die Waffe mit einer Hand, entriß sie dem Mann, wie man einem Kind ein Stöckchen wegnimmt, und schob ihn mit der anderen Hand beiseite. Der Mann fluchte, nahm einen Anlauf und warf sich mit einem Sprung auf Sandor; doch der griff ihn einfach aus der Luft, drehte sich mit ihm einmal um die eigene Achse und schleuderte ihn dann mit grausamer Wucht quer durch den Raum an die gegenüberliegende Wand, wo er einen Augenblick lang, wie von unsichtbaren Händen festgehalten, hängenblieb, ehe er herunterfiel und auf dem Boden wie eine zerbrochene Gliederpuppe zusammensank.

In dem Augenblick, als der AVO-Mann auf Sandor losgegangen war, hatte sich Julia von hinten auf Coco gestürzt und die Arme um ihn geschlungen, in dem verzweifelten Versuch, ihn zurückzuhalten, und sei es auch nur für eine Sekunde. Doch Coco hatte sie abgeschüttelt und beiseite gestoßen, ohne sie eines Blickes zu würdigen, und war schon mit heftigen Schwingern auf Sandor losgegangen, noch ehe dieser wieder fest auf beiden Beinen stand, und Sandor war zu Boden gegangen und lag jetzt auf dem Rücken, während Coco, der sich auf ihn geworfen hatte, ihn mit seinen klobigen Händen am Hals gepackt hielt und ihn würgte. Das hämische Grinsen auf Cocos Gesicht war verschwunden, und in seinen kleinen schwarzen Augen leuchtete keine bösartige Vorfreude mehr, denn jetzt kämpfte er um sein Leben, und das wußte er auch.

Für die Dauer eines Augenblicks lag Sandor regungslos, während Coco seine Pranken in unerbittlichem Würgegriff um Sandors Hals schloß und mit aller Kraft zudrückte. Doch dann hob Sandor die Arme und packte Coco mit beiden Händen an den Gelenken.

Reynolds, der noch immer kaum stehen konnte, starrte fasziniert auf dieses Schauspiel, während Julia, die jetzt neben ihm stand, sich an seinen Arm klammerte. Zunächst war es Schreck, was auf Cocos Gesicht erschien, ein ungläubiges Staunen, doch aus dem Schreck wurde sehr bald Schmerz und schließlich Angst, als sich Sandors Fingerspitzen immer tiefer in die Sehnen seiner Handgelenke bohrten, bis er gezwungen war, Sandors Hals loszulassen. Sandor schob Coco, den er noch immer an den Handgelenken gepackt hielt, zur Seite, erhob sich, zog den riesigen AVO-Mann in die Höhe, ließ seine Handgelenke los und hatte die Arme um Cocos Brustkorb gelegt, noch ehe dieser überhaupt begriffen hatte, was eigentlich geschah. Im nächsten Augenblick hatte Sandor seinen Kopf gegen Cocos Brust gerammt, hob seine mächtigen Schultern und begann, den Brustkorb des Riesen in einer mörderischen Umarmung zusammenzupressen: Und Coco mußte schlagartig begriffen haben, daß er dieser Umarmung nicht lebend entkommen werde, denn der Ausdruck der Angst auf seinem Gesicht verzerrte sich zum Entsetzen, während sich die Gesichtshaut gleichzeitig durch den Mangel an Sauerstoff bläulich verfärbte. Coco schnappte ächzend nach Luft und trommelte mit den Fäusten verzweifelt auf Sandors Rücken und Schultern, aber ohne jeden Erfolg, als ob er gegen einen Block aus Granit schlüge. Doch was sich Reynolds unvergeßlich einprägte, das war nicht Cocos verzweifeltes Umsichschlagen und die panische Angst auf seinem schmerzverzerrten, dunkel anlaufenden Gesicht, war auch nicht Sandors ausdruckslose Miene mit den immer noch freundlich blickenden Augen, sondern das gleichmäßige Knacken und Knistern des Eises, das splitternd brach, während Sandor immer stärker, immer erbarmungsloser preßte, und das Entsetzen auf Julias Gesicht. Reynolds zog sie an sich und hielt ihr mit den Händen die Ohren zu, um soweit als möglich zu verhindern, daß sie das grauenhafte Röcheln hörte, das den ganzen Raum erfüllte, langsam schwächer wurde und lautlos verging.

15

Es war kurz nach vier Uhr morgens, als Jansci, der an der Spitze ging, in der Mitte eines dichten Gestrüpps aus mannshohem Ried haltmachte, sich umdrehte und wartete, bis die anderen herangekommen waren. Sie kamen in einer Reihe hintereinander: Julia, Reynolds, der Kosak, und zum Schluß Professor Jennings mit Sandor an seiner Seite, der ihn bei dem schwierigen Marsch durch die zugefrorenen Sümpfe stützte und den alten Mann halb trug. Alle ließen die Köpfe hängen und gingen mit dem mühsamen, taumelnden Gang von Menschen, die kurz vor dem Zusammenbrechen sind — alle, mit Ausnahme von Sandor.

»Zum Träumen ist im Augenblick keine Zeit, Michael«, sagte Jansci freundlich. Er schob das hohe Schilf auseinander, damit Reynolds sehen konnte, was dahinter lag: ein schmaler Streifen aus Eis, vielleicht drei Meter breit, der sich nach beiden Seiten erstreckte, so weit er sehen konnte.

»Ein Kanal?« fragte er.

»Nein, nur ein Graben«, sagte Jansci. »Nur ein kleiner Entwässerungsgraben, doch der wichtigste Graben, den es in ganz Europa gibt: Auf der anderen Seite dieses Grabens liegt Österreich.« Er sah Reynolds lächelnd an. »Nur noch fünf Meter trennen Sie von der Freiheit, Michael, von der Freiheit und von dem erfolgreichen Abschluß einer wichtigen Mission. Jetzt kann Sie nichts mehr aufhalten.«

»Nein, jetzt kann mich nichts mehr aufhalten«, wiederholte Reynolds mit tonloser Stimme. Da war sie nun: die langersehnte Freiheit, der erfolgreiche Abschluß seines Auftrags. Aber dieser Erfolg hatte einen bitteren Geschmack, denn der Preis dafür war allzu hoch. Doch fast das Schlimmste von allem war das, was jetzt kommen würde, und Reynolds war sich nur allzu klar darüber, was jetzt kam. Er schauderte in der bitteren Kälte. »Es wird immer noch kälter, Jansci. Ist der Grenzübertritt hier sicher? Keine Posten in der Nähe?«

»Der Übergang ist sicher.«

»Dann wollen wir nicht länger warten — kommen Sie.«

»Ich nicht«, sagte Jansci und schüttelte den Kopf. »Nur Sie, der Professor und Julia. Ich bleibe hier.«

Reynolds nickte wortlos. Er hatte gewußt, was Jansci sagen würde, und er wußte auch, daß jeder Versuch, ihn zu überreden, vergeblich war. Er wandte sich schweigend ab, da er nicht wußte, was er hätte sagen können, während Julia im gleichen Augenblick zu ihrem Vater stürzte und ihn bei den Aufschlägen seines Mantels ergriff.

»Was war das, Jansci? Was hast du da eben gesagt?«

»Julia, bitte! Es geht nicht anders, und das weißt du doch auch. Ich muß dableiben.«

»Nein, Jansci, nein!« rief Julia verzweifelt. »Du kannst nicht dableiben, du darfst nicht dableiben. Jetzt nicht mehr, nicht nach allem, was inzwischen geschehen ist!«

»Mehr denn je, nach allem, was geschehen ist«, sagte Jansci, legte seine Arme um sie und zog sie an sich. »Ich habe hier etwas zu tun, ich habe sogar sehr viel hier zu tun, und bisher habe ich noch kaum damit angefangen. Wenn ich jetzt aufgeben und aufhören wollte, so würde mir der Graf das nie und nimmer verzeihen.« Er strich ihr mit seiner verstümmelten Hand über das blonde Haar. »Julia, Julia — wie könnte ich jemals für mich selbst die Freiheit wählen, solange ich weiß, daß es Hunderte unglücklicher Menschen gibt, die nie und nimmer die Freiheit kennenlernen, es sei denn durch meine Hilfe — kein anderer kann diesen Menschen so helfen, wie ich es kann, das weißt du sehr gut. Meinst du denn, ich könnte glücklich sein, wenn ich mir mein Glück auf Kosten anderer Menschen erkaufte? Denkst du wirklich so gering von deinem Vater, Julia?«

Julia vergrub ihr Gesicht an seiner Brust, und ihre Stimme war flehend. »Ich kann dich nicht allein lassen, Jansci.«

»Doch, du kannst es, und du mußt es. Man kennt dich jetzt bei der AVO, und deshalb ist für dich in Ungarn kein Platz mehr. Mir wird nichts zustoßen, Julia, nicht, solange Sandor lebt. Auch der Kosak wird auf mich aufpassen.«

»Und du willst mich wirklich allein lassen? Du bringst es fertig, mich fortgehen zu lassen?«

»Du brauchst mich nicht mehr, mein Kind. Du bist all die Jahre bei mir geblieben, weil du dachtest, daß ich dich brauche — und jetzt ist Michael da, der auf dich aufpassen wird. Du weißt es.«

»Ja«, sagte sie, und ihre Stimme war kaum noch zu hören.

Jansci nahm sie bei den Schultern, hielt sie mit ausgestreckten Armen vor sich und sah ihr ins Gesicht. »Für die Tochter des Generalmajors Illjurin bist du ein reichlich törichtes Mädchen. Weißt du wirklich nicht, Julia, daß Michael, wenn er es nicht um deinetwillen täte, jetzt nicht zurückgehen würde nach dem Westen?«

Sie drehte sich um und sah zu Reynolds hin, und in ihren Augen schimmerten Tränen. »Ist das — ist das wahr?«

»Es ist wahr«, sagte Reynolds und lächelte matt. »Ich habe lange mit Jansci darüber gestritten, doch ich konnte ihn leider nicht überzeugen. Er wollte mich um keinen Preis haben.«

»Das — das hatte ich nicht gewußt«, sagte sie mit erstorbener Stimme. »Ja, damit ist wohl alles aus; denn ich bleibe bei dir.«

»Nein, Julia, im Gegenteil — es fängt gerade erst an.« Jansci nahm sie wieder in die Arme und drückte sie an sich, während ihr Körper von einem lautlosen Schluchzen geschüttelt wurde, sah über ihre Schulter und nickte Reynolds und Sandor zu. Reynolds erwiderte das Nicken, drückte Jansci schweigend die narbenbedeckte Hand, verabschiedete sich leise von dem Kosaken, schob das hohe Schilf auseinander und ging hinunter an den Graben, begleitet von Sandor, der den Stiel der Peitsche des Kosaken in der Hand hatte, während Reynolds das andere Ende festhielt und vorsichtig auf das Eis trat. Beim zweiten Schritt brach das Eis unter seinem Gewicht. Reynolds ließ das Peitschenende los, als er auf dem schlammigen Grund des Grabens stand, bis an die Hüften in dem eiskalten Wasser, doch er kümmerte sich nicht darum, zerbrach das Eis, das ihm den Weg versperrte, und kletterte auf der anderen Seite aus dem Graben.

Hinter sich hörte er ein planschendes Geräusch, und als er sich umdrehte, sah er Sandor, der durch das Wasser und die Eisschollen herankam und den Professor hoch in seinen Armen trug, und kaum hatte Reynolds ihn sicher oben auf dem Ufer, als Sandor zurückwatete auf die ungarische Seite, Julia sanft von ihrem Vater löste und sie gleichfalls über den Graben hinübertrug. Für einen Augenblick klammerte sie sich verzweifelt an ihn, als habe sie Angst davor, den letzten Kontakt mit dem Leben zu verlieren, das sie hinter sich ließ; doch dann beugte sich Reynolds zu ihr und zog sie zu sich auf die Böschung.

»Vergessen Sie nicht, was ich Ihnen gesagt habe, Professor Jennings«, rief Jansci leise. Er und der Kosak waren durch das Schilf gekommen und standen auf der anderen Böschung. »Wir wandern einen langen, dunklen Weg entlang, aber wir möchten nicht gern ewig auf diesem Weg weiterwandern müssen.«

»Ich werde es nicht vergessen«, sagte Jennings, der vor Kälte zitterte. »Ich werde es niemals vergesssen.«

»Das ist gut«, sagte Jansci und nickte ihnen abschiednehmend zu. »Gott mit euch — Dowidzenia.«

»Dowidzenia«, rief Reynolds zurück. Dowidzenia — auf Wiedersehen. Er wandte sich zum Gehen, nahm Julia und Professor Jennings am Arm und führte sie, den vor Kälte zitternden alten Mann und das lautlos weinende Mädchen, den sanften Hang hinauf, der nach oben und in die Freiheit führte.